百年百部
短篇正典 4

张学昕 主编

北方联合出版传媒(集团)股份有限公司
春风文艺出版社
·沈阳·

图书在版编目（CIP）数据

百年百部短篇正典. 4 / 张学昕主编. —沈阳：春风文艺出版社，2021.4
 ISBN 978-7-5313-5879-4

Ⅰ. ①百… Ⅱ. ①张… Ⅲ. ①短篇小说—作品集—中国—现代 ②短篇小说—作品集—中国—当代 Ⅳ. ①I246.7

中国版本图书馆CIP数据核字（2020）第203289号

北方联合出版传媒（集团）股份有限公司
春风文艺出版社出版发行
http://www.chunfengwenyi.com
沈阳市和平区十一纬路25号　邮编：110003
辽宁新华印务有限公司印刷

责任编辑：姚宏越		责任校对：曾　璐	
封面设计：杨光玉		幅面尺寸：142mm×210mm	
字　　数：287千字		印　　张：12	
版　　次：2021年4月第1版		印　　次：2021年4月第1次	
书　　号：ISBN 978-7-5313-5879-4			
定　　价：54.00元			

版权专有　侵权必究　举报电话：024-23284391
如有质量问题，请拨打电话：024-23284384

目录
contents

- 001・枪手 ———————————— 韩少功
- 011・发廊情话 ——————————— 王安忆
- 030・俄罗斯陆军腰带 —————— 马晓丽
- 055・拇指铐 ————————————— 莫　言
- 076・蜜蜂圆舞曲 —————————— 范小青
- 095・酒窖 ————————————— 张　炜
- 111・哦，香雪！ —————————— 铁　凝
- 124・十一岁的墓地 ————————— 叶兆言
- 136・推销员为什么失踪 ———— 王　手
- 164・为什么不去跳舞 ————— 王祥夫
- 178・格拉长大 ——————————— 阿　来
- 196・十八岁出门远行 —————— 余　华
- 204・黄昏里的男孩 —————— 余　华
- 211・前面是五凤派出所 ——— 林那北

235 · 烦 —————————————— 劳　马

281 · 西瓜船 ———————————— 苏　童

311 · 拾婴记 ———————————— 苏　童

329 · 七层宝塔 ——————————— 朱　辉

341 · 家事 ————————————— 毕飞宇

359 · 雾月牛栏 ——————————— 迟子建

枪 手

韩少功

  油印工序大体是这样：先用尖头铁笔在钢质垫板上刻写蜡纸，然后把蜡纸挂上墨网，用滚筒蘸上油墨碾印，于是油墨透过诸多刻痕，一张张传单或小报便大功告成。这种活很奇妙，干得多了，少年们免不了别出心裁再干出一些花活，比如用多机实现多色套印，或在蜡纸上下足功夫，时琢时磨，时剔时刮，居然能捣腾出木刻、工笔线描一类图像，甚至印制出深浅不同的水墨层次，与铅印的正规报刊相比，效果难分高下。可以想象，要是红卫兵"停课闹革命"再闹上几年，一代铁笔艺术家茁壮成长，就靠那些侏罗纪风格的老装备，蜡刻印象主义或蜡刻浪漫主义也许要流派纷呈的。

  多年后，徐冰说起当年，出示自己的一些油印插图，我一见就会心。想必这位大腕当年也是脸上常有油污，指头磨出硬茧，上街只看墙头张贴的小报，看小报又全然不在乎内容，目光直勾勾的，只是留心标题、版式、配图的艺术高招和创作心机。惺惺惜惺惺。他肯定注意到街头最精美的那几家小报，隔空神交了许多同道好汉，恨不能千里相会聚首把臂一吐衷肠。

我也在这个江湖里混过。

其时年满十四。

本人最大的从业污点是伪造印章。说实话，既然铁笔下能有艺术流派，刻出印章效果就只是小菜一碟。全国学生免费大串联历时约半年，终于被叫停，但同学们心痒痒的还想出去逛，于是盯上了铁路系统的内部车票。在他们怂恿之下，我借助一把放大镜，在蜡纸上精雕细刻，再用抹布蘸上油墨轻轻涂抹，很快就制作出铁路局的什么函件，其大红印章看来看去，几可乱真。有同学一见就乐坏了："你索性再刻一个中央军委的公章，我们坐上轰炸机出去耍耍呀。"

以这种假印章骗车票居然多次成功。就这样，这一年夏天，好友们一伙去了广州，另一伙去了北京，再不济的也去畅游岳阳或衡阳，校园里变得异常安静，只有绿树深处蝉声不息。他们去的那些地方我早已去过了，便留校守家。我所在的长沙市七中与烈士公园为邻，校园北部的山坡外就是浏阳河。如果同学们都在，我们常去河里骚扰民船，以满船的西瓜或菜瓜为目标，讨不成就偷，偷不成就抢，图的是一个快活。后来还有更神通的战法，那就是一齐对船老板大喊"陈老板——"或"樊老板——""陈"谐音"沉（船）"，"樊"谐音"翻（船）"，都是美丽江面上最狗血的咒语。有些船民一脑子迷信，一听到这种叫喊就叫苦不迭，就急得跳脚，实在招架不住，只好往船下丢几个瓜，算是堵上小祖宗们的臭嘴。

可惜我眼下孤身一人，构不成声势，没有预言"沉船"或"翻船"的威慑力，只好快快地提一条游泳裤提早回家。

事情就这样发生了。1967年这一天的回家之路实在落寞得很，无聊得很，一路走得郎郎当当。我走过飘飘忽忽的体育馆，摇摇晃晃的公交牌和米粉店，在白铁作坊前还没把弧线剪材看出个门道，忽听身后一声暴响。

事后依稀分辨出来了：枪声！

事后我还回忆起来了，街面顿时大乱，人们像一群无头苍蝇惊慌四散夺路而逃。如果我拍拍脑子，掐一把皮肉，还能回忆起一个老太婆摔跤了，另一个汉子盯住我的左腿大惊失色，于是我看见自己裸露的大腿上，有一个扣子般大小的血洞，开始往外冒血。这是什么意思？这红红的液体不就是血吗？我的天，刚才那一枪是打中了我？世界上这么多人影，我招谁了惹谁了，竟然如此背运，早不回晚不回偏偏要在这一刻回什么家，千辛万苦把自己往那个黑洞洞的枪口上凑？

我没感觉到痛，而且发现自己还能行走，便用游泳裤紧紧捂住了伤口，跟随人们闪避到路旁。我撞开了一扇门，有用没用先求上一句："我受伤了，请帮帮我！"说完才看清面前是一老一少两个惊呆了的女人。后来我才知道，这是我一位女同学的家。她比我高一届。她肯定没想到，我们日后还有机会在同一个知青点共事多年。她肯定更没想到，她再后来移民美国，经商成功，与伙伴们天各一方，音信渺茫。

她是否还记得，她外婆找来草纸烧灰要给我的伤口止血时，两只手颤个不停，好几次都划不燃火柴？是否还记得包扎伤口时，她俩全身都软绵绵地使不上气力？……好容易，门外消停了，枪声和狂喊乱叫没有了。一个男声由远而近："刚才那个伢子呢？那个受伤的……"大概是受邻居们指引，一个人敲开了房门。他瘦瘦的，还有点儿驼背，手里提一把驳壳枪，冲着我们咧开生硬的笑纹："不好意思，刚才我们是在抓公检法那些王八蛋，妈妈的，一时枪走火，枪走火。"

　　他说的"公检法"，是司法系统某个群众组织，大概是他们的对头。那时正是"文攻武卫"高烧期，每个城市都闹成山头林立，你争我斗，一旦红了眼便兵戈相向。连中学生手里也少不了苏式骑53、汉阳造79、转盘帕帕夏……说实话，多是些民兵训练用的破铜烂铁，子弹也不好找。谁要是扛上一支56式半自动，那才有几分正规军模样，有脸挎出去招摇过市。大家对此其实意见不小：北京那边说"武装左派"看来也是半心半意呀，要不然好枪都去哪里了？不是被一脸又一脸假笑的解放军早早藏起来了？

　　接下来的事较为简单。小驼背抱上我出门，送上一辆货卡，是他和同伙刚从大街上截来的，然后一路驶向湘雅医学院附属二院。看着呼啦啦的梧桐枝叶在天空中刷过，我已开始感觉到伤口裂痛，而且知道自己还有一个弹孔，在大腿侧后，是子弹的入口。进入医院后，痛感更加猛烈地狂暴。不知什么时候，白大褂晃来晃去，一位女护士问我一些问题，爱吃什么菜，爱唱什么歌，爱玩什么游戏，是不是放过风筝或做过航模，诸如此类，莫名其妙。事后才知道她这是分散我的注意力，不让我瞥见手术台上那一大盆一大盆的血纱布，防止我大叫一声吓晕过去。据她说，手术时间稍长，是因伤口离枪口太近，火药残毒重，必须切开皮肉全面清创——这话说白了吧，"清创"不是用药纱条在一道肉沟里拉锯式的拉来扯去，就是用钳子夹上药棉团这里那里猛戳一通。

　　我哥来到医院，在病房走廊里找到了我——这里已人满为患，加床都差点加到厕所里去了。我哥对小驼背怒不可遏地喊："你什么人？干什么的你？你会用枪吗？你也配拿枪？你的枪口再提高一点点，他就没命了你知道吗？你今天实际上就是个未遂的杀人犯，杀人犯！谁在乎你那点水果罐头？医药费算个屁呀。他要是留下个什么，你这个家伙必须一辈子负责到底我告诉你……"

小驼背脸上红一阵白一阵，把手枪哗啦一声推上膛，狠狠地塞给对方："那怎么办？大哥，你打我一枪。"

我哥愣住了。

"你要是还觉得亏，那就打我两枪。不过话讲在前面，我没打死他，你也不能打死我。"

大学生最终没敢接下盒子炮。

"你打呀，打呀。没关系，老子这条命反正不值钱，就是一条狗。大哥你要是不会打，来，小弟我教你打……"

现在轮到我哥脸上红一阵白一阵了。其实，从后来的情况看，这家伙长得未老先衰，虾米背和猿猴嘴不怎么周正，倒也不像个小土匪。无所事事的时候，见邻床一个老头上厕所困难，他就扶来扶去好几趟，还帮忙打饭。见病房里太燥热，他后来带上一个兄弟，不知从哪里弄来一台工厂里常见的大型排风扇，拉上临时的电线，呼呼呼送风，赢得众多大拇指。大概是同医生们混熟了，还不时有白大褂来找他，求他去救个急，帮个忙。他们都叫他"小夏"或"夏同志"或"夏如海同志"。据说他总是在脖子上挂两串手榴弹，把其中一个拧开盖拉上弦，冲到手术室那一类地方，大吼一声，两眼圆瞪，喝令小杂种们统统闭嘴，统统一边去。那些"小杂种"其实也是荷枪实弹凶巴巴的，大多比他雄壮比他伟岸，无非是看见战友伤情重，正急得抓狂，用枪口指着白大褂们，强求手术插队，强求最好的大夫出来主刀什么的。在这种场合，穿鞋的怕光脚的，光脚的怕玩命的。突然冒出一个比谁都不要命的王八蛋，其他人不敢同归于尽，就只得让他三分。

好几次混乱就是这样平息了。我后来怀疑，院方让我足足住院二十多天，迟迟不放我走，其实是想把他这个维稳积极因素多留下几天。想想也好笑，要放在平时，就凭他的虾米背，满嘴"鳖"呀"卵"的流子腔，大夫们哪能拿正眼瞧他？科班出身的正人君子们，餐前都要肥皂洗手的，周末都要上公园赏花的，笔下总是拉丁字母龙飞凤舞的，别说没工夫对他和颜悦色，恐怕还要严加提防。不过此一时也彼一时也，鸡毛飞上天了。既然只有他愿意平乱，能够平乱，那就成了革命医务人员的主心骨，德才兼备的好同志。即便一条颈根总是没洗清爽似的，能算事嘛。

肯定是饱吸了太多热情信任的目光，听取过白大褂的诉苦和建议，小驼背同志心情大好，索性再叫来几个兄弟，统一挂上"青年近卫军"的红袖章，在大门口吆三喝四地设岗值勤。他指挥就医者们排队，顺便督查一下环境卫生工作，教训一下叫卖的小贩，忙得浑身汗臭。如果让他再忙下去，人民英雄人民爱，人民军队爱人民，他可能就得问寒问暖成天说上普通话了。

这些日子里，我的心情却一直坍塌式消沉。文艺界男女们常来慰问战斗英雄，又唱又跳，又献花又鼓掌。其实英雄在哪里？在这个被临时征用为专收武斗伤员的医院，一个弹片削去鼻子的菜农户，一个腹中四枪的小学生，一个炸飞了双腿的还俗和尚，一个脑袋被铁棍开了瓢的搬运工，还有太平间蒙尸白布下露出的一缕黑发或一双赤脚……看得我心惊肉跳。这就是"路线斗争"啊？明明是开屠坊、摆肉摊嘛。手术室里日夜灯火通明,白大褂们匆匆来去,那么多人被防不胜防的钢铁剪裁成模糊血肉,号叫的号叫,失禁的失禁,完全是一片战祸景象——这就是"继续革命"的丰硕成果?邻床的一个眼镜鬼,参加过省会长沙三十多个造反派组织的聚义兴兵,前去"解放湘潭"什么的。但大家一窝蜂真到了前线,一个叫易家湾的地方,没人指挥,连饭也没人管,各人自己找地方趴着和躺着。几个首长模样的人挂上望远镜,带上随员和步话机,乘坐军用吉普窜来窜去,雄才大略胸有成竹的范儿,让大家眼巴巴引颈期待,但等到天黑也没见下文……只好一窝蜂又纷纷散了。"贼养的,就算是耍猴戏也不能饿肚子吧,去地里挖红薯算什么事?"

我这才看到了报纸和庆典以外的世界。

一年多后,全国的无政府状态终于大体结束。我离开学校和城市,成了湖南省汨罗市某茶场的一名下乡知青。新生活倒是太安静了,只有日复一日的腰酸背痛,两头不见天的摸黑出工和摸黑收工。无穷无尽的垦荒、耕耘、除草、下肥、收割、排渍、焚烧秸秆,让我们体力严重透支,被岁月抽空了和熬干了,只剩一个个影子在地上晃荡。就像我多年后在一本小说里说过的:"烈日当空之际,人们都是烧烤状态,半灼伤状态,汗流滚滚越过眉毛直刺眼球,很快就淹没黑溜溜的全身,在裤脚和衣角那些地方下泻如注,在风吹和日晒之下凝成一层层盐粉,给衣服绘出里三圈外三圈的各种白色图案。"

对于我们这些产盐大户来说,"文革"已恍若隔世,同汉武帝、武则天、北洋军阀那些故事差不多。如果说它还略有遗迹,还略有余温,那也不过是断断续续的小麻烦偶尔来扰,让人一点也爽不起来。有干部从城里来，调查是否有知青还私藏什么军品，谢天谢地，与我没关系。又有干部从城里来，调查是否有知青离校前顺走了公家的篮球、哑铃、球衣、手风琴，谢天谢地，还是与我没关系。更多的调查和清算与全国大串联有关。比如在各地红卫兵接待站借过钱的，借过棉衣的，眼下都得秋后算账。

我的室友黄某，早就丢失了学生证，但眼下无论他如何强辩，那个别人冒用了的学生证，牵涉到三笔共十五元巨款，最终得由他全数补缴，一点折扣也不给。好在他也揩过国家的油，算是没输光，不至于冤屈得撞墙和喷血。据他说，他的骗乘术很简单，想到什么地方去耍，就先学几句那里的方言，然后求告火车站站长一类，伪装成途中惨遇小偷的苦命游子，求一个回家的机会。对方听他的外地方言，有时信以为真，心一软，就放过了。只是有一次他撞上克星。对方居然心细如发，硬是找来了一个上海乘客，核查他的上海话，哪怕他紧急改口称自己是上海郊区的，是郊区的外来户，也没法骗过人家那一对高精度的上海原装耳朵。

人们没把他一把揪去派出所，已是他后来的大幸。

这一天，又一位警察从长途大巴下来走进了茶场。接下来，场长阴沉着一张脸，不找张三也不找李四，径直走向我，吓得我胸口乱跳，暗想出来混终归是要还的，肯定是伪造印章那些事败露了。

"你认识海司令？"警察问。

"谁？"

"夏如海，就是开枪打过你的人。"

我松了口气，这才想起是有过这么回事，是有过这样一个人，只是去年已经太遥远，好几个朝代都过去了吧。

接下来的询问大概有这些：

他同你有什么仇？或者同你家人有什么仇？是什么原因，他要在大街上对你横加伤害？

他打伤你以后没有逃逸吗？没有推诿吗？你后来是怎样找到他的？

你的伤情怎样？骨骼、神经、脏器有过什么问题？对现在的劳动和生活有什么影响？你做过全面体检吗？

作为受害者，你为什么到现在也没求助政府？没有追究这种人身伤害的犯罪？他是否对你或者对你家人有过恐吓和威胁？

在你与他接触的过程中，你是否发现他还做过别的坏事？比方是否还有过其他开枪致伤、致命的情节？是否有过持枪抢劫、勒索、报复、耍流氓的行为？你仔细想想，他是否穿戴过来历不明的手表、皮鞋、金戒指？

…………

感谢警察叔叔，一旦重返岗位，重整天下山河，就对我如此关心。不过事情是这样……这么说吧，这么说吧，当时世道很乱，坏人不少，但大多不像是他说的那种坏法。

即便是在收枪禁令之前，弟兄们舞枪弄棒，但除了一个图书馆被盗，学校附近的银行、邮局、粮店、商店、饭店、肉店、冷饮店等倒是一直安然无恙，连捡个钱包也是要争相上交的，谁窝藏谁找死呀，是不是？也许小毛贼都死绝了。

更可能的原因是，他们怕警察，更怕业余警察，无非是怕那些"革命群众"管起闲事来不讲规矩，动不动就拳脚相加，枪口一下子顶到你脑门上。枪手们还到火车站义务搬运过援越物资呢。

我这样说的意思不是要隐瞒什么,只是觉得对方有点想当然,调查方向有点偏。看来,他在小本上记录下一堆困惑,在这里只看到一条不甚给力的伤疤,没发现轮椅或拐杖,更没发现导尿瓶,大概觉得这一次长途奔波有些不值。在他一再启发之下,我搜肠刮肚,努力配合,总算梳理出小驼背的一些劣迹,比如用手榴弹炸过鱼,用扑克牌赢过散装烟,还居然要让我享受美好人生,哄着我抽下了此生第一支烟,结果半支下来我就天旋地转,差一点栽倒在厕所……但我没法说下去,因为我发现胖警察脚下已有真真切切三四个烟头,手指头上还有焦黄的熏痕。

"大叔,对不起,我不是说你抽烟不好……"

"没关系,没关系。"

"你平时……不打扑克吧?"

"打又怎么啦?中央文件规定了不准打扑克吗?正常娱乐生活还是要的吧,年轻人要活泼一点,快乐一点,率性一点嘛,也没什么不对呀。"

"那是,那是。"

警察当天就返程了。知青们发现我这一次轻松过堂,既没缴钱也没被扣粮,多少有些嫉妒。

我没料到的是,这事还远未结束。如果我没记错的话,大概是四年后,我被调去全县围湖造堤会战指挥部刻印工地小报,有一天去食堂吃饭,见一个陌生女子守在食堂大棚的门口,一见小伙子模样的,就上前欠身盘问,是不是知青,有没有人姓韩。她眼睛大大的,鼻尖冻得通红,一件红花棉袄裹住了丰丰满满的少女青春,但辫梢和袖口都积有泥点,大概在哪里摔倒过。

发廊情话

王安忆

这一间窄小的发廊,开在临时搭建的披厦里,借人家的外墙,占了拐角的人行道,再过去就是一条嘈杂小街的路口。老板是对面美发厅里辞职出来的理发师傅,三十来岁的年纪,苏北人。也许,他未必是真正的苏北人,只是入了这行,自然就操一口苏北话了。这好像是这一行业的标志,代表了正宗传继。与口音相配的,还有白皙的皮肤,颜色很黑、发质很硬的头发,鬓角喜欢略长一些,修平了尖,带着乡下人的时髦,多少有点流气,但是让脸面的质朴给纠正了。脸相多是端正的,眉黑黑,眼睛亮亮,双睑为多,鼻梁,比较直,脸就有架子。在男人中间,这类长相算是有点"艳",其实还是乡气。他们在男人里面,也算得上饶舌,说话的内容很是女人气,加上抑扬缠绵夸张的扬州口音,就更像是个嘴碎的女人了。这与他们剽悍的体格形成很有趣的对比。他们的一双手,又有些像女人了,像女人的白和软,但要大和长了许多,所以,就有了一种怪异的性感。那是温水,洗发精,护发素,还有头发,尤其是女人的头发的摆弄,所养护成的。他们操起剪子来,带着些卖弄的夸张,上下翻飞,咔嚓作响,一缕缕头发洒落下来。另一只手上的梳子挑着发绺,刚挑起,剪子就进来了,看起来有些乱。一大阵乱剪过去,节奏和缓下来,细细梳平,剪刀慎重地贴住发梢,张开。用一句成语来形容,就是,动如脱兔,静如处子。

这一个苏北人,就是说老板,却不大爱说话。他的装束也有了改变,穿了件黑皮夹克,周转行动多少是不便的。也许是做了老板,所以不能像个单纯的理发师那样轻佻随便了,再加上初做生意,不免紧张,于是就变得持重了。他包剪和吹,另雇了两个年轻姑娘洗头,兼给烫发的客人上发卷。有了她们,店里就聒噪多了。她们大约来自安徽南部一带,口音的界别比较模糊,某些音下行的趋向接近苏北话,但整体上又更向北方语靠拢。最主要的是,语音的气质要粗犷得多,这是根本的区别。她们的年龄分别在二十出头和三十不到,长相奇怪得很相似,大约是因为装束。她们都是削薄碎剪的发型,发梢错乱地掩着浑圆的脸庞,有一点风尘女子的意思。可她们的眼神却都是直愣愣的,都像大胆的乡里女子看人。五官仔细看还有几分秀气,只是被木呆的表情埋没了。她们都穿一件窄身编织衫,领口镶尼龙蕾丝,袖口撒开,一件果绿,一件桃红。裤子是牛仔七分裤,裤口开一寸衩,脚下各是一双松糕底圆口横带皮鞋。衣服都是紧窄的流行样式,裹在她们身上,显得很局促。她们经过室外强度劳作的身体,出力的部位,像肩、背、臂膀、髋部,肌肉都比较发达,就将这些衣服穿走了样。倘若两把椅子上都坐了洗头的客人,她们便一边一个,挺直身子站到客人身后,挤上洗发水,一只手和面似的将头发搅成一堆白沫,然后,双手一并插进去，抓、挠、拉。她们就像是一个师傅教出来的，抬肩，悬臂的姿势一模一样，抓挠的程序动作也完全一致，看上去，很是整齐。她们还都喜欢抓挠着头发，眼睛看着正前方镜子里客人的眼睛，直逼逼地，要看出客人心中的秘密。看了一时，再侧过头去，与同伴说话。她们说话的声音很大，笑声也很响亮，总之是放肆的。老板并不说她们，看来，是个沉默的人，还有些若有所思的。她们于是会疏懒下来，只是依样画葫芦般地动作，却没什么实质性的效果。这时，客人就会发声音了：你不要在表面划来划去，要抓到里面去。受谴责的小姐便委屈地说：方才的客人还说我的指甲太尖了呢！客人再说：你手指甲再尖也无用，只在表面上划。这时，老板就站起来，走到客人身后，亲手替客人洗发。小姐呢？依然带着受委屈的表情，走开去，到水池前冲手，然后往墙边铁架折叠椅上一坐，那姿态是在说：正好歇着！她们多少已经学油滑了。

  店里时常还会坐几个闲人，家住附近，没事，就跑来坐着。人还以为等着做头发的，推门并不进来，而是问：要排队？里面的人一并说：不排队，不排队！生怕客人退走。闲人多是女性，有的手里还拿着毛线活，有的只是抄着手。虽说是闲人，却都有一种倦容，衣履也不够整洁，好像方才从床上起来，直接走到店堂里似的。可能也不是倦容，只是内室里的私密气息，总有些黏滞不洁，难免显得邋遢气。果然，有几次，方才还蓬头垢面地在这里闲话，这一时却见换了个人似的，化了妆，换了衣服，踩着高跟鞋，噔噔噔，头也不回地从店门前走过去，赴哪里的约会去了。等再来到这里，已经是曲终人散的阑珊之意了。她们回忆着前夜的麻将，麻将桌上的作弊，口角和得失。或者是一场喜宴，新郎新娘的仪表，行头，酒席的排场，各方宾客来头大小。就好像一宵的笙歌管弦，要在这里抖搂掉余烬似的。此外，股市的起伏波动，隔壁店家老板与雇员的争端，弄内的短长事，还有方才走出的客人的吝啬与大方，也是闲话的内容。有她们在，那两位洗头小姐，也觉得不沉闷了。并且，有多少知识，可以从她们那里得来。遇到和计较的客人吵嘴，她们则会出来打圆场。她们都是有见识的，世事圆通的人。甚至你会觉得不相称，像她们这样见过世面，何以要到这小店来，与两个安徽女子轧道？难得她们如此随和。岂不知道，这城市里的人原不像看上去的那么傲慢，内心里其实并没有多少等级之分的。她们生活在人多的地方，挺爱热闹，最怕的是冷清。她们内心，甚至还不如这些外来的女子来得尖刻。这倒是出于优越感了，因为处境安全，不必时时提防。当然，还是因为生性淳厚，你真不会相信"生性淳厚"这几个字能安在她们身上，可事实的确如此。在这闹市中心生活久了，便发现这里有几分像乡村，像乡村的质。生活在时间的延续中，表面的漂浮物逐浪而去，一些具有实质性的内容则沉积下来，它们其实简单得多，但真正决定了生活的方式。所以，这些闲坐的女人里，没几个能猜得到那两位小姐背地里如何谈论她们，当她们光鲜地从玻璃门前走过去，她们在门后的眼光，藏着怎样复杂的心思。

每天早上，将近九点钟光景，玻璃门上的帘子拉开了，门从里面拨了锁。这城市的街是扭的，房屋的朝向便不那么正，说不出是怎样一来，太阳从门外照到镜子上，很晃眼的。在晃眼的阳光里，两位小姐在摆放椅子，收拾镜台上的小东西，顺便对了镜子整理身上的衣衫和头发。有一点像舞台，方才拉开帷幕。倘有赶早的顾客,这时候推门进去,会嗅出店堂里的气味有些浊,夹杂着许多成分。"他"或"她"当然分辨不出那里面有被褥的气味,混了香脂的体味,还有几种吃食的气味:泡饭的米汤气,酱菜的盐酱气,油条的油气,再有一股灼热的磁铁气味,来自刚燃过的电炉。她们就是在里面过宿的,折叠床,铺盖,锅碗,都掩在后门外面。这里还有一扇后门,门外正是人家的后窗台,用纸板箱围住半平方米的地方,搁置这些杂物,上面再覆一张塑料薄膜。在这条窄街上,沿街的住户门口,都堆放着杂物,所以,就不显得突兀和不妥。过了一时,老板也来了,进来看看,并没什么事,就又走了。走了一时,又来,再看看,还是没什么事,再又走了。他显得很忙碌,有着一些对外的交通需要处理的样子。有了自己的生意,做了老板,他的外形上似乎有了改变。他黑了,抑或并不是黑,而是粗糙,就像染了一层风霜。而且,有一种焦虑,替代了他们这类手艺人的悠闲劲。那是由手艺娴熟而生出的松弛,以致都有点油滑气了。现在,他却是沉郁了。这件黑皮夹克他穿着真是不像样,硬、板、灰蒙蒙,就像一个奔走在城乡之间的水产贩子。黑色牛皮鞋也蒙了灰,显出奔走操劳的样子。等他跑进跑出告一段落,停歇下来,一时又没有剪和吹的客人,他便坐在柜台里面,背后是嵌了镜子的玻璃壁架,架上放各种洗涤品,冷烫精,护发素,焗油膏。柜台上立有一面硬纸板,上面排列着标了号码的各种焗染颜色样本。总之,这发廊虽小,可五脏俱全。老板坐在柜台里边,用指甲锉锉着指甲。这带有女气的动作,倒流露出一点他本行的小习气。

他低头坐在那里,任凭小姐们与闲坐的人如何聒噪,也不搭腔。人们几乎都将他忘了,可是,很奇怪地,又像是要说给他听。

倘若他要不在场，说话的兴头就会低一点，话题也变得散漫，东一句，西一句，有些漫不经心的意思。这个沉默的人，无论如何是这里的主人，起着核心的作用。现在，他坐在这里了，眼睛望着前边的玻璃门，门外街面上的忙碌，有一种熟稔的日常气息。人脸大致是相熟的，所作所为还是相熟。在这闹市的腹地，夹在民居中间的街，也是近似乡村的气质，相对封闭。外面世界的波澜，还进不到这里面，只会因冲击边岸而引起骚动。老板的眼光茫茫然的，这是处在创业艰难中的人统有的眼光。忙定下来，不禁自问道：有什么意思呢？发廊里的闲话很热烈，两位小姐兴奋着，手在客人头上动作，连带身体雀跃着，形成一种舞蹈的节奏。肥皂泡飞到客人的眼睛里，客人抗议了一次，又抗议了一次，待到第三次，空气中就有了火气。老板在柜台后面立起来，可是，没有等他走到客人身后，有一个人却代替他，挤开了那位小姐。这是边上坐着的一个闲人，也算是常客了，家住街那头百货公司楼上，丈夫是做生意的，养着她，没事，就到这里来坐着。

她从铁架折叠椅上站起来，走到客人身后，略一挽袖，抬起手臂，手指头沿了客人发际往两边敏捷地爬行开去，额上立即干净了。她快速地将客人顶上的泡沫推叠起来，然后伸进深处抓挠。她笑嘻嘻地回头看人们，好像在说：怎么样？是孩子气的技痒，也显出她曾经是干过这一行的。要这么一想，你便发现，她其实也和那两个小姐有些像呢！圆脸，短发，细淡尚端正的五官。所有的洗发小姐几乎都像从一个模子里刻出来的。她的个子比那两个小姐还要小些，穿呢？又穿了一条灯芯绒，胸前缝一个狗熊贴花的背带裤，这使她看起来，完全是孩子的形容。不过，再仔细端量，才会看出她怀有着身孕！这样，你忽就不确定起来。进一步地，你注意到她看人的眼光，不是像那两位一样直逼逼的，恰巧相反，很柔软，似乎什么都没看，其实全看见了。你想，这女人有些不简单哪！到此，她已经与那两位小姐完全区别开来了。她们有着本质的不同，这不同来源于经验、年龄、天赋，还有地域。对了，这女人是上海人，她说一口上海话。她甚至还不像她那个年龄，二十多、三十，或者三十出头？就这一个年龄段吧，她不像这个年龄段的上海男女，有许多流行语，又有许多生硬的发音。她的上海话竟有些老派的纯熟，这显示她应该是在正宗的沪上生活里面。

客人安静下来，小姐们则兴奋着问出诸多问题，总起来就是，你也做过这一行啊！她翘起下巴，朝柜台，也就是老板的方向一点：我开过一个发廊。不等人们发出惊愕的叹声，她又加上一句，先前做过一段百货。再是一句：还开过一家饭店，名叫"好吃再来"！说到此，人们反倒不吃惊了，因为不大可信。这三段式加在一起需要多长时间？而她究竟又有多大年纪？再看她脸上的笑容，那样得意的，又变成孩子了，沉不住气，爱说大话的孩子，狡黠地眨眨眼：信不信随便。小姐们不看她了，由她自己替客人洗头。她笑着将干洗的全套动作做了两遍，然后说：冲去吧！将客人还给原先的小姐，带到洗头池前，自己举着等在一边，等水池子空出来好冲手。她很有兴趣地看着手上堆着的泡沫，手指撮弄出一个尖，尖上正好停着一点太阳光。光流连到她脸上，她的笑容在晃动的光影里有一点惘然。店里有一瞬是静着的，只有水冲在头发里柔和的噼啪声，还有煤气、热水器噗一声开，又噗一声关。老板肘撑在膝上，下巴托在掌中，那样子有点像小孩，想着小孩子家的心事。

我的发廊在安西路，安西路，知道吗？她说。小姐们摇头说不知道。现在已经拆了，那时候，很繁荣呢！长宁区那边有名的服装街，有人叫它小华亭的。我的发廊在服装街的尾上，或者也不能说尾，而是隔了一条横马路的街头上。我对那地方比较熟，虽然我自己家住在淮海路那边，可是朋友借给我做小百货的门面在安西路，所以就熟了。

　　小姐们回头朝向她，听她说。冲头发的冲好了，送到座位上，老板起身去吹风。小姐自己站在一边，用一块干毛巾擦手。她走到空出来的水池，拧开龙头，冲净手上的泡沫，暂时停下来，脸上带了微笑。她左右手交换握了花洒，冲手。水丝很软弱地弯曲下来，汇成细流。电吹风的嗡嗡声充满在店内，头发的气味弥散在透进玻璃门窗的阳光里，显得有些黏腻。她洗好手，那小姐将手中干毛巾递过来，她没接，只是在上面正手反手摊了摊，算是擦干了，回到先前的折叠椅上，坐下。后来呢？小姐中的一个问，她抬起微笑的脸，询问地看着发问的人。为什么不做百货而要做发廊？那人解释了自己的问题。

　　她"哦"一声，仿佛刚明白过来似的。小百货，你知道利极薄，倘若你没有特别的进货渠道，赔煞算数。那些供销商，你打过一趟交道，三天吃不下饭！说到此处，她忽然收住，意识到险些说到不该说的话。安西路的铺面，是我朋友借我做的，本来说不是我自己的，做也做不长。所以呢，做，做，做，我就想自己做了。做什么呢？在家待业的时候，我陪隔壁邻居家的小姑娘，到理发学校听过课，回到家，我让她在我头上练洗发，我在她头上练，就这么练着玩。到后来，我洗得比她还好。她抬了抬下巴，好像在说：方才你们也见到了。我想：就开个发廊吧！安西路，就这点好，做什么事都像玩一样，没有心理压力的。朋友又多，因为都是靠朋友的，所以都肯帮朋友的。当然，安西路的人和我们淮海路的不一样。就是这里，她用手点点脚下的地面，这静安寺地方的人和淮海路的都不一样。淮海路的女孩子，走到哪里都看得出来不一样。不是长相，不是说话，也不能说不是，可能有一点是，不过并不是主要的。主要的，大约是气质。她为自己说出"气质"这两个字，有些不好意思，笑了一下，似乎觉得不够谦逊。不过，安西路的人有安西路人的好，他们很肯帮忙，而且，更重要的，就是我刚才说的：什么严重的事情，在他们看来，都和玩一样。听他们说话，你会听不懂，难道是吹牛？吹牛也要打打草稿。可他们完全是像真的：开发廊？好哇，我的朋友在香港学出师的，专给明星做发型；店面吗？安西路服装街要延长，还要丰富品种，我有个朋友和区长认识，同他说一声好了；第三个朋友恰巧专门做推销洗发香波的，可以用批发价卖我。还有工商局，卫生局，劳动服务公司，治安大队，都有朋友，或者朋友的朋友，都是一句话就成的。当然，实际上不会有这么好运道，否则，人人发财了。那个做发型的朋友，不是在香港，而是在温州学的，不过曾经在香港人的发廊里做过，开的价高过天，还要有住房，包交通，因为他实际温州人都不是，而是温州底下的德清乡下人。服装街不仅不延长，连原来的都有拆掉的危险，有几户居民是有来头的，人大代表和政协委员，一直在呼吁。你知道，安西路一带多是洋房，本来是极清静的。那推销洗发香波的，倒是天天来，来到我的百货摊位上，这时我的百货还没有结束。他拎一只拷克箱，盖子揭开来，里面像中药房样，一小格一小格，放着样品。样子蛮像，结果全是假货，在火车站那里的地下工厂生产出来，四面八方去兜售。一上手就知道，处处是关隘，问题是，一上手就甩不掉了。本来，不过是玩玩的，一来二去，玩成真了。脾气上来了，志气也上来了，非要成功不可了！发廊到底开出来了，倒真开在隔横马路的街那头，政策有一时松动，一要解决待业人员生计，二要街道里委创收。不过，松几天又紧起来，除了我这家发廊，再没有开出别的铺面。我的发廊正好嵌在弄堂贴边上，狭长的一条，门是朝里的，对了弄堂另一侧墙面。

在她讲述的过程中，又先后进了两个客人，一个男客，一个女客。老板先给男宾修面，再给女客焗彩色油。女客对了硬纸板上的颜色样品思忖很久，最后选定一种。两个小姐听得出神，听故事并不比聊天更影响她们干活，甚至聆听产生的专注，使她们安静下来，手下就不那么浮躁了。老板依然沉默着，这是一个静默的男人，即便需要与客人交流，他也尽可能以动作示意，比如，点头，摇头，用手指画。万不得已要说话，他就用极轻的音量说出极简单的几个字。她的叙述相当流利，语音清晰，轻盈地穿行在店堂间，透过刀剪的嚓嚓，花洒里的水丝，客人与老板耳语般的对话。

生意好不好？一个小姐问道。她没有正面回答这问题，依着原有的思路往下去。开张这一日，大家，就是安西路服装街的朋友，都来放炮仗了。朋友中有一个人，大家都叫他"老法师"，她停顿一下，绕过这话题，这个人等会儿再说。你问我生意如何？她看着方才提问的小姐。这一绕道有些打乱叙述，需要一个缓冲，用来调整节奏。生意嘛，不好不坏，多的还是洗头，其中起码有一半是朋友，"挑"我生意的。她一笑，因为用了一句粗俚的切口稍有些羞惭。像我们这种发廊,多少有点不上不落。居民习惯去国营的理发店;隔壁小区里,就有一个里弄开的理发室,洗头只要五块钱。生活质量高的又要去美发厅、美容院,香港台湾人开的。再有一类发廊,是要在城乡接合部,外地人集聚的地方,叫是叫发廊,小姐们连洗头都不会。她停下来,略过去了。到我们这地方来洗头的,多是一些小姑娘,读中学的,刚刚学了时髦,大人又不许去美发厅,就只得到我们这里来。她们多数是一头直发,拖到背脊处,额角上胎毛还没掉干净,怀里抱一瓶自家的洗发水,坐到椅子上,喊一声阿姨,多抓抓噢!别看她们年纪小,已经学了白领的脾气,一会儿说抓重了,一会儿说抓轻了,一会儿又说洗出头皮屑,一会儿再说吹风筒太近,头发开出叉。半通不通,口气却很凌厉,你也不好跟她凶,只好和她"淘糨糊"。她又用了一个俚语,自己笑出声。和这帮小姑娘混得时候长了,要来真正做发型的客人,倒有点不晓得怎么下手了。当然,即使有做头发的,也不过是几个老阿姨,卷一卷,吹一吹。就算是比较时髦的,也不怕,我的师傅路子还是正规的,原来在紫罗兰做过,怕是怕那种路子外边的。但是,你越怕什么,就越来什么。这一天,不早不晚,来了一个人。她忽然止住,本来交错抱在肚子上的手臂解开来,插进背带裤的口袋,这样,腰就往前挺一挺,肚子也挺一挺,脚尖并拢朝前伸直。再继续往下:他要剃光头。

这是一个光头客,只不过长出薄薄一层头发楂,他要再推推光。他是这样进来的,推开门,一脚在门里,另一脚在门外,说:推不推光头?好像他自己也没什么把握,只是来试试。我们那个师傅,已经笑出来了,马上有话要跟进:到剃头担子上去推!其实谁看见过剃头担子,只不过放在嘴上说说罢了。就在这当口,也不知道怎么,我"拔"地立起来,抢过师傅的话头,说了一个字:推!事后再想,并不是一时冲动,而是有来由的,我感觉到这不是一般的光头。她笑了,两位小姐也笑了,问:不是一般,又是什么?这话怎么说!她沉吟了一时。这一时很短促,可在她整个流畅连贯的讲述中,却是一个令人注意的间隙,好像,有许多东西涌了上来。她沉吟一时,说下去。假如是一个老头儿,民工,乡下人,或者穿着陈旧……怎么说,反正是那种真正剃光头的朋友,我就不会留人了。但是这一个呢,年轻,也不算顶年轻,三十左右。他穿一件中式立领,黑直贡呢的棉袄,那时候还不像这几年时兴穿中装,猛一看,就像道袍,裤子是黑西裤,底下一双黑直贡呢圆口布底鞋。背的一只包,也很奇怪,你们猜是什么包?洗白的帆布包,盖面上缝一只五角星,军用书包。他的样子就是这么怪,但是,很不一般,一点不一般。

我请他进来,坐下,抖开尼龙单子,围好,封紧,再去镜箱里拿工具。我们店里的人都看着我,不晓得我准备怎么下手。我眼睛盯着我的手,一会儿拿起一把电推刀,一会拿起一把剪刀,先是拿大的,再是拿小的,我一捏住那把小剪刀的时候,心里忽然定了,我拿对东西了。我这个人就是这样,做事情都凭感觉。感觉呢,又都集中在手上。所以,许多事情,我都要先去做,做在想前边,做以前什么都不知道,可是只要做起来,自然就懂了。小时候,我们弄堂里的小姑娘,兴起来钩花边,大家把花样传来传去。还有书,书上有照片,针法。我是不要看这些,我就是要钩针,线,在手里,三绕两绕,起了头,各路针法我都钩得出来了。大人说我手势好,说,什么叫手势好,伊就是!这时候,我捏了这把小剪刀,回到客人身边,把椅子放低一截,这个光头客个子挺高的,他看了看我手里的小剪刀,没有说话。也不晓得是看出我会,还是看出我不会。我反正觉得我会。事后,我们那师傅也问我在哪里学的,说一看我拿起剪刀,就晓得我会。其实,我不但没学过,连看也没看过,我就是知道,不能用推刀,也不能用刮刀,那就真的是剃头担子了。而我们是发廊,客人呢,又是那样的,我们必须是新潮的。我拿起剪刀来就再没有犹豫,我从发际线开始,一点一点往后剪。剪刀小,刀口短,留下的"角"就小,总之。一句话,就是要剪圆。这是基本原则,不要有"角"。这个客人的头型很好,圆。你们不要笑,你们接触的头比接触的人还多,是不是都圆?不是吧!可以说大多数的头不圆,或者整体圆,局部却有凹凸。可他不!不仅圆,还没有凹凸,更难得的是,他头上没有一些斑秃和疤。倘若要把所有人的头都剃光的话,你们会发现,人人头上都会有几处斑秃和疤。可他就没有。所以他敢剃光头哇!光头不是人人能剃的,要有条件。这个头,我整整剪了一个半小时,剪下的头发楂,细得像粉。我虽然注意力全在他的头上,可我知道,他一直睁着眼睛,从镜子里看着我的手势。后来,他告诉我,他以前的头,都是用电推刀推的,他的女朋友帮他推。他和他的女朋友,都是戏剧学院的,他是老师,女朋友是学生。他的女朋友出去外地拍电视剧了,他只好出来找地方推头。走过几条马路,找了无数家发廊,都说不推光头,最后才找到我的发廊。他和他的女朋友,在武夷路上借了套一室户住,离安西路不很远,以后,他就时常来了。这些都是他以后告诉我的。

叙述显然到了关键部位，店里的空气竟有些紧张。正是下午两三点不大上客的空当里，两个小姐一左一右坐在她身边，老板在柜台里打瞌睡，对她的故事不感兴趣的样子，但是也没有出来干涉她们这样大谈山海经。他真的改了脾性，理发师傅都是饶舌的，爱听和传一些家长里短的故事，而这一个，已经变得漠然了。小姐们等着情节继续发展，不料她却话锋一转：

我刚才有没有提到一个"老法师"？那是安西路做服装的朋友中的一个。叫他老法师，一是因为年纪，那时候他已经四十岁；二是因为他有社会经验。他的社会经验用在生意上面并不多，主要是用在嘴上。他只要坐下来一开讲，老板就都忘了做生意，聚到他身旁来听课。据说他在局里面，承办员听他讲得忘了问案情。她顿了一下，因为说漏嘴脸红了，旋即坦然一笑：不讲也明白，安西路上的老板，大约有一半进过"庙"。带出切口没有使她再停歇下来。脸上的红却扩大并且加深，就有了类似豁出去的表情。从"庙"里出来，找不到工作，就做生意了。老法师吃官司，还是因为他的嘴：诈骗！他骗人家说他是华侨，在南洋开橡胶园，到上海来是想娶个上海太太。南洋那边的华人多是福建一带过去，长相不好，矮，瘦，黑，热带瘴气重，遗传上有许多问题。所以，他就决定到上海来解决婚姻大事。上海人种好，他说。你们知道，他说起来一套又一套的，天底下哪个角角落落他好像都去过。他说上海人种好，上海人里面，女更比男好。江南地方，水分充盈，就滋阴。他说：你们看过《红楼梦》吗？贾宝玉说，女人是水做的，就是这个意思。上海的女人，就是水做的女人。水土湿润，气韵就调和，无论骨骼还是肌肤。都分量相称，短长相宜。比如脸相，北方人，多是蒙古种，颧骨宽平，腮大，眉毛疏淡，单眼皮，矮鼻梁，嘴形缺乏线条，表情呆滞。南方人，是越人种，就像福建的那种，眼睛圆大，而且重睑，但陷得太深，鼻孔上翻，有猴相，欠贵气。江南人，却是调和了南北两地的种相，上海呢，又调和了江南地方的种相。上海的调和，不仅是自然水土的调和，还加上一层工业的调和。有没有看过老上海的月份牌？美人穿着旗袍，洋装皮大衣，绣花高跟鞋，坐着的西洋靠背椅，镂花几子，几子上的留声机，张着喇叭，枝形架的螺钿罩子灯，就是工业的调和。老法师穿一件西装，手里拎一只拷克箱，坐在宾馆的大堂酒吧里，和一批批客人开讲。到了吃饭时间，自然有人请去餐厅，水晶虾仁，松鼠鳜鱼，叫花鸡一道道点上来。这时候，他就改讲吃经。这些人都是鸡生蛋，蛋生鸡地生出来的，多数二十多左右的小姑娘。有一些家世还挺好的，据说有高干的女儿，医生的女儿，有大学生，教师，还有一个电影演员。认识过后，不出一个月，就向人家开口借钱。其实不要他开口，人家自己就会给他钱：外币兑换起来不便当，还要去中国银行排队填表，拿人民币去用吧，不必客气！上家的钱给下家用，就像银行一样，周转起来非常顺利，没有一点漏洞的。老法师长得难看，不是难看，而是怪。猛一看没有下巴，定定睛，下巴是有的，却连着喉结这一段，形成一个收势。第二者，没有肩膀，其实肩膀肯定有，而且相当宽，可是头颈太粗，两块肩胛提肌特别发达，肩膀就塌下来，变成黄牛肩膀了。第三，多了一副手臂转弯骨。原因是手心朝里，转弯骨朝外，手心一翻，转弯骨就到里面来了，就好像多出一副。要说，老法师是长得没有福相，不过，一双手脚又补回来一些。他的手脚都小，与他一米七八的身坯比起来，实在小得不相称。所以，这也是一怪。这样七歪八扭的一个人，就全凭着一张嘴，招蜂引蝶。她说到这个词，大约想到与老法师的形象不符，便笑了。笑里边带了讥诮，又很微妙地带一点怜惜。她脸上的红没有褪去，而是均匀地布开了，使她平淡的面容变得有些姣好。后来，有一日，人家介绍给他一个小姑娘，跟过来看的，有她一帮亲眷朋友，其中一个看过后就有点起疑，觉得这人面熟，像是他们单位，区饮食公司里的供销员。但他自己还不敢确定，过一日，又带了另一名同事来看。另一名同事连他的名字都喊出来了。于是，报告公安局。骗过的人再鸡生蛋，蛋生鸡地吐出来，竟然有十二个，整整一打。老法师一个也不赖，统统顶下来。他说，是他自己失足，就要自己承担，有本事不要穿帮，穿帮就不要赖，本事不是用在这时候的。审他案子的承办员也很服帖他，夜里值班瞌睡上来了，就把他叫出来，听他讲，然后一人一碗大排面消夜。因为他态度好，就判了从宽，三年劳教。在白茅岭农场，劳教也都服帖他，他做了大组长。劳教也分三六九等，诈骗第一等，因为智商高哇！老法师又是高里面的高人。

　　有客人进来了，一个女客，洗和做，因晚上去喝喜酒，要求做得仔细一点。叙述被打断了，一个小姐去洗头，另一个拉过盛卷发筒的塑料筐，将卷发筒上挂着的橡皮筋扯开来，各放一边，等会儿好用，一边问：那么光头客呢？怎么就讲到老法师上面了呢？洗头的小姐也侧过脸对了这边问：是呀，光头客到哪里去了呢？她光笑不答，向老板要了个一次性塑料杯，到饮水器上接了水，慢慢地喝。人们便不敢催她，耐心地等着。店里的骚动平息下来，重新建立秩序，恢复了讲述和聆听的安静气氛。

老法师在白茅岭农场待了两年半,另外半年减掉了。她继续说老法师。从白茅岭回来,他就到安西路上租个铺面,做服装,专做女装。他生意经一般,这也正是他有社会经验的表现。他常常说:大家都是一只船上的人,何必要强过人家的头呢?安西路上做得巴结的人做大了,摊位转租出去,自到虹桥路开时装店的也有,开服装厂的也有,去南非、阿根廷做生意的也有,老法师却稳坐钓鱼台,不动。他有一句话,叫作:家有千千屋,日卧三尺。所以他生意就做得潇洒,进来的服装,有我们喜欢的,他就很慷慨地一送:拿去!他对我们小姑娘很好,出手也大方,还教我们许多事情。他说:女人只要基本端正,没有大的缺陷就可以了,重要的是要有脑子,就是有智商。老话说,"红颜薄命",这句话的另一层意思是,长得好看并非有好命,是不是?还有一句俗话,叫作"聪明面孔笨肚肠",什么意思?为什么要把面孔和肚肠对立起来?原因就是,女人自恃有一张脸就放松了头脑的训练,结果就是前一句——"红颜薄命"。中国的四大美女,其实并不是漂亮。杨贵妃,你们知道吗?就是唐代皇帝的妃子,皇帝为了她,差点丢了江山。后来,将士要求皇帝杀了杨贵妃,才肯为他出兵打仗,重返朝廷。杨贵妃有狐臭,所以就在脖子上戴一圈鲜花,"闭花羞月"的"闭花"二字,就是从这里来的。可见她并不是以色貌取得唐明皇欢心宠爱,凭什么?你们自己去想。再有王昭君,你们以为她有多美?皇帝会把真正的美妃送给野蛮人!重在贵而已,贵是贵在大汉王朝宫里的人,这身份就足够有余了。可她聪明啊!让她去那种地方,住帐篷,吃羊肉,天寒地冻,话也听不懂。她没有一头撞死,真去了。这一去,便青史留名。西施和貂蝉两位,智商就更高了。她们实实在在就是两个间谍，放进去的倒钩。没有超人的智商，担当得起吗？反过来说，女人聪明，自然就会漂亮，这漂亮不是那漂亮，是一种气质。说到"气质"这个词，她又不自觉地笑了一下，却没有减缓叙述的进程。比如西施，从诸暨乡下选来的民女，为什么不直接送去给吴王夫差，而是要由大夫范蠡专门调教她，调教什么？走路，抬手，说话，看人。学这些，靠什么？智商。走路，可以说决定了整个人的风度。人家说回头率，回头率从哪里来？马路上人头攒动，都是擦肩而过，五官，皮肤，身材哪里来得及端详？引人回头的就是走路：步态。过去贵族学校，中西女中，有一堂课，就是走路。头上顶一本书，直走，转弯，上楼梯，下楼梯。书不能掉下来。练的什么？挺胸，但不能挺得太过，像军人走操；抬头，也不能抬得太过，变成"额角头朝天花板"了，以眼睛平视为标准。胸挺起来，腰、背、颈就直了。步子不宜太小，小了就像戏台上跑圆场，忸怩作态；亦不能太大，大了就有男气。有没有发现老电影里的旗袍，开衩开到膝盖下面的一点，这就对了，这个尺寸就是跨步子的长短，要用足，但不能硬撑。现在新式旗袍，衩一径开到腿根，忒粗鲁，可以跑步了。没有生意的时候，老法师就教我们练走路。不瞎讲，走在马路上，我一眼就认得出老法师教出来的人。我们中间有几个，与老法师特别好，猜也猜得出来，关系不平常。但是大家都晓得不可能，因为她们或者有家庭，或者有男朋友，或者只想和老法师玩玩，并不想结婚。老法师到底年纪大了，那时候已经四十多岁。他自己也不想，他说大家在一起是因为开心，不是为了烦恼。他还关照我们，不要和年轻的男孩子搞，搞出感情来麻烦得很。

店里的女客已经卷好头发，在烘发，手上翻一本时装画报，不晓得哪年哪月的，都卷了边。主雇三人暂时都歇下来。太阳到了这一面，透过窗上的尼龙镂花帘子，从背后照了她。她的脸就在暗处了。不过，这只是对比而言，在强光下的暗，依然是明亮的，而且显得柔和。她笑一笑，将手里喝空了的塑料杯一下子捏瘪，这个动作有一种结束的意思，可是底下还有：

　　你们没有想到吧，我老公就是老法师。其实，我不是和老法师特别好的小姑娘，可我是要和老法师结婚的。老法师说：这就是你比她们聪明的地方。他以前也曾经说过这样的话，但意思是指我的气质：到底是淮海路的女孩子。她得意和羞怯地笑了笑，站起身来往外走。光头客呢？两个小姐着急起来，追着她身后问。死了！她回答，推门出去，手一松，弹簧门又送回来，将照在上面的微黄的阳光，打了两个闪，映在小姐们失望的脸上。稍停一时，她们就又热烈地讨论起来，讨论她的年龄，到底有多大。看上去只像二十多岁，可是，将她经过的事排一排，又不够排的，怎么都要三十朝上。忽然间，老板吐出一个字来：鸡！这是他迄今为止发出的唯一的声音，仅一个字，声气言辞却极粗暴，小姐们的聒噪便戛然而止，静下来。

俄罗斯陆军腰带

马晓丽

秦冲没想到这辈子还能见到鲍里斯，更没想到会在远离中俄边境的地方见到鲍里斯。

秦冲迅速地瞥了一眼鲍里斯的肩章，心当即就被狠狠地抓挠了一下，妈的，这家伙都上校了！

秦冲中校，虽然看上去只比上校差一级，但中俄两军编制不同，鲍里斯的上校上一级就是准将了，秦冲的中校上面还有上校、大校，然后才是将军，这中间差了不止三级呢。秦冲立刻觉得两个臂弯同时发痒，心想这回神经性皮炎指定是要犯大发了。

你好，秦！鲍里斯离老远就大叫。秦冲赶紧迎上去，一边喊，老鲍，你好！一边瞄住鲍里斯的手臂动作，恰到好处地跟他同时抬手敬礼，既避免了低一级先敬礼的尴尬，又不失热情和礼节。

直到跟鲍里斯的手握在一起之后，秦冲才正式开始兴奋。鲍里斯的手仍旧很不军人，厚软且潮热。从前秦冲每次跟鲍里斯握手都会有一种怪异的感觉，觉得自己握的不是鲍里斯的手。换句话说，就是秦冲认为凭鲍里斯这家伙的手不该这么温厚，因为秦冲尝过这只手出拳的滋味。但今天，鲍里斯那多毛而温厚的手却让秦冲备感熟悉和亲切。毕竟，他们是老相识了，不管当年秦冲多么烦这个倒霉的鲍里斯，但多年之后意外相见，特别是在中俄联合军事演习的野营村相见，还是令秦冲十分高兴的。

秦冲和鲍里斯是名副其实的老对手了，当年他俩都是边防连长时，曾守过同一段国境线，只是他们各为其主，一个在国境线这边，一个在国境线那边。一般情况下，国境线两边的边防军人是难得互相照面的，因为两国的哨所之间有固定的距离，巡逻线路也大多只并行不交叉。但他们这里不同，秦冲和鲍里斯守的是一段黑龙江，这江冬天封冻，夏天开化，所以哨所和巡逻线路就总得随着季节不断变化。夏天的情况比较简单，宽阔的江面把他们分别隔在两岸，两个边防连只隔江对峙着就是了。偶尔会发生一些行船偏离江心进入对方国界的情况，但大多不用你管他就会自行调整回来，不会有太大的麻烦。麻烦的是冬季。冬季黑龙江会封冻，封冻之后江面上不仅能走人，跑载重车都没问题。所以一到了这个季节，方方面面就都活泛起来了，偷越国境的想趁这个时候跑入，偷关的想趁这个时候倒腾货，还有那些在江面上凿冰捕鱼的，你一眼看不住他就可能凿到外国领土上了，稍不留神就会给你凿出个边境纠纷来。所以，每当进入冬季，两岸的哨位就开始跟着冰冻的江面，从岸边一点点地向江心推进。也就是在这个时候，秦冲的神经性皮炎开始准时发作。随着哨位不断地向江心的国境线推进，秦冲的两个臂弯内侧的皮肤就会越来越红越来越痒。直到哨位推到了江心，直到两国哨兵鼻子碰上了鼻子，直到秦冲跟鲍里斯两个眼儿对上了眼儿，秦冲的神经性皮炎就彻底大发起来了，痒得那叫一个抓心挠肝，扛不住劲儿时真恨不得拿刀把整块皮给片了去。

起初秦冲并不怎么烦鲍里斯。鲍里斯会讲汉语，是莫斯科大学汉语专业的，比较好沟通。但这还不是主要的，主要是秦冲觉得鲍里斯虽说不是陆军专业，没有伏龙芝那样令人信服的背景，但看上去很军人，身姿挺拔，着装严谨。俄军那时的服装比咱讲究，鲍里斯即便外面套着迷彩短大衣，也会束紧腰带，领口处露出一截体面的领带，而且无论什么时候出现，鲍里斯脚下的皮靴都擦得锃明瓦亮。尽管后来秦冲知道鲍里斯的皮靴并不是他自己擦的，但秦冲还是很欣赏鲍里斯的军容军姿。军人嘛，秦冲说，就得有军人气质。秦冲是很在意军人气质的，可惜那时咱的军装不给撑腰，想御寒就得把自己穿成个棉花包。秦冲是坚决鄙视棉花包的，所以在棉花包和气质中间他当然地选择了气质，也就是说在保暖和挨冻之间他当然地选择了挨冻。这就把秦冲弄得很悲壮，无论是巡岗查哨还是处理边境问题，只要是出现在俄军面前，特别是出现在鲍里斯连长面前时，秦冲准穿得周吴郑王的，而且冻死不服软，嘴都瓢了还叫硬，声称自己是耐高寒优良品种。其实，连刚下连的新兵蛋子都看得出，秦连长是在跟对面的鲍连长较劲儿，比的是军人气质。

秦冲开始烦鲍里斯是因为菜地的事。秦冲的连队有一块著名的菜地，之所以著名是因为在高寒地区开出这么一片菜地不容易。要知道，这里一年只有三个月的无霜期，只能抢在这三个月里种菜，而且还不是什么菜都能长，什么菜都能长得好。秦冲的连队不仅在这里种出了菜，而且还把菜种得瓜有瓜样果有果样，很给连队争脸面。这菜地自然就成了秦冲的宝贝，只要有人来连队，秦冲准会领着人家去菜地参观。

边境气氛趋于缓和之后,两边的连队有了较多的接触,时不时就在一起搞个联欢。有一次联欢后,秦冲为了表达热情,当然也是为了在鲍里斯面前显示,就把他们领到菜地参观。而且当场发给俄军官兵每人一个塑料袋,让他们进菜地自己摘点黄瓜西红柿带回去。这下可把俄罗斯兵们乐疯了,他们争先恐后地冲进菜地,不一会儿一人就摘了满满一袋子黄瓜西红柿。秦冲注意到鲍里斯没进菜地,但当时没往心里去,以为鲍里斯是端着,或是不想弄脏了自己的皮靴。

不久后,他们又搞了一次联欢活动,联欢活动的最后一项仍旧是安排俄军去菜地里摘菜。令秦冲万万没有想到的是,刚要给他们发塑料袋,他们就一人从腰间拽出了一个大编织袋,人家自己早就准备好了。一看这架势,秦冲就知道坏了,地里哪有那么多黄瓜西红柿呀,要是把那些大编织袋都装满,这菜地立马就得罢园了。可既然把人家领来了,就不能不让人家把口袋装满。秦冲斜眼去看鲍里斯,见鲍里斯竟像没事人儿似的,兴致勃勃地看着眼前的热闹场面。秦冲心下一沉,立刻稳住神儿,命战士们赶紧抢在俄军前面砍大头菜往里装,尽量减少我军的损失。

送鲍里斯走之前,秦冲意味深长地问鲍里斯,老鲍,看来你们很喜欢我们的菜地呀。

鲍里斯说,是的是的,你们的菜地很有趣。

秦冲立刻跟上一句,你们也可以种菜嘛。

不不,鲍里斯连连摇头。

不会种不要紧,秦冲说,我们可以给你们提供技术帮助。

不不，鲍里斯还是摇头。

菜种菜苗也没问题，秦冲又说，我们育苗时给你们带出来就是了。

不不，鲍里斯更加坚决地说，不是这个问题。

那还有什么问题？秦冲问。

鲍里斯说，问题是，我们不是农庄，是军队。

秦冲当时就卡壳了。

秦冲怎么也没想到鲍里斯竟能连骨头带筋地扔出这么难啃的一句话。这句话让秦冲在暗地里悄悄地啃了好长时间。啃没啃出名堂不知道，反正打那以后秦冲对菜地的热情明显不如从前那么高涨了。也就是从那时起，秦冲开始越来越烦鲍里斯了。只是那时秦冲的烦基本上还控制在正常范围之内，没达到后来那种剑拔弩张的地步。

眼前的鲍里斯仍旧身姿挺拔，皮靴锃亮。这么多年过去了，老鲍除了军阶有变化，其余方面似乎毫无变化，连神情都跟原来一样。见鲍里斯也在打量自己，秦冲下意识地挺了挺胸脯子。

秦冲今天穿的是作训服，脚蹬一双高勒作战靴，裤脚松松地塞在靴勒里，头戴一顶特种兵的贝雷帽，帽舌斜斜地压在眉峰处。秦冲知道自己身上这套装束野战味十足，更知道这种粗野的美很适合自己。好好看看吧，秦冲不无得意地想，今非昔比，现如今该轮到你老鲍眼馋我了吧？

果然，秦冲如愿以偿地在鲍里斯的眼里看到了赞许羡慕的亮光。

秦冲对鲍里斯他们这支部队印象一般化。

秦冲的特战营一进野营村就开始清理营区环境，整理内务。秦冲检查了一圈，以他的严苛都没挑出什么毛病。鲍里斯那边的俄罗斯兵可倒好，背包都没拆就撒丫子放了羊，眨眼间就把七个球场全占满了。秦冲过去看了一眼，简直没个样，光大膀子的光大膀子，穿大裤衩子的穿大裤衩子，满场呜嗷乱叫不说，没过多大一会儿就当场打断了一只胳膊。

这事要发生在我军这边就完了，还没上战场就自损战斗力，从上到下谁也别想躲过这个处分了。秦冲想到鲍里斯情绪不会好，丢人丢到外军面前，把人丢大发了。所以秦冲趁午后的空隙时间，特地整了两瓶好白酒去看望鲍里斯。鲍里斯喜欢喝白酒，大多数俄罗斯人都喜欢喝烈性酒，而且特别喜欢喝中国的白酒。从前他俩每次在一起喝酒，鲍里斯都会喝得酩酊大醉。秦冲却从来不醉，秦冲的酒量一般人都比不了。其实鲍里斯的酒量也不小，只是他太贪恋酒，鲍里斯喝酒那架势活像是在讨便宜，多讨一杯是一杯。秦冲挺瞧不起鲍里斯上酒桌的那副德行，但这并不妨碍秦冲每次喝完酒都张罗着给鲍里斯带两瓶好酒回去。一码是一码，秦冲说，我跟鲍里斯之间是国际关系，都国际了咱就得表现得大气。

跨过野营村中间那条象征国境线的小路，穿过俄军野战帐篷群，秦冲注意到每个俄军帐篷门口都有一个擦皮靴的搭脚架，心想，看来苏联军队的传统一直没丢弃。秦冲听说五几年我军向苏军学习时，学的第一课就是擦皮靴，想到鲍里斯脚上那双永远锃明瓦亮的皮靴，秦冲不由得笑了。

俄军军官公寓在野战帐篷群的后面，是几排专门为他们搭建的轻体房。在这一点上,俄军跟我军完全不同,他们可不搞什么官兵一致,他们官就是官,兵就是兵,等级森严得很。秦冲这个营长可以和士兵一样住野战帐篷,但他们一个小排长都得住在军官公寓。

秦冲挺不屑地走进俄军军官公寓,发现这里的设施真他妈的全,不仅有洗衣间、淋浴间,甚至还有个台球室。秦冲站在连接几排轻体房的回廊中间,一时竟不知该向哪里去寻鲍里斯了。左面那排房间有声音,秦冲转向左面,却猛然撞见了一个肥胖的俄罗斯女人。那女人只穿了短裤和胸罩,正在用一条大毛巾擦湿漉漉的头发,见一个中国军人闯了进来,胖女人尖叫了一声跑回屋去,随着房门嘭的一声碰死,里面传出一阵哈哈大笑声。

秦冲十分尴尬,知道自己误闯了厨娘们的住处,赶紧退了回来。秦冲知道俄军士兵不做饭,部队走到哪都得带着这些厨娘。今天秦冲还特地安排分管伙食的副营长去俄军食堂参观,让他了解外军的配餐方式。结果副营长一回来就乐不可支地向秦冲学,说那些厨娘做饭像配药,土豆削了皮再称重,最可笑的是一锅下好几十斤土豆,多一个也得从秤上拿下来……这有什么可笑的?秦冲没好气地瞪了副营长一眼,这叫科学配餐懂不懂?这叫严格按体能需要控制卡路里懂不懂?不懂就向人家学!

秦冲让副营长去跟人家学是有缘由的。俄军刚进驻当天后勤来不及展开,所以第一顿饭是联合指挥部安排的。我们中国人热情啊,而且我们表达热情最重要的方式就是让客人多吃,吃得越多越说明我们心诚,越显得我们大方好客。负责分餐的那几个兵也不知是得了谁的令,铆足了劲儿抡大勺子,个个餐盘都装得溜满。秦冲在一旁冷眼观看,发现许多俄罗斯兵看到面前那一大盘食物都面露难色，心里真替他们愁得慌。秦冲毕竟跟俄军有过接触，知道人家俄军的食物都是经过计算配比的，吃饭不允许剩，分给你多少就得吃进去多少，不像我们剩了可以随便倒掉，心想这吃又吃不进，剩又不能剩，倒又不让倒，还不把人撑出毛病啊？果然，没过一会儿那边就出毛病了。原来一个列兵实在吃不下去了想偷偷倒掉，结果被鲍里斯当场抓住。鲍里斯把那个列兵按在墙上足足地训了半个小时，最后到底逼着列兵把半盘子剩菜全部塞进了嘴里。秦冲知道鲍里斯这是在杀鸡给猴看，更知道鲍里斯这是故意做给中国军人看，否则他犯不上在大庭广众之下足足训上半个小时。秦冲看出鲍里斯做得很成功，那个列兵被逼着往嘴里塞食物的痛苦模样，的确把在场的所有中国军人都镇住了。秦冲也看出在场的中国军人普遍对鲍里斯产生了不满，但秦冲心里没有不满，因为秦冲一直很赞赏外军的配餐制度。秦冲当年在土耳其接受魔鬼训练时，就曾得益于那里的配餐制度。SAT特训营严格按照体能配餐，学员给什么就得吃什么，给多少就得吃多少，那时秦冲被逼得连生牛肉都能吃了。回想SAT的训练那么艰苦，如果没有严格的配餐制度，身体恐怕是很难支撑下来的。

　　秦冲终于找到了鲍里斯。鲍里斯正在轻体房围成的院落中间晒太阳，他看上去似乎心情不错，闭目仰靠在躺椅上，只穿着一条短裤，全身都沐浴在阳光里。午后的阳光流金一样从鲍里斯那多毛的身体上流淌下来，漫过青草地，漫过矮树丛，在鲍里斯的周围蔓延出一片金黄色的宁静。

　　秦冲刚想招呼鲍里斯，突然看见了鲍里斯脱在旁边的衣服，目光一下子定在了搭在衣服上的那条腰带上。那是一条皮质优良的俄罗斯陆军腰带，棕黄色的皮带条上用明线缝纫出规则的菱形图案，纯铜卡头在阳光下闪着油亮的光。秦冲熟悉这种腰带，这腰带最独特的地方就在卡头，一般的腰带卡头上只有一个钉，这种腰带的卡头上却有两个钉，腰带上的钉眼也相应地有两排。秦冲曾在身上比量过这种腰带，说实话他很喜欢，他觉得这种双钉的腰带比单钉的扎在腰上更牢靠。秦冲觉得最不牢靠的就是我军现在用的这种腰带，卡头太民用化，时尚但不踏实。

默默地盯着那条俄罗斯陆军腰带，秦冲忽然间就没了兴致，连招呼都没跟鲍里斯打，就扭头匆匆离开了。

正式演习之前的两军合练进行得很顺利。这次演习主要是为加强中俄两军的联合反恐能力，要求多兵种配合，运用多种手段打击恐怖分子。所以秦冲的特战营在演练中就显得十分抢眼，他们一会儿出现在空中，跳伞在指定地点降落，一会儿从超低飞行的直升机中直接跃向地面，一会儿又沿着立陡立崖的墙壁向上攀爬……俄军的表现也相当不错，他们对陌生环境的适应能力极强，很快就进入了状态。特别是他们的空降兵部队，虽然没展示他们的伞兵战车，但空降兵天女散花般突然密集地出现在空中，然后迅速落地集结，眨眼间就能投入战斗，还是很令人赞叹的。

一切正常，只需再预演一次，就开始正式演习了。但秦冲的神经性皮炎此时却莫名其妙地发作了。秦冲总觉得心里不踏实，但又想不出为什么不踏实。演习前的各项准备工作检查过无数次了，各个关键环节也交代过无数次了，问题到底出在哪呢？

近两天野营村的空气明显轻松了许多，我军的北方军区歌舞团来慰问过了，俄军的远东军区歌舞团也来演出了，演习前的紧张气氛因此掺进了一些类似年节的喜庆味道。但这都不是问题，秦冲挠着臂弯想，而且按照我们通常的说法，这还有鼓舞士气、提高部队战斗力的作用，所以问题应该不在这。

秦冲的神经性皮炎果然不是白犯的，他很快就追本溯源嗅出了野营村里的异样味道。秦冲发现有士兵在暗地里悄悄地跟俄罗斯士兵交换物品，而且这种情况大有愈演愈烈之势，最令秦冲担心的情况终于还是发生了。

按说，两个不同国家的军人整天碰鼻子碰脸地在一起厮磨，互相赠送点小礼物算不得什么。但以秦冲的边防工作经验来看，外事无小事，只要沾了外事的边，即便是小事也能演化成大事。所以从打一进野营村，秦冲就在特战营里多次强调不许私自与外军交往，不许与外军交换物品。但在野营村里驻着的可不只是秦冲一个特战营，眼巴巴地看着人家与俄军你来我往弄得挺热乎，兵们自然就会好奇眼馋，自然就会心头发痒。何况那些俄军士兵又经常主动出击，说不定什么时候就从兜里掏出个领花、帽徽、兵种符号什么的，强烈要求跟你换东西。天下的军人没有不喜欢军品的，这些东西谁看见谁动心，谁摸着了都不想撒手。如果只是偶尔换个一两次倒也罢了，小来小去地换换也就罢了，可你想，士兵身上能有多少东西可换，换来换去不就开始动用下发给个人的装备了嘛，一动装备问题不就大了嘛。在秦冲看来，装备是军人躯体的一部分，是军人战斗力的一部分，躯体和战斗力怎么能随便拿去交换呢？要论喜欢，恐怕秦冲比谁都喜欢这些东西，但喜欢归喜欢，规矩归规矩，不能因为喜欢就坏了规矩。

秦冲决定今天晚上亲自蹲坑，看看到底是个什么情况。

月亮白亮白亮地顶在头上，连眼都不眨一下。这样的夜晚不适合隐蔽，却很利于观察。好在对秦冲来说根本不存在适合不适合的问题，什么样的环境下隐蔽都不成问题。秦冲选的地方不仅能藏身，还能清楚地观察到中俄两军联合岗哨的位置，甚至能借助远红外夜视望远镜看到临时国境线附近的大部分活动区域。

秦冲很快就发现，其实进入这个区域活动的大多是军官而不是士兵。他看到几个中俄军官在一起比比画画地交谈着什么。大概是我方的一个军官在跟一个俄军少校商量换个徽章，只见我方军官准备充分地掏出两条丝巾递到俄军少校手中，俄军少校马上痛痛快快地把一枚徽章递了过来。我方军官立刻拿出一面中俄联合军演的旗标，当场就把徽章别在了上面。中俄军官们个个押长了脖子看着那旗标，嘴里不停地发出阵阵惊叹。秦冲好奇地把望远镜聚焦过去，看见那面旗标上面竟然别满了各式各样的徽章。还真有有心人哪，秦冲的馋虫顿时被勾了出来，一拱一拱地直往上顶，在心里把人家羡慕得一塌糊涂。没办法，秦冲咬住牙根想，眼馋也没鸟用，人家机关干部这么干行，咱不行，谁让咱屁股后面跟着一大群兵呢。

晚些时候兵们才开始活动。兵们显然不像军官那么张扬，但似乎更加默契。联合岗哨设在临时国境线的两边，之间相距只有几米。秦冲看见刚换下岗的两国哨兵会意地相视一笑，就向对方走去，站在临时国境线两边比比画画地交流起来……

月光洒在地上，地面泛起一层亮白色的光。秦冲心中不由得一动，这情景太熟悉了，仿佛是在那个冰封的江上，白亮的月光照着宽阔的江面，照着江心的国境线，也照着竖立在国境线两边的哨所。秦冲隐蔽在一个雪堆后面蹲坑，看见那个大个子俄罗斯兵比比画画地做出喝酒的样子,中国兵会意地一笑,从怀里掏出了一瓶酒。俄罗斯兵的眼睛立刻红了,不顾一切地冲了过来。中国兵却笑着把酒瓶揣进了怀里。俄罗斯兵急切地伸出手去要,中国兵指了指他的腰,意思是让他用腰带来换。大个子俄罗斯兵明白了,马上毫不犹豫地抽出了腰间的皮带……

不,秦冲晃了晃脑袋,赶紧把思绪从江边上拉回来,这才看到眼前竟是俄罗斯兵指着中国兵的腰,向中国兵要腰带。中国兵掏出一样东西给他看,但俄罗斯兵显然不满意,坚持要腰带。中国兵又比画了几下,俄罗斯兵就有些急了,一把抽出了自己腰间的皮带……

就在这个时候,秦冲突然从暗处跳了出来。令秦冲没有想到的是,几乎就在同时,鲍里斯也出现在这里。

秦冲和鲍里斯惊讶地互相对视着,这情景竟然与多年前一模一样,他们谁也没想到多年前曾经发生过的一幕,会在这里重新上演!

接下来应该是什么呢?接下来应该是他俩同时发出野狍子般的吼声,顿时把那两个兵吓堆了。中国兵虽然还站得住,但脸却已经贴到了胸脯上。大个子俄罗斯兵则面孔煞白浑身发抖,像个被卡住了脖子的小动物。

再接下来就是那条俄罗斯陆军腰带了,是鲍里斯抢过腰带狠命地抽打大个子俄罗斯兵,又扒掉俄罗斯兵身上的衣服抽打,后来干脆就把腰带掉过来,用那个带双钉的铜制卡头抽打,直打得大个子俄罗斯兵在雪地上不停地翻滚号叫。

后来就该是秦冲上场了。秦冲本想拔腿就走的,妈的丢人还来不及呢，凭什么看上人家的腰带？人家的腰带就那么好？就值得你转磨磨想辙整瓶白酒跟人家换？亏这损兵做得出来，回去看我怎么收拾你！见鲍里斯上来就开打，秦冲心里极其不屑，心想自家的孩子自家领回去关上门管教就是了，犯不上在这撒野打给外人看。说老实话，秦冲急眼了也打兵，此刻他就恨不得照自己那兵的后屁股上狠狠地踹上一脚。但打也不是鲍里斯那么个打法。首先你得爱兵，得做他的家长，待你和他都认可了这种关系，即使急眼时打他几下子，下手也会带着亲情，双方都能接受。鲍里斯下手没有情，只有暴虐，但这不关他秦冲的事，秦冲只想赶紧把自己的兵带回去处理这事。但就在秦冲转身要离开的时候，却偏巧看见了血——大个子俄罗斯兵的头被鲍里斯打出血了。血汩汩地从那兵的头顶流出，流过眼眶，流过嘴角，顺着稚嫩的下巴滴答滴答地落在坚硬的冰面上。鲍里斯是不该让秦冲看见血的，看见血秦冲就管不了那么多了，在血滴落冰面上的那一瞬间，秦冲突然凌空弹射出去，一把夺下了鲍里斯手中的腰带。鲍里斯迅速回转身毫不含糊地当胸就给了秦冲一拳，两个人就势就扭打在一起了……

按秦冲后来的说法，这是他这辈子打得最具有国际影响的，也是最没名堂，最不讲章法，最有失军人气质的一场架。根本就谈不上打，秦冲说，脚下溜滑净摔跟头了，那也能算是打架？

秦冲和鲍里斯默默地对视着，这一次他们谁都没朝自己的兵吼叫。月光投射在他们的眼中，悄无声息地修改着从前的脚本——

鲍里斯不仅没发火，还微微地笑了一下。秦，鲍里斯说，你们的腰带很好，我们的士兵都很喜欢。

秦冲有些意外地看着鲍里斯，一时竟不知说什么是好了。

鲍里斯说，他只是想交换一下留个纪念，可以吗？

秦冲没说话，狐疑地望着鲍里斯。

好吧，鲍里斯耸了耸肩说，没关系。

直到鲍里斯的背影在黑暗中消失很久了，秦冲依然站在白亮的月光下一动没动。

下午突然下了一场暴雨。这雨下得毫无来由，中午还响晴白日的，转眼间就狂风大作暴雨倾盆了。很少见这么大的雨，就像头顶上决了口似的，大水倾泻而下，没几分钟野营村的大小排水沟就都爆满了。眼看帐篷就要进水了，官兵们立刻冲出去冒雨排水。紧急情况下最能看出一支部队的素质，根本不用秦冲多说，官兵们就挖沟的挖沟，培土的培土，舀水的舀水，紧张而有序地干了起来。

对面的俄军帐篷也进水了，秦冲跑过去看了一眼，差点没笑喷，水漫进帐篷把盆都漂起来了，俄罗斯兵却什么都不顾只顾皮靴，光脚站在水里把皮靴提得高高的，好像只要把皮靴保住就什么都有了。秦冲赶紧派人去帮他们排水，俄罗斯兵这才纷纷跑出来，学着我们士兵的样子用盆往外淘水。

像来时一样突然，大雨说停眨眼间就停了。秦冲把俄军的帐篷挨个检查了一遍才放心。在检查俄军帐篷时，秦冲有了个意外的发现，他发现俄军竟然在悄悄地学我们的内务，他们也开始追求整齐划一，把牙缸摆成了一排，而且牙刷都朝一个方向倾斜。只是他们学得还不够地道，新牙刷都没开封，一看就是摆样子给人看的。秦冲心里暗自发笑，心想这形式主义真是害死人哪，一不留神把老毛子都给拐带坏了。尽管秦冲很赞成两军间应该互相学习，但毕竟文化背景不同，有些东西学得来，有些东西是学不来的，硬学恐怕也只是学个皮毛而已。别的不说，俄军光膀子这一手我们就学不来。俄军喜欢光膀子，不光休息光膀子，打球光膀子，连出操都个个光着个大膀子。开始秦冲看了很兴奋，心想这招好哇，光膀子出操多痛快多酷，而且还低碳环保，出身臭汗回来冲冲就行，连衣服都不用换洗了。但细想想还真就不能跟人家学。人家俄罗斯民族就是那文化，讲究的是个"放"。咱中国人不行，咱们讲究的是"收"，凡事都得收着点，捂着点。真要是突然间拉出一个营的光膀子兵，别说老百姓会吓一跳，连自己都觉得不对劲儿。

一个俄罗斯士兵引起了秦冲的注意，这兵年龄很小，脸上泛着一层淡黄色的茸毛，一副胎毛还没褪尽的模样。秦冲经过他身边时，把他手里的毛巾碰掉了。捡起毛巾递给他之后，秦冲随手亲热地拍了拍他的后脑勺，就像平常对待自己的兵那样。后来秦冲就发现自己挨个帐篷检查时，小俄罗斯兵一直跟在他身后。说不清这个小俄罗斯兵怎么会让秦冲心里忽悠一下，猛地想起了那个大个子俄罗斯兵。秦冲站住脚回过头，认真地打量了小俄罗斯兵一眼，发现他跟大个子俄罗斯兵一点都不像。但是，他的目光让秦冲觉得很熟悉。秦冲忽然明白了，正是他的目光让自己想起了大个子俄罗斯兵。秦冲其实很不愿意想到他，他是秦冲心中的一个痛。

秦冲和鲍里斯打架之后，秦冲顺理成章地获得了个处分。之后不久，那个被鲍里斯痛揍的大个子俄罗斯兵就偷越国境跑过来了。令秦冲哭笑不得的是，当哨兵把大个子俄罗斯兵抓住带到秦冲面前时，他竟高兴得扑过来想拥抱秦冲。秦冲这会儿躲还躲不及呢，哪能还跟他往一块搅和，赶紧打发人把他送给边境代表去处理。

后来边境代表来找秦冲,说大个子俄罗斯兵是因为实在受不了军队的体罚才跑过来的,他说自己如果再不跑就会被打死。还说他喜欢中国,愿意到中国来生活,表示他可以在中国做点生意养活自己。后来听说要把他遣送回去就号啕大哭,强烈要求见秦冲。

秦冲连连摆手,说不见不见。见边境代表一脸内容地盯着他不吭气,又负气地说,别这么看着我好不好,好像他是我什么人似的,我跟他什么关系都没有,为他背个处分就已经够傻的了。

边境代表说,大个子俄罗斯兵说不见到秦冲就绝食,他现在已经好几顿没吃饭了。

秦冲这才没了辙,只好答应去见面。路上秦冲还想,见面非得狠训这家伙一顿,但一看到大个子俄罗斯兵的眼神儿,秦冲立刻半句狠话都说不出来了。那大个子俄罗斯兵的眼神儿是那么的单纯,那么的无助。在见到秦冲的那一刻,他的眼睛像焰火般忽地亮了起来,就像看到了亲人一样,目光中充满了希望。秦冲让他坐下,他立刻就坐下。秦冲让他吃饭,他二话不说端起来就吃。他那充满了无条件的信任和依赖的眼神儿,把秦冲的心弄得乱七八糟的。秦冲知道自己承受不起他这样的信任和依赖,自己没有办法帮助他留下来,也没有办法保证他不回到那个令他恐惧的军队。最让秦冲受不了的是,自己不仅得劝说他回去,还得亲自押送他回去。

秦冲永远也忘不了那个寒风凛冽的冬日,他亲手把大个子俄罗斯兵交给了鲍里斯。

一看到鲍里斯,大个子俄罗斯兵的眼里立刻充满了恐惧。他扭过头来眼巴巴地望着秦冲,似乎在乞求秦冲的保护。但秦冲无法保护他,只能硬着心肠,做出一副无动于衷的样子。大个子俄罗斯兵被鲍里斯从秦冲身边带走的时候，像个无助的孩子一样，目光中充满了不解、悲伤和失望。那目光真让秦冲心里受不了，这感觉就像是把自家孩子往狼窝里送一样。秦冲咬紧牙根，目送着鲍里斯往回押送那个兵。在跨过国境线之前，大个子俄罗斯兵的脚步踉跄了一下，然后突然站住了，转过身来定定地看了秦冲一眼。这一眼，看得秦冲心里悚然一惊，那张稚嫩的脸仿佛顷刻间就荒芜了，苍老了，目光中所有的光亮似乎都熄灭掉了，像无月的夜一样没了一点生机，里面只有一种令人不安的濒死的绝望。

秦冲的牙根终于咬不住了，他一脚踢飞了脚下的积雪，头也不回地离开了现场。

秦冲的感觉没错，不久之后就得到消息，说大个子俄罗斯兵自杀了。

从听到这个消息的那一刻起，秦冲就再也没能摆脱过负疚心理。秦冲做过很多努力，想要把自己从这件事里择出来。他无数次地告诉自己，那个大个子俄罗斯兵的死跟自己没关系，自己在这件事情上无能为力。他也无数次地告诉自己，造成这个兵自杀的是鲍里斯，鲍里斯当然不会饶过一个偷渡的兵，当然要对这个兵施暴，这个兵实在受不了就只好自杀了。可是无论秦冲怎样说服自己，只要一想到那个兵的目光，秦冲就无法安放自己的内心，无法摆脱是自己跟鲍里斯合谋把那个兵逼上了死路的念头。

秦冲坚决地躲开了小俄罗斯兵的目光，他不想回忆过去，不想在回忆中败坏心境。

待到秦冲检查完俄军帐篷往回走的时候，鲍里斯才在远处出现。看着鲍里斯一身光鲜地朝这边走来，秦冲突然感到鼻子眼里一阵难耐的巨痒，冷不防打了一个响亮的大喷嚏。

演习进行得很成功，秦冲的特战营在演习中表现得极为突出，最后在解救恐怖分子扣押的人质时，特种兵在人们最意想不到的方向突然出现，迅速制伏了恐怖分子，成功地解救出人质，表现出了极强的机动能力和极高的特战素质，获得了联合军演指挥部的高度评价。一切都很完美，只是演习过程中我军后勤部队出了点事，一辆保障车在完成夜间无照明快速机动课目时发生侧翻，驾驶员当场死亡了。

秦冲是从联合军演指挥部下发的通报中得知这件事的，通报要求各参演部队认真做好各项安全检查，保证演习结束后部队回撤的安全。说实在的，秦冲没太把这件事放在心上。在秦冲看来这么大规模的军事演习，上天入地的动用那么多飞机坦克、武器弹药、车辆人员，不出事是侥幸，出个把事实属正常。所以秦冲只按惯例把通报精神传达了，让各分队按要求进行安全检查，这事在他这就算过去了。

但很快，秦冲就发现这件事过不去了。

清晨，俄罗斯士兵一出来，秦冲就觉得哪地方不对劲儿，仔细看过才恍然大悟，原来是没光膀子。真新鲜，自从入驻野营村以来，这些俄罗斯士兵还是第一次在早上出操的时间没光膀子。不仅没光，而且个个还穿戴得十分整齐。秦冲心想，看架势今天早上俄军是不准备出操了。

果然，秦冲见鲍里斯把部队带到了野营村的小广场上。小广场中间并排竖立着两根旗杆，上面分别悬挂着中俄两国的国旗。鲍里斯就在国旗下面整队，像是要搞什么仪式。秦冲的好奇心骤起，决定在一旁看个究竟。

只见鲍里斯在队伍前面讲了一番话，秦冲虽然听不懂，但看得出鲍里斯的神情很严肃，所有俄军官兵的神情都很严肃。讲完话之后，鲍里斯发出了一连串的口令，只见全体俄军官兵一起摘下了帽子，低头默哀。与此同时，旗杆上的那面俄罗斯国旗开始缓缓下降，直降到半旗的位置停了下来。

秦冲心头一震，原来俄军是在为在演习中死去的中国军人举行哀悼仪式！

就像当年被鲍里斯当胸打了一拳一样，秦冲突然觉得心口发紧，好半天都喘不过气来。内心里沉睡了很久的一些东西似乎在这突然的重击下猛然惊醒了，用力地牵动着那些久已麻木了的神经，秦冲竟然感到了痛，而且是那种直抵内心的痛。秦冲依稀记起，自己已经很久都没有过这种真切的痛感了。

野营村里所有的中国军人，在那天的清晨过后都显得格外沉闷。没有人去小广场，即使经过那里也尽量绕开中间的旗杆走，而且尽量不去看广场上空那两面一升一降的国旗。有一种暗暗的期待在军人们的心中蔓延，希望上面会通知我军也举行一个哀悼仪式。尽管过去从来没有过这样的哀悼，但过去与今天不同，因为过去军人们一直把这种情况叫作事故，今天他们才幡然醒悟这其实是牺牲，是与在战场上阵亡同样的一种牺牲。在心中同时蔓延开来的还有对降半旗的期待，军人们忽然觉得这很重要，在他国的国旗为我军的士兵降了半旗之后，他们希望我们的国旗也会为一个在演习中牺牲的士兵降下。

秦冲很清醒，他知道这两个期待一个都不可能实现。首先，在演习中举行哀悼仪式我军没有先例,其次降半旗需按死者级别报请有关部门批准。但清醒归清醒,却并不妨碍秦冲的两个臂弯越来越瘙痒难忍。果然,一整天也没有得到一点关于这方面的消息。

晚饭前秦冲再次提着没送出去的那两瓶酒去找鲍里斯。演习结束了,俄军明天就开始撤了,今晚他怎么也得跟鲍里斯单独喝上一顿,给鲍里斯送个行。别说,今天请鲍里斯喝酒,秦冲还真有点心甘情愿的意思,秦冲特地在我军餐厅定了一个小单间,还点了几个记忆中鲍里斯爱吃的菜。

鲍里斯的精神头都在酒上,还没坐稳就开喝,没等动筷子呢两杯已经干进去了。还是那副讨便宜没够的德行,一点没长进。但今天秦冲愿意,喝多少不吝,结果不大一会儿,鲍里斯就没形了。

鲍里斯举着酒杯说,秦,你和我喝一杯。

秦冲问为什么?

鲍里斯说,不为什么,就是喝一杯。

秦冲说不行,你得说出个道,我不喝没名堂的酒。

鲍里斯问什么是道?

秦冲说,就是说出喝这杯酒的道理。

鲍里斯想了想说,道理是我爱你,可以吗?

秦冲乐得不行,说不可以,我又不是女人。

鲍里斯问,那怎么说?

秦冲说,对男人只能用喜欢、尊敬这类的词。

鲍里斯说,那就是我尊敬你。

老鲍你搞错了吧,秦冲笑着指了指自己的肩章,又指了指鲍里斯的肩章,说我有什么可尊敬的?

不，鲍里斯摇着头说，你是个好军人。

秦冲认真地看着鲍里斯，问，老鲍，你真是这么想?

鲍里斯把手放在心的位置上说，是，你是好军人，从前到现在，都是。

好，秦冲说，就冲你这句话，我跟你连喝三杯!

喝完这三杯，鲍里斯突然问秦冲，秦，你看我是不是好军人?

秦冲迟疑了一下说，你让我想一想。你知道，我一直不喜欢你……

为什么?鲍里斯惊讶地问，我不知道。

这下倒轮上秦冲惊讶了，你不知道?

不知道。鲍里斯说，你等等，我知道了，是为了那次你和我打架?可那是你的问题，是你先动手打的我。

那我问你，那个兵，就是我交回给你的那个兵是不是死了?秦冲问。

鲍里斯点点头说，是。

秦冲一下子站了起来，逼视着鲍里斯问，他是怎么死的?

在车臣，我们去车臣参战的时候，鲍里斯耸了耸肩摊开手说，他运气不好。

秦冲一屁股跌坐在椅子上，半天没说话。

别难过，鲍里斯拍了拍秦冲的肩膀安慰说，他战斗很英勇，还被授予了总统签发的"勇敢"勋章。

秦冲忽然觉得小房间里烦闷得要死，两个臂弯奇痒，便起身对鲍里斯说，老鲍，我们出去走走吧。

鲍里斯莫名其妙地看着秦冲，焦急地说，不不，我们喝酒……

秦冲一把抓起酒瓶子塞到鲍里斯手里，说走吧，咱们出去喝。

秦冲和鲍里斯两人一人拎着半瓶酒，穿过小广场，向野营村后面的小树林走去。

老鲍……秦冲刚张嘴，鲍里斯就把他制止了，秦，鲍里斯认真地问，你为什么总叫我老鲍？

秦冲一愣，说不为什么，中国人就这习惯。

鲍里斯摇了摇头说，不好。

秦冲问为什么不好，叫老鲍是对你尊重？

不不，鲍里斯说，我叫鲍里斯不叫老鲍，秦，你知道鲍里斯是什么意思吗？

什么意思？

为荣誉而战。

为荣誉而战，秦冲沉吟了一下说，老鲍，你这名字……

不是老鲍，是鲍里斯，鲍里斯坚持道。

秦冲笑了，说好，鲍里斯，你这名字很军人，真不错。见鲍里斯高兴地咧开了嘴巴，又不无醋意地点着鲍里斯的肩章说，为荣誉而战，鲍里斯，你下一步该升准将了吧？

不，鲍里斯说，这是我最后一次参加军事演习了，演习回去之后，我们部队就撤编了。

秦冲一愣，那你要离开部队了？

鲍里斯说，是的。

部队知道吗？秦冲问。

已经宣布过命令了，鲍里斯说。

你们是在宣布命令之后来参加演习的？秦冲问。

是的，鲍里斯说，因为是最后一次，所以大家都很努力。秦，鲍里斯问，我们部队的表现可以吗？

当然，秦冲充满敬意地对鲍里斯说，不是可以，是很好，是非常非常的好。

谢谢，秦！鲍里斯高兴地说，可你还没回答我，我是不是好军人？

你是好军人，鲍里斯，秦冲毫不迟疑地回答，从前到现在，都是！

小树林里凉风习习，果然清爽得很，秦冲觉得好受多了。两人坐在草地上，举起瓶子狠狠地撞了一下，咕咚咕咚地一口气连喝了好几口。

鲍里斯，秦冲问，你去车臣了？

两年，鲍里斯竖起两个指头说，在车臣打了两年仗。

我真羡慕你，秦冲说，当了这么多年兵，我还没上过战场呢。

鲍里斯看着秦冲说，秦，没上战场之前我也像你这样想。

秦冲有些意外地看了鲍里斯一眼，问那现在呢？现在你怎么想？

现在？鲍里斯迟疑着把目光转向一边，忽然又狡黠地笑了，现在我想，应该让你去上战场。

秦冲审视着鲍里斯说，鲍里斯，你没说实话。

鲍里斯拍了拍秦冲的肩膀说，秦，说实话你是好军人，你们是好军队，上战场，鲍里斯做了个坚决的手势说，没问题。

秦冲笑了笑，默默地用酒瓶子撞了一下鲍里斯的酒瓶子，两个人一起仰头嘴对着瓶嘴又喝了几口。

小树林里看不到月亮，但有月光。月光被切成碎末洒在地上，洒出了满目的斑驳，眼前的一切就显得不那么清晰了。秦冲和鲍里斯抬眼向远处望去，远处天空中飘扬着的两国国旗，在月夜里却显得分外清晰。

秦，鲍里斯指着那两面一高一低的国旗问，这是为什么？

怎么说呢？秦冲想了想说，这么说吧，我在土耳其接受训练时有个体会，两个军队就像两个完全不同的家庭，各家有各家的生活方式，习惯了就只觉得自己的好，就算发觉了人家的好，也不会轻易就学，因为不习惯，还因为没有积累一时学不来。你能明白我说的意思吗？

不，鲍里斯说，我不明白。

原来我也不明白，秦冲说，后来到了土耳其才深有体会，等到学习回来以后，我想把从外面学到的东西移植到我们军队时，这种体会就更加深刻了。

鲍里斯说我明白了，就是我们的腰带好，你们的腰带也好，但不可以换。

秦冲大笑，说胡扯，这哪跟哪呀？腰带有什么不能换的？

鲍里斯立刻跳将起来，大叫了一声，好，那我和你换腰带。

换就换，秦冲也跳了起来。其实秦冲一直希望能得到一条俄罗斯陆军腰带，只是没有机会。在边防当连长时他得在战士面前绷着，离开边防后就再没这种可能性了。现在鲍里斯主动送上门了，他心里正巴不得呢。

秦冲抽下自己的腰带在手里掂了一下，腰带很打手，皮质厚实，卡头漂亮。要离手了，秦冲才发现这腰带真的很好，难怪俄罗斯兵红着眼到处寻摸着换呢。可自己为什么一直没觉出好呢？是因为自己的东西不新鲜,整天系在腰上没感觉,就把好给忽略掉了吗?

秦冲接过鲍里斯的腰带仔细地端详着。没错,正是他喜欢的那种俄罗斯陆军腰带,纯铜的卡头上面并排有两个钉,棕黄色的皮带条上也相应地打了两排孔,整条皮带都用明线缝纫出了规则的菱形图案。往腰上扎的时候,秦冲才觉出有些不方便,两个钉眼不是一下就能找准,皮质也显得过于粗硬了些。但这腰带系在身上真的很妥帖,很紧实,很有束缚感。

换完腰带,两人笑看着对方。

干了怎么样?秦冲举着酒瓶子问。

没问题!鲍里斯也举起酒瓶子回答。

为什么干呢?秦冲问。

为了……鲍里斯在腰上拍了拍说,为了腰带。

对,秦冲说,就为了腰带。

两个瓶子重重地撞在一起,撞出了一声清脆的响声。一仰头,两人把瓶里的酒全干了。

痛快,秦冲说,鲍里斯,我那还有两瓶好酒,明天给你带上,回去……话音未落,就见鲍里斯站不住脚地开始往下出溜。秦冲赶紧伸手去拉,一把没拉住,竟和鲍里斯一起摔倒在地上了。

醉中的鲍里斯把秦冲抓得很紧,他们像当年打架似的在地上打起了滚,秦冲好不容易才把压在身上的鲍里斯掀掉,两个人就那样摊手摊脚地并排躺在了草地上。

斑驳的月光从林间洒落下来,迷彩一样涂满了他们的全身。

借着月光,秦冲惊讶地发现,自己的胳膊平整光滑,神经性皮炎竟奇迹般地好了……

拇指铐

莫　言

一

临近黎明时，阿义被母亲的呕吐声惊醒。借着窗棂间射进来的月光，他看到母亲用枕头顶着腹部跪在炕沿上，双手撑着席，脑袋探出去，好像一只鹅。从她的嘴巴里，吐出一些绿油油的、散发着腥臭气味的东西。他跳下炕，从水缸里舀来半瓢水，递过去，说："您喝点水吧。"母亲抬起一只手，似乎想接住水瓢，但那只手在空中抡了一下就落下了。她抽搐着身体，又搜肠刮肚地吐了一阵，然后呻吟着说："阿义……我的儿……娘这次犯病，怕是熬不过去了……"阿义的眼里悄悄地涌出了泪水。他鼓着气力，雄壮地说："您不要说丧气话，我不喜欢听您说丧气话。我这就去胡大爷家借钱，借了钱，去镇上搬医生。"母亲抬起头，脸色比月光还白，双眼幽幽，盯着阿义，说："儿子，咱不借钱，这辈子……不借钱……"她从脑后拔下两支银钗,递给阿义,说:"这是你姥姥传给我的,拿去卖了,抓两服药吧……娘实在是活够了,但我的儿,你才八岁……"她从炕席下摸出一张揉皱的纸片,说:"这是上次用过的药方……"阿义接过药方,看一眼母亲半掩在散发中的明亮的脸,说:"我跑着去,跑着回。"他将水瓢中的凉水一饮而尽,将银钗和药方仔细地揣入怀中,然后投瓢入瓮,抹抹嘴,高声道:"娘,我去了。"

在明晃晃的月光大道上,他看到自己瘦小的身体投射出摇摇晃晃、忽长忽短的浅薄暗影。村子里一片沉寂,月光洒在路边的树木上,发出飒飒的响声。路过胡大爷家的高大院落时,他蹑手蹑脚,连呼吸都屏住,生怕惊动了那两只凶猛的狼犬。但到底还是惊动了那两只狼犬。它们从铁门下的狗洞里钻出来,昂着头咆哮着。在清凉的月色里,它们的眼睛放出绿光,它们的牙齿放出银光。阿义手里抓着一块砖头,胆战心惊地倒退着。那两只狼狗并不积极追他,叫嚣着送了他一段,便退了回去。阿义松了一口气,扔掉了手中的砖头。刚走出村子,他便撒腿奔跑。凌晨的凉风鼓舞着他的单薄衣服,宛若沾满银粉的黑蝶翅。

跑到著名的翰林墓地时,他的步子慢了下来。他感到急跳的心脏冲撞着肋骨,像一只关在铁笼中的野兔。他抬头看到,八隆镇榨油厂里那盏高高挑起的水银灯遥遥在望,仿佛一颗不断眨眼的绿色晨星。他跑得汗流浃背,腹中如火。沿着杂草丛生的道路斜坡,他下到马桑河边。连年干旱,河里早失波涛。河滩上布满光滑的卵石,在月下闪烁着青色的光泽。断流的河水坑坑洼洼,犹如一片片水银。他跪在一汪水前,双手撑住身体,脑袋探出去,低下去,像一匹饮水的马驹。喝罢水立起时,他感到肚子沉重,脊背冰凉。

重新上路后,他的肠胃咕噜噜地响着,腥冷的水直冲咽喉,促使他连连打嗝。他用手挤着肚子,吐出一些冷水。吐水时他想到了跪在炕沿上吐血的母亲,心中不由得一阵酸痛。摸摸怀中的银钗和药方,硬硬软软的都在。起步又要跑时,就听到身后传来一声凄厉的惨叫。他的脊背一阵酥麻,毛发根根竖起。猫头鹰一叫就要死人,老人们都这样说,母亲也曾说过。母亲惨白的脸浮现在他的眼前。她一张口,吐出了黑色黏稠的血,仿佛熔化的沥青。猫头鹰又一声叫,似乎在召唤他。他不由自主地回过脸,看到高大的石墓前,那两匹肥胖的石马,那两只臃肿的石羊,那两个方头方脑的石人,还有那张光滑的石供桌。去年为母亲抓药归来时他曾坐在石供桌上休息过。据说墓地里原有几十株参天的古柏,但现在只余一株碗口粗的松树。在黑黢黢的针叶间,有两点火星闪烁,那是猫头鹰的眼睛。它发出一声严肃的鸣叫,华羽翻动,无声地滑翔出去,降落在流金溢彩的麦田里。"啊呜——"阿义大声号叫着,以此驱赶恐惧。他的脑袋嘭嘭,耳朵嗡嗡,忘掉了肠胃疼痛,飞跑月下路,向着水银灯,向着已经能望见模糊轮廓的八隆镇。

阿义跑进八隆镇时,红日尚未升起,但瑰丽的霞光已把青石铺成的街道照亮。街上静悄悄的,没有一个行人。街两边的店铺都关着门。被夜露打湿的酒旗死气沉沉地垂挂在酒店门前。光溜溜的劣质模特在服装店的橱窗里忧悒地蹙着眉头。阿义听到自己的赤脚踩着湿漉漉的街石,发出吧唧吧唧的响声。他高抬腿,轻落脚,小心翼翼,生怕惊了人家的梦。

药铺大门紧闭,里边无声无息。阿义蹲在门前石阶上,耐心地等待。他感到很累、很饿,但一想到很快就能抓到药又感到很欣慰。蹲了一会儿,他感到腿酸,便一屁股坐在石阶上。他的眼睛渐渐蒙眬起来。一辆细轮的小马车从街东头跑过来,拉车的是一匹火红色的小马,赶车的是个肥大的女人。蹄声清脆,车声辚辚。小马目光明亮,宛如一个清秀的少年。女人睡眼惺忪,张开大口,打着无遮无拦的哈欠。在药铺门前,马车停住。女人从车上提下两瓶牛奶,走过来,看着阿义,说:"闪开,鬼东西,好狗不卧当门。"阿义跳起来,闪到门口一侧,看着女人把奶瓶放在门前石阶上。从她半掩的宽大衣服里,抖擞出一些热烘烘的气息。"别偷喝,小鬼。"她说着,回到车边,赶马前进。

　　阿义专注地盯着那两只水淋淋的玻璃奶瓶,肚子隆隆地响着。牛奶的气味丝丝缕缕地散发在清晨的空气里,在他面前缠绕不绝,勾得他馋涎欲滴。他看到一只黑色的蚂蚁爬到奶瓶的盖上,晃动着触须,吸吮着奶液。那吸吮的声音十分响亮,好像一群肥鸭在浅水中觅食。

　　药铺的门怪叫一声,门扇半开,一个脑袋半秃的男人探出半截身体,出手如钳,将那两瓶牛奶提了进去。令阿义昏昏欲睡的蚂蚁吮吸牛奶的声音停止了。他咽了一口唾沫,畏畏缩缩地将脑袋从半开的门缝里探进去。他看到秃头男人正在店堂里洗脸,一只母猫站在墙角堆积的药包中伸着懒腰;在它的身下,几只毛茸茸的小猫还在酣睡。男人洗完脸,端着脸盆出来。阿义急忙闪到门边。一片水在空中拉开一道帘幕,响亮地跌落在街石上。阿义不失时机地凑过身去,哀求道:"大叔,我母亲犯病了,抓两服药。"秃头男人冷冷地说:"门外等着去,八点才上班呢。"就在秃头男人要将身体挤进门里时,阿义伸手扯住了他的衣襟。"干什么,黑小子?"男人说。阿义漆黑的眼睛望着男人褐色的眼珠,顺势跪在地上,说:"大叔,行行好吧,我母亲病了,她如果死去,我就是孤儿。"那男人嘟哝着:"看不出还是个孝子。药方呢?"阿义急忙把药方和银钗递上去。男人道:"这不行,药铺要现钱,你得先把这钗子换了钱。"阿义的脑袋很响地叩在石头台阶上。他抬起头,说:"大叔,我母亲吐血了……她如果死去,我就是孤儿。"

二

  提着两包捆扎在一起的中药,像提着母亲的生命,阿义跑出了八隆镇。赤红的太阳迎着他的面缓缓升起,好像一个慈祥的红脸膛大娘。道路依偎着马桑河弯曲延伸,仿佛永无尽头。快跑,慢跑,小跑,跑,跑,虽然腹中饥饿,但心里充满幸福。河流两边展开着无边的麦田,路边的野草上挑着露珠。青草的气味很淡,麦子的气味很浓。他不时地将中药放到鼻边嗅着。香气弯弯曲曲,好像小虫,钻进了他的心。他抬头看到,温柔的南风像丝绸一样拂拂扬扬;低头听到,辉煌的天空里回旋着野鸟的叫声。

  跑到翰林墓地时,从河的对岸传来了嘹亮的喊号声。他看到在紫红的大道上,狂奔着一群金光闪闪的牛,一个瘦长的男人在牛后拖鞭奔跑着。跑哇跑,跑回家,先去王大娘家借来熬药的罐子。他嗅到了煎熬中药的浓烈香气。他想起了那只猫头鹰,不由自主地歪头看那株松树。他看到松树笔状的树冠绞动着,变成了一簇跳跃着的金色火焰。树下的石供桌上坐着两个人。他又回头看了一眼,果然在石供桌上坐着两个人。

  "喂,小孩,你站住!"

阿义站住。"你过来！"他听到石供桌上人喊叫，并且看到那个人高抬着一只手。阿义怯怯地走过去。他这时清楚地看到，坐在石供桌上的是一个男人和一个女人。男人满头银发，紫红的脸膛上布满了褐色的斑点。他的紫色的嘴唇紧抿着，好像一条锋利的刀刃。他的目光像锥子一样扎人。女的很年轻，白色圆脸上生着两只细长的、笑意盈盈的眼睛。男人严肃地问："小鬼，你贼眉鼠眼，偷看什么？"阿义困惑地摇摇头。"你的父亲，叫什么名字？！"男人提高了声音，威严地问。阿义结结巴巴地说："我……没有父亲……"那男人怔了一下，然后突然仰起头来，爽朗地大笑着："哈哈！你听到了没有？他说他没有父亲，他竟然说自己没有父亲！"那女子不理男人的话，只管一个人龇牙咧嘴，对着一面长方形的小镜子，修补她的嘴唇。阿义感到腹中痉挛，强烈的尿意突然袭来。为了不尿在裤头上，他把双腿紧紧地夹在一起，腰背也不自觉地挺得笔直。他看到那男人从衣袋里摸出一个灰白的小瓶，对准嘴巴，噗噗地喷了几下，又歪头对身边的女子说："这小杂种！"女子懒洋洋地站起来，对着阳光打了一个喷嚏。她打喷嚏时五官紧凑在一起，模样很是古怪。打完了喷嚏，她的双眼泪汪汪的。她身穿一件紫红色的、皱巴巴的裙子，裸露着两条瘦长的、膝盖狰狞的腿。女子把一本绿色封面的小书摔在石供桌上，拍拍屁股，不声不响地走进麦田。男人站起来，身上的骨头发出"咔吧咔吧"的响声。阿义看到他高大腐朽的身体背着灿烂的朝阳逼过来。他想跑，双腿却像生了根似的移不动。男人伸出大手捏住了阿义细细的手腕。阿义感到那只大手又硬又冷，像被夜露打湿的钢铁。他挣扎着，想把手腕从那人的大手掌里脱出来。但那人用力一攥，他的手腕一阵酸麻，两包中药落在地上。他大喊着："我的药……我娘的药……"但那男人聋子似的，对他的喊叫不理不睬，只管拖着他往前走。他被拖到那株松树下。男人把他的另一只手腕也捉住，往前用力一拽，阿义的鼻子就碰在了粗糙的树皮上。泪眼蒙眬中，他看到松树已在自己怀抱里。男人用一只手攥住他的双腕，用另外一只手，从裤兜里摸出一个亮晶晶的小物件，在阳光中一抖擞，发出清脆悦耳的声音。"小鬼，我要让你知道，走路时左顾右盼，应该受到什么样的惩罚。"阿义听到男人在树后冷冷地说，随即他感到有一个凉森森的圈套箍住了自己的右手拇指，紧接着，左手拇指也被箍住了。阿义哭叫着："大爷……俺什么也没看到哇……大爷，行行好放了俺吧……"那人转过来，用铁一样的巴掌轻轻地拍拍阿义的头颅，微微一笑，道："乖，这样对你有好处。"说完，他走进麦田，尾随着高个女人而去。阳光和麦浪被他伟岸的身影分开，留下一道鲜明的痕迹，宛如小船刚从水面上驶过。

　　阿义目送着他们，一直望着他们的背影与金色麦田融成一体。微风从远处吹来，麦田里滚动着层层细浪。结成团体的鸟儿像褐云般掠过去，留下繁乱的鸣叫和轻飘飘的羽毛，然后便是无边的寂静。

　　阿义脑袋里乱糟糟的，适才发生的事仿佛梦境。他晃晃脑袋，试图把这些可怕的恍惚感觉赶走。他想起了母亲，想起了药。他想走，却发现自己已经失去了自由。他挣扎着，起初只是用力住后拽胳膊，继而是上蹿下跳，嗷嗷怪叫，仿佛是一只刚从森林里捕来的小猴子。终于，他累了。他把脑袋抵在树皮上，哇哇地哭起来。随着一股眼泪的涌出，心中的暴躁渐渐平息。他从树干的一侧往前探头，看到那两个紧密相连的铁箍放射着扎眼的光芒。它们紧紧地箍住了拇指的根部，勒得两根拇指充血发红，动一动就钻心疼痛。

他小心翼翼地把胳膊撑开，身体绕着树转了一圈，面对着了马桑河和河边的道路。十几只油亮的燕子紧贴着河面飞翔，暗红的肚皮不时碰破水面，激起一些白色的小浪花。河的对岸也是连绵的麦田，麦田的尽头，有一些凝重的村落，村落的上空，笼罩着蓬松的烟云。他低头看到那两包躺在草丛中的药，母亲的呻吟声顿时如雷贯耳。他的鼻子一酸，眼泪又涌出来。他感到这一次涌出的泪水又黏又稠，好像松树上流出来的油脂。

三

在随后的时间里，不时有提着镰刀的农人从河边的土路上走过，他们都匆匆忙忙，低着头，目不斜视。阿义的喊叫、哭泣都如刀剑劈水一样毫无结果。人们仿佛都是聋子。偶尔有人把淡漠的目光投过来，但也并不止住匆匆的步伐。

他苦熬到半上午。高悬东南的太阳红色褪尽，变成灼目的白亮。曾经在麦田里飘荡过的薄雾早已消逝得干干净净。干燥的西南风一波催着一波吹来。熟透的小麦摇晃着沉甸甸的穗子。麦芒纵横交叉、茎叶反复摩擦，麦粒蚕屎般落地。田野里涌动着使人心痒难挨的窸窣声。空气中弥漫着麦子的焦香和呛人的尘土。汗水像胶油一样从他头皮上冒出来，流下去。他感到口渴难忍，肚子里像有一团熊熊的火焰，鼻孔里呼出的气息灼热如烟。他又一次挣扎起来，强忍着拇指根部骨断皮裂般的痛苦。他靠着双腿和腹部的力量，一耸一耸地爬到树干高处，幻想着能让树冠从自己的怀抱中滑过，然后便能获得自由,但松树繁茂的枝杈顶住了他的脑袋,粉碎了他的幻想。他的肌肉一松懈,整个人从树干高处一滑到地。粗糙的树皮把他的肚皮和小腹拉得鲜血淋漓,锁住的手指更是爆炸般的奇痛。他惨叫一声,昏晕过去。

不知过了多久,一阵震耳欲聋的机器声把他惊醒了。他努力睁开被眵糊住的眼睛。睁眼时他听到睫毛被拔离眼睑的毕毕声。泪眼模糊,往树皮上蹭蹭。他看到,从早晨跑过的那条路上,开过来一辆鲜红的拖拉机。道路崎岖不平,拖拉机蹦蹦跳跳,宛如一匹不驯服的马驹。开车的人一头乱发,戴着墨镜,腰板笔直,坐在驾驶座上,活像一尊石雕像。车头后灰色的挂斗里,坐着三个人。看不清他们的脸,但能听到他们猖狂的歌唱。他用胳膊夹住树干,艰难地站起来。竭尽了全力他喊叫:"救救我吧——救救我吧——"

拖拉机在墓地前停住,挂斗里的人停止了歌唱,但机器还"磴咚磴咚"地响着。车头上直竖起的铁皮烟筒里,喷吐出一环顶一环的、刚劲有力的烟圈。阿义不停地喊叫,并且把脑袋从树的一侧极力前伸。车上的人僵了一会儿,都把头歪过来,看着他的头。车后挂斗里的三个人一个随着一个跳下来。当头的是一个身体矮小、动作敏捷的男人,紧随着他的是个高大魁梧的汉子,走在最后的是一个皮肤漆黑、留着短发的女子。他们集中在松树前,仔细地看着那拇指铐,继而交换了一下迷茫的眼神。小个子男人眨动着灰白色的冷冰冰的眼睛,严厉地问:"是谁把你锁在这里?"阿义怯怯地回答:"一个老人。"小个男人瘪起缺齿的嘴,轻蔑地哼了一声。他从衣兜里摸出一个放大镜,低下千沟万壑的头面,专注地研究着拇指铐,好像一个昆虫学家在研究蚂蚁。高个男人拍了一下他隆起的脊背,瓮声瓮气地问道:"老Q,干什么你,装神弄鬼吗?"他抬起头,掏出一块砖红色的绒布,仔细地揩着放大镜,赞叹道:"好东西,真是好东西!地地道道的美国货。""老Q,瞎编吧你就!进口彩电有,进口冰箱有,就是没听说过进口手铐,"高个男人说着,也把脸凑上去看了看,"不过这小玩意儿,的确是精致。"黑皮女子用充满同情的腔调问道:"小孩,你怎么搞的呀,是谁把你铐起来的?"

阿义说:"一个老爷爷。"

老Q问:"他为啥把你铐起来?"

阿义困惑地摇摇头。

老Q夸张地笑了几声,转脸对同伴们说:"怪事不?一个老爷爷,竟然无缘无故地把一个少年儿童铐了起来?!"他伪装出一副凶恶面孔对着阿义,"你一定干了什么坏事!是偷了他家的母鸡呢,还是砸碎了他家的玻璃?"

阿义委屈地说:"我没有偷母鸡,也没砸玻璃。我的母亲病得不轻,吐血了,我去抓药……"

老Q厉声道:"住嘴!你以为我们是谁?你以为撒个小谎就能骗我们替你打开铐子?哼!我一眼就看出来了,你是个不良少年。你一定做了特别坏的事,被警察铐在这里的!"

阿义哭着喊:"我没有,我没有……我的母亲快要死了,救救我吧……"

老Q厉声道:"你以为几滴眼泪就能骗过我们?!我们这一代人,眼泪见得太多了!眼泪后面有虚伪也有真诚,但更多的是虚伪!莫斯科不相信眼泪,老实交代!"

"行了吧你老Q,对着个孩子耍什么威风?"黑皮女子怒斥小个男人,转脸又对大个男人说:"大P,想法解放他。"

大P为难地嘟哝着:"这怎么解?"

黑皮女子道:"想想法子嘛,总不能见死不救吧?"

老Q冷笑道:"如果这里锁住的是条狼,难道也要救吗?"

黑皮女子道:"我看你才是一条狼,一条灰眼狼,一条色狼。"

大P笑着,走到松树前,抓住阿义的两条细胳膊,道:"忍着点,看能不能劈开。"

大P用力一劈,阿义杀猪似的号叫起来。

老Q冷冷地道:"劈吧,把两只胳膊劈下来,那铐子也是连着的。"

黑皮女子踢了大P一脚,骂道:"笨熊,你想把他五马分尸吗?"

大P道:"我这不也是着急嘛!"

黑皮女子招呼正在车边紧螺丝的司机道:"小D,你过来看看。"

小D吹着口哨,从车旁踱过来。他弹了一下阿义的头,道:"你这是玩的什么鸟?伙计!"

黑皮女子道:"你帮他弄开吧,也许只有你才能帮他弄开。"

小D回到车边,提过来一只工具箱。他从箱子里拿出钳子、锉子、锤子,在那拇指铐上比画着。

老Q道:"枉费心机。"

黑皮女子道:"你自己无能,就滚到一边去,别在这里泼冷水。"

小D皱着眉头,想了想,突然他面有喜色,从工具箱底翻出一根钢锯条,道:"也许能锯断,小兄弟,你忍着点。"

小D分开阿义的拇指,把钢锯条伸进去,别别扭扭地锯起来。阿义咬紧牙关,一声不吭。锯条摩擦钢圈,发出尖厉刺耳的声音。折腾了几分钟,低头看时,那铐子上没留下半点痕迹,钢锯齿却磨秃了。

小D对黑皮女子说:"黑姐,没办法,这玩意儿,太硬了。"

老Q幸灾乐祸地道:"说吧,你们嫌我多嘴。这东西,是合金钢的,比你那根锯条硬十倍。"

小D无奈地望着黑皮女子,一脸歉疚表情。他拍了一下脑袋,大声说:"嘿,有了。我真笨。咱们把这棵树砍断不就行了吗?"

"休怪我又要多嘴——这树,能砍吗?"老Q指着墓前一块刻着字的石碑道,"这翰林墓,是市级重点保护文物。砍树?吃了豹子胆啦?砍吧,只怕他的拇指铐没解下来,你的拇指铐也戴上了。"

黑皮女子道:"这么说就没有办法了?就只能看着他在这儿受风吹日晒,慢慢地风干,死掉,像一只挂在树枝上的青蛙?"

老Q道:"也许他有好运气,会有高手给他开铐。"

小D道:"我听人说,惯偷'草上飞'能用细铁丝捅开手铐。"

"'草上飞'?"老Q冷笑着说,"三年前就给毙了!"

大P道:"我们何不去找个锁匠来?"

小D道:"我估计用气焊枪也能烧断。"

大P道:"那还不把他的手指给烧熟了。"

"伙计们,别操闲心啦,解铃还靠系铃人。"老Q说着,抬头望望太阳,又道,"再吵吵下去可就误了酒宴了。"

老Q率先朝拖拉机走去,其余三个人也沮丧地离开了。

拖拉机缓缓移动了。老Q在车上喊:"小孩,老老实实待着。这种铐子,里边有弹簧,越挣越紧,当心勒断你的骨头。"

大P道:"你就别吓唬他了。"

黑皮女子恼怒地大叫:"都给我闭嘴吧!"

四

拖拉机蹦蹦跳跳地开走了,留下了一路烟尘。阿义用额头碰着树干,呜呜地哭了。他的眼睛已经流不出眼泪,只有额头上流出的血,热烘烘地流到嘴边。他的眼前模模糊糊地出现了一幅可怕的图像:一只被绑住后腿的青蛙,悬挂在树枝下,一个斜眼睛的少年,用火把烧烤着它。它的身体吱吱地响着,冒着白烟,渐渐地,白烟没了,火把也熄了,它变成了一具焦黑的尸首。他闭上眼睛,身体软下去。

在昏昏欲睡的状态中,他听到路上又响起了脚步声。鼓足了勇气,他睁开眼睛,看到一团暗红的火从路上缓缓地飘过来。他摇头、咬牙、集中心神,幻影消失。果然是一个人走来了。是一个身着酱红色上衣、头戴着大草帽的女人迎着阳光走来了。他喊叫:"救命……"

那个女人怔了一下,立住脚步,摘掉草帽高举在头上,向这边张望着。阿义继续喊叫,但喉咙里只发出一些嘶嘶啦啦的奇怪声响。他焦躁不安,恨不得举手撕破好像被麦糠和猪毛塞住了的喉咙。

女人发现了他,对着墓地走过来。她的脸一片金黄,宛若一朵盛开的葵花。她一步一步地近了。阿义先是嗅到随即看到了一股焦黄的浓郁香气,从她身上,一团一团地散发出来,又一片一片落在地上。他被这香气熏得头昏脑涨,飘飘欲飞。女人穿行在焦黄的香气里,时隐时现。她的脸时而椭圆时而狭长,时而惨白时而金黄,时而慈祥如母亲时而凶恶如传说中的妖精。阿义既想看到她又怕看到她,他时而睁眼时而闭眼。

他睁开眼睛,看到一个确凿的女人站在自己身旁。她左手提着一把寒光闪闪的大镰刀,右手提着一把古老的、泛着青铜色的大茶壶,两条黑色的宽布带,成斜十字状分割了她丰硕的胸膛,与布带相连的,是伏在她背上的一个大脑袋的婴孩。那婴孩吮吸着拇指,嘴里发出呜哇呜哇的声音。女人慵懒地走到松树前,黏黏糊糊地问:"你这个小孩,在这儿闹什么呢?"说完话,她也不期待回答,放下茶壶和镰刀,匆匆走进坟墓后边的麦田蹲下去,接着响起了明亮的水声。那顶金黄的大草帽,仿佛漂浮在水面上。过了一会儿,她从墓地后走出来。她背上的孩子哇哇地哭起来,越哭越凶,好像被锥子扎着了屁股。女人歪头说:"小宝,小宝,别哭,别哭。"孩子哭得更凶,高音处如同鸽哨。女人慌忙把孩子转到胸前来,一边拍着,一边坐到石供桌上。她解开胸前的带子,揪出一个黄色的奶袋,把一个黑枣状的奶头塞进婴儿嘴里,婴儿顿时哑口无声。墓地里安静极了,两只浅黄色的小松鼠,旁若无人地追逐嬉戏着。它们从石马的背上跳到石人的头上,又从石人的头上跳到石羊的角上,然后踩着阿义的脑袋,蹿到松树上去。它们一边追逐一边尖声吵闹。女人也忘了阿义的存在,只管低着头,慈爱地注视着怀中的婴儿。她的嘴唇哆嗦着,从鼻孔里哼出柔软绵长像煮熟的面条像拉丝的蜂蜜像飞翔的柳絮一样的曲调。这曲调使阿义十分感动,恍恍惚惚感觉到自己就是那吃奶的婴儿,而那坐在石供桌上的肥大妇人就是自己的母亲。阿义感到自己口腔里洋溢着乳汁的味道,既甜蜜又腥咸,与血的味道相同。他祈盼着这情境凝结,像几朵玻璃球里的黄色小花。

那婴孩叼着乳头睡着了。女人小心翼翼地把奶头从孩子嘴里往外拔。他叼得很紧,奶头拉得很长,像一根抻开的弹弓胶皮,拔呀拔呀，抻哪抻哪，"噗"的一声响，膨胀的奶头脱出了婴儿的小嘴。一群漆黑的乌鸦突然从死水般寂静的麦田里冲起来，团团旋转着，犹如一股黑旋风。它们一边旋转一边噪叫，呱呱的叫声震动四野，腐肉的气味在阳光中扩散。阿义看到女人仰望着鸦群，他也仰望着鸦群，直到它们溶在白炽的光海里。

女人把孩子转到背后，扎紧了胸前的带子，提起镰刀和茶壶。阿义嘶哑地鸣叫了一声。女人侧目望了望他，肿胀的嘴唇哆嗦着，脸上显出惶惶不安的神情。她似乎犹豫不决，目光躲躲闪闪。阿义捕捉着她的在草帽阴影里的眼睛，送过去无限哀怨和乞求的信息。女人踉踉跄跄地走近了。她伸出一根肥嘟嘟的食指，戳戳那泛着蓝色的物件，又拨弄了一下阿义青红的拇指。阿义哆嗦了一下。她好像被热铁烫了似的，迅速地缩回食指，嘴唇又是一阵大哆嗦，眼睛里像蒙了一层雾，像是问阿义，更像是自言自语："孩子，这是怎么弄的？是怎么弄的呢？"一边倒退，脚后跟被杂草绊了一下，身体摇摇晃晃，仿佛一架超载的马车。阿义紧盯着她，眼睛里沁出了血。她尴尬地咧嘴一笑，露出了两颗分得很开的门牙，显得既可怜又丑陋。"我也没法子，你这孩子。"她倒退着说，"这物件儿，不是一般物件儿，孩子，你这可怜的孩子……"她猛然转过身，笨拙地往前跑去，背上的孩子和臃肿的臀部，颤颤巍巍地耸动着。阿义的头颅像被鞭子打折的麦穗一样，沮丧地低垂下去。但那女人跑了十几步就停住了。她转回身，望着阿义，呆板的大脸上猝然焕发出一种灿烂的光彩，像朝霞，也像晚霞。"你也许是个妖精？"她紧张的喉咙发出扁扁的声音，"也许是个神佛？您是南海观音救苦救难的菩萨变化成这样子来考验我吧？您要点化我？要不怎么会这么怪?"她的眼里猛然饱含着橙色的泪水,腿脚利索地扑到松树前,放下大茶壶,双手抡起镰刀,砍到树干上。镰刀刃儿深深地吃进树干,夹住了。她摇晃着镰柄,累得气喘吁吁,才把刀刃拔出来。她看了一下镰刃,顿时变了脸色。把镰刀递到阿义面前,她说:"看看吧,镰刃全崩了,这让我怎么割麦子呢?你这小孩!"她哭丧着脸,弯腰提起茶壶,又说:"你亲眼看到了,我的镰刀崩了。"她走了几步,却又折回来,叹息着说:"管你是神是鬼呢,也许你只就是个可怜的孩子。"她扔下镰刀,一手提着茶壶的提梁,一手托着茶壶的底儿,将稚拙地翘起的壶嘴儿插进了阿义的嘴里。"你一定渴了,"她说,"喝点水吧。"阿义顺从地含住了壶嘴,只吸了一口,干渴的感觉便像泼了油的火焰一样轰地燃烧起来。他疯狂地吮吸着,全身心沉浸在滋润的快感里。但是那女人却把壶嘴猛地拔了出去。她摇摇水壶,愧疚地说:"半壶下去了,不是我舍不得这点水,我的男人在地里割麦,等着喝水。他脾气暴,打人不顾头脸。对不起你了,小孩,你也许真是个神佛?"

女人走了。走出十几步时她回一次头。又走出十几步时又回了一次头。虽然她没能解开拇指铐,但阿义心中充满了对她的感激之情。因为喝了水,他的眼里盈满了泪。

五

下午一点多,阳光毒辣,地面像一块烧红的铁。松树干上被镰刀砍破的地方,渗出了一片松油。阿义喝下的那半壶水,早已变成汗水蒸发掉。他感到头痛欲裂,脑壳里的脑浆似乎干结在一起,变成一块风干的面团。他跪在树干前，昏昏沉沉，耳边响着"笃笃"的声音。声音似乎是头脑深处传出来的。那两根被铐在一起的手指，肿得像胡萝卜一样，一般粗细一般高矮，宛如一对骄横的孪生兄弟。那两包捆在一起的中药，委屈地蹲在一墩盛开着白色花朵的马莲草旁。粗糙的包药纸不知被谁的脚踩破了，露出了里边的草根树皮。他嗅着中药的气味，又想起了跪在炕上的母亲。母亲痛苦的呻吟，在半空里响起。他歪歪嘴哭起来，但既哭不出声音，又哭不出泪水。他的心脏一会儿好像不跳了，一会儿又跳得很急。他努力坚持着不使自己昏睡过去，但沉重黏滞的眼皮总是自动地合在一起。他感到自己身体悬挂在崖壁上，下边是深不可测的山涧，山涧里阴风习习，一群群精灵在舞蹈，一队队骷髅在滚动，一匹匹饿狼仰着头，龇着白牙，伸着红舌，滴着涎水，转着圈嗥叫。他双手揪着一棵野草，草根在噼噼地断裂，那两根被铐住的拇指上的指甲，就像两只死青鱼的眼睛，周边沁着血丝。高叫母亲。母亲从炕上下来，身披一块白布，像披着一朵白云，高高地飞来，低低地盘旋，缓缓地降落。草根脱出，他下坠着，飘飘摇摇，似乎没有一点重量。母亲一伸手抓住了他，带着他飞升，一直升到极高处，身下的白云，如同起伏的雪地，身前身后全是星斗，有的大如磨盘，有的小似碗口，都放光，五彩缤纷，煞是好看。母亲搂着他，站在一颗青色的星上，星体上布满绿油油的苔藓，又滑又冷。他仰望着母亲，欣慰地问："母亲，您好啦，您终于好啦。"母亲微笑着，伸出一只手，摸着他的头。他的头上一阵剧痛，像被蝎子蜇了一样。他看到母亲的脸扭曲了，鼻子弯成鹰嘴，嘴巴里吐出暗红色的分叉长舌。他惊叫一声，脚下的星斗滴溜溜地转起来，好像漂在水面的皮球。他头脚倒置,直冲着大地降落,轰然一声,钻进了泥土中,冲起一股烟尘……

阿义被噩梦惊醒,额上布满黏腻的油汗。眼前依然是松树、墓地、一望无际的麦田。西南风刮大了,像从一个巨大的炉膛里喷出的热气。汹涌的麦浪层层叠叠,无边的金黄中,有一泓泓银亮,像银的液体在金的液体里流动。一台烫眼的红色机器,在金银海里无声无息地游动着,机器后边,吐出一团团黄云。路上又走来走去着人,男人,女人,但无人理他。他心中燃烧起怒火,疯狂地啃松树的皮。树皮磨破了他的唇,硌酸了他的牙。他恨,恨锁住拇指的铐,恨烤人的太阳,恨石人石马石供桌,恨机器,恨活动在麦海里的木偶般的人,恨树,恨树疤,恨这个世界。但他只能啃树皮。他的牙缝里塞进了碎屑,嘴巴里满是鲜血。松树一动不动,不痛也不痒,不怨也不怒。他想到了死,用额头碰撞树干,耳朵里嗡嗡直响,眼前出现了一条通往地狱的灰色道路……

阿义再次苏醒过来时,浓厚的乌云布满天空,太阳藏匿得无影无踪。一股股的劲风低低地掠过,苍白的麦田浊浪翻滚,喷吐着泡沫。无数的麦穗折断,无数的麦粒落地。一片片血红的闪电照亮天际,雷声滚滚。田野里奔跑着人,都慌不择路,仿佛一些刚从地洞里被水灌出来的耗子。

云越压越低,天越来越黑。风突然停了,空气凝固,燕子飞升到云上去,小动物顾头不顾尾地躲藏。天完全黑了,比没有星光的夜晚还要黑。一个女孩在黑暗中大哭,但只哭了几声便停了,仿佛有一只大手堵住了她的嘴巴。突然有一道淋漓着火花的绿光撕裂了黑暗的幕布,十几颗溜圆的火球在墓地间跳跃滚动着,唧唧有声,像有血有肉的小动物。然后是一连串巨响,空气里立即弥漫了燃烧胶皮的焦煳味。他的耳朵什么也听不到了,好像钻进灯泡里一样,坟墓后边一大片麦子被烧成了灰烬,袅袅的白烟上升,与黑云接手。紧接着天空被一片片抖动的闪电映得通红,麦子用旋涡状的波动表现出旋风。大地在颤抖,松树在燃烧。他的脑袋一阵钝痛,一个乒乓球大小的灰白的东西弹跳落地。冰雹!白亮亮的冰雹密集地落下来,大的如鸡卵,小的如杏核,噼噼啪啪,宛如堆珠砌玉。最初几颗冰雹打在他的身上时,他还能感到痛楚,但很快便麻木了。他的眼前一片灰白,灰白的冷气浸着他,所有的肢体和器官也变成了灰白冰冷,只有内心深处还有一点点微弱的暖意,像一只小麻雀的心脏,像一点萤火虫的微光……

六

傍晚的时候,阿义又清醒过来。地上的冰雹已经化尽,田野里一片狼藉。松树下躺着一只猫头鹰的尸体。松树枝上悬挂着一些鱼肠状的脏物。他的牙齿止不住地打抖,身体又白又亮,像一根通了电的钨丝。我还活着吗?我也许已经死了,已经进入了母亲曾经说过的阴曹地府,这周围渐渐聚拢了绿色的火焰,不就是地狱里的鬼火吗?各种各样的鬼,有的从树上跳下来,有的从地下冒出来,有牛头,有马面,还有些毛茸茸的、穿着红绸小裤衩的小动物,它们龇着两颗大门牙,瞪着玻璃球似的眼睛,耷着两扇比头还要大的透明的耳朵,在他身体周围,咿咿呀呀地唱着歌,不停地跳跃着,有的竟然跳到他的身上,附在他的耳边,用蚊虫般细弱的声音问他一些话，有的啃他的耳朵，有的咬他的鼻梁，有两只盘腿坐在他的手腕上，啃那两根被锁住的拇指，咯咯吱吱的，像兔子啃冰冻的胡萝卜一样。咬吧，咬吧，他鼓励着小妖精们，咬断我的拇指，我就解放了。小妖精，你们有母亲吗？啊，你们有母亲，我也有母亲，我的母亲病了，吐血了，你们咬断我的手指吧，让我去见母亲……他猛然格外清醒了，他想起了那两包药。我的药呢？我为母亲抓的药呢？我用母亲头上的银钗换来的药呢？它们已被冰雹打烂，被雨水浸湿，与泥巴和杂草混在一起。阿义感到了彻底的绝望，母亲，母亲，你的药，完了。他又想咬树皮，但牙齿刚一触到那粗糙，便立即心灰意懒了。

西天边一片血红，天空中游走着破云败絮，残缺的天空时而如碧绿的树叶，时而如玫瑰色的花瓣。傍晚的田野里，响起了女人的哭声，东一声西二声，南三声北四声，很快连成了一片。麦子呀，麦子！老天哪，老天！面条没了。馒头没了。饺子没了。什么都没了，都砸到泥里去了。毁了。在遍野的哭声中，却有一个人在歌唱。是一个苍凉高亢的男声独唱。比最高的大树还要高许多的孤独的歌唱：麦子呀麦子——我们的麦子——香香的麦子——甜甜的麦子——亲亲的麦子——麦子呀麦子——我们的麦子——

高亢的歌声起了，哭声低了，落了，哑了。一轮银月升起了，红云淡了，散了，没了。他被这反复咏叹的歌声鼓舞着，站了起来。他哆嗦得如同一根弹簧。歌声如同河水，如同麦子，如同棉衣。歌声如同月亮。歌声就是月光，照亮了他的内心。他往前探过头去，咬住了一根拇指，好像咬住了一个与己无关的、冷冰冰的、令人厌恶的东西。他用力咬着，毫不客气，决不动摇。他感到那节拇指落在嘴里了，便低头张嘴把它吐在了地上。他听到它落在了地上。他张嘴咬住另一根拇指，牙齿上贯注着仇恨。他吐掉了它，又听到了它落地的声音。他不去看它们，但能想象到它们是如何欢欣鼓舞着逃跑了。他满怀着希望往后移动身体，双臂僵硬，不能弯曲，像两根铁棍。他感到手腕被树干挡住了。巨大的恐怖袭来。他本能地将身体往后仰去，这时，他听到了拇指铐从拇指残根上脱下又跌落在地的声音。他仰面朝天躺在地上，看着那棵离开了自己怀抱的松树，猛然的惊喜降临。一轮皎皎的满月在澄澈的天空里喷吐着清辉，无数白色的花朵成团成簇地、沉甸甸地从月光里落下来。暗香浮动，月光如洒。白花不停地降落，在他的面前，铺成了一条香气扑鼻的鲜花月光大道。他抖抖索索地站起来，往那诱人的大道扑去，但他却头重脚轻地栽倒了。他感到嘴唇触到了冰凉的地面。

后来，他看到有一个小小的赭红色的孩子，从自己的身体里钻出来，就像小鸡从蛋壳里钻出来一样。那小孩身体光滑，动作灵活，宛如一条在月光中游泳的小黑鱼。他站在松树下，挥舞着双手，那些散乱在泥土中的中药——根根片片颗颗粒粒——飞快地集合在一起。他撕一片月光——如绸如缎，声若裂帛——把中药包裹起来。他挥舞双臂，如同飞鸟展翅，飞向铺满鲜花月光的大道。从他的两根断指处，洒出一串串晶莹圆润的血珍珠，叮叮咚咚地落在仿佛玛瑙白玉雕成的花瓣上。他呼唤着母亲，歌唱着麦子，在瑰丽皎洁的路上飞跑。他越跑越快，纷纷扬扬的月光像滑石粉一样从他身上流过去，馨香的风灌满了他的肺叶。一间草屋横在月光大道上。母亲推开房门，张开双臂。他扑进母亲的怀抱，感觉到从未体验过的温暖与安全。

蜜蜂圆舞曲

范小青

一只离群的蜜蜂飞到老乔家的饭桌上,停下来,也不吭声。老乔看了它一眼,说:"你不说话,就以为我不知道?"客人惊奇地看着老乔。乔世凤说:"他就是这样,他和蜜蜂说话,我们听不懂,他们听得懂。"乔世凤为她的男人骄傲,从她的口气里能听出来。客人连连点头:"果真是这样的,果真是这样的,我们在外面就听说老乔的蜜不一般。蜜蜂听老乔的话,酿的蜜肯定是不一般的。"老乔站起来往外走,蜜蜂跟着他。乔世凤说:"要起风了,老乔收箱去。"

过了一会儿果然起风了,乔世凤问客人:"你是带走还是预订?要多少斤?"客人没有听见,渐渐起来的风声让他有点心神不宁,起风了,湖面上的浪会大起来,船就不好走了吧。乔世凤看出来了他的心思,跟他说:"三五级风不停船的。"客人朝她看了看,寻思着,三五级风?她怎么知道是三五级风呢?他的心思又让乔世凤看出来,乔世凤说:"只来了一只蜂。"客人"咦"了一声,要是来两只蜜蜂,是多少级风呢,要是来一群蜜蜂,就是很大的暴风雨了吧。客人心里奇奇怪怪的,但把心思放下了一点。接着他又上了另一个心思,到底要多少蜜呢?他犹豫着。乔世凤也不催他。老乔的蜜不是催出来的。既然人家能从很远的地方坐着船寻到这个小岛上来买蜜,肯定他是知道老乔的蜜好。

如果乔世凤背着老乔说了什么自吹自擂的话,老乔总会知道的,他会生气。从前老乔年轻时刚刚接手父亲的蜂群,他出岛到街上去买书,可街上的书店里没有养蜂的书,营业员给他找到一本外国人写的《蜜蜂的生活》,老乔也想看看外国人是怎样养蜂的,就买了,后来才知道这个外国人不是写的怎样养蜂,他只是在借蜜蜂说些其他的话。这些话跟老乔养蜂关系不大。老乔揣着那本书,到了一家小酒馆,他要喝掉他的最后一顿酒。养蜂人是不能喝酒的,酒味会刺激蜜蜂,使它们不采花粉不酿蜜。从此以后老乔就要和酒绝缘了。

小酒馆在一条小巷子里,生意很冷清,老乔跟酒馆老板说,你把酒馆放在这里,谁会来呢?老板说,你不是来了吗?小伙子,你年纪太轻,你不知道什么是酒香不怕巷子深。老乔的一生受到小酒馆老板的影响,他至今记得那老板的牛样,说话的时候,脑袋和脸皮都纹丝不动,甚至连嘴皮子都没动。

老乔收了箱回来,客人已经走了,他要了十斤蜜。乔世凤说:"他还会来的。"她不说客人有没有夸老乔的蜜,但她说客人还要再来,就等于在说老乔的蜜好。老乔朝乔世凤瞄了一眼,女人就是好哄,每次人家说什么她就信什么,还眼巴巴急吼吼地等人家再来呢。有一次还非说一个头一次上岛的人以前来过,那个人乐得跟她套近乎，就把价钱压了下去。

这个客人带着十斤蜜跟着风一起走了，他跟乔世风说他还要再来，可老乔知道他不会再来了。不过这没有什么，他不来，自会有别人来。老乔的客人，从来就没有断过。

这时候客人正惊恐万状地随着波浪起伏，他惊心动魄地叫喊着："不好了，不好了，要——"下面的话他没敢说出来，他也知道一点船家的规矩，船家连吃鱼都不敢吃另外的半条，别说那个恐怖的"翻"字，连"反""泛"这样的字眼他们也都不说的。客人惊慌失措地从船头爬到船尾，船家坐在船尾那里把着舵，他笑眯眯地看着这个爬来爬去的客人。客人有点窘，支吾着："这风，风！"船家也不抬头看天，也不低头看水，他仍然不说话，他的神态好像在说，风，哪里有风？船家的镇定并没有让客人也镇定下来，他仍然惊魂不定，他想，这是你的想法，你是吃这碗饭的，你天天风里来雨里去，五级风对你没什么了不起，可我是旱鸭子，我经不起五级风的，我也经不起四级风和三级风，我有恐水症，我再也不会来了。哪怕老乔的蜜好到天上去，我也不来了。

船终于靠岸了，客人差一点丢掉了他买的蜜。老乔的蜜。他是慕名而来的，他新办了一家食品厂，需要很多的蜜。他本来是想来订货的，要订很多货，可是现在他知道他和老乔的缘分就是这十斤蜜了。

除非有桥。

船家奇怪地看着他，桥？怎么会有桥，只听说在河上建桥，哪有在这么宽的湖上建桥的。

那也不一定。

船家回头碰到老乔的时候，跟老乔说："奇怪了，那个人说要在湖上建桥，这桥要多少钱？这么小的岛。岛上有什么，值得吗？"

建了桥你的船就没有用了，所以你反对建桥，老乔想，你的目光真是短浅，你还守着赵州问赵州，岛上有什么，岛上有老乔的蜂蜜，这还不够吗？船家被老乔的眼神提醒了，他知道自己说错了，赶紧补回来说："是有东西的，有老乔的蜜。"老乔却说："我的蜜，是不用桥的。"船家说："那是，我这么多年，来来回回摇了多少买蜜的人，有桥没桥是一样的。"乔世凤听船家这么说，也忍不住说："有一次我到街上去，街上的人也说笠帽岛的蜜，他们不知道我就是笠帽岛的，更不知道我就是——"老乔瞟了她一眼，她就不说了。

有桥没桥是一样的。

可是说着说着，桥竟然就真的建起来了。有人欢喜有人忧，船家失业了，老乔发达了。

一只蜜蜂飞到了老乔家的饭桌上，停下来，也不吭声，老乔看都没看它，说："你不说话，就以为我——"老乔忽然觉得嗓子硬硬的，后面的半句话竟哽在里边吐不出来了，老乔有一点异样的感觉，他回头看了它一眼，顿时变了脸色，你是谁？蜜蜂仍然不说话。老乔尖厉地说："你以为你不说话，我就会错认你？你不是我家的人，你从哪里来，你要到哪里去？你不属于这里，你不能待在这里。"蜜蜂朝老乔笑了笑，老乔说："你笑也没用。"

老乔知道，有人进岛了，不是一般的人，是一个养蜂人。

没那么容易的，岛上有些人家也曾经学着老乔养蜂，可他们屡试屡败，他们不会像老乔那样和蜜蜂说话，他们不知道蜜蜂在想什么，最后他们先后都放弃了自己的想法，任由老乔一个人去养蜂了。

老乔见到那个进岛的养蜂人，他在村东头面湖的空地搭了自己的窝，老乔用眼角的光一扫，知道他有二十箱蜂。

只有二十箱。

他一个人，还带着一只狗，狗很温和，它和主人的蜜蜂和睦相处，蜜蜂咬它的鼻子，它也笑呵呵的。它看到老乔，和老乔打招呼，老乔不想理睬它，但是觉得面子上过不去，还是冲它点了点头。

养蜂人是个老头儿，老乔看不透他有多老，他告诉老乔，他叫朱小连，他走过的地方，人家都叫他小连，老乔如果愿意，也可以叫他小连。

这么老了还自称小连。

老乔说："我叫你老朱吧，你比我年纪大，我不能叫你小连，不礼貌。"朱小连说："你还是叫我小连吧，你叫我小连，我就觉得自己还小呢，心情会好一点。"老乔看了看朱小连的蜂箱，它们都朝东南方向搁着，老乔说："你是意大利蜂。"朱小连说："意大利蜂不会打架，就算它们搞糊涂了，进错了箱，它们也不打架。"

老乔笑了笑。

我虽然一直待在岛上，但我二十年前就养意大利蜂了。

意大利蜂需要很大的蜜源，朱小连早就听说笠帽岛上遍地奇花异草，所以他来了。其实从前他就来过，可是半路上被大风大浪打回去了。还有一次，倒是风平浪静的，可是小船在湖上迷了路，转来转去又转回去了。我还以为我和这个岛没有缘分呢，朱小连想，哪里想到竟然有桥了。

　　桥，真是个好东西。但有时候也不见得。

　　朱小连用泥巴垒了一个小行灶，他有一口小锅，他捡来的柴火，是岛上的果树的干枝，柴火噼噼啪啪燃烧着，朱小连吸了吸鼻子，满脸的满足，连柴火都是香的，是枇杷味。何止是柴火，空气都是香的，泥都是香的。老乔说："水开了。你烧水做什么？"朱小连说："我下挂面，我喜欢吃挂面的。"

　　喜欢吃挂面，谁会喜欢吃挂面？

　　老乔停了停，说："朱小连，到我家吃饭吧，我女人烧好了晚饭。"

　　狗一路上绕着老乔转圈子。

　　它怎么不绕着它的主人转呢，它不会认错人的，它是在拍马屁，朱小连的狗都会做人的事情。

　　老乔回头朝走在后面的朱小连看看，朱小连涨红着脸，嘀嘀咕咕说："不好意思的，不好意思的，你太客气了。"老乔说："也不是特意为你烧的，我家也就两个人，顺便吧。"朱小连说："老乔，说好了，只能这一次呀，天长日久的，你不能这么客气的。"

　　天长日久？你想在岛上待多长日子，天长日久？什么叫天长日久？

　　乔世凤看到老乔把朱小连领回来，她脸上不好看，但还是忍着的，要讲一点风度。饭菜上桌后，朱小连脸也不红了，嘴也不客气了，他右手动筷子左手动勺子，一边大嚼大咽，一边含混不清地说："哎呀呀，是红烧肉，哎呀呀，是红烧肉。"乔世凤说："你没有吃过红烧肉？"朱小连说："吃是吃过的，要不然我怎么知道是红烧肉呢，不过有很长时间，我都记不清有多长时间没吃过了。"

皮真厚。

乔世凤说："多吃肥肉会得胆囊炎的。"朱小连快乐地哼哼着，香味从他的鼻子里哼了出来："你放心，我不会得胆囊炎的，我肚子里一点油水也没有了，我已经好多年没有回家了，只有在家里，才能吃到这样好的红烧肉哇。"乔世凤还是想说话，她快要刹不住车了，但老乔只是轻轻地瞟了她一眼，她就刹了车，把通道让给老乔。

女人就是女人，一点都不懂含蓄。

老乔说："朱小连，你是哪里人？"

他为什么不肯叫我小连呢，朱小连想，但是他又想，不叫就不叫吧，叫什么都行，他还给我吃红烧肉，他真是个好人，他老婆也是个好人。朱小连说："你听得出我的口音吗？"老乔想了想，说："像是东北的，又不太像，像是西北的，也不太像，北方人说话，在我们听起来，都差不多的。"朱小连笑了，他脸上的褶子像秋天的金丝菊花，又黄又皱。朱小连说："时间太长了，太长了，我都快忘记我是哪里人了。"

原来他是假老实，他真狡猾，连家乡都向人保密，他想干什么？老乔吃得有点噎，他生气地说乔世凤："你今天的饭煮得太硬了。"乔世凤说："你喜欢吃硬米饭的。"你个笨女人还跟我顶嘴，老乔更生气了，说："硬米饭不等于叫你煮了石子让人吃。"朱小连说："这不是石子，这是最好的硬米饭，在我家乡，家里来客了，就要煮硬米饭，要是煮烂了，客人会不高兴，以为主人省米。"乔世凤说："我没有省米吧？你没有不高兴吧？"朱小连说："没有没有。"老乔说："你还是记得你的家乡的。"朱小连说："那是，哪能连家乡都忘记了。"他说话是可以随心所欲的，刚才说快忘记了，现在又说哪能忘记。

老乔送朱小连出门，看到朱小连的狗，正在院子里和他家的鸡鸭套近乎，它们切切磋磋说着什么，亲亲热热的像一家人。老乔心头有些不快，这只狗。朱小连对狗笑了笑，狗也对他笑了笑，他们是心领神会的样子，相伴着一起走了。

老乔的一只鸡在老乔鞋帮上拉了一泡屎，老乔踢了它一脚，它尖叫着跑到一边生气去了。乔世凤站在门框那里看着老乔的脸色，说："他怎么好意思跑到我家来吃饭？"老乔说："我请他的。"乔世凤张了张嘴，停顿了一下，又忍不住说："他到我们岛上来干什么？"老乔说："岛是你的？"乔世凤说："岛不是我的，也不是他的。"老乔撇了撇嘴。女人就是女人，沉不住气。朱小连才有二十箱。他已经看过朱小连的蜂。意大利蜂。贪吃的东西，岛上花多，你们几辈子都没见过这些奇奇怪怪的花，要胀你们的肚子了。

朱小连打着饱嗝往自己的窝里去，狗默默地跟着他，他跟狗说："狗，我们碰到好心人了。"狗吸着鼻子。朱小连又说："我们从北走到南，从西走到东，颠沛流离，碰到过好人无数，也碰到过坏人无数。"狗又吸了鼻子。朱小连踢了它一脚说："你滑头，你就不能说一句话？"狗闻到朱小连嘴里的肉香，打了个喷嚏。

朱小连已经有点老态了，他的蜂和他不一样，它们体格强壮，采蜜本领大，朱小连的采蜜成本又低，一个人一只狗，住在窝棚里，不用什么开销，朱小连的蜜价就低一点。别人来买蜜，总是冲着老乔来的，但他们看到朱小连也有蜜，就去跟老乔说，人家朱小连的蜜也不错,他的比你便宜。他们的意思,是相信老乔的蜜,但是希望老乔能在竞争中降一点价。老乔不吭声。他不吭声比他吭声更有用。大家都明白,老乔的蜜是不降价的。老乔就是硬气,便宜没好货,好货不便宜。老乔也仍然不吭声。但是大家虽然崇敬老乔,却还是跑到朱小连那里买蜜。朱小连好说话,有时候村上有人想讨一点蜜派一点小用场,他就让他们拿一点走。蜜又不是什么,蜜又没有什么的,朱小连说,拿走了明天又会酿出来的。

一只蜜蜂停在老乔的肩膀上,老乔甩了一下肩膀说:"你不用跟我套近乎。"同行是冤家,朱小连来了,老乔再也不是一统天下了。可是老乔出错了,老乔听见了蜜蜂的嘲笑。老乔竟然真的错了,连自家的蜂都认不出来了。老乔从来没有出过错,他闭着眼睛听蜂的翅膀扇一扇,他甚至用不着用耳朵,闭着耳朵用心一想,就知道是谁。自从朱小连来了之后,老乔就开始出错,老乔心里有什么东西被搅乱了,乔世凤也越来越沉不住气了,她只知道跟老乔煽风说,他要是不走,我们怎么办?他要是不走,我们怎么办?

女人,女人,头发长见识短,他是谁,我是谁?

蜜蜂在前面走,老乔跟在后面。他是不想跟来的,他无所谓的,养了那么多年的蜂,他躺在床上都能听得见蜂的每一声哼哼,他不需要了解什么。可是现在他的脚步不听他的使唤,他跟那只蜜蜂说:"又怎么了,又怎么了,不就是来了一个朱小连吗,你们慌慌张张干什么。"

你才慌慌张张呢。

老乔说:"你也跟我辩嘴,你以为它们是来跟你做朋友的?还有那只狗,你明明知道它是来干什么的。"

它带着老乔走了又走。

你要带我到哪里去?

老乔渐渐地闻到了一些混杂的味道,在茶花地里,老乔知道蜂和蜂已经混成了一片。

马屁精。喜新厌旧啦。

朱小连高兴得眼睛眯成一缝:"老乔老乔,老乔你看,我说的吧,意大利蜂,好相处,它们不打架,像兄弟一样的。"

好相处不等于能采好花粉,酿好蜜。朱小连到底是懂行的还是不懂行的?他不会是个骗子吧?他来骗什么呢?

老乔冷了冷脸说:"朱小连,我来告诉你一声,我明天走,岛西边有一片青梅,我要采青梅蜜了。"朱小连说:"老乔你不要走,你走了,好像是我挤走你的,烧香赶出和尚,这不大好。"

你能赶得走我?你不知道我是谁?

老乔笑了笑说:"朱小连,你还不了解我们的岛,我们岛上到处是蜜源,你怎能挤得走我?"朱小连说:"对的对的,除非你挤得掉我,我怎么挤得掉你?"老乔说:"岛上又不是只有一棵树,我们为什么要在一棵树上吊死呢。"

老乔的五十箱蜂搬走了,它们到了岛的西岸,那里有一片青梅树,可是蜂不太喜欢青梅,青梅的花,涩嘴。乔世凤的嘴更涩,她在村里到处跟人说,外面那么大的世界,他为什么偏要跑到岛上来。村里人告诉她,小连说了,外面的蜜源,遭到了破坏。

所以他就来破坏我们了。

乔世凤说:什么破坏,那些地方,无非就是造了房子,让人住罢了，花也还是那个花，树也还是那个树嘛。村里人却说，小连说了，人住了，蜜蜂就不去了，小连说，再好的花粉，它们也不采。

小连小连小连。

乔世凤憋不住跑到朱小连那里："朱小连，我们的岛这么小，你来了，就把老乔挤走了。"朱小连茫然地看乔世凤："岛小吗？可是老乔说岛很大，到处都是蜜源。"乔世凤说，老乔还说青梅蜜比茶花蜜好呢，你愿意相信他，买蜜的人可不相信他。

乔世凤走的时候，朱小连的狗一直送她，乔世凤赶它走，它也不走。

你皮真厚，跟你家主人一样。

狗笑了笑。狗回来的时候，朱小连跟它商量，要不我们采青梅吧？狗同意的。朱小连的决定，它没有不同意的。只有一次，就是他要上岛的时候，狗没有同意。但它还是跟来了。

乔世凤回家，看了老乔的脸色，老乔的脸很阴沉，他不说话，乔世凤有点怕他，也不说话了，后来她看见老乔的脸色越来越灰，越来越青，再后来就紫了。青梅地里有瘴气，老乔把自己埋在瘴气里不出来，得了病。

朱小连拍打着自己的脑壳，唉唉地自责，狗看着他，它不知道是应该劝他还是不要劝他，它是个没有主见的狗。下雨了，雨越下越大，朱小连去开箱，狗也没阻拦他。下雨的时候是不能开箱的，蜜蜂被雨震动了，会蜇他。朱小连有意让蜂来蜇他的，狗知道他的心思，所以没有阻拦他。蜂果然来蜇他了，他不怕疼，可是蜇了几下，他又心疼蜂了。

你们不要蜇了。

你们不要蜇了。

蜇了他的蜂就要死去了。可是它们没有停下来安静地死去,它们飞走了。朱小连舍不得它们孤独地死去,他跟着它们走,走到很远很深的一个山坞里,发现了南山蜜梅。

朱小连很年轻的时候,听一个老蜂人说过,在太湖的一个小岛上,有一种南山蜜梅,它是专为蜜蜂而生的。可是没有人找得到它们,更没有人能够带上他的蜂找到它们。从前朱小连在一本书上看到过它的模样,它的模样深深地印在他的心里。他一辈子都在找它,他以为一辈子都不会找到的。

南山蜜梅!

朱小连奔跑到老乔家里,"南山蜜梅,南山蜜梅!"他大声喊道:"我找到南山蜜梅了。"老乔从床上一跃而起。

我没有生病。

乔世凤烧了红烧肉,老乔邀朱小连一起吃肉,老乔说:"我们祖祖辈辈就在这里待着了,也没有想到南山蜜梅就在我们的眼皮底下。"乔世凤说:"你们喝点酒吧,应该喝点酒庆祝。"老乔愣了一愣,他张开嘴,想说什么,但最后并没有说出来。朱小连从来不喝酒,养蜂人是不能喝酒的。老乔年轻的时候是能喝点酒的,但是自从他接过了父亲的蜂箱,他就再也没有喝过酒,最后一顿酒,是在街上的一个酒馆,小酒馆的老板对他说你不是来了吗,到今天老乔还记得。乔世凤说:"喝一点吧,朱小连你不知道,南山蜜梅的香气,能盖住所有的气味。"朱小连说:"我听说过,我是听说过的。"

乔世凤脸绯红,忙着给两个男人斟酒,她把一瓶酒分作两半,倒在两个大玻璃杯子里,拿这个杯子给你加,拿那个杯子给他加,

"看看你们到底谁能喝。"她说。朱小连笑了:"没听说南方人能喝过北方人的。"这是他上岛后说的第一句大话。老乔也笑了:"那可不一定。"老乔说。

朱小连醉了,狗想牵住他,但是朱小连不要,朱小连不认为自己喝醉了,他只是觉得今天狗走得太快了。朱小连跟在狗的后面:"狗,你慢一点,"他说,"你慢一点,我老了,脚步不行了。"狗已经很慢了,再慢它就停下来了。它一停下来,朱小连就想去踢它的脚,但是没踢着,朱小连的动作总是比狗慢一拍。朱小连说:"你还不许我喝酒,你是只无知的狗,你不知道南山蜜梅什么也不怕。"

朱小连回到自己的窝里就睡着了,狗生气地趴在窝外。

朱小连睡着的时候,老乔和乔世凤忙着把他们的五十箱蜂,搬到了南山蜜梅的山坞里,老乔和朱小连一样,也喝了半斤,从前老乔的酒量是很好的,半斤酒不在话下,不过今天晚上他喝的是白开水。

老乔始终没有抬眼看乔世凤。当他喝第一口白开水的时候,他就没再看过乔世凤一眼,乔世凤转来转去想和他交换眼神,但是老乔始终不看她。他只是无声地把白开水当酒那样喝了,因为没有感受到酒的辛辣,他皱眉吸气的样子装得很不像。不过朱小连是看不出来的。

乔世凤心情好,她唱起歌来。老乔浑身起了一层鸡皮疙瘩。

你还唱歌,你配唱歌?

第二天早晨朱小连打开蜂箱,可是他的蜜蜂却不肯出箱,它们被朱小连的一身酒气刺伤了,熏蒙了,它们不认得朱小连。

这个人是谁?他是一个陌生人,我们不能听他的话,他会让我们上当受骗的。

狗过来对它们说,他是朱小连。可是蜜蜂连狗都不认得了,它们缩在蜂箱里探头探脑地看着狗,你是谁?

这时候,老乔的蜂已经满天遍野地撒在南山蜜梅的山坞里了。

朱小连已经醒过来了,传说毕竟只是传说,只能当它是传说,不能当它是真。南山蜜梅也许不怕酒,可是蜂怕酒,没有蜂,南山蜜梅就不是南山蜜梅了。朱小连先想到了老乔。

老乔有五十箱呢。

朱小连往老乔家跑,狗不远不近地跟着他,朱小连生气地说:"你是没良心的狗,慢吞吞的想干什么?"狗怪怪地笑了一声。

"老乔老乔,我有个秘方,你用蜜糖水洗个澡,它们就闻不出酒味了。"朱小连一路喊着过来,可是老乔家没有人,乔世凤也不在,老乔的五十箱蜂也不在。朱小连看到狗嚁着嘴,朱小连说:"你嚁什么嘴,老乔的蜂百毒不侵,不像我,也不像我的蜂,没用。我得回去用蜜糖水洗澡了。"

朱小连用蜜糖水洗了澡,他的蜂赶在南山蜜梅凋谢之前酿出了传说中的梅蜜。一个客人打走了朱小连所有的梅蜜,他还在岛外到处告诉别人,朱小连让南山蜜梅的蜜从传说来到了现实。

乔世凤带回来一群蜂,悄悄地让它们停在桌子上,慌慌张张跟老乔说:"蜂来了,天气也预报了,要变天了,要大变天。"老乔看了看那些赌着气的蜂,又看了看天,老乔跟它们说:"你们以为不出声,就能骗得了我?"

根本就不会变天。

乔世凤赌咒发誓说:"要来暴风雨了,大的暴风雨,老乔你三天之内无论如何不能放蜂。"

女人你懂什么，让我听你的？我怎么会听你的？我怎么可能听你的？

"你什么意思？"老乔问乔世凤，"明明好天气，你说要变天，你想干什么？"老乔去看乔世凤的眼睛，乔世凤避开了，老乔看不见她的眼睛，他忽然就感觉到一阵心慌，跟着心就掉下去了，掉到不知什么地方去了，找不到了。

老乔是会看天的，天不会变，根本就没有暴风雨，但是老乔竟然听了乔世凤的话，他没有放蜂。

见了鬼了，我听女人的话。

我只关一天。老乔在心里对自己说，我肯定只关一天，这么好的天气，不放蜂采花粉，罪过的。

朱小连没有看到老乔放蜂，担心老乔有什么事情，他过来看看老乔。老乔说："我生病了，是胆结石。"乔世凤还说："叫他少吃肥肉，他不肯，就生胆结石了。"

人的舌头上有毒，没病不能说有病，说了有病就会真有病。晚上老乔真的胆结石发作，痛得在地上打滚，送到街上的医院去急诊。第二天一早朱小连到医院来看他，老乔躺在病床上，一眼看到朱小连走进来，老乔惊惶失措地竖起身子说："朱小连，朱小连，出什么事情了?!"朱小连没头没脑，不知道老乔慌的什么，他说："没出什么事情，听说你住院了，我来看看你。"老乔长长地泄出一口气。

可是我为什么仍然找不到乔世凤的眼睛？

乔世凤的眼睛正在山坞里，她眼睛里长满了死去的蜜蜂。朱小连的蜜蜂全死了。它们的肚子胀得像一面面小鼓朝天翻着。乔世凤笑了，笑着笑着，忽然间，她哭了，号啕大哭。她的哭声震荡着整个山坞，整个小岛。

这时候老乔的蜂正在蜂箱里探讨，这么好的天气，老乔怎么会叫我们歇着呢？后来乔世凤的哭声就震荡过来了，它们在片刻间就听懂了乔世凤的哭声，它们震惊了，它们在蜂箱里暴动，它们轰开了箱盖，像子弹一样射了出去。

朱小连把蜜蜂的尸体堆成了一座小山，他要点火烧掉它们，这样它们就能永远留在岛上，留在传说中的南山蜜梅树下。

"我叫你们不要贪嘴的，我叫你们不要贪嘴的——"朱小连反反复复地说着这同一句话给它们送行。狗离火堆很近，它的皮毛发出了焦煳的味道。老乔在远处看着，他担心狗会被烤焦了。朱小连说："狗，我对不起你，狗，你叫我不要来的，我没有听你的。"他去把狗拉过来，狗没有抗拒，但它一直不吭声。

朱小连空着身体走了。

他没有坐车从桥上走，来的时候他是从桥上来的，他走的时候，不想再过桥，那是他的伤心桥。朱小连找到了船家，他要坐船走。

有了桥以后，船家就没活干了。可是后来船家又有活干了。没有桥的时候，大家想桥，有了桥，又有人不要走桥，要坐船。现在的船费比从前贵了，比过桥费还贵。但是人家还是要坐船，要不然他们挣了很多钱，怎么花得掉呢？

湖面上风平浪静，船家总是在跟朱小连说话，他总是在隐隐约约地告诉他什么，他说朱小连的蜂不是胀死的，可是朱小连听不进去。最后船家着急了，船家说："如果用南山蜜梅的蜜拌上农药，蜜蜂就闻不出药味了。很久很久以前大家就知道，南山蜜梅的蜜，是能够盖住百味的。"朱小连仍然没有听明白。他只是在想，要是有能力，他还要养二十箱蜂，他还要到岛上来，老乔说得不错，岛上遍地奇花异草，是养蜂的好地方。

老乔是个好人，他的女人也是个好人。她烧的红烧肉真好吃。

一只蜂飞到了老乔家的饭桌上，老乔不看它，它喊了老乔几声，老乔仍然不回头。蜂生气了，上来蜇老乔，老乔跳了起来，他养了这么多年蜂，蜂从来不蜇他。老乔跟它们说，你们不要蜇我，也不要蜇别人，因为你蜇了人，你就会死。蜜蜂不想死，它们听老乔的话，就不蜇人。但是现在老乔的蜂蜇人了，而且蜇的是老乔。

你想死呀，你活够了呀？老乔骂它，可是它仍然狠狠地蜇了老乔。

这只蜂蜇老乔的时候，他的几十万只蜂，正在村子里疯狂地蜇人，村里人抱头乱窜，无处躲藏，他们咒骂老乔。老乔跌跌撞撞跑来了，老乔在他们的咒骂声中痛哭起来："你们别蜇了，你们别蜇了，蜇了他们你们会死的。"

老乔疯了，难道蜂比人还重要？老乔的蜂也疯了，它们简直就是集体自杀。村里有个人说，鲸鱼也会集体自杀的，它们来到海滩上，怎么赶它们都不肯回到海里去，最后它们就干死了。老乔的蜂正在一只一只地死去，它们死的时候，小小的身子直落落轻飘飘地往下掉，像洒落了一地的花粉，不像那些躺在海滩上的巨型鲸鱼。

老乔扑通一声跪下了，他朝着满天遍野疯狂的蜂哀求道："求求你们了,别蜇了,我答应你们,我们马上就走!"

乔世凤拉住老乔的衣襟:"你要干什么?你要到哪里去?你要丢下我一个人?"老乔扒拉开乔世凤的手。乔世凤哭了,她说:"老乔老乔,我哭了,你看我的眼泪淌下来了。"

老乔打点了行装,收起蜂箱,他没有过桥,却去找了船家。

"我要坐船走。"老乔说。

船家不搭理他。

"我要坐船走。"老乔又说了一遍。

我不愿意载你走。你也配坐我的船?

船家还是不搭理他。

"他也是坐船走的,我也要坐船走。"老乔说。

船家终于开了口:"你跟他不一样,你没有理由坐船走。"老乔说:"我有理由的,我的蜂闻不得汽车上的汽油味。"船家说:"船上也有味,有柴油味,跟汽油差不多。"老乔坚持说:"差得多,差得很多,汽油和柴油,完全不一样的,汽油是汽油,柴油是柴油,我的蜂,它们知道。"

蜂飞出了蜂箱,围绕着船家哀求他。船家听不懂它们在说什么,但是船家被它们打动了。"看在它们的面子上,我载你走。"船家说。

船在风浪中前进。老乔没有感觉到风浪,也没有听到船家的抱怨,他想起多年前买过的那本书,书里的内容他看不太懂,却记住了其中的一句话:蜜蜂不知道是谁吃了它们采集的蜜。老乔不太同意这个说法,如果让老乔说,老乔就会告诉别人,蜜蜂不会在意谁吃了它们采集的蜜。老乔觉得自己的想法更靠谱,因为这是蜜蜂告诉他的,是它们亲口在他耳边说的,不会有错。

　　船到了岸,船家看到老乔往北走了。船家以为老乔走错了,往南走,才有蜜源,但是老乔却往北去了。老乔从来都是正确的,但这一次,老乔往错误的方向去了。

　　这时候,老乔正在想,朱小连,他为什么要别人叫他小连,我从来没有叫过他小连。

　　附记:当一只工蜂发现一处丰富的蜜源时,它就在蜂箱里跳舞,以这种方式向其他蜜蜂通报它的发现。舞姿不同,通报的内容就不同。如果蜜源就在附近,它就跳圆舞。

酒　窖

张　炜

一

　　经过不知多少代的开垦和经营，我们这里已经成了世界上最大的葡萄园之一。这片一望无际的绿园显然包含了一个地方的荣誉和尊严。我有时想，这么多的葡萄难道都酿成了酒？秋天，一辆辆马车汽车都载满了葡萄，驶向了榨汁厂。原野上，那贮存葡萄汁的一个个大金属罐子在阳光下闪闪发亮，像巨人般耸立。

　　这一片大葡萄园，赖以存在的基础就是当地那个葡萄酒酿造公司。这个公司已经有几百年的历史了，它拥有全国最大的地下酒窖。我从得知了这个酒窖之后，就一直想亲眼看一看。有一天我甚至梦见自己走入了一个很大的地下洞穴，洞穴里排满了一个个椭圆形的大柞木桶；头上滴着水珠，地下是坚硬的泥土，一个个盛了葡萄汁的柞木桶被枕木垫起来。我沿着洞穴走着，不知走了多远，随着灯光越来越黯淡，寒冷和潮湿也阵阵袭来……我知道这是一处地下酒窖，美酒就是在这儿悄悄地、隐秘地贮藏着，发生一些微妙的变化。甘甜的葡萄汁在这里贮藏上许多许多年之后，再变成那些诱人的酒浆，贴上精致的商标，被轮船或火车运向四面八方。那么大一片葡萄园就应该配有这样一处地下酒窖，它们地上地下互相呼应和衬托：一个在阳光的照射下生机盎然，一个在地下隐秘的角落里默默酝酿……

那个梦境其实是有根据的，我好像在哪儿见过这样的酒窖。想着想着，终于记起是在东北的长白山下。那儿的一个小城也是著名的葡萄酒产地。那一次去长白山，途中好客的主人邀请我们参观当地名胜，其中一项就是地下酒窖。就是那样的一处地下洞穴，里面摆满了硕大的木桶；地下通道是旋转的、弯曲的，主人说如果拉直了算，有十公里长呢。葡萄汁都是野葡萄榨成的，长白山周围大大小小的丘岭和山坳都生满了野葡萄，是一个天然的葡萄园。

那一天主人还领我们参观了酿造车间。在一个接待室，我们品尝了各种酒。这些酒有的紫红，有的棕黄，有的是深黑色。我们每种都喝了很少一点，脸上开始发烧。我们还看到了挂在墙上的题词——各界名流都留下了赞美的词句。这些墨迹都经主人精心装裱，装在玻璃框中，悬在醒目处。

那次参观留下了如此难忘的印象，它植入了梦中。

当年我们在山上行走，不时要撩开浓密的藤蔓，看到黑紫的葡萄。人们就是把这些散布在漫山遍野的颗粒采集起来，一点一点汇聚到巨大的木桶中，藏入地下酒窖。

我们这片茫茫的海滩平原既有无边的葡萄园，就该有更大的酒窖。这个酒窖的准确位置到底在哪儿,我当时并不知道。我曾发现过一些很小的、零散分布在民间的小酒窖……那一年我流浪到南山时,曾经遇到一个奇怪的老人,他就把几只木桶藏在红薯窖里,里面装的竟是甜甜的葡萄汁。他有自己独特的酿酒方法,据说那些葡萄汁有的甚至是他的老爷爷藏下的。这一家酿酒的历史也许值得好好追溯——他的老爷爷就在赫赫有名的那个酿酒公司做过职员,后来由于很不体面的一件事被赶出来了。他大概一回到家里就捣鼓起了那个事情。

山里老人用自酿的葡萄酒招待客人,毫不吝啬。我记得那种酒多少有点艾草味儿,而且十分强烈。它在当地十分有名。

类似的私人酒窖我还可以举出很多。但我不得不承认,我所见过的最大的酒窖,还是当年在长白山下的那个。

由于酒窖所在地之不同,它们装的葡萄汁也不同,酿出的酒也千差万别。长白山下那个小城的葡萄酒有一种药味。记得那次酒厂主人带着自豪的口吻,告诉我们这里是全国最大的葡萄酒基地时,我心里曾响起一个反抗的声音,一句话差点脱口而出:最大的葡萄园、最大的葡萄酒基地,应该在我们的那片平原上……但我容忍了他的话并客气地、感激地喝了他的酒。

后来我才知道,我并没有把事情搞得更确切,他的本意,是指拥有全国最大的野葡萄酒基地。

那个小城的夜晚让我难忘。那天晚上我一个人走上了街头。记得街巷上灯光很暗,我跟跟跄跄往前走,有些凉的初秋的风吹着胸脯。在一个路灯下,我看到了一个熟悉的面孔,心嗵地跳了一下。我害怕地把脸转向一边。一会儿我侧过身子重新去看,一颗心才慢慢跳得平缓下来。

那不是她。只是那个侧影极其相似。

我松了一口气，可是额头已经渗出了一层汗珠。尽管这样，我却再也没有平静下来。

第二天还是参观。我极力压抑着心里的一点什么，可是很不成功。我的思绪再也不能收拢。那个下午我说话很少，同行的朋友交谈着什么，我也不太注意。好不容易把一个下午度过了。我们每个人都得到了一小瓶很精致的酒。

很早以前，我在一片葡萄园里发现了她。我觉得她滚烫的额头、发辫和眼睛，浑身上下都散发着葡萄的气味。当我看到她在那儿欢快地跳跃，跟周围的人讲话，总是不知怎样才好。我们的学校也在一片葡萄园里，我的确是在葡萄架下发现了她。上课的时候，无论有多少人，我总能感到她的存在。她的那双有点深陷的眼睛多么明亮，它也许要照耀我的一生。我那时想得多么简单，甚至认为这会是命中注定的一种结局，而且世界上的任何力量都难以改变这个结局。

后来我离开了学校和葡萄园，去了很远的一座城市。可是那双明亮的眼睛仍然在照耀着我。有一天乘市内公共汽车去郊区，在拥挤的乘客中一转脸，突然又发现了那双眼睛。我的心噌噌跳，双手颤抖，茫然若失地抓着车上的横梁，几次都抓空了。当我再一次回头看去的时候，发现她正若无其事地盯着车窗外。错了，不是她。

自那一天开始，一座偌大的城市化为了一片藤蔓，我需要不断地撩开一些披挂才能往前。

在长白山之夜，我也许根本就没有想过她。因为我完全被一路上的新奇所吸引，被崭新的事物唤起兴趣。可就在那个夜晚我蓦然回首——她又站在了路灯下……那个晚上我一个人走了很远，但没有迷路。

回到住处觉得有点头疼，并不知道那是一次感冒的前兆。第二天早晨开始发烧，我吃了一点药，坚持上路。半路上病得很厉害，有人听见我迷迷糊糊地说起了梦话，说了酒窖和葡萄园，还有一个陌生的名字……

长白山下的小城之夜距今已经三十几年了，这期间经历了多少事情，既平平淡淡又惊心动魄。关于与她的那个"结局"，实在是非常遥远了。

那不是我一个人的错误，类似的遗失可以属于生活中的每一个人。当我想起这一点的时候，才多少有些原谅，原谅生活和命运。我不知道该责备什么，正像我不知道该感谢什么一样。我没法忘记的只是源于葡萄园中的那双眼睛，明亮的眸子。

我偶尔回到那片葡萄园，可是如何寻觅昨天的足迹？葡萄园中那条坑坑洼洼的石子路还在，它还在。一次次归来，是因为梦中的酒窖对我产生了诱惑——与此同时，她也出现在梦中了。

我们好像一起走在葡萄园里。当我们俩很近地在一片薰风里迈着不紧不慢的步子，一言不发地往前的时候，当我们的手不得不紧紧地握在一起，偎依在那儿的时候，无法抗拒的辛酸也袭上心头。她的质地很厚的、做工特别讲究的暗黄色长裙挨在了我的身上。我在冰凉的葡萄架石桩上抵紧了后背，吻了她长长的眼睫毛、她有些消瘦的面颊……谁也没有询问共同的过去。我们带着过来人的宽宥和温厚互相抚摸着，平静而又热烈。我们都闭着眼睛，在黑夜里感受着那种奇怪的磁力,那种无所不在的引力和准确无误的抵达。它到底是怎样发生的?这世上究竟有没有一种我们所无法理解的东西在永远左右着你我他?它能够测知我们到底走向哪里、我们最终的归宿?这种感觉,这种超乎理性和逻辑的陌生之物,环绕着我们,不愿离去。它似乎真的存在,在那儿指引我们。

她像一个很好的母亲那样微笑着,我像一个很好的父亲那样沉默着。我们在那个夜晚都恰好是五十周岁生日的前后。我们当时用自己成熟的步伐丈量了大片的葡萄园。最后,也许是不经意间,她问了一句:"你参观过酒窖吗?"

"什么酒窖?"

"就是我们这儿的葡萄酒城,那个大公司的酒窖哇,还有什么酒窖?"

我摇摇头。

二

小时候在葡萄园里劳动,跟随母亲在绿色的世界里进进出出。当时的葡萄园还是一小块一小块的,后来才连成了一大片一大片。葡萄园之外就是没有人工痕迹的荒原,我不敢一个人深入内部,总是走一会儿就折回。我常常拿着捡到的鸟蛋和蘑菇、一些奇奇怪怪的花朵归来。母亲在葡萄园里劳动,像别人一样熟练,做得又快又好,两只手慢慢磨出了老茧。葡萄园的人都同情她,因为在他们眼里,来自远城的母亲是不该做这种粗活的。

在我眼里没有比母亲更漂亮的人了,而且她永远年轻。

多少年之后，当我离开了母亲，不得不独自远行时，只靠藏在深处的怀念安慰自己。这样有十几年。

有一天我一个人徒步走回了那片荒原。那是一个傍晚，秋天的气息弥漫了大地。天气不太冷，狗的叫声在远处淡下去。我轻手轻脚往前，像怕惊动了母亲。这么多年了，这里的一切竟没有多少变化。我沿着小时候熟悉的路径往前。终于看到了我们的篱笆。推开了柴门，走向院子当心……母亲没有发现她的儿子。她坐在东间屋里，安详地坐在昏暗处，什么也没有做，两手合在一起。她比记忆中的要矮小和瘦削，头发差不多全白了。我站了有四五分钟，一声不吭。泪水在鼻子两侧流动。

"………．．"

母亲想站得直一些，但我看出她的两腿有些抖。我扶住了母亲。我把脸伏在她的肩上。

母亲没有问什么，需要询问的太多了。她一声不吭地把手按在我的后背上。

母亲原来这么瘦小。

从那时以后，我走得再远，也要频频回返，要站在母亲的视野里。

母亲越来越衰老了。她的眼睛再也看不清书上的字了，却能够用平淡的口吻谈论周围的一切。她的话很少，然而总是让我难以忘记，给我永远的警策。她常常问我过得怎么样，我告诉她：我像她一样不停地劳作和奔波，也不停地阅读。我能够在最绝望的日子里寻找下去。说过这些话之后，我的脸上一阵羞愧，轻轻地背过身去。我不敢迎视母亲的目光。

当我走出家门,重新开始了遥远的行程时,脑际又一次飘过葡萄园里那淡淡的清香,想起了第一次看见的那个姑娘、那片连同她一块儿毁掉了的废墟、我的惆怅和张望。在数不清的日子里,我从未忘记日落黄昏下那片破碎的砖石瓦砾。荒野上像幻景一样出现的那片青色屋顶,总是在遥远的天际闪动。我甚至想起了苦行的玄奘,想起了他向西的奔波以及那些脍炙人口的故事。

不久之后,我来到了莱茵河畔的乌珀塔尔,在欧洲这片出现了众多思想巨人的土地上,竟然有人在这里做一件耐人寻味的事情。

那一天我们得到消息,乌珀塔尔将有一个有趣的仪式——一个叫"自由思想者协会"的组织将要接纳一批新会员。于是我们一大清早就好奇地赶去了。尽管我们走得很早,到乌珀塔尔已经是当地时间上午九点了。我们走进会场时,会议已经开始了。台上装饰了鲜花和旗帜,有人讲话,接着是乐队奏乐、给新会员献花。合唱队唱起了歌,并再次向新会员祝贺。祝贺者讲话的大意是:你们从现在起成了自由思想者了,成了独立的人,但不要忘记自己的责任,等等。

介绍者说,"自由思想者协会"现在已经发展到四万多人。"入会的条件是什么呢?"我问他们。对方告诉:加入这个协会的唯一条件,就是放弃任何信仰,年龄要在十四岁以上。协会成员以工人和职员为主,还有少量知识分子。

一位长者对新入会的会员——一个小男孩说:"要理解父母,他们对你们的管束都是以爱为前提的,明白吗?"

那个漂亮的男孩严肃地倾听,庄严地点头。

从"自由思想者协会"入会仪式上出来,我们又到巴门参观恩格斯纪念馆。在他的家乡,他受到了格外的尊重。纪念馆是恩格斯祖父的旧居改成的。我在留名簿上签名时,一个欧洲人用手指着说:"东方人的字,就像一朵一朵的小花。"

纪念馆的人指引我们参观了一个地下酒窖。看来恩格斯的祖父是一个喜欢喝酒的人。这个酒窖很大,当我踩着石头阶梯走下去的时候,一股湿气扑面而来。我想起了长白山下的小城,那个巨大的酒窖。这儿也有一些很大的柞木桶,当然离长白山下的酒窖规模要差很多,但的确是一个名副其实的酒窖。通向酒窖的一个地下小厅是喝酒的场所,那儿摆着一个很长的木桌,挂了一排排的粗瓷酒杯。主人介绍说,当年很多朋友到这儿串门,恩格斯的祖父就和大家坐在这个桌旁喝酒的。

我们都觉得有趣,都坐在长条木桌旁。

从纪念馆出来不远,就是恩格斯的出生地,可惜那座建筑已经毁于第二次世界大战了。原址上立了一块石牌,上面刻了这样一行字:

这里曾经诞生了这座城市的伟大儿子,科学社会主义的创始人之一。

离开乌珀塔尔,我们驱车沿着莱茵河回到波恩。一路沉浸在回忆中,想象那座酒窖里谈笑风生的老人和他的后代、他们与东方的关系。想起长白山下的酒窖和那个当时还没有发现的地方——全国最大的葡萄酒窖之侧,那儿的一片大葡萄园。

列宁曾经用悲切的口吻谈到了恩格斯的去世,引用了涅克拉索夫纪念杜勃罗留波夫的诗句——"一盏多么明亮的智慧之灯熄灭了,一颗多么伟大的心停止跳动了",接着列宁写道:"一八九五年新历八月五日(七月二十四日)弗里德里希·恩格斯在伦敦与世长辞了"。

列宁说自己和马克思保留了黑格尔关于永恒的发展过程的思想,抛弃了那种偏执的唯心主义观点。他们转向实际生活之后看到,不能用精神的发展来解释自然界的发展,恰恰相反,要从自然界、从物质中找到对精神的解释。

另一个人出生在特利尔,这是卡尔·马克思。小心翼翼地踏上黄色橡木地板,从第一展室直看到第二十三展室。卡尔·马克思于1883年3月14日在伦敦逝世。

特利尔的马克思故居经过一年多的翻修和整建,于1983年3月重新开放。接待室里是一些陈旧的家具。遗憾的是,马克思家的用具原件没有保存下来。这些家具是从特利尔其他市民之家买来的。这儿有马克思的父亲从事律师职业时的办公室。不远处有一口水井,那儿有厨房。第十一展室是卡尔·马克思诞生的房间。马克思和恩格斯的生平展览部分就从这里开始。

第二十一展室介绍了马克思的共产主义理论,从在《共产党宣言》中的首次阐述,到1917年马克思主义、列宁主义的发展历史。马克思和恩格斯的共同著作《共产党宣言》,占据了展室的主要部分。我看到了这本著作的第一版、早期译文和其他重要版本。一个展室陈列了马克思的主要著作《资本论》——一个玻璃柜里摆着《资本论》第一卷,十分珍贵的平装本。这里还有马克思和恩格斯签名赠给友人的书籍、他们的手稿和书信,马克思赠给父亲的一本诗集的手抄本、他搜集的一本民歌。

在莱茵河畔的日子,正是一个初秋。几乎所有的城市都有美丽的野栗子树,有血橡树。野栗子树开一串白花,血橡树叶子暗红如血。有的野栗子树开一串红花,那更美丽。

从莱茵河畔回来,第一件事就是回去看望母亲。母亲似乎已经等待了很久。当我远远看到了母亲的白发在风中拂动时,一颗心剧烈地跳动起来。母亲接过我扑满尘土的黄色挎包,问:"你看到了什么?"

我说:"我看到了他们。"

我跟母亲描述了很多,特别是那两个人:"我走到了他们的出生地,用手摸过他们房间的墙壁。"

母亲没有作声,默默地倾听。

"我还看到了一个酒窖。那是他爷爷的。"

母亲抬起头来看着我:"那么说,那个老人也是爱喝酒的人了?"

我点点头:"也是个好客的老人,他有一个很大的长条桌,客人一去,他就跟他们喝起酒来。"

母亲笑了。

在这个晚上,我一个人在西间屋里,听到母亲安歇了,就轻轻地开了灯。睡不着,翻找起母亲堆在一角的书。取了一本赫鲁晓夫的《秘密报告》。读着他谴责斯大林的那些话……多少无辜的人被杀。赫鲁晓夫一一列举了他们的名字,一个很长很长的名单。开国元勋,声威显赫的将军,被列宁称为"党内最可爱的人"……都死在了斯大林时代。

合上了书,一阵窒息。做了一个又一个噩梦,不断从梦中惊醒。这个晚上我很想走到母亲身边,想让母亲像我小时候那样,让我依偎一会儿。我站在母亲门外,听着里面均匀的呼吸,站了一会儿又离开。

那个夜晚我回忆着过去的那个泥屋,回忆着泥屋四周一望无际的荒野,特别是,回忆起了父亲。他早已不在了,是他用一双大手养活了我们全家,把所有的力量都用尽了,然后倒下,死去。我们生活过的地方几乎没有留下一点痕迹。我们迁离了那里,小泥屋没有了。

天蒙蒙亮的时候,我再也不愿待在屋子里了,走出去,在灰暗的天色里踱步。四周还是一片沉睡,没有一点声音。我往前走,慢慢走到了郊外。郊外是一片葡萄园,我在葡萄园的石柱前驻足。葡萄已经全部收过了,架子上的葡萄叶被冰凉的风吹落,剩下的变得枯黄,很快就要脱落。似乎听到了芦青河的流水声,可这里离河毕竟远了一点。一些葡萄没有来得及被园子的主人摘下,这时就干结在架子上。这儿的葡萄太多了,葡萄榨汁厂也收不下这么多的葡萄,许多成熟的葡萄常常被遗忘。我取下一串干瘪的葡萄放在嘴里咀嚼,一丝甘甜和苦涩同时留在了舌尖上。我相信这些葡萄同样可以酿酒。

三

另一本书记叙了一个真实的故事:东方的一位胜者在建国初期到了苏联,去见斯大林。斯大林一见面就拉着对方的手,说:"伟大,你真伟大!"一个深夜,客人被斯大林安排在一个长条桌的两边,喝起了葡萄酒。只有斯大林一个人喝了红葡萄酒和白葡萄酒(掺在一块儿)。客人当时觉得奇怪,悄悄问一个翻译:"为什么只有斯大林一个人喝掺起来的酒?"翻译不明白,想问一下斯大林,客人把他制止了。那一天他们喝了很多葡萄酒。

我自然而然地注意了斯大林的著作,甚至粗粗地翻过了所有的译本。有一篇文章叫《不要忘记东方》,其中写道:"帝国主义者一向把东方看作自己幸福的基础,东方各国的不可计量的资源、自然幅员,难道不是世界各国帝国主义者的纠纷的苹果吗?这其实也就说明为什么帝国主义者在欧洲作战和谈论西方的时候,从来没有不想到中国、印度、波斯、埃及和摩洛哥,因为问题其实是在东方。"他接着写道:"但是,帝国主义者所需要的不仅仅是东方的幅员,他们还需要东方殖民地和半殖民地特多的听话的人力,他们需要东方各民族的随和的、廉价的劳动力,此外,他们需要东方各国的听话的年轻小伙子,从其中征募所谓有色军队,立即运回他们去对付自己的革命工人,正因为如此,他们把东方各国称为自己的取之不尽的后备力量。"

文章这样结束:"因为必须彻底领会这个真理:谁要社会主义胜利,谁就不能忘记东方。"

这是一个夜晚,我合上他的著作,久久寻思其中的含义,那个陌生的、冷峻的面容浮在我的面前。我不知道是恐惧还是怎么,站起来,蹑手蹑脚地从想象中的塑像走开,没有留下一点声音。他的目光看着东方,他的声音至今还让我感到惊讶。我记得在我生活过的这个城市里,在她的心脏部位,那里矗立了一个花岗岩石雕。我曾经怀着无比的敬仰走近了它——那是一个大学广场,冬青树墙被修剪得整整齐齐，我急于找到通向那个雕塑的甬道，后来就费力地翻过冬青树墙。我小心地抚摸一下那坚硬的花岗岩，发觉像冰一样凉，铁一样硬。

那一夜我翻出所有的书，把它们摞满了床头。这么多的书怎么可以在一个夜晚读完呢。我只是拂去了书上的灰尘。我不止一次地搬动这些书了，只为了不让它们陌生。是的，它们毕竟是我们人类当中一些非常能干的人写下来的，是他们的声音。我只需抚摸一下这些书页，手指触到这些坚硬的外壳，就能与之接通。它们的颜色，气味，都沾上了一方泥土的气息，摩擦也是枉然。

这一年春天，我应朋友之邀，来到了生活过多年的那个城市。我在那里读完了自己的大学。每逢走到这里，我就有一阵按捺不住的冲动。在这熟悉的建筑旁，在这一条条弯曲的马路上，我掷下了一段最好的年华。我觉得自己很可笑：明明不会饮酒也要豪饮，结果一次次沉醉不醒，戕害了身心，留下了笑柄。我记得一个脸色苍白、身材娇小的姑娘喝过酒，喘息着和我们一块儿讨论东方西方、一些至大的人物和问题，没有血色的嘴唇很快地闪动，被一些概念弄得惊慌失措。那时候我们大家一块儿讨论，那么认真，小伙子被她玩弄的那些概念给整得晕头转向，就没有一个想起去吻她一下。她喝了酒变得有些可爱了，两颊通红，也愿意笑了。

有人提出去参观"葡萄酒城"，那个最大的酿酒公司。我怀着一点神秘感在他人陪伴下走了进去。我来得太晚了，我在葡萄园里生活了这么多年，流下了那么多汗水，却是第一次走到这个葡萄的归宿之地。主人请我们先到一个接待室，在这里，我们第一次看到了一件了不起的复制品——那是很久以前伟大的革命先行者孙中山的题词——他喝过了葡萄酒,写下了四个大字:"品重醴泉"。

我们端起主人递来的葡萄酒,开始品尝。

"当年的孙中山也到过地下酒窖吗?"

"他肯定到过。"

我们开始看酒窖。迈下一些台阶,一下就闻到了浓重的葡萄汁的香气,它掺杂在湿气和腐木味道中间。这里果然是一个偌大的场面,明亮的灯光下,一排又一排巨大的橡木桶卧在面前。在这个地下的酒之长城里,我不知怎么走才好,只想兴奋地奔跑,像童年那样在一个个橡木桶间捉捉迷藏。有时我蹲下来,像寻找一种流水的声音,似乎期待着酒的河流在前面奔涌。头上,一滴水从水泥顶板的缝隙里渗下,衣服上落下了斑痕。长白山下、莱茵河畔,所有的酒窖——大地上这么多的葡萄园,这么多的酒。只要活着就要酿造,不再停止;只要活着就要饮用,不再停止。是的,不可避免地沉醉一次。那一片一片的葡萄园,无边无际,足以让人感到惊讶——当年我们驱车在莱茵河畔疾驰的时候,有人曾指着高速公路两旁大片绿色的原野,问那是什么?我只稍稍瞥去一眼就答:"葡萄园。"车子往前疾驰,又出现了大片绿野,有人又问那是什么?我仍然不假思索地回答:"葡萄园。"一个叫查理的先生笑了,说:"这次您可说错了,那是啤酒花。"

这一天,结束参观地下酒窖之后,主人用最好的酒款待了我们。他搬出了四五种在国际博览会上得过金奖的酒给我们喝。忍不住好酒的诱惑,我们开怀畅饮。由于没有节制,我们真的有些醉了。这些酒太让人愉快和兴奋。我们高声歌唱,一时像孩子一样乐不可支。我们走到了街上,在一片繁星下挥舞双手歌唱起来。我们互相叫着名字,互相取笑,有时还要热烈地辩论。总之这个夜晚过得愉快极了。我们之间有那么多话要说,好像永远不知疲倦,再沉重的话题在我们嘴里也没了分量。

这个夜晚我们一直狂欢到凌晨三点。

第二天一早,我被人唤醒了。那时候我睡得很沉,因为我实在疲惫。可是砰砰的敲门声不管不顾,一直把我们大家都吵醒了。

敲门的人是找我的。他把我引到一边,悄悄说出的是一个噩耗……

原来就在我们大家冲动地呼喊和狂欢的那个时刻,我的母亲却像往常那样,合上书,躺下……她再也没有醒来,就此结束了坎坷漫长的生活。

哦，香雪！

铁　凝

　　如果不是有人发明了火车，如果不是有人把铁轨铺进深山，你怎么也不会发现台儿沟这个小村。它和它的十几户乡亲，一心一意掩藏在大山那深深的皱褶里，从春到夏，从秋到冬，默默地接受着大山任意给予的温存和粗暴。

　　然而，两根纤细、闪亮的铁轨延伸过来了。它勇敢地盘旋在山腰，又悄悄地试探着前进，弯弯曲曲，曲曲弯弯，终于绕到台儿沟脚下，然后钻进幽暗的隧道，冲向又一道山梁，朝着神秘的远方奔去。

　　不久，这条线正式营运，人们挤在村口，看见那绿色的长龙一路呼啸，挟带着来自山外的陌生、新鲜的清风，擦着台儿沟贫弱的脊背匆匆而过。它走得那样急忙，连车轮碾轧钢轨时发出的声音好像都在说：不停不停，不停不停！是呀，它有什么理由在台儿沟站脚呢，台儿沟有人要出远门吗？山外有人来台儿沟探亲访友吗？还是这里有石油储存，有金矿埋藏？台儿沟，无论从哪方面讲，都不具备挽住火车在它身边留步的力量。

可是，记不清从什么时候起，列车的时刻表上，还是多了"台儿沟"这一站。也许乘车的旅客提出过要求，他们中有哪位说话算数的人和台儿沟沾亲；也许是那个快乐的男乘务员发现台儿沟有一群十七八岁的漂亮姑娘，每逢列车疾驶而过，她们就成帮搭伙地站在村口，翘起下巴，贪婪、专注地仰望着火车。有人朝车厢指点，不时能听见她们由于互相捶打而发出的一两声娇嗔的尖叫。也许什么都不为，就因为台儿沟太小了，小得叫人心疼，就是钢筋铁骨的巨龙在它面前也不能昂首阔步，也不能不停下来。总之，台儿沟上了列车时刻表，每晚七点钟，由首都方向开往山西的这列火车在这里停留一分钟。

这短暂的一分钟，搅乱了台儿沟以往的宁静。从前，台儿沟人历来是吃过晚饭就钻被窝，他们仿佛是在同一时刻听到大山无声的命令。于是，台儿沟那一小片石头房子在同一时刻忽然完全静止了，静得那样深沉、真切，好像在默默地向大山诉说着自己的虔诚。如今，台儿沟的姑娘们刚把晚饭端上桌就慌了神，她们心不在焉地胡乱吃几口，扔下碗就开始梳妆打扮。她们洗净蒙受了一天的黄土、风尘，露出粗糙、红润的面色，把头发梳得乌亮，然后就比赛着穿出最好的衣裳。有人换上过年时才穿的新鞋，有人还悄悄往脸上涂点胭脂。尽管火车到站时已经天黑，她们还是按照自己的心思，刻意斟酌着服饰和容貌。然后，她们就朝村口，朝火车经过的地方跑去。香雪总是第一个出门，隔壁的凤娇第二个就跟了出来。

七点钟，火车喘息着向台儿沟滑过来，接着一阵碰哐乱响，车身震颤一下，才停住不动了。姑娘们心跳着拥上前去，像看电影一样，挨着窗口观望。只有香雪躲在后面，双手紧紧捂着耳朵。看火车，她跑在最前边，火车来了，她却缩到最后去了。她有点害怕它那巨大的车头,车头那么雄壮地吐着白雾,仿佛一口气就能把台儿沟吸进肚里。它那撼天动地的轰鸣也叫她感到恐惧。在它跟前,她简直像一叶没根的小草。

"香雪,过来呀,看!"凤娇拉过香雪向一个妇女头上指,她指的是那个妇女头上别着的那一排金圈圈。

"怎么我看不见?"香雪微微眯着眼睛。

"就是靠里边那个,那个大圆脸。看,还有手表呢,比指甲盖还小哩!"凤娇又有了新发现。

香雪不言不语地点着头,她终于看见了妇女头上的金圈圈和她腕上比指甲盖还要小的手表。但她也很快就发现了别的。"皮书包!"她指着行李架上一只普通的棕色人造革学生书包。就是那种连小城市都随处可见的学生书包。

尽管姑娘们对香雪的发现总是不感兴趣,但她们还是围了上来。

"哟,我的妈呀!你踩着我的脚啦!"凤娇一声尖叫,埋怨着挤上来的一位姑娘。她老是爱一惊一乍的。

"你咋呼什么呀,是想叫那个小白脸和你搭话了吧?"被埋怨的姑娘也不示弱。

"我撕了你的嘴!"凤娇骂着,眼睛却不由自主地朝第三节车厢的车门望去。

那个白白净净的年轻乘务员真下车来了。他身材高大,头发乌黑,说一口漂亮的北京话。也许因为这点,姑娘们私下里都叫他"北京话"。"北京话"双手抱住胳膊肘,和她们站得不远不近地说:"喂,我说小姑娘们,别扒窗户,危险!"

"哟,我们小,你就老了吗?"大胆的凤娇回敬了一句。姑娘们一阵大笑,不知谁还把凤娇往前一搡,弄得她差点撞在他身上,这一来反倒更壮了凤娇的胆,"喂,你们老待在车上不头晕?"她又问。

"房顶子上那个大刀片似的,那是干什么用的?"又一个姑娘问。她指的是车厢里的电扇。

"烧水在哪儿?"

"开到没路的地方怎么办?"

"你们城里人一天吃几顿饭?"香雪也紧跟在姑娘们后面小声问了一句。

"真没治!""北京话"陷在姑娘们的包围圈里,不知所措地嘟囔着。

快开车了,她们才让出一条路,放他走。他一边看表,一边朝车门跑去,跑到门口,又扭头对她们说:"下次吧,下次一定告诉你们!"他的两条长腿灵巧地向上一跨就上了车,接着一阵哐啷哐啷,绿色的车门就在姑娘们面前沉重地合上了。列车一头扎进黑暗,把她们撇在冰冷的铁轨旁边。很久,她们还能感觉到它那越来越轻的震颤。

一切又恢复了寂静,静得叫人惆怅。姑娘们走回家去,路上还要为一点小事争论不休:"谁知道别在头上的金圈圈是几个?"

"八个。"

"九个。"

"不是!"

"就是!"

"凤娇你说呢?"

"她呀,还在想'北京话'呢!"

"去你的,谁说谁就想。"凤娇说着捏了一下香雪的手,意思是叫香雪帮腔。香雪没说话,慌得脸都红了。她才十七岁,还没学会怎样在这种事上给人家帮腔。

"他的脸多白呀!"那个姑娘还在逗凤娇。

"白?还不是在那大绿屋里捂的。叫他到咱台儿沟住几天试试。"有人在黑影里说。

"可不,城里人就靠捂。要论白,叫他们和咱们香雪比比。咱们香雪,天生一副好皮子,再照火车那些闺女的样儿,把头发烫成弯弯绕,啧啧!'真没治'!凤娇姐,你说是不是?"

凤娇不接茬儿,松开了香雪的手。好像姑娘们真的在贬低她的什么人一样,她心里真有点替他抱不平呢。不知怎么的,她认定他的脸绝不是捂白的,那是天生。

香雪又悄悄把手送到凤娇手心里,她示意凤娇握住她的手,仿佛请求凤娇的宽恕,仿佛是她使凤娇受了委屈。

"凤娇,你哑巴啦?"还是那个姑娘。

"谁哑巴啦!谁像你们,专看人家脸黑脸白。你们喜欢,你们可跟上人家走哇!"凤娇的嘴巴很硬。

"我们不配!"

"你担保人家没有相好的?"

…………

不管在路上吵得怎样厉害,分手时大家还是十分友好的,因为一个叫人兴奋的念头又在她们心中升起:明天,火车还要经过,她们还会有一个美妙的一分钟。和它相比,闹点小别扭还算回事吗?

哦,五彩缤纷的一分钟,你饱含着台儿沟的姑娘们多少喜怒哀乐!

日久天长,这五彩缤纷的一分钟,竟变得更加五彩缤纷起来,就在这一分钟里,她们开始挎上装满核桃、鸡蛋、大枣的长方形柳条篮子,站在车窗下,抓紧时间跟旅客和和气气地做买卖。她们踮着脚,双臂伸得直直的,把整筐的鸡蛋、红枣举上窗口,换回台儿沟少见的挂面、火柴,以及属于姑娘们自己的发卡、香皂。有时,有人还会冒着回家挨骂的风险,换回花色繁多的纱巾和能松能紧的尼龙袜。

凤娇好像是大家有意分配给那个"北京话"的,每次都是她提着篮子去找他。她和他做买卖故意磨磨蹭蹭,车快开时才把整篮的鸡蛋塞给他。要是他先把鸡蛋拿走,下次见面时再付钱,那就更够意思了。如果他给她捎回一捆挂面、两条纱巾,凤娇就一定抽出一斤挂面还给他。她觉得,只有这样才对得起和他的交往,她愿意这种交往和一般的做买卖有区别。有时她也想起姑娘们的话:"你担保人家没有相好的?"其实,有没有相好的不关凤娇的事,她又没想过跟他走。可她愿意对他好,难道非得是相好的才能这么做吗?

香雪平时话不多,胆子又小,但做起买卖却是姑娘中最顺利的一个。旅客们爱买她的货,因为她是那么信任地瞧着你,那洁如水晶的眼睛告诉你,站在车窗下的这个女孩子还不知道什么叫受骗。她还不知道怎么讲价钱,只说:"你看着给吧。"你望着她那洁净得仿佛一分钟前才诞生的面孔,望着她那柔软得宛若红缎子似的嘴唇,心中会升起一种美好的感情。你不忍心跟这样的小姑娘耍滑头,在她面前,再爱计较的人也会变得慷慨大度。

有时她也抓空儿向他们打听外面的事,打听北京的大学要不要台儿沟人,打听什么叫"配乐诗朗诵"(那是她偶然在同桌的一本书上看到的)。有一回她向一位戴眼镜的中年妇女打听能自动开关的铅笔盒,还问到它的价钱。谁知没等人家回话,车已经开动了。她追着它跑了好远,当秋风和车轮的呼啸一同在她耳边鸣响时,她才停下脚步意识到,自己的行为是多么可笑哇。

火车眨眼间就无影无踪了。姑娘们围住香雪,当她们知道她追火车的原因后,便觉得好笑起来。

"傻丫头!"

"值不当的!"

她们像长者那样拍着她的肩膀。

"就怪我磨蹭,问慢了。"香雪可不认为这是一件值不当的事,她只是埋怨自己没抓紧时间。

"喀,你问什么不行啊!"凤娇替香雪挎起篮子说。

"谁叫咱们香雪是学生呢。"也有人替香雪分辩。也许就因为香雪是学生吧,是台儿沟唯一考上初中的人。

台儿沟没有学校,香雪每天上学要到十五里以外的公社。尽管不爱说话是她的天性,但和台儿沟的姐妹们总是有话可说的。公社中学可就没那么多姐妹了,虽然女同学不少,但她们的言谈举止,一个眼神,一声轻轻的笑,好像都是为了叫香雪意识到,她是小地方来的,穷地方来的。她们故意一遍又一遍地问她:"你们那儿一天吃几顿饭?"她不明白她们的用意,每次都认真地回答:"两顿。"然后又友好地瞧着她们反问道:"你们呢?"

"三顿!"她们每次都理直气壮地回答。之后,又对香雪在这方面的迟钝感到说不出的怜悯和气恼。

"你上学怎么不带铅笔盒呀?"她们又问。

"那不是吗。"香雪指指桌角。

其实,她们早知道桌角那只小木盒就是香雪的铅笔盒,但她们还是做出吃惊的样子。每到这时,香雪的同桌就把自己那只宽大的泡沫塑料铅笔盒摆弄得嗒嗒乱响。这是一只可以自动合上的铅笔盒,很久以后,香雪才知道它所以能自动合上,是因为铅笔盒里包藏着一块不大不小的吸铁石。香雪的小木盒呢,尽管那是当木匠的父亲为她考上中学特意制作的,它在台儿沟还是独一无二的呢。可在这儿,和同桌的铅笔盒一比,为什么显得那样笨拙、陈旧?它在一阵嗒嗒声中有几分羞涩地畏缩在桌角上。

香雪的心再也不能平静了,她好像忽然明白了同学对她的再三盘问,明白了台儿沟是多么贫穷。她第一次意识到这是不光彩的,因为贫穷,同学才敢一遍又一遍地盘问她。她盯住同桌那只铅笔盒,猜测它来自遥远的大城市,猜测它的价值肯定非同寻常。三十个鸡蛋换得来吗?还是四十个、五十个?这时她的心又忽地一沉:怎么想起这些了?娘攒下鸡蛋,不是为了叫她乱打主意呀!可是,为什么那诱人的嗒嗒声老是在耳边响个没完?

深秋,山风渐渐凛冽了,天也黑得越来越早。但香雪和她的姐妹们对于七点钟的火车,是照等不误的。她们可以穿起花棉袄了,凤娇头上别起了淡粉色的有机玻璃发卡,有些姑娘的辫梢还缠上了夹丝橡皮筋。那是她们用鸡蛋、核桃从火车上换来的。她们仿照火车上那些城里姑娘的样子把自己武装起来,整齐地排列在铁路旁,像是等待欢迎远方的贵宾,又像是准备着接受检阅。

火车停了,发出一阵沉重的叹息,像是在抱怨着台儿沟的寒冷。今天,它对台儿沟表现了少有的冷漠:车窗全部紧闭着,旅客在黄昏的灯光下喝茶、看报,没有人向窗外瞥一眼。那些眼熟的、常跑这条线的人,似乎也忘记了台儿沟的姑娘。

凤娇照例跑到第三节车厢去找她的"北京话",香雪紧紧头上的紫红色线围巾,把臂弯里的篮子换了换手,也顺着车身不停地跑着。她尽量高高地踮起脚,希望车厢里的人能看见她的脸。车上一直没有人发现她,她却在一张堆满食品的小桌上,发现了渴望已久的东西。它的出现,使她再也不想往前走了,她放下篮子,心跳着,双手紧紧扒住窗框,认清了那真是一只铅笔盒,一只装有吸铁石的自动铅笔盒。它和她离得那样近,她一伸手就可以摸到。

一位中年女乘务员走过来拉开了香雪。香雪挎起篮子站在远处继续观察。当她断定它属于靠窗的那位女学生模样的姑娘时,就果断地跑过去敲起了玻璃。女学生转过脸来,看见香雪臂弯里的篮子,抱歉地冲她摆了摆手,并没有打开车窗的意思,不知怎么的她就朝车门跑去,当她在门口站定时,还一把扒住了扶手。如果说跑的时候她还有点犹豫,那么从车厢里送出来的一阵阵温馨的、火车特有的气息却坚定了她的信心,她学着"北京话"的样子,轻巧地跃上了踏板。她打算以最快的速度跑进车厢,以最快的速度用鸡蛋换回铅笔盒。也许,她所以能够在几秒钟内就决定上车,正是因为她拥有那么多鸡蛋吧,那是四十个。

香雪终于站在火车上了。她挽紧篮子,小心地朝车厢迈出了第一步。这时,车身忽然悸动了一下,接着,车门被人关上了。当她意识到眼前发生了什么事时,列车已经缓缓地向台儿沟告别了。香雪扑在车门上,看见凤娇的脸在车下一晃。看来这不是梦,一切都是真的,她确实离开姐妹们,站在这又熟悉、又陌生的火车上了。她拍打着玻璃,冲凤娇叫喊:"凤娇!我怎么办哪,我可怎么办哪!"

列车无情地载着香雪一路飞奔,台儿沟刹那就被抛在后面了。下一站叫西山口,西山口离台儿沟三十里。

三十里,对于火车、汽车真的不算什么,西山口在旅客们闲聊之中就到了。这里上车的人不少,下车的只有一位旅客,那就是香雪,她胳膊上少了那只篮子,她把它塞到那个女学生座位下面了。

在车上,当她红着脸告诉女学生,想用鸡蛋和她换铅笔盒时,女学生不知怎么的也红了脸。她一定要把铅笔盒送给香雪,还说她住在学校吃食堂,鸡蛋带回去也没法吃。她怕香雪不信,又指了指胸前的校徽,上面果真有"矿冶学院"几个字。香雪却觉着她在哄她,难道除了学校她就没家吗?香雪一面摆弄着铅笔盒,一面想着主意。台儿沟再穷,她也从没白拿过别人的东西。就在火车停顿前发出的几秒钟的震颤里,香雪还是猛然把篮子塞到女学生的座位下面,迅速离开了。

车上,旅客们曾劝她在西山口住上一夜再回台儿沟。热情的"北京话"还告诉她,他爱人有个亲戚就住在站上。香雪没有住,更不打算去找"北京话"的什么亲戚,他的话倒更使她感到了委屈,她替凤娇委屈,替台儿沟委屈。她只是一心一意地想:赶快走回去,明天理直气壮地去上学,理直气壮地打开书包,把"它"摆在桌上。车上的人既不了解火车的呼啸曾经怎样叫她像只受惊的小鹿那样不知所措,更不了解山里的女孩子在大山和黑夜面前到底有多大本事。

列车很快就从西山口车站消失了,留给她的又是一片空旷。一阵寒风扑来,吸吮着她单薄的身体。她把滑到肩上的围巾紧裹在头上,缩起身子在铁轨上坐了下来。香雪感受过各种各样的害怕,小时候她怕头发,身上沾着一根头发择不下来,她会急得哭起来;长大了她怕晚上一个人到院子里去,怕毛毛虫,怕被人胳肢(凤娇最爱和她来这一手)。现在她害怕这陌生的西山口,害怕四周黑魆魆的大山,害怕叫人心惊肉跳的寂静,当风吹响近处的小树林时,她又害怕小树林发出的窸窸窣窣的声音。三十里,一路走回去,该路过多少大大小小的林子呀!

一轮满月升起来了,照亮了寂静的山谷,灰白的小路,照亮了秋日的败草,粗糙的树干,还有一丛丛荆棘、怪石,还有满山遍野那树的队伍,还有香雪手中那只闪闪发光的小盒子。

她这才想到把它举起来仔细端详。她想,为什么坐了一路火车,竟没有拿出来好好看看?现在,在皎洁的月光下,它才看清了它是淡绿色的,盒盖上有两朵洁白的马蹄莲。她小心地把它打开,又学着同桌的样子轻轻一拍盒盖,"嗒"的一声,它便合得严严实实。她又打开盒盖,觉得应该立刻装点东西进去。她从兜里摸出一只盛擦脸油的小盒放进去,又合上了盖子。只有这时,她才觉得这铅笔盒真属于她了,真的。它又想到了明天,明天上学时,她多么盼望她们会再三盘问她呀!

她站了起来,忽然感到心里很满意,风也柔和了许多。她发现月亮是这样明净。群山被月光笼罩着,像母亲庄严、神圣的胸脯;那秋风吹干的一树树核桃叶,卷起来像一树树金铃铛,她第一次听清它们在夜晚,在风的怂恿下"哗啷啷"地歌唱。她不再害怕了,在枕木上跨着大步,一直朝前走去。大山原来是这样的!月亮原来是这样的!核桃树原来是这样的!香雪走着,就像第一次认出养育她长大成人的山谷。台儿沟呢?不知怎么的,她加快了脚步。她急着见到它,就像从来没有见过它那样觉得新奇。台儿沟一定会是"这样的":那时台儿沟的姑娘不再央求别人,也用不着回答人家的再三盘问。火车上的漂亮小伙子都会求上门来,火车也会停得久一些,也许三分、四分,也许十分、八分。它会向台儿沟打开所有的门窗,要是再碰上今晚这种情况,谁都能从从容容地下车。

今晚台儿沟发生了什么事?对了,火车拉走了香雪,为什么现在她像闹着玩儿似的去回忆呢?四十个鸡蛋没有了,娘会怎么说呢?爹不是盼望每天都有人家娶媳妇、聘闺女吗?那时他才有干不完的活儿,他才能光着红铜似的脊梁,不分昼夜地打出那些躺柜、碗橱、板箱,挣回香雪的学费。想到这儿,香雪站住了,月光好像也黯淡下来,脚下的枕木变成一片模糊。回去怎么说?她环视群山,群山沉默着;她又朝着近处的杨树林张望,杨树林窸窸窣窣地响着,并不真心告诉她应该怎么做。是哪儿来的流水声?她寻找着,发现离铁轨几米远的地方,有一道浅浅的小溪。她走下铁轨,在小溪旁边坐了下来。她想起小时候有一回和凤娇在河边洗衣裳,碰见一个换芝麻糖的老头儿。凤娇劝香雪拿一件汗衫换几块糖吃,还教她对娘说,那件衣裳不小心叫河水给冲走了。香雪很想吃芝麻糖,可她到底没换。她还记得,那老头儿真心实意等了她半天呢。为什么她会想起这件小事?也许现在应该骗娘吧,因为芝麻糖怎么也不能和铅笔盒的重要性相比。她要告诉娘,这是一个宝盒子,谁用上它,就能一切顺心如意,就能上大学、坐上火车到处跑,就能要什么有什么,就再也不会被人盘问她们每天吃几顿饭了。娘会相信的,因为香雪从来不骗人。

小溪的歌唱高昂起来了,它欢腾着向前奔跑,撞击着水中的石块,不时溅起一朵小小的浪花。香雪也要赶路了,她捧起溪水洗了把脸,又用沾着水的手抿光被风吹乱的头发。水很凉,但她觉得很精神。她告别了小溪,又回到了长长的铁路上。

　　前边又是什么?是隧道,它愣在那里,就像大山的一只黑眼睛。香雪又站住了,但她没有返回去,她想到怀里的铅笔盒,想到同学们惊羡的目光,那些目光好像就在隧道里闪烁。她弯腰拔下一棵枯草,将草茎插在小辫里。娘告诉她,这样可以"辟邪"。然后她就朝隧道跑去。确切地说,是冲去。

　　香雪越走越热了,她解下围巾,把它搭在脖子上。她走出了多少里?不知道。尽管草丛里的"纺织娘""油葫芦"总在鸣叫着提醒她。台儿沟在哪儿?她向前望去,她看见迎面有一颗颗黑点在铁轨上蠕动。再近一些她才看清,那是人,是迎着她走过来的人群。第一个是凤娇,凤娇身后是台儿沟的姐妹们。

　　香雪想快点跑过去,但腿为什么变得异常沉重?她站在枕木上,回头望着笔直的铁轨,铁轨在月亮的照耀下泛着清淡的光,它冷静地记载着香雪的路程。她忽然觉得心头一紧,不知怎么的就哭了起来,那是欢乐的泪水,满足的泪水。面对严峻而又温厚的大山,她心中升起一种从未有过的骄傲。她用手背抹净眼泪,拿下插在辫子里的那棵草棍儿,然后举起铅笔盒,迎着对面的人群跑去。

　　山谷里突然爆发了姑娘们欢乐的呐喊,她们叫着香雪的名字,声音是那样奔放、热烈;她们笑着,笑得是那样不加掩饰,无所顾忌。古老的群山终于被感动得战栗了,它发出宽亮低沉的回音,和她们共同欢呼着。

　　哦,香雪!香雪!

十一岁的墓地

叶兆言

老太太宣布了决定,布满深刻皱纹的脸上,没任何表情。十一岁的老木脸上也没有表情,他低头听着,知道一个不太好的消息,就要通过老太太的嘴对自己宣布。老太太干咳了一声,喉咙口那怪怪的颤音,立刻在空气里回荡。气氛有些压抑,一时间变得很安静。大人们私下议论了半天,七嘴八舌叽叽咕咕,好像是要瞒着他,想表示这件事与他们无关,想表示这只是老太太的决定,是她老人家一个人的意思,但是老木心里明白,这绝对是大家的一致想法,是众人对他做出的判决。

"今天你得住回去,老木,"老太太是老木的外祖母,平时不太爱说话,尤其是不跟老木说话,她斩钉截铁地宣布,"这事就这么定了,新年里,家里不能没人,你回去看家吧。"

老木知道这个决定他不可能拒绝。

老太太又干咳了一声,慢吞吞地说:"你一个人回去。"

老木哆嗦了一下,说我一个人。

老太太说，对，就你一个人，一个人。

外面开始下雪了，此前，大家一个劲地说要下雪了，现在果然飘起了雪花。老木不相信这是自己将要面对的残酷现实，他依然自言自语，就我一个人回去，一个人一个人。老太太没有再说什么，她既然已经说了，说清楚了，就不再想解释。老木的耳朵边一直在回响着"一个人一个人一个人"。大舅妈不冷不热地在一旁说，老太太的意思很简单，新年里新气象，老屋空在那，不能没个人，不能没有点人气是不是。

大舅妈的儿子祥生脑子不太好使，他有些羡慕老木的与众不同，说我也要跟他一起走，我也要回去。大舅妈说，你真是糊涂，回去干什么，你看看小舅公做的蛋饺，马上都要蒸熟了，你不想吃。祥生要比老木大三岁，可是他一点都不开窍，说我要吃蛋饺，我也要跟老木一起回去。大舅妈生气了，说不懂事的东西，要不你一个回去算了，罚你回去看家。

老木真心希望祥生和自己一起回去，他希望能有一个人陪伴自己，但是他立刻明白这不可能。不只是大舅妈拦着，连平时一向讨厌祥生的二舅妈，也站出来别有用心地劝阻。她们都是有意要让老木一个人回去。对于她们来说，这是对老木最好的报复，是对自己姑子最好的惩罚。二舅妈说，祥生你回去干什么，小舅公家这么多人，多好玩啊，你不想跟大家一起玩？小舅公家今天确实热闹非凡，大舅一家，二舅一家，三舅一家，还有上海姨妈南京姨妈，都集中在这里，一共二十多号人。今天，这些亲戚都要寄宿在小舅公家，跟邻居把棉被都借来了。

在这么多亲戚中间，偏偏就挑中了一个人，让十一岁的老木回老屋看家。小舅公表示了一点疑义,他说让老木这孩子一个人回去,还要走这么远的路,怕是不太好吧。小舅婆说,事情是有些过头,可也没什么大不了的,这孩子的妈,说起来还是你的亲外甥女,跟我就为了一件破毛线衣,开口就是什么活不来去死不吊孝,好哇,有能耐自己的儿子,也别指望让人家替她养了。小舅公示意小舅婆别往下说,小舅婆气鼓鼓地还是要说,我这人就心直口快,有什么呀,这孩子胆子小,胆小又怎么了,越是胆子小,越是要让他锻炼锻炼,再说了,连他妈都不把他当回事,我们干吗还要把他当作心肝宝贝。

外面的雪不大不小,老木就要上路了。小舅公看着眼里含着泪珠的老木,心里有些过意不去,招呼老木到灶间吃了两个蛋饺,又匆匆往他怀里揣了两大把瓜子花生。小舅公说,毕竟还有十多里路要走,真要走,就赶快走,要不然天黑前,会赶不到家的,你不会认不得路吧。

老木说,我认识路,知道怎么走。

小舅公说,知道你认识路,路上一个人要当心一点。

几个舅舅在打麻将,女人们在说话,孩子们在玩。老木孤零零上路了,他知道此刻除了小舅公,没有人在乎自己,回过头看了一眼小舅公,掉头而去。外面有些冷,北风凛冽,老木并不觉得太难受。过去的一天里,一直在听大家唠叨,听大家指责,听大家公开地数落自己母亲。有些话,他已听了无数遍了,在这亲戚大聚会的日子,他不得不硬头皮再听一遍又一遍。老木不明白大家为什么都喜欢控诉母亲,而且总是要当着他的面。

从老太太宣布决定的那一刻起,老木心中就充满了恐惧。因为恐惧,其他事情已不重要。他变得有些麻木,别人说什么,别人怎么想,跟他没什么关系。他脑子里只有两件事,只惦记着这两件事,像两块沉重的巨石,压在他幼稚的心灵上。老木不知道该如何独自去面对这两块恐惧的巨石,他不寒而栗,天上飘着雪花,也不觉得冷,只是心里凉飕飕的。

回去路上,快到家的时候,必定要经过那一大片墓地。在十一岁的老木心里,那片巨大的墓地,象征着荒凉,象征着绝望,象征着死亡。一年前,三舅把老木接到乡下,经过这片墓地,他问三舅那一个个鼓起的坟头,意味着什么。三舅说,城里的小孩真是吃屎的,什么事都不懂,那下面埋着死人,死人就埋在那里面。三舅的心里当时充满怨恨,因为他去接老木,与老木母亲有过一番很不愉快的对话。姐姐冷冰冰地把儿子交给了弟弟,就像托付一个包袱。三舅说,这孩子的生活费总要给吧,你说说轻巧,让他在乡下读书,光读书还能不吃饭,他的生活费呢。母亲板着脸,说我过去给爹寄过钱,这个家,我也没少做贡献,我现在有点难处,你们为什么不能为我养几天儿子。从一开始,老木就不受欢迎。老太太对三个舅舅说,你们爹快咽气那会儿,打电报给老二,让她回来,她怎么说,说学校里忙,要上课。老二就是老木母亲,老太太一提到她,就咬牙切齿。老太太说,你爹是到死,都没肯原谅她,她倒好,遇到事了,把自己的小畜生往我们这一丢,凭什么,她凭什么。

老太太说,嫁出去的女儿,泼出去的水,这小畜生还不知从哪来的,在这连砌茅坑的地皮都没有,我们凭什么要为她养儿子。

外公就葬在今天要经过的那片墓地。老木从没见过他,但是知道这个埋在地下的倔老头儿,一定也很讨厌自己。到了乡下后,老木知道自己天生就讨人嫌,处处惹人生厌。所有的大人都仿佛与他有仇,所有的大人都知道他胆小,他越是胆小,他们就越喜欢吓唬他捉弄他。这一年来,老木内心深处最害怕两件事,他害怕离村不远这个空旷的墓地,害怕老屋中竖着的那口棺材。墓地里埋了太多的死人,多得都数不清楚,而棺材则是为老太太准备的,就靠在墙角落里。老木一想到那口黑乎乎的大棺材便惊恐万分,后脊梁骨便一阵阵发凉。潜意识里,老木总是怀疑那棺材里还悄悄地站着一个人,站着一个精灵,站着一个脸上戴着面具的鬼魂,随时随地可能推开虚掩在那的厚厚的木板,笑眯眯地走出来。

雪还在飘,老木一点都不觉得冷,回去的路很遥远,还有很长的路要走。现在,离墓地还有很多路,他觉得自己已出汗了。让人感到欣慰的,是老木此时的心情,并不像预料的那么坏。前途未卜,起码在这一刻,他短暂地享受了一会儿清静,摆脱了大家对母亲的唠叨。亲戚们聚集在小舅公家,本应该是件热闹愉快的好事情,大家却把话题全部集中在了对母亲的仇恨上。他们不厌其烦,接二连三地控诉。这时候,"文化大革命"已进入了第三个年头,老木母亲又一次被隔离审查,根据最近一次前去探视的三舅说法,她这次是数罪并发,绝无咸鱼翻身的可能。三舅说,二姐这人,平时做人太差劲,这次肯定是逃脱不了,你们想"五一六"是什么罪,一个人真要是"五一六",就完了。

大家都不太清楚"五一六"是什么,老木也不知道。

大家只知道"五一六"是很严重的罪名,谁要是"五一六"分子,谁就完了,就彻底完了。

　　渐渐地,离墓地越来越近,十一岁的老木心情又一次开始紧张。恐惧像一件沾在身上的湿衣服,冰凉而且刺骨。天灰蒙蒙的,雪似乎变大了,道路变得模糊不清。老木脚上是一双很单薄的白球鞋,这是他唯一的一双鞋,一年来,他一直穿着它。为了这白球鞋,老太太很不开心,在乡下,只有死了人才会这样穿。老太太冷笑说,想触谁的霉头哇,大约是你那个不要脸不是东西的爹死了,要不,你干吗要穿白鞋子呢,你这是给谁戴孝呢。老木从来不知道自己父亲是谁,他从来没有见过他,就像大家习惯背后说母亲的坏话一样,父亲永远只在别人的责骂声中才存在。

　　根据大家的描述,老木知道在许多年前的冬天,也是这样下着雪,母亲与父亲曾经回过一次乡。那时候,父亲刚与前妻离异,正准备与已经不再年轻的母亲结婚。他们风尘仆仆地踩着大雪来了,老太太与外公心里虽然是老大的不乐意,还是硬头皮接待了他们。母亲从父亲手腕上摘下一块八成新的上海手表,送给大舅做礼物,然后又问大舅借了五十块钱,送给二舅,说是让他买辆自行车。大舅二舅为此耿耿于怀,都觉得自己被戏弄了。大舅说,说起来,倒是送过我一块手表,实际上呢,又拿回去了五十,真是不要太精明了。二舅说,你冤,我难道不冤?五十块钱让人买自行车,一半的钱都不到,只能够买个前轮。三舅笑着说,一个个都知足吧,我呢,我得到了什么?

　　母亲和父亲从来没有正式结婚,老木出生之前,他们就分手了。父亲不知所终,母亲在一家小学当政治老师。或许受大家影响，老木对母亲的感情越来越淡，记忆中，她对他一直不太在乎。到乡下不久，三舅曾去找过一趟母亲，那时候，"五一六"的事还没有出，母亲还在学校上课。三舅再次问她要儿子的生活费，她说我现在没钱，我自己还不够花呢。三舅说，二姐，上次问你要钱，说是被造反派扣了，其实你也没说老实话，人家是扣了你的钱了，可是他们说了，是给了小孩生活费的。

母亲说，随你怎么说，我反正没钱。

三舅问，老木是不是你儿子？

母亲说，是也好，不是也好，反正我没钱。

母亲和三舅的这段对话，老木听三舅复述了无数遍。不光是三舅，所有知道这话的亲戚，都把它当作母亲的笑话来说。这些话刀子一样扎着老木的心。现在，老木离墓地越来越近，他似乎又一次身临其境，听到了母亲与三舅在对话。老木知道母亲会说出这样不近情理的话，母亲永远是蛮横的，即使她被打成了"五一六"分子，即使她永世不得翻身。

前面就是墓地了，老木放慢了脚步，突然停了下来。站在这块凸起的高地前发怔，雪花飞舞，天低云暗，他说不出自己此刻是害怕，还是不害怕。当然是害怕，他非常害怕，一时间，他因为惊慌而麻木，又从麻木到再次惊慌，他想到自己很可能会掉过头来，落荒而逃，不由自主地逃回到小舅公家去。想到大家可能会有的哄笑，想到大人们一定会有的一片声责怪，老木真想痛痛快快大哭一场。谁都知道十一岁的老木胆小，谁都知道十一岁的老木对墓地和棺材充满恐惧，可是谁都想看这个笑话。老木想不明白大家为什么要这样对待他，不明白大家为什么都要仇恨他。作为一个男孩子，在别人面前流眼泪，是件很丢人的事情，现在，老木已不在乎丢不丢人了，既然他是一个人，孤苦伶仃，满脑袋害怕和恐惧，索性放开声来，号啕大哭一场又有什么关系。

老木为自己的胆小流起了眼泪。热乎乎的泪水从冰冷的小脸上淌过，有一种很异样的感觉，他开始为自己的哭泣感到难为情，虽然没有人看见，毕竟还是很丢人的。老木对自己充满了怨恨，他对自己咬牙切齿，说哭，哭，你哭给谁看哪，你哭死了，也还是没有人愿意要看。

老木想，这时候，墓地里的鬼魂一定也在嘲笑自己。

老木也不太明白勇气从何而来，在他为自己的胆小感到羞愧的时候，恐惧开始退缩了。他茫然地看着不远处的墓地，抹了抹眼泪，手伸进怀里，摸到小舅公揣在那的瓜子花生，一边吃，一边坦然地走了过去。或许他想明白了，眼前这条通往墓地的必由之路，不害怕得走，害怕也得走。况且，他也想清楚了，对于自己来说，今天最大的难关，还远不是眼前这片宽广的墓地，想到今晚他将住在老屋，茫茫黑夜独自一人，他将独自一人陪着那口竖在那的棺材，与那口硕大的阴森森的黑棺材为伴，老木的心头一阵难受。跟即将来临的漫漫长夜相比，在大白天，在风雪中，独自一人走过这片毕竟是有尽头的墓地，又算得了什么。十一岁的老木开始用全新的眼光来打量眼前的墓地，既然前面还有更大的恐惧在恭候自己，长夜难眠深不可测，老木突然觉得他已不怎么害怕了。

这一大片墓地埋着太多的死人，村上的人死了，都要埋在这里。到处都是坟丘，到处古树枯木，到处黄土野草。老木的外公埋在这，外公的父亲，外公的伯父，外公的叔叔，全都埋在这里。老木来到乡下只有一年，关于这个墓地的所有故事，都是听别人说的。事实上，老木只目睹过两次下葬，他跟在孩子们后面，又害怕，又禁不起诱惑。农村的孩子对死亡一点都不恐惧，他们喜欢热闹，喜欢恶作剧，老木要想跟他们一起玩，要掩饰自己的恐惧，就不得不冒事后害怕的危险。

老木一边吃瓜子花生，一边走进了墓地深处。他用力嗑着，咀嚼着，故意把声音弄得很响。白茫茫的大雪掩盖了所有的道路，天与地连成了一片，冲淡了墓地原有的凄凉。老木经过了外公的坟丘，看着坟前的石碑，看着早已模糊不清的字迹，突然产生了一种很奇怪的感情。他想，你不是不喜欢我吗，你不是和别人一样讨厌我吗，好吧，你走出来，我不怕你，我不怕。老木不明白自己为什么会这样，会对这个从未见过面的老人充满了敌意。这个固执的老人，甚至连一张照片都没有留下。老木不知道他是什么模样，有人说他像大舅，也有人说他像三舅，还有人说老木母亲与他最相像，因为母亲和外公一样，都有一个宽宽的大脑门。

现在，老木再也不觉得外公可怕了。不只是对外公的恐惧在消失，他甚至也不害怕那个死去不久的阿三。阿三的墓离外公不远，坟上的野草还没有长齐，藏在雪地里都能看出是个新坟。老木曾经不止一次见过活着的阿三，刚来到乡下的时候，阿三看上去跟正常人并没什么两样，只不过是老一点，牙都掉光了。后来他就生病，卧床不起，然后死了。阿三是个没儿没女的老光棍，一辈子没娶过老婆，据说和村上好几个女人有过瓜葛。有一次，外婆正在洗澡，外公突然醋意大发，拎了把菜刀就杀了进来，结果吓得外婆只能抢了件衣服,赤条条地跑到了门外去。这场风波的起因就和阿三有关,外婆信誓旦旦地说,外公当年那么做,完全是冤枉了她,不过外婆也承认,光棍阿三确实不是个好东西。

村上的孩子都不喜欢阿三,大家都叫他光棍阿三,贼骨头阿三。老木见到他,已是个走路都有些龙钟的老汉,是生产队的饲养员,负责看管两头硕大的水牛。他的耳朵也有些聋了,孩子们要大声地骂他,冲着他死命喊,他才会回过头来,与孩子们对骂。孩子们说,你个断子绝孙的老王八蛋,老光棍,贼骨头,总有一天你不会好死的。阿三便说,老子还不会死,老子会比你们一个个活得都长。老木不明白大家为什么会不喜欢阿三,孩子们不仅喜欢捉弄他,还常欺负他饲养的那两头水牛,往牛身上扔石块,用细树棍去捅牛的屁股。阿三大怒,说你们这些小畜生,怎么不回去捅你妈。孩子们便嘻嘻哈哈,说这牛便是你妈,不,它们应该是你爹,因为两头牛都是公的。阿三死了以后,生产队草草地把他给葬了,孩子们仍然不肯放过他,他们在他的坟头上撒尿,而且一定要祥生八岁的妹妹小玲也这么做。在孩子们心目中,女人的尿代表着更大的污辱,只有女人的尿才解他们的心头之恨。

老木一直担心阿三会从地底下跑出来跟自己算账。事实上,当初孩子们在阿三的坟头上寻欢作乐,老木心里并不愿意这样。从头到尾他都感到害怕,总觉得阿三阴魂不散,就藏在墓地周围,随时随地会钻出来。老木只是不得不跟在那些比自己大的孩子后面一起做,因为不这么做就意味着背叛,不这么做就意味着准备向大人告密。老木跟着别的孩子在阿三的坟头上尿了,小玲也尿了。小玲是女孩子,她蹲在坟头上,半天也尿不出来。与哥哥祥生一样,小玲也有些缺心眼。她说你们走远一些,你们在旁边,我尿不出来。小玲说,你们是男孩,我是女孩,你们走远一些,我尿尿,不许你们看。

祥生在一旁很不耐烦,他恶声恶气斥责小玲,说废什么话,快尿,你快一点。

其他的男孩子也跟着喊,快尿,快一点。

墓地与周围相比高出一大截,最适合极目远望,现在,老木站在这,很轻易地看见了不远处的村庄。阿三并没有从坟头里钻出来,这让老木有些失望,也有些欣慰。天色正在暗淡,炊烟四起,已是正月初三,过年气氛仍然很浓,时不时会传来几声爆竹。与城里人一串一串燃放不一样,乡下孩子习惯把整串的爆竹拆了,一个一个零散放,乒乒乓乓,稀稀落落的声音在空气中回荡。

压在心头的两块巨石,终于除去了一块,十一岁的老木面露喜色,即将走出这片墓地。他战胜了心头的恐惧,墓地远没有设想的那么可怕,荒凉的坟丘,冰冷的墓碑,白皑皑的雪地,所有这些原先以为不可逾越的恐惧,说没有就没有了,说消失就消失得无影无踪。老木不敢相信自己就这么若无其事地走了出来,他已从十一岁的墓地里走出来,一下子长大了。

老木怀里还藏着两粒带体温的热花生,最后这两粒不准备再吃了。他即将走进茫茫黑夜,即将走进黑咕隆咚的老屋,去陪伴那口黑乎乎漆得锃亮的棺材。恐惧又一次出现了,但是这次很短暂,很快就消失。突然之间,老木长大了,一下子明白了许多道理。仇恨给了他恐惧,仇恨也给了他勇气,给了他力量,这时候,想象中的老木，正在变得非常勇敢，非常强大。想象中的老木毅然走进了黑夜，走进了老屋，走到那口竖靠在墙上的棺材前。老木想象着自己十分冷静，他掀开了棺材板，不动声色地走进棺材，像鬼魂一样悄无声息，他将久久地站在里面，要用这种独特的方式，恭候大家归来。这可能是一个十一岁的孩子所能想到的最好报复。老木想象着人们在欢声笑语中从小舅公家回来了，他们想到了他，都想看他的笑话，发现他失踪了，有几分着急地在寻找，猜想着种种可能，呼唤着他的名字。这时候，老木突然从棺材里走了出来，狠狠地吓了大家一跳。

推销员为什么失踪

王 手

一

现在做生意是一定要有手段的。就拿我母亲做的这个行当来说，别看它做的人比较多，做起来也容易，但真正做得好的人是少之又少，大部分都是"空打喊"。空打喊什么意思呢？换了北京话就是"赚吃喝"。我曾经替母亲做过这方面的调查，十个里面有两个是亏的，有三个是空忙保本的，有三个只混个吃的，剩下的两个才是赚的。赚的那两个还一定得有手段。

手段基本上有两种。一是家里有人吃得住劲的，或有件衣穿穿的，公安、工商、税务，税务还分国税地税，最差的就是开发区里的保安也行。说我家什么人做什么生意，要厂家给个面子，也不叫厂家吃亏，反正你也要到别处买的，那就买我家什么人的吧。厂家这还不给面子吗？不给，除非他自己也不要饭吃了。

还有个手段就是，虽然不是穿什么衣的，但身居某某显赫部门，比如我父亲，在市委宣传部工作，能呼风唤雨，要操作个什么动静，一句话的事情。这手段更厉害，让厂家觉得你有能量，搬得动人。父亲曾经叫报社给母亲做过采访，报纸登了一版，也曾经叫电视台做过专题，访谈了一下。母亲说，后来在市场上出入，背后都有人指着看，还说，来店里看货的人也突然多了起来，不一定都做成什么生意，但人气旺了。

母亲做的是弹力片生意，弹力片是做鞋的辅助材料，做鞋的主打材料是牛皮和鞋底，但弹力片也很要紧，鞋头鞋跟要挺拔，靠的就是弹力片。所以，弹力片虽然是辅助材料，但也是不可替代的，换了另外的话说就是，竞争同样激烈，甚至残酷。

前段时间，市场上突然出现了一种新弹力片，质地又细又韧，还省时省电，也就是说，衬到鞋里面，烘干的时间短，厂家很喜欢。市场上有新产品，有那么多优点，这是好事。本来，这件事和母亲没关系，桥归桥，路归路，母亲眼红不来，心急也没用，但是它冲击着母亲挂钩的厂家。

母亲做的是中档的弹力片，母亲的心比较平，想自己做做中档的已经不错了，够吃够用了，她不贪发展。但现在，母亲危机四伏，前有荆棘，后有追兵。

那些厂家见了母亲就说，你有这个吗？这个东西好，我们换做这个。厂家拿着新弹力片的样品给母亲看，确实像油糕一样细，像橡胶一样韧，这不能怪厂家三心二意。母亲摇摇头。

厂家又说，我们是老关系了，你若有这个，我们还照样做，我们做生意也不是一天两天了，面子总是有的。母亲密密点头。

但是，厂家强调说，你若没有这个，我们就只好对不起啦，我们也要与时俱进，我们总不能面子大于质量是不是？母亲就像束手就擒一样，只好说是是是。

那些天，母亲心里就像油煎一样到处乱串。她手里也拿着新弹力片样品，进出于生产弹力片的厂家，进出于使用弹力片的厂家。她焦急地问，你们知道这种弹力片是谁做的吗？听者愕然，他们也没有见过这种弹力片。你们知道是谁在推销这东西吗？问题让使用的厂家也感到茫然，但他们提供了一条有价值的线索，说，是一个生人拿过来的，没多少时间。

生人？什么样的生人？不是市场里的生意人？要是市场里的生意人，母亲闭着眼睛也能数出个大概。看来，这行里杀进来一个生猛的新人，搅得狼烟四起，惊吓了平静的生意。

过后的几天，母亲布置的眼线不断地报回信来：这个人专门在夜间出来活动，挑的都是月黑风高的天气……又说，这个人不走厂长路线，专攻下面的车间管理……还说，这个人来去无踪，没根没底，既不办厂，也不开店。也就是说，没有线索能牵扯到这个人，他也和现有的"体系"没什么瓜葛。

这哪是什么推销员，简直是昼伏夜出的特务。这些报信非但没有给母亲减轻压力，反而更乱了母亲的阵脚。

母亲没魂的时候就会拿父亲出气，说，你就看别人裤裆下也不拉一把？这是句本地粗话，在这里，我理解是：关键的时候也不帮她一下。

父亲其实是个没有办法的人，他的工作性质决定了他只会出谋划策，而具体到找人找东西，这不是他的强项。他唯一能做的也就是上上网，找找这东西的出处。依他的思路，无风不起浪，市场上横空出世这么一个东西，推销有动静，使用有过程，不会像飞碟光顾那样悄无声息吧。那时候，父母都没为这事找过我，怕影响我学习。

父亲上网的水平其实很有限，无非是找找雅虎，顶多再进一下百度，他的手段也很低劣，把"弹力"输进去，跳出几百条信息，再把"片"查一查，查出解释无数，就是没有两者合二为一的、用来做鞋的东西。这样弄了半天，满头大汗的父亲自嘲地说，别的什么更先进的技术我还来不及掌握，到目前为止，我已经尽力了。

但是有一天，母亲披头散发地回到家，挂着门框说，我找到了，我终于找到他了！那正是情境浓郁的傍晚时分，天渐渐地暗了，对面的楼群里已逐个掌起了温馨的灯光，父亲已烧好了饭菜，满房间都洋溢着酒店一样的荤香，这会儿，正坐在沙发上等母亲回来。父亲开玩笑说，同志，你辛苦了，我代表组织谢谢你。这是电影里的腔调。

父亲的幽默也影响了母亲，她夸张地疾走几步，样子像失散的战士找到了部队，就差没有瘫倒。给我水，我要水。喝过水之后的母亲稳定住情绪，然后说，他叫张国粮，都是他干的好事，他害得我们好苦。

二

张国粮是谁？近郊农民也。从名字上看，还是一个渴望温饱的农民。这是我的理解。

情况是一点点明朗起来的：张国粮原先种田，嫌劳作辛苦，一心想扔掉锄头。后来开始做钉，农民就这一点好，限制和约束较少，在自己家里放两台机器，就是工厂了，就从农业过渡到工业了。做着做着，又嫌工业肮脏，嫌不太好看，想做商业了，觉得商业有谱，商业精神。具体就是做推销，就是把别人的东西拿过来转手倒卖，赚个中间差。偏偏做的是弹力片，就威胁到母亲了。

母亲说，农民进城我们不是不欢迎。母亲的意思是：市场是个大熔炉，欢迎一起来炼炼。

父亲毕竟是宣传部出来的，看出了其中的可怕，说，农民想扔掉锄头，就是个危险的信号。农民如果连工业也看不上了，说明身体和思想都解放了，要革命了。

母亲说，我只是怕他一个古怪的说法，就是把生意和养猪相提并论。他说，我就当自己是在养猪，不着急。养猪是什么概念？说白了就是不在乎赚钱，平时不计时间，也不想回报，细水长流，到时候有几斤肉就可以了。有这样的想法和心理，我们还做得过他的？

没有张国粮的时候，母亲的生活是很有规律的。她一般七点半起床，吃好父亲烧的早饭，碗筷往桌上一推，说声走了呀，就笃笃地出门了。这时候，父亲总会站在窗前，看母亲从楼下的花径里走过，看她走入斜对面的车库，然后等着，听汽车发动引擎的声音，听汽车倒车的声音，听汽车的轮胎有力地咬着锯齿形坡度上来。等汽车哗啦啦钻出来，父亲会说，应该打一下转向灯，然后，微笑着看母亲的小车朝小区外驶去。

没有张国粮的时候，母亲的生意也很有秩序。每天上午，她先是在店里停留一下，擦一擦干净的桌子，扫一扫并无垃圾的地，然后，在十点左右光景打电话约人，厂长在呀，那我过去了呀。一切都是那样的优雅而放松。她从来没有仓促地去见一个厂家，碰不着人又尴尬地回来，那样她会觉得很狼狈。她要的是一份从容和沉稳。

母亲就为数不多的几套衣服，不好，但非常得体，她很有计划地穿着，穿出了一种新鲜。厂家经常会发出这样的感叹，你怎么每天一个样子呀。母亲觉得，这时候的衣着，不仅仅是个装束，而是她作为城里人的品质、修养、公信度。

在我们家还不很富裕的时候，父亲去贷款买了辆车，不好不坏的"广本"。车是专门为母亲买的，有了车，母亲又多了一份微妙的感觉。她开着车去那些厂家，沙沙沙的，还没等她在门口轻按喇叭，传达室的门，就像自动的，悄没声地开了。

不仅是传达室，母亲觉得那些厂长也是这样，他们对车有笑脸，对车有好话。确实，对于一个生意人来说，车是生意稳定的象征，是生意做得好的象征，是有足够的收入养足够的开销的象征。因此，很多的时候，母亲觉得，那些厂长是冲着她的车和她谈生意的。

前面说张国粮像特务一样，我们是完全可以想象的。

白天，张国粮的拖拉机不能上路，像一堆废铁。午夜过后，他的拖拉机才渐渐地有了生命，可以爬出来了。

这时候的开发区，喧闹了一天的厂房都已疲惫；宽敞的马路也像水洗了一样冷清；入口处的"鹰眼"，自动地跳了闸，瞎了；困顿的保安，也开始哈欠连天，到处找睡。这时候，如果有一辆拖拉机冒着黑烟，突突突地匍匐蜗行，那就是张国粮。他躲过检查，趁着夜深人静，送货来了。

送完货的张国粮并不急着回家，他躺在拖拉机里，以臂枕头，仰望星空。天是那么的冷，风是那么的紧，我们想象着，就算张国粮是在休息，他也是辛苦的，不安的，因为他还有重要的任务没完成。

凌晨，那些加班加点的车间才会真正地停歇下来。那些管理累了一天了，这会儿才放风出来，伸腰，撒尿。黑暗里，张国粮不失时机地迎了上去，他要请这些管理喝酒。

他把他们带到过境路上，那里有各式各样的排档帐篷，样子很诱人，他们迫不及待地钻了进去，烫黄酒，吃海鲜。这些农村来的车间管理呀，在家时都是有一餐没一顿的，到了我们这里才刚刚学回了三餐的习惯，是张国粮又让他们养起了消夜的毛病。他们很愿意做享受的俘虏。他们吃了张国粮的夜宵，屁股就坐到张国粮那边去了，他们异口同声地诋毁母亲的东西，众口一词地说张国粮的东西好。生产要紧，质量是第一位的，耳软的厂长就会考虑，是不是先把母亲的东西缓一缓，放一放？

三

现在我们知道了，张国粮不是在光明磊落地做生意，而是在暗中使劲，在小处上下功夫。他综合了农民的狡猾和吃苦精神，很好地运用在新时期生意实践中，程度比母亲厉害，但手段有点龌龊。

还是父亲有思路，他说，以身份的代价去赢得市场是不合算的。他主张不与张国粮正面交锋,应该曲径通幽,追根溯源,从张国粮的新弹力片入手。打蛇打七寸,只要找到那东西的出处,凭我们的智慧,生意还怕做不过张国粮?父亲说的智慧,包括母亲的市场形象,以及他可以影响别人的手段。不过,父亲也说,《红灯记》里有一句话,一个地下党藏起来的东西,就是一万个人也找不到的。换一个句式就是,一个聪明的农民搞到的东西,肯定也是非常难找的。

这次,父亲把任务交给了我。我现在在学校读大三,理解这些应该没有问题。弹力片的原理主要是:棉花布是主体,热熔胶是化学反应,快速成型是它的效果。而弹力片是我们市场的习惯土话。我就把"棉花布快速热熔胶"输进电脑,立刻有信息跳了出来:这东西产于广西,发明于日本,原来是用来做箱包的,现在有人用于做鞋。广西的经济不活跃,广西的劳动力便宜,所以它占尽了成本和质地上的优势,一来就把母亲的东西打倒了。

做箱包和做鞋是什么概念?父亲打比喻说,一个是广西的北海,一个是我们这里的东海,不可同日而语,北海充其量是个内湖,而东海,那可是汪洋大海呀。

方向有了,接下来就是父母去广西公关了。

父亲操作这类事是驾轻就熟的。他把自己安排了两天年休,再匀上一个双休日,这样有四天时间,别说是去会一个企业老板,就是去会见自治区主席也绰绰有余了。关键是父亲利用职权和我们驻广西的商会接上了头,商会也愿意拉宣传部这个关系,在电话里就领导领导地叫开了。由他们出面接待,等于走了好多捷径。我们这里去广西有一趟火车,隔天一班,是夕发朝至的,车设计得非常合理，这一路都是大山和隧道，没什么好看的风景，上车睡觉是再好不过的安排了。父亲上车后发了一会儿短信，短信是发给我的："我们在外面你要自己照顾好自己噢。"又说："注意学习噢，你看，这次就是你的知识派上了用场。"又发了一条："你妈太上心，太沉重，我怕她垮了。"后来又发了一条："你有空给你妈灌输些思想，比如，人生一世，草木一秋；比如，生意诚可贵，生活价更高。"前面那两条我都回了"嗯"，后面的最后一句，我觉得父亲有所指，就回了"你是不是和母亲不和谐？"我说的是他们的"私生活"。母亲牵挂着生意，有些事肯定会疏忽的，甚至是荒废的。这一次父亲没有回，等了半天还没有回，他大概是睡着了。母亲睡不着，她一路听着火车铿锵有力的声音，一会儿过桥了，一会儿进隧道了，车厢里有灯光照进的时候，母亲知道，是一个小站到了。她就这样一路听过去，一路判断过去，倒也不觉得累。有一阵，母亲突然慌得很，就推了推熟睡的父亲，说，你那边应该都安排好了吧？母亲放不下这件事。父亲惊醒过来，但神魂还在梦里，嘴巴莫名其妙地张着，盯着车厢顶看了半天，才说，噢，没问题，等会儿你就知道了。到了广西，母亲才知道，父亲的胸有成竹是有道理的。来接站的就是我们在当地的商会会长，这个五十多岁的男人还带了一个可人的小姑娘，是个大学生。父亲小声地对母亲说，名义上是秘书，实际是小老婆，你看，弄得像真的一样。不知为什么，母亲并没有觉得反感，反而从他们的做派中看到了会长的能量和魄力。商会在当地俨然一个小政府，这个小政府给当地带来了市场，带来了活力，带来了就业指标，带来了三产的发展，因此，商会宴请父母的时候，当地的一位副市长也积极要求作陪。他们把父亲当巡视的领导，把母亲当投资的大老板，毕恭毕敬的。这个架势，也影响了同时请来的做弹力片的厂长，把他吓得不轻，拼命说，是会长的领导，那也是我的领导。下一句话，心意和倾向都在里面了。有副市长在，母亲提要求的口气也大了。酒过三巡，脸耳开始发热，借着那个劲，母亲对那个厂长说，我一个月给你做一百万，你把张国粮断了怎么样？厂长只顾笑着，含糊地说了一句戏剧里的话，手心手背都是肉。又说，我有张国粮，还只是一只手，现在我有了你，等于有了左右手。父亲装作劝解母亲，大度地说，断的事以后再说吧。父亲的话外音是：到时候我们把张国粮灭了让你看看！事情办得异常顺利，父亲想把多出的几天玩掉，会长和厂长也都做了安排，桂林的漓江，南宁的溶洞，柳州的柳公祠，北海就不用说了……但母亲的兴奋使她想快快地赶回家。在回来的火车上，父母买的是软卧，广西到我们这儿的人不多，软卧更是像专列一样，一车厢就父母两个人。也许是环境的诱发，也许是高兴的驱使，父亲突然想起了做爱，他已经有好长时间没有做爱了，今天真是天时地利人和。他站起来关上门，还咔嗒把门锁上。母亲猜出了父亲的心思，惊诧地看着他，说，在这里？你昏了头了！父亲嘿嘿笑着，说了句只有母亲才能听懂的话。母亲又说，躺在被窝里不觉得冷，你倒是心宽。这话，算是拒绝了。母亲的话里有责备的意思。父亲是安乐的，而母亲是劳碌和辛苦的。要是在家里，这样的时候，父亲就会悻悻地来到客厅，抽一支烟，有时候抽两支，让自己的尴尬在烟雾里慢慢消解。但现在是在车厢，父亲只能待在里面，他一声不响地表示着自己的生气，无奈地和母亲一起，听火车咣当咣当的声音，看窗外的一切在黑暗里退去。

四

　　从广西回来的母亲明显的底气足了。在这个行当里，母亲具备了许多优势，她作为城里人的自信，她拥有众多厂家的实力，现在又有了新弹力片，就像一个会武功的人又插起了双枪，连脚指头都威风凛凛了。

　　现在，她见了那些厂长会说，我把你做的东西换掉怎样？我现在有个好东西，换了，你的鞋就提高了一个品质。过了一段时间，母亲又会对厂长说，我又有个新东西，东西绝对好，但价格会稍稍地高一点点，这种东西不多，我先拿给你试试。母亲的话很诚恳，即便是有点稍稍涨价的嫌疑，也早就被她的诚恳掩盖了。

　　厂长们听了都非常舒服，觉得母亲看得起他，好东西先介绍给他，给他留着，不会把一些烂货便宜货推销给他。企业到了想吃便宜货的时候，这个企业也开始垮了。这是母亲的诀窍，话往高里说，往好里说，她要让厂家觉得她是做品牌的，不仅在信誉上有品牌，东西上也做品牌，她的东西一分钱一分货，从不掉价。不像张国粮那种短命的做法，人家给你多少，我再打个折给你，这不是做生意，这是搬起石头砸自己的脚，自己掐自己的脖子。

　　一切都在悄没声中进行。母亲有她的如意算盘，她手头有自己的五十个厂家，她先把它们做好，夯实自己的基础再说。为此，她还更换了自己的运货车，把原来那种敞篷的小四轮换成了厢式的东风小霸王。这个感觉好，就像运海关货物，像运集装箱，她的东西就这样隐蔽地源源不断地运往她的厂家。

她这种隐蔽的做法主要是想麻痹张国粮，让他以为只有他有这种东西，以为自己是独家，让他在得意中松懈，在满足中高枕，等他醒来，母亲的播种已经完成，早就遍地开花了。那时候，他就哭吧。

那个张国粮，据我所知，他其实也没有松懈。他不知道自己在这个市场上占了多少份额，应该占多少份额，多少份额才是他力所能及的。他不会算，也不去算。他只知道做生意就是不择手段，就是不断地扩张，初涉生意的亢奋让他像日本侵略者一样到处扫荡。

为了能跟得上自己的节奏，张国粮也把自己的拖拉机换了，换成载货量大的农用车，就是三只轮的、开起来震天响的那种。不是我们笑他，这种农用车除了有个车样子外，其实还是拖拉机的本质，说得难听点，它连自身的平衡都成问题。有一次张国粮心狠，东西装多了，它就像嘶马一样前脚打跳，把驾驶室里的张国粮摔了个狗吃屎。还有一次，它右边的一个轮胎爆了，整个车顷刻侧翻，差点没把一旁的张国粮压死。可惜，这种车还是不能走白天，所以，张国粮虽然有了一点点进步，但还是做着偷偷摸摸的勾当。

张国粮走的是基层，母亲走的是高层，高层有决策权，但也架不住基层造反。他照样在深夜里出来活动，请那些外地管理消夜。现在，张国粮的夜宵也在不断地花样翻新，他现在请他们洗脚。其实，他们那些脚洗和不洗有什么两样呢？但他们愿意尝试。

我们这个地方的人有个特征，脚小，男的很少有超过四十码的，女的一般也在三十六码以内，因此，我们这里的洗脚屋盆小。那些管理从小到大在田野里奔走，他们的脚又粗又大，又大又硬。

但他们说，泡泡就会软的，泡泡也挺舒服的。他们的大脚往脚盆里一放，药水就满出来跑地，这样，他们一次只能泡一只脚，而另一只脚要在外面等一等。这样看上去就很别扭，好像他们不是在洗脚，而是在疗伤。

就是"疗伤"也要洗，这不是效果的问题，而是待遇的问题。张国粮给他们待遇高，也许以后还会高，请他们异性按摩，捉一只廉价的鸡给他们吃吃。我们很快发现，母亲手下的一些厂家已渐渐倒戈，慢慢被张国粮蚕食了。

听说张国粮还在钻研会计业务，他对母亲的库存感兴趣。他从广西方面了解母亲的进货情况，从管理那里结算出母亲的销售情况，母亲的仓库就好像张国粮自己的仓库，一点点风吹草动都在他的掌控之中。当母亲的东西接济不上，当广西方面的货还在途中，当厂家的需要频频告急，张国粮就会像牛皮糖一样粘上那些厂家，恬不知耻地说，你不是急需这些东西吗？我有。这些厂家，正急得团团转，正嗷嗷地等米下锅，你叫他们怎么办？肯定都是"有奶便是娘"的。

生意人有好多种，为什么做生意也不尽相同。像母亲，她是下岗了走投无路才做的生意，从生意初始就身负压力。生活的压力，经济的压力，所以她会心急，她经不起时间的煎熬。她的目的是赚钱，而不是热身。

张国粮不是这样，他做生意是为了改变身份，他的起点本来就低，又有农民的底线稳定身心，所以，他的出发点就不同，除了学习生意，他的任务是进入圈内，赚钱不是他的当务之急。

就像我们地方的一句话，好汉怕赖汉。母亲显然是条好汉，她端着架子，循规蹈矩；而张国粮无疑是条赖汉，没有框框，天不怕地不怕。

五

坐以待毙肯定是不行的，母亲想尝试一下斗争。她首先选择的是"文斗"。

文斗就是打广告，打广告就得用钱，母亲不相信，用钱压不垮张国粮。

广告是父亲帮助策划的，口号要叫得响，语句要动听，把自己的身价和规模亮出来，告诉厂家我是"市场第一"。关键是在报纸上持续，这证明了我们的实力。为此，父亲发短信给报社的头，开了门说，我老婆要打广告，请酌情照顾。

酌情是父亲客气，要的还是照顾，报纸就给了他很大的意思意思，比如名片大那么一块，给别人一千，给母亲三百，母亲想都没想，说，打一个月再说。她要把开发区炸得家喻户晓。

张国粮也学着母亲打广告，不过，他打在协会的"资讯"上，语句也写得土头土脑，什么好消息，大削价，等等。母亲不屑地笑笑。

这些资讯母亲最清楚了，在上面广告的都是些小打小闹的厂家，报纸舍不得打，在资讯上过过瘾，和自慰差不多。这种免费的资讯像苍蝇一样在开发区乱飞，飞得到处都是，越是这样，人家越瞧不起它。而我们家，母亲店里，仓库里，大家都知道这些资讯的用处，只要它飞进来，要么把它当垃圾扫地出门，要么当场把它裁了，折成纸盒，吃饭当"骨盘"用！

说起吃饭，父母都吃得不如意，都是为了张国粮。等不到一起，就吃不到一块去；等得晚了，吃得就冷冷冰冰。看着母亲味同嚼蜡的样子，父亲心疼了，说，你不和他一般见识不行吗？你就是少做一个厂家又怎么样？母亲潸然泪下，说，你气死我了！

许多来过我家的人都说，我们家有一股鞋味，鞋味不知从哪里钻出来，又浓郁又顽固。他们开玩笑说，卖鱼人家里有腥味还马马虎虎，你们家有鞋味没有道理呀。我知道这是母亲的杰作。曾经有个厂家积压了几千双鞋子，愁得满头白发。母亲想拉他的关系，就谎称有亲戚在俄罗斯开店，狠了狠心，通吃了他的鞋子。厂家像死里获救一样，和母亲结下了友谊，但我们家却多了几千双鞋子。这些鞋子被母亲运回家，锁进了父亲的书房里。这是秘密，一般不说，说起来不好听。

父亲也曾经帮过一个大忙，这些忙又转换成厂家的情谊，落到了母亲头上。事情是这样的，一个厂家的保险箱被贼撬了，厂家去报了警，渴望尽快破案。不知从什么时候起，公安有了这样一个规定，除打击犯罪外，对没有做好防范的单位也要进行处罚。这话听起来有点别扭，但道理是对的。为什么这类案件屡屡发生？为什么犯罪分子能轻易得手？就是因为你们缺乏必要的保障，措施不力，没有防范意识，警钟不长鸣。那段时间，正是抓典型抓落实的风头，这个厂家就被列为典型进行试点。整改、培训、罚款、验收，厂家头都大了，后悔报警了，他们的生产也停了下来。母亲把这个消息带回家，问父亲能不能帮忙。父亲说，你再等几天看看，等他们忍无可忍了，想跳楼自杀了，问你公安有没有熟人时，你再见机行事。父亲这样说了，母亲就知道有把握，就去把厂家的要求应了下来。后来，父亲找了他的县处班同学，那是个公安局长，就说这失窃的厂家是自己的亲戚，叫他们睁只眼闭只眼算了，不处理算了，不当典型算了。一句话，就当没报警行不？自认倒霉行不？保险箱白撬了行不？有父亲的面子，这当然行啦。厂家感激母亲的帮忙，对母亲说，你以后有什么东西就尽管送过来好了。母亲高兴得哎哎哎。这就是母亲和厂家的关系，字字血声声泪都有一本血泪账。

六

寒假的时候，我每天待在母亲店里，这是父亲的命令，他让我帮母亲做点事，比如，汇总一下库存，到工商交涉一些事情，去银行办理承兑汇票，倒不是母亲店里人手不够，主要是陪母亲说说话，让母亲身心放松开来。

有一天在店里，见母亲站在远处与一青年说话。母亲是那样的精致，而青年则有点邋遢，他的头发又乱又长，身上是看似很重的"牛仔"，具体长什么样看不清。这是非常和谐的一幕，精致与邋遢，年长与年轻，女性与男性，在市场纷乱的背景里，他们这样站着就很生动。他们的身边车来车往，有车来，他们就让一让，偶尔也有人走到他们面前，也许是熟人，他们会点头致意一下。他们在说什么我听不见，但他们有说有笑，有严肃也有松弛，有停顿也有延续，身边的嘈杂没有影响他们。有几下，母亲的手机进来了电话，母亲侧着身接听，青年在一旁等着，他们这样的造型也很和谐，动与静的和谐，动作和声音的和谐，身形和站位的和谐。他们在说什么？这么有话说？好像这个市场就是他们说话的地方……

后来，母亲回到店里，我问母亲这人是谁，母亲说，这就是张国粮。就是这个人哪！你跟他说什么？母亲说，我告诉他某某厂是我做的，生意不能抢，这是规矩，就好像朋友的妻不能欺一样。我跟他说市场的秩序，说秩序不能乱，乱了谁都不好做，稳定了大家才有饭吃。

我看着母亲，觉得母亲真伟大。她有市场观念，她追求生意的和谐，她不喜欢在血雨腥风中去拼一份商机，那不是她的理想。她一定也看到了张国粮的辛苦，同时也看到了他的勤奋，一定是欣赏他的意志，把他当个"对手"，才给他一个面子，和他客气地说话。

但是我也发现，母亲在说起张国粮的时候神色有拘谨，眼里有惊恐。母亲说，她心里没有底，她和他说不清道理，她不知道张国粮会做出什么。

张国粮并不把母亲的忠告放在眼里。他从农村来，他是近郊农民，他自由散漫惯了，他不喜欢约束，他视秩序和规矩如粪土。这段时间，他心火正旺，热血沸腾，夜里拼命地送货，白天还出来踩点，他的破坏非但没有收敛，反而在不断地升级。

现在，张国粮像个特务一样盯梢在母亲的仓库门口，他知道，只要盯住了母亲的仓库，母亲的厂家就等于一览无余，他就可以各个击破。反正盯梢也不是什么本事，农民出身的张国粮完全可以自学成才。没有盯梢跟踪的工具怎么办？这难不倒张国粮，他早就准备好了，他消费不起的士，"摩的"他还是坐得起的。这会儿，被他雇来的摩就停在他的身边，甚至已发动了引擎，蓄势待发。他在等母亲仓库的动静。仓库的货车开出来了,张国粮也随之亢奋起来,他跨上摩的,像电影里演的那样,对摩的下达命令:前面那辆车,保持距离,跟着它……

这场战争母亲打得很吃力,因为与她较量的不是"黄埔"出来的校友,就像正规军碰上了游击队,他们不是力量和装备上的较量,而是意识形态和思维逻辑上的较量。

七

现在好了,母亲想通了,她不想忍了,她觉得自己已仁至义尽,她想"先礼后兵",想"教育"一下看看。

教育分两个层面,一是深入灵魂,还有就是触及皮肤。一般认为,触及皮肤是最直接的,也最为有效。

有一点可以肯定,母亲说的"先礼"不是礼节的礼,礼貌的礼,礼仪的礼,更不是礼品的礼。当然,这些"礼"母亲是一直在奉行的,并始终贯穿在自己的生意中。但这些"礼"对张国粮没有用。母亲说的"先礼后兵"实际上是"先轻后重"。"轻",就是教训他一顿。

现在母亲清楚了,为什么张国粮不开店?为什么张国粮不租仓库?他就是怕人找他,就是怕揍。他在乡下多好哇,狡兔三窟,如鱼得水,乡下就是他的根据地,到处都是他们的人,他就像游击队一样神出鬼没,母亲就是想找他算账,想揍他,总不能跑到乡下去找他吧,跑去也找不到。但这事母亲上心了,张国粮就难逃"法网"。

那些天，母亲派出的"杀手"一直在开发区巡逻。月黑风高夜，杀手一身夜行打扮，黑衣皂靴，青纱蒙面。第一次没找到，张国粮也许窝在乡下没出来。第二次也扑了个空，张国粮送完货凯旋了。第三次，杀手在一个厂家门口发现了农用车，这是张国粮的标志性装备，杀手就猫在农用车旁边等。其间，杀手轮流去买了一些点心，轮流去撒了一泡尿。后来张国粮出来了，蒙头蒙脑的，杀手就一哄而上，拳脚淋雨一样下来。打得张国粮抱头鼠窜鬼哭狼嚎，老大，你们为什么打我呀？我有什么地方做错了呀？我有错你们可以告诉我呀，我会改的呀！这就是我们说的"赖汉"，赖皮赖脸的赖汉，死猪不怕烫的赖汉，一打就求饶，一打就露出一副可怜相，这样的人，打根本就起不了作用。

对于打，父亲不是很赞成。父亲有时候会心生恻隐，说，他不这样，光明正大的，在你们的地盘上，他做得过你们城里人吗？母亲就是这样气父亲，说，白白在机关待傻了，待得是非都分不清了！

母亲后来又给了张国粮一次机会。她请来了广西上家。他们同为上家的左右手，左右手不能自己把自己砍了是不是？但这只手能不能砍，她得听听主人的意见。

她请上家到自己的店里看看，到仓库看看。这段时间，母亲努力地推销，做下了辉煌的业绩，有些是靠过去的友谊延续下来的局面，有些则是在张国粮的逼迫下，拳打脚踢新发展起来的，总之，母亲的家底谷满囤粮满仓，一派兴旺景象。

母亲在燕风楼摆下酒席，一方面为广西的上家接风，一方面也请了张国粮，她要上家主持公道，做个见证，把她和张国粮的事情处理好。上家说，你们这有点像板门店谈判。母亲说，不是。板门店是停战谈判，他们还没到"敌我"的性质，他们是行业内部调解，或者叫协商。协商的目的只有一个，是为了维持秩序，不要恶意突破，更不要抢占，不是为了要消灭谁。当然，新的资源，各人凭能力可以共享。

但是，张国粮那天没有来，他甚至拒绝母亲的提议，他想一头黑到底，谁的面子不吃。他还给广西上家打来电话，说了一句没头没脑的话——命长做得了皇帝！上家一头雾水，狐疑地问母亲，他这话什么意思？母亲说，我怎么知道他什么意思。他本来就是一本天书，一般人读不懂。

对于张国粮，上家是无奈的。对于母亲，上家爱莫能助。为什么这么说呢？农民张国粮，这段时间的打拼还是卓有成效的，他现在已经占了这里市场的一小半份额，上家抱歉地说，这只手，他剁不下来。

母亲当然知道张国粮那句话的意思，她只是不愿意在上家面前说起罢了。这是对母亲的宣战，是在向母亲挑衅。母亲今年也有四十五六了，张国粮才二十七八，他占着年轻的优势，占着体力和精力的资本，他要跟母亲耗，市场是年轻人的天下，他的意思是看谁耗得过谁。他在等母亲自行淘汰，他是最终的市场皇帝。母亲愤怒了。张国粮可以不懂规矩，可以不守秩序，但他不能没有大小，不能没有礼貌！

现在，母亲真的要"后兵"了。前面说的"轻"，母亲是煞费苦心的，从轻、轻柔、轻松、轻描淡写，能轻则轻，只触及皮肤，不深入灵魂。但张国粮不吃母亲的"轻"，母亲就只好"后兵"

了。兵反倒不是动武，不是兵戎，兵谏，兵临城下，刀兵相见，而是"先轻后重"的"重"，与轻正相反，是严重，沉重，出重拳，施重刑。当然也和兵有关，是兵法的兵，兵不厌诈的兵。

八

要把一个同行变成敌人也是痛苦的。母亲找到了一个朋友，这个人可以利用。

这件事梳理起来有点困难。

有一天母亲找到张国粮，说什么型号的东西接济不上，要在他那儿进点货。

张国粮很高兴，他看到的是母亲在挣扎之后的妥协，他接受母亲的示好。他在心里说，缴枪不杀。

母亲进了一些货之后向张国粮提出了要降低进价的要求，这合情合理。母亲不是厂家，母亲还要转手不是？

张国粮同意了，他得意地说，你就当我的二道贩子吧。他开给母亲的收据是每件两百元。

母亲想到的那个朋友叫龙海生，名义上是"飞阿达"的老总，暗地里大家知道他的社会兼职，叫他黑社会军师。母亲和他的生意始于他初涉鞋业的时候，他老是来母亲店里拿东西，老是赊账。母亲起先很难受，父亲开导说，你就当花钱买一个朋友嘛。现在龙海生当然是财大气粗了，他也念母亲的情，他的生意，母亲都是一个电话的，根本不用费什么口舌。

龙海生说话很随便，他说，他就喜欢母亲那种矜持素面的样子,好像随时都准备宁死不屈似的。母亲也是的,对别人笑得很亲和,对龙海生却确实有点冷,保持着一定的距离。不知为什么,有一次龙海生对母亲说,我和你都做了这么多生意了,就没看见你真心地笑过,都是些职业的微笑,皮笑肉不笑。当时母亲正押了一车东西到他厂里,听他这么一说,转身就把东西拉了回来。母亲的意思是,生意是正常的社会供需,大家都是靠资源生存着,不存在恩赐和乞讨的问题。父亲开玩笑说,他要是想睡谁,还不是问一个肯一个,他是欣赏你的气质,他没有花你的意思。

那些天,母亲故意不给"飞阿达"送货,龙海生催,她就说没有,库存就缺这个型号,广西那边也是十八个捣臼还在岩里。母亲有意把"飞阿达"让开一条缝。这是母亲腌下的一块咸肉,故意把它腌臭了,无孔不入的张国粮果然像苍蝇一样叮了上去。

张国粮兴奋地把东西送到"飞阿达",而且是源源不断的。其间,他去结了一次账,他开给龙海生的价格是每件两百六。这时候,母亲把那张每件两百元的收据送给了龙海生。这张收据表明,张国粮心狠,他欺到龙海生头上去了,打倒了人还咬去了睾丸。龙海生看着收据,咬牙切齿地说,这狗生的,他饭不要吃了。

张国粮再次去龙海生那里的时候,龙海生就没有好脸色了。他待人接客有好几种形式:一般做生意的,就坐在沙发上;他喜欢的人,像我母亲,他就请到办公桌前的软椅里;还有就是站着,三言两语打发走;还有就是放狗咬他。龙海生让张国粮站着,他要看看张国粮的表现。

张国粮站着还在抖脚,他不计较站着还是坐着。在他心里,送货结账是天经地义的事。但他不知道,在龙海生这里,惹火了不给钱也是天经地义的事情。

两个人像上次那样谈到了价格。龙海生之所以还和他谈，是想让他诚实一点，编出个中听的理由，小孩子毕竟不懂事。但张国粮显然辜负了龙海生，他还把话往大里说。他说，给你的价格是最便宜了，给别人都是两百八，给你和给开店的一个价，都放到底了，放得血流满地。龙海生失望地叹口气，看看压在记事板上的母亲的那张收据。

龙海生说，你在蒙我，你把我当傻瓜了，你让我在同行面前出了丑，你把我的神气塌大了。龙海生的声音嗡嗡的，像阴天天边滚动的闷雷。

龙海生说，我告诉你，叔叔很生气，后果很严重。

龙海生又说，你现在不用问我要钱，你问问我门口的柱子肯不肯。

张国粮莫名其妙，我问柱子干吗？柱子关我什么事？说是这样说，但他的脚已经站不稳了，心也突然地慌乱起来，似乎看到了自己连本带利泡汤的前景。

"飞阿达"的门口有两根柱子，一高一矮，用花岗岩砌成，有三人抱那么粗。不知道的人会觉得这两根柱子破坏了大门的整体形象，但圈内人知道，这是一种特殊的象征，表明这家厂是黑道开的。这些人过去都曾叱咤风云，在社会上说一不二，脑袋系在裤腰上，大刀插在背脊上，是"打出少林的和尚"。现在他们年纪大了，收心养性了，办一个厂给自己养老，但他们的威风还在，尊严尚存，哪容得张国粮这些小孩胡作非为。

张国粮当然不知道柱子的典故。他后来还心怀侥幸，又跑了几趟"飞阿达",想要回他的货款,但到了门口都被里面的狼狗镇住了。狼狗吐着长长的舌头,舌头血红血红的冒着热气,狼狗的喉咙在酝酿着咆哮,在积蓄着力量,好像马上会扑上来,也好像在说,张国粮,你给我滚远点,你要是再让我看见,见一次咬你一次!

九

父亲心底里是支持母亲的。在亲情面前,认识是可以打折扣的,是非也是可以打折扣的。现在,父亲也把张国粮的事提到了斗争高度。他说,不守规矩,不懂礼貌,敬酒不吃,说和也不干,他还想做什么?他这是自绝于人民哪。父亲还说,由此看来,张国粮是个喜欢斗争的人,尤其喜欢和母亲斗,那我们肯定要同心协力地和他斗。很多人是喜欢斗争哲学的,比如希特勒,比如萨达姆,这没有办法,斗争的血在他们血管里流着,但这些人的结局都不好。我们被他立为对立面,也是注定要和他斗的,不斗不解决问题。

但张国粮也是要正确看待他的,这个我们要实事求是。有张国粮,我们才知道市场还有空间;有张国粮,市场才不会死气沉沉;有张国粮,才暴露了母亲生意上的一些不足;有张国粮,母亲才有了对手,从某种意义上说,才更有意义,才会有进步。

现在,我们都摩拳擦掌,严阵以待,期待着张国粮出现破绽,我们好歼灭他。

一天,父亲在吃饭时突然兴奋地欢呼起来,说,天助我也。我们都纳闷不解,难道这饭桌上会有什么"战机"?原来,父亲在吃饭吐垃圾时发现了骨盘里的秘密。就是市场里到处乱飞的"资讯",我们都把它裁了折成骨盘用的资讯。那上面有一则张国粮的新广告——张氏辅料厂,投巨资引进德国设备,生产红灯牌鞋用弹力片,真棉材料,化学配制,现代化科技加工……

红灯牌就是广西上家的注册商标,还是个驰名产品。

父亲哈哈大笑,说,他这牛吹大了。

母亲说,还说自己投巨资引进设备,他说自己是中外合资多好。

父亲说,吹牛也要有常识的,德国怎么会做制鞋设备呢?德国做海德堡印刷设备还差不多。

母亲说,他本事还不小,还不做一般的东西,专做名牌产品。

父亲说,这就是他致命的地方,做生意也得素质和文化呀。

母亲说,我们现在做什么?

父亲狡黠地说,我们现在什么都不用做。这件事对张国粮来说也许是卖弄,是开玩笑,是自鸣得意。但对我们来说,特别是对在体制内的父亲来说,他马上敏感地意识到,这是玩火,是过头了,是要吃官司的。

父亲说的"不做什么"是指不用"大动干戈",他只是叫母亲到市场去再收集一些有张国粮广告的资讯过来,他把这些东西装上信封贴上邮票,写上广西上家的地址,寄了出去。而我,则把资讯扫描下来,做成邮件,发到广西上家的网址上。这不用匿名,当然也不是实名,也不算举报,这是我们一家三口出于公心,真实地反映情况。

接下来的事情非常简单,不是我说得简单,而是事实本身就这么简单。据说,张国粮一天就接到好几个上家的电话,他还不知道，以为是上家和他亲近，实际上是上家在取证，说不定还在电话里录了音。后来，上家就直截了当地告诉张国粮，他们已经起诉，法院也启动了司法程序，过几天传票就会到他手里。

他们说，他们这个产品是国家扶持项目，创这个品牌花了他们几代人的心血，张国粮现在扰乱视听，他们将向他进行巨额索赔。

张国粮本来就被龙海生黑得伤了元气，现在又有法律在追打他。法律是什么？法律可不是市场秩序，不是生意规则，不是人际关系，法律是陌生，想不出是什么东西，法律是石头，你撞不过它，它可以砸死你，所以张国粮害怕，他选择了逃。

曾经有人说，父母这样的搭配是最合理的，一个公务员，一个做生意，一个立志，一个安邦。以前母亲总说，父亲只适合纸上谈兵，其实，他要是冲锋陷阵了，也是很威猛的。

说话间，母亲也有很长时间没看见张国粮了，按母亲的话说，就像虱子烫了一样舒服。她从来没有像现在这样踏实，在市场踏实，去厂家踏实，自己开车踏实，送货出去踏实，店里踏实，仓库里踏实，她只需按照自己的意图去安排生意，不用再担心有人惦记她，盯梢她，算计她。

母亲最终是胜利者，其实，前面一段时间，母亲也只是在一些小小的战役上受了点挫，从大的战略上说，张国粮是注定要失败的。张国粮是什么？一个近郊农村刚进城的愣头青，他还真以为自己天不怕地不怕呢。他不知道自己面对的是什么对手——勤劳勇敢的母亲，能呼风唤雨的父亲，也算半个知识分子的我，还有母亲后面强大的社会关系。我们不和他计较也就算了，我们要联手起来，就像那句话说的：再狡猾的什么也斗不过我们这样的好猎手。

十

父亲一直感慨着生活,自从母亲做了生意,他已经很久没有和母亲做爱了,至少没有酣畅淋漓。他支持母亲的生意,但不希望母亲把生意带回家,来影响他们的生活。但母亲太投入了,继而被生意束缚,有了张国粮之后更是活在他的阴影里。现在好了,拨开云雾见天日,站在山头唱山歌,父亲和母亲的亲热应该是顺风顺水顺水推舟了吧。

但母亲的身体已不听话了,不听父亲的话,也不听自己的话。她的身体顺从着父亲,眼睛则看着别处,好像她的身体在做一件事情,而她的脑袋却游离出来,在做着另外一件事情。

母亲说,你说,张国粮现在在哪儿?父亲说,你怎么老是念念不忘?你不提他不行吗?还嫌他害我们不够吗?母亲继续着自己的思路,说,听说他在山西挖煤,也有人说他在大庆打油,也有人说在哪儿看见他在讨饭。父亲说,你管他是讨饭还是当皇帝。母亲说,他像一枚楔子打入了我的脑子,有他,我睡不着,没他,我也睡不着。父亲生气地说,看来你也是条斗争的命,你闲着难受是吧,你独孤求败是吧,你求他来和你斗吧,斗烦你,斗死你。

父亲放开母亲。黑暗里,他迅速穿好衣服,用力地开门,又用力地关门。他又坐在客厅里吸烟了。我想,我必须和父亲交流一下,他虽然是我父亲,但有些事他还真的不一定懂。

我踱出自己的房间,微笑着和父亲打招呼,我说,母亲是不是不会做了?父亲看了我一眼,说,你说什么呢?又说,小孩子不知道的事，别吵。我告诉父亲一则我看到的资料：一个人被妻子瞧不起，被妻子抛弃了，他咽不下这口气，发誓要做件事让妻子看看。他把自己的心血都花在培养子女上，一心一意，没其他丝毫杂念。后来他熬出了头，子女也出息辉煌了，他想着讨个老婆弥补一下自己，却发现自己没有欲念了，什么也不会做了。我对父亲说，你得体谅母亲。父亲笑笑说，慢慢来吧，会好起来的。突然，父亲好像意识到什么，对我说，你在学校不能乱来呀。我告诉父亲，我们同学倒是挺随便的，想睡就睡，不过，我把这件事看得挺重。

母亲当然也为这件事内疚，她想和父亲沟通一下，但张开嘴，蹦出喉咙的又是那些生意上的事。母亲说，张国粮在的那半年，我们被刺激起来，拼命跑，拼命奋斗，寸土不让，寸土必争，我们虽然辛苦，但收获也挺大的，我们赚了四十万。这半年没有了张国粮，身心安逸，生意很好做，我们就像独家经销一样，等客上门，不怕没生意，没有危机感，但我们满打满算，应收款都算进去，才赚了三十万，你说这是为什么？

父亲听了也愣在那里，他皱起了眉头，好像在自言自语，怎么还有这样的事？

为什么不去跳舞

王祥夫

怎么说呢，小古和美芳现在有了麻烦了，小古那天回家，一进门就站在那里傻笑，美芳就说你怎么了，出什么事了？吃饭的时候，小古才很不好意思地对美芳说他没工作了，被解雇了。小古还用手轻轻摸了一下美芳的肚子，那里边，他们的孩子已经有三个月了。

刚开始那些天，小古几乎天天都往外跑，看看能不能找到什么事做，和他一起到处跑的还有王鹏，王鹏和小古在一起工作了五年多，更主要的是他们经常在一起跳舞，他们那时候，再加上美芳，三个人经常一起去跳舞。小古和美芳就那么跳来跳去终于跳在了一起，而王鹏到现在还没有结婚。王鹏对小古说："这下子，想不到我的日子倒比你要好过了！"这话让小古心里好一阵子乱跳。王鹏说："好在你老婆还有工作，你老婆还能养你一阵子。"王鹏这么一说小古就更急，小古说自己得马上想个办法，想个弄钱的好办法："美芳肚子里的孩子真是来得太不是时候了。"

那天小古留王鹏在家吃炸酱面，美芳这些天做饭总是不在心上，酱在锅里有点炸煳了。小古和王鹏在屋里都闻见那股煳味儿了，但他们不关心这事。

美芳给吓了一跳，她听见小古和王鹏在屋里小声说银行的事，小古说银行里的录像探头一般都会在最隐蔽的地方，只要把线弄断就行了。王鹏说最好找到那根主线，只要找到主线所有的探头就都不会起作用了。美芳给这句话吓了一跳，她停下手来，窗外树上那只鸟还在叫，像是有点冷得打哆嗦那个劲儿，"嗒嗒嗒——嗒嗒嗒——嗒嗒——"这只鸟在窗外叫了好长时间了，连小古都不知道这应该是只什么鸟，它藏在树叶子里，谁也看不到它，小古说这肯定是一只从南方飞来的候鸟，因为本地的鸟根本就不会发出这种烦人的叫声。除非它真病了。

美芳停下手里的活儿，悄悄站到了厨房门口，她侧着耳朵，想听听小古和王鹏都在说些什么。小古继续说他的，说要想做那事最好还得搞两支枪，哪怕是假枪都可以，王鹏说超市就有卖假枪的，看上去和真枪一模一样，分量也不轻，还能打出火儿来。到时候要是有人真的冲过来怎么办？小古说。不会吧，一般人胆子没那么大。王鹏说保安呢？小古说银行的保安可是有真枪，他们的枪可不是玩儿的！这时那只鸟又飞到南边去叫了。这只鸟让小古暂时换了一下话题，小古说："我跟你说过的就是这只鸟，你听听它叫得有多么难听。"王鹏说："不会是'黄道婆'吧？'黄道婆'叫得就不好听。"小古说："它是不是病了？这叫声多少有些不大对头。"王鹏说："鸟发了情有时候就这么叫，真是难听极了。"小古说："女人叫床也很不好听?"王鹏再小声说了句什么,两个人就开心地笑了起来。

"我现在太缺钱了。"小古说。

王鹏说:"钱这种东西谁都缺,谁都永远不会有个够,有多少都不够。"

"我说什么都得搞点钱了,为了孩子也得这么做。"小古说只要抢一次,一辈子都够了。

"抢银行是个技术活儿。"王鹏说,"咱们最好先看看书,看看书上怎么说。"

小古就笑了起来:"书店里不可能有教你怎么抢银行的书!"

"那咱们就看看外国片。"王鹏说到时候得在脸上套只女人的臭丝袜,要不就戴个假面具,假面具超市里到处都是。

美芳装作什么也没听见,她把面条儿用那个粉色的塑料托盘端过来,碗在托盘里互相碰来碰去,她的手不知为什么忽然有点抖,她也不知道自己为什么就控制不住自己的手。一见美芳过来,小古和王鹏马上就说起别的什么事来,说文化宫跳舞的事,说现在好多没事做的人都在那里找乐子,文化宫为他们提供这种免费娱乐主要是为了让他们消磨时间,不让他们乱想别的事,让他们忘掉最低生活费给他们带来的痛苦和不安。

美芳也坐下来,她想让自己平静下来:"你们怎么不去跳跳舞?"

"好家伙,青岛啤酒?"王鹏说。

美芳把火腿肠朝王鹏那边推推,说自己现在不能喝啤酒。

王鹏说啤酒又没什么度数,这个火腿肠味道很好。

美芳夹了一片火腿肠:"跳舞挺好,也算锻炼身体。"

小古和王鹏就大笑了起来。

"那么胖的女人!"小古说,"不会是越跳越胖吧?"

美芳说:"你说什么女人?有多胖?"

小古说那天在文化宫看到的一个胖女人。"要多胖有多胖。"

"像面发起来一样。"小古比画了一下。

王鹏笑了起来:"地板那么光,她要是摔倒了,她的舞伴肠子也许会从这地方给压出来。"

美芳也忍不住笑了起来:"是不是像超市那个收款员?往起一站把塑料椅子都会给带起来!还得让别人抓住椅子从她身上往下拉。"

"比那个胖多了。"小古说那种胖你见都没见过,小古站起来,"跳一下,颤一下,跳一下,颤一下,浑身每一部分都在颤。"小古又比画了一下,"这地方,这地方,还有这地方。"

王鹏就再次笑了起来,拍了一下手:"总而言之,浑身每一部分都在颤!"

"跳舞有时候也能减肥。"美芳说。

小古不笑了,喝了一口啤酒:"发愁没工作是世界上最好的减肥方法。"

美芳也不笑了,他们也不再说话,屋子里满都是吃面条的声音。

"不过我也许很快就会有一大笔钱。"小古忽然又开了口,瞅了一眼王鹏。

美芳的心就"怦怦怦"乱跳了起来:"你们最好还是去跳舞吧。"

吃完饭，小古和王鹏各自端着茶杯去了阳台，阳台上美芳种的晚饭花一副倒霉相，叶子被飞来飞去的鸟啄得七零八落。"也许就是那只鸟干的。"小古说，顺手把阳台门从外边推上了，他不想让美芳听到他们的谈话内容。阳台下边，那片很窄的绿地上，有一个人在不停地走来走去，好像是在找东西，仔细看，是个学生，也许是在那里背英语。

美芳没跟着去阳台，她心不在焉地先喂了一下猫，其实是只看了一下那个塑料猫食碗，里边的猫食还在，一点点撕碎的白菜叶子，还有各种颜色药片样的猫粮，还有鸡肝，鸡肝已经不新鲜了，都变色了，颜色黑不黑灰不灰。美芳想了一下，还是决定不给它换，也让它节省点，要节省大家都节省点吧。她在心里说。美芳看猫食的时候那只猫轻轻走了过来，猫最近也瘦了，猫在美芳的手上蹭了一下，又蹭了一下，这是示好，或者是它饿了。关于猫，小古跟她说了好几次，要她抽空看看那本《健康》杂志，那本杂志上说家里有小孩儿最好不要养宠物，猫会把一种肉眼根本就看不到的寄生虫传到小孩儿身上。美芳倒是不太担心这种事，她担心小孩生下来以后会不会被小猫袭击，比如说抓一下或干脆猛地咬一口。有时候美芳会长时间地抱着小猫想心事，想该不该把它送人，想到时候猫会不会从那张婴儿床栏上一下子跳进去，但这会儿美芳的心思不在猫身上，她的心在阳台上，她想知道小古和王鹏在阳台上都说些什么，这让她很担心。

美芳可以看到小古和王鹏都背朝着屋里，两个人都面向外靠在阳台生了锈的铁栏杆上。

"放心，那种枪和真的一模一样。"王鹏说。

"像真的就好!"小古说,"世界上就没有不怕枪的人。"

美芳更担心了,她一手抱着猫一手推开了阳台门:"你们俩去跳跳舞吧,要不我跟你们一起去。"

小古回过头说待会儿他们还要去一下书店。看看书店里都有些什么书。

美芳马上就想到他们是不是要去买他们说过的那种书,想笑,但笑不出来:"你们要买的那种书也许还没写好!"

王鹏看着小古,拍了一下手,笑着说:"好家伙!"

王鹏有几天没来找小古了,但美芳知道他们天天在通话,她很留意他们都在说些什么,她的担心这几天更厉害了。这天下班回家,美芳发现小古在沙发上睡着了,头在这边的扶手上枕着,两只光脚在那边的扶手上搭着。胸口上放着一本挺厚的书,美芳过去的时候小古还没有醒过来,她弯腰看了一下那本书,书名让她吓了一跳:《爆破学》。美芳不知道小古为什么会看这种书。吃饭的时候,美芳问小古:"为什么会看那种书?随便什么书都要比这种书好看。"小古说:"你说什么书?"美芳说:"就你躺在沙发上看的那本书。"小古说:"那可是大学问,以后用到爆破的地方会越来越多。现在有一种炸药,就这么大一块儿。"小古从手里的馒头上掰了一小块儿,给美芳看了一下,说:"就这么大一小块儿炸药,而且还是软炸药,可以用手捏成各种形状,只要把这种炸药贴在什么地方,一下子就能把什么地方炸出个大洞。"小古已经把那一小块儿馒头用手捏了捏粘在椅子靠背上了。美芳都好像是看见那把椅子已经飞了起来。好像这还不够,小古又把他放在餐桌上的塑料打火机

169

拿起来对美芳说:"就这种打火机,最怕给太阳晒,晒一会儿它就会自动爆炸,和定时炸弹差不多,还神不知鬼不觉。"

这时候家里的电话响了,小古马上跳起来光着脚去接电话,美芳盯着小古那两只光脚,盯着它走过地板,盯着它走过那张刚刚买来不久的婴儿床,那张床好像是买得太早了,人们都在笑他俩心是不是太急了,肚子里的孩子才三个多月。美芳盯着小古光着两只脚站在那里接电话,没了工作以后,小古好像对什么都无所谓了,在家里经常连拖鞋都不穿就走来走去。美芳看着那边,听声音,她知道电话肯定是王鹏那边打过来的。她很留意小古在电话里和王鹏都说些什么。小古对电话那头的王鹏说干这种事必须找到银行的建筑图纸,必须精确,小古忽然笑了一下,说建筑图纸当然重要了,要是把炸药粘在保安待的地方,一下子从里边炸出几个大保安那可是个大笑话。王鹏好像也在电话里笑了起来。

小古和王鹏在电话里说了好一会儿话,然后继续回到桌边吃饭。

"你们说什么?"美芳问小古,她完全没了食欲。

小古说他们在闹着玩儿,他低了一下头:"饭粒儿怎么粘脚上了?"

"我可不愿你们出大事。"美芳说。

小古说:"有了钱你想要什么?是不是先想要套房子。"

"我什么也不要。"美芳说,"要明白你自己是有孩子的人了!"

"他来得太不是时候。"小古说。

美芳已经把手放在了自己那地方,只有她自己知道那地方时时刻刻在日新月异。

"电视该换一下,电冰箱也要换一下,咱们家电冰箱要多臭有多臭!"小古说,"有一种电冰箱简直就是一间屋子,门就像咱们家的门这么大,不知道的人还真以为那是一间屋。"

美芳心里想,那么大的电冰箱该放多少东西?她也见过很大的电冰箱,是她的朋友李如锦花店里放花的冰箱,就是一间屋子,人可以走进去,里边要多凉有多凉,各种空运过来的花就放在那里边。但她就是不知道那种放花的电冰箱能不能冷冻东西,要是能冷冻,也许放一两头牛都可以。

"我的电脑也该换了,主机有毛病了。"小古说,"这台电脑总他妈死机!"

"你们到底想做什么?"美芳说,"你就是不说我也知道你们想做什么。"

小古把粘在脚上的米饭粒儿用手指一粒一粒弄下来,两眼看着美芳:"你是我老婆,我当然有什么话都不会瞒着你,不瞒你说,我现在天天都在想怎么抢银行。世界上抢银行的人多着呢,不见得个个都会被抓住,抢一回一辈子都够了,咱们太缺钱了!"

美芳听见自己的声音都变了:"咱们有孩子了!"

"这就是最大的麻烦。"小古说。

美芳大声说:"你不能跟王鹏比!他是一个人过日子!"

"这种事,我早就想好了,"小古说,"抢银行之前咱们也许会来个假离婚,到时候就不会牵连你了,对孩子也好。"小古说这事自己已经想了好长时间了,一个人要连这种事都不敢想的话活着也太没劲了,也许只有这条路来钱最快,只有这件事现在最让他上心,小古又说了一句:"现在我最想的就是去抢银行!"

这时候厨房里的壶突然尖叫了起来,声音真是尖锐,这突然而至的响声吓了他们俩一跳。小古跳起来光脚去了厨房。过一会儿他又从厨房出来，他给自己点了一支烟。

"我跟你说着玩呢。"小古对美芳说。

"你别害怕。"小古坐下来，他把手放在了美芳的肚子上，那地方很温暖，也很柔软，"你是不是怕了？"

"我看你们是不是有点疯了。"美芳站起来，去了厨房。

"疯子从来都要比正常人的日子好过。"小古跟在美芳的后边，"我不能让你过上好日子就因为我太正常了，一个人太正常不好，是最大的坏事，要知道，你挣不多，我又没工作。孩子这会儿又来了，我得想个好办法，弄钱的好办法。"小古跟着美芳走到厨房门口，待了一下，又光脚回到他的沙发上。

美芳再从厨房里出来的时候发现小古又躺在那个沙发上了，头在这边的扶手上，两只脚在另一头的扶手上，书在半空举着。

"你没事去跳跳舞吧，别总在家里胡思乱想看这种书。"美芳说。

那本举在半空的书不见了："没意思，那地方都是些老头儿老太太。"

那本书又举了起来："炸药是个好东西。"

美芳把那本举在半空的书打了一下，书掉在了小古的脸上。

"我让你看！"美芳说。

小古从沙发上跳了下来，说："我也让你看看！"

美芳看着小古光着脚从电冰箱后边拿出一个她从来都没有见过的大纸盒子，一支枪从里边露了出来："不告诉你，你永远不会知道它是假的。"小古说什么是夫妻，夫妻就是有什么都不能瞒着对方,"要是抢到一大笔钱,到时候你还可以做些慈善事!"

"你就不怕我把你们告了?"美芳听见自己的声音在发抖。

小古看着美芳,眼睛瞪得很大,他把枪放了下来,说关于这一点他早就想过了,被关在里边倒省心,不用整天都想着找工作和孩子生下来怎么往大长的事,小古说自己连送报的事都去试过了,还有,自己这么年轻,连下夜那种连性生活都无法正常进行的工作都准备去做了。但自己就是什么事也找不到,四处碰壁。

"只有他妈抢银行了。"小古说在地球上每天还不知道要发生多少起这种烂事。小古又把那支和真枪一模一样的玩具枪包好放在了盒子里,又把它塞到了冰箱后边。

美芳心想自己非得把这支枪给扔了,但她嘴上说:"你没事去跳跳舞,那么多人没事在那里跳舞你就不能也去跳跳?"

"那需要好心情。"小古说自己现在已经没那种心情了。

"要不就去收收旧家具?"美芳的眼睛忽然亮了一下,说今天下班看到有一家人在卖家具,在他们自己家里卖,卖得很便宜,这家人据说要出国了。美芳说自己还进去看了一下,都是一些很不错的家具。

小古没说去,也没说不去,又躺在了沙发上。

"咱们不会卖家具吧?"小古在沙发上说,"不过,咱们那张小床也买得太不是时候了。"

"咱们去看看,你不是说想换台电脑,也许那家人正好有电脑。"美芳走过去,两手放在沙发的靠背上。

"'轰'的一声,一下子就炸这么大个窟窿。"小古的两只手举着那本书,又说。

美芳看着小古,说:"王兰怎么样?我给你约一下,你和她跳跳怎么样?"

"我现在对跳舞没一点点兴趣。"小古说。

"我陪你去,你们跳,我在一边看。"美芳说。

"我不想去。"小古说。

"今天晚上就去。"美芳觉得这事很重要。她站起来,你总不能整天在家里待着胡思乱想看这种书。

小古坐起来一下,然后又躺了下去,两只脚又搭在了沙发的扶手上。

"你必须去。"美芳说。

"咱们那张小床买得太不是时候了。"小古又说,"孩子也来得太不是时候!"

"你必须去!"美芳也大声说,连她自己都觉得,声音有些过头了。

美芳去了卫生间,洗脸池在卫生间里,还有那面圆形的镜子。她想自己应该简单化一下妆,她把镜子用湿毛巾擦了一下,她盯着镜子里的自己看了好一会儿,她往后站了站,侧了一下身,这样一来她就可以在镜子里看到自己半个身子,她把衣服往起撩了撩,这样她就可以看到自己的肚子,她看见镜子里自己的手在肚子上慢慢慢慢移动了起来。美芳觉得自己像是要流眼泪了,这么一想,眼睛里果然就有了眼泪。她觉得自己已经打定了主意,也许,也许,也许孩子来得真不是时候?她这么一想,眼睛里的眼泪就更多。这时小古把卫生间的门从外边推了一下,推开了,从外边进来,他说他要小便一下,他从镜子里看了一眼美芳,他一边解裤子一边说要是有了钱就送她一个比这个卫生间大十倍的卫生间,里边要有三四面镜子。小古站在那里,却一点都尿不出来,他明白自己进来只是为了看一眼美芳。

"我只不过是想想,我不那么想想心里就更难过。"小古说。

"你跳跳舞就会好了。"美芳说。

小古站在那里,奇怪自己怎么没一点尿意,他明白自己又忘了喝水,他现在总是忘了喝水,好长时间了,他习惯了天天早上喝一大杯水,但一没了工作,一切都变了。

"我只撒这么一点点,我是不是病了?"小古说。

"你跳跳舞就好了。"美芳又说。

"我没那心情了。"小古说。

"你没跳怎么知道自己没心情?"美芳说。

"也许……"小古说,"我也好长时间没看你跳舞了。"

美芳很喜欢看小古跳舞,小古的舞姿十分好,他慢四跳得特别有韵律,他跳慢四的时候总是有不少人停下来围着看。因为这一点,小古就特别爱跳舞。

"跳舞跳不出什么,但你想让我去我就去。"小古说。

"你躺在沙发上瞎想也想不出什么,跳跳舞心情就会好了。"美芳说。

"不是跳跳舞心情就会变好,而是心情好了才想跳。"小古说,"反正你让我去我就去,要是碰到那个跳一下就颤一下的胖女人也许我真会开心起来。"小古笑了一下。

"那咱们就去吧。"小古说跳舞怎么说也不是一件坏事。

小古和美芳这天晚上很晚才从文化宫回来,小古很吃惊也很沮丧,简直是十分的沮丧!他发现自己居然跟不上舞步了,即使是自己最拿手的慢四也跟不上,自己好像把跳舞的事全都给忘了,什么时候该出哪个脚都弄不清了,有几次还踩了舞伴的脚,他不知道自己是怎么回事,怎么回事?到底是怎么回事?后来他干脆不再跳,一直坐在那里看着别人跳,有一搭没一搭地和美芳说话,直到他们不能再坐下去,因为最后一班公共汽车是十点半,他们要坐最后一班公共汽车回家去,很长时间他们都不敢打出租了。这时候坐公共汽车的人不多,上了车,两节车厢里只有零零散散那么几个人。

小古和美芳坐在靠窗的座儿上,两个人都没话,忽然一下子都没了话。两个人虽然都想找话,但忽然都没了话!车外边的灯都亮着,一闪一闪地闪过去。车外边,一家一家的大饭店也都还亮着,还有别的什么商店,还有橱窗里那些银光闪闪的男模特儿。小古呆呆地看着车窗外,一只手轻轻搭在美芳的肩上。美芳把身子缩起来,好像是怕冷。她不说话,她也想找话,但她现在是什么话都找不出来。她知道小古心里肯定是有麻烦了,一没了工作,什么都变了。她把手放在了自己的肚子上,只有她自己能听见自己在低低抽泣。小古的脸此刻还朝着车窗外,车要朝东拐了,拐过去是那家银行,过了银行就快到家了。

小古把脸凑近了美芳,小声说:"你说我刚才跳舞想什么?我想让自己跳好,但我怎么也跳不好,我好像不会了,一步也不会了!"

"没关系。"美芳说。

"我一步也不会了,出哪只脚都不会了!"小古又说。

"没关系。"美芳伸出手,把小古的那只手握住,摇了摇。

"我怎么回事?"小古再次说。

"没关系。"美芳也再次说。

她的另一只手,紧紧按着自己那地方。

"没关系。"她又说。

"你怎么了?"小古把脸几乎贴在了美芳的脸上,他发现了什么,这回是他轻轻在说,"没——关——系——"

"靠住我。"好一会儿,小古又说。

"我要你没事跳舞!"美芳说。

"好,跳舞。"小古听见自己说。

小古的另一只手也被美芳握住了。

"好,跳舞。"小古又说。

这天夜里,美芳一觉醒来,发现小古还在沙发上躺着,侧身朝那边躺着,他不知什么时候醒了,或者他根本就还没有睡,他侧着身子,面对着电视,电视还开着,屏幕上什么都没有,只有密密麻麻闪闪烁烁的雪花,还有"喳喳喳、喳喳喳"的声音。

格拉长大

阿 来

"阿妈,要下雪了。"

格拉的声音银子般明亮。格拉倚在门口,母亲在他身后歌唱,风吹动遮在窗户上的破羊皮,吧嗒吧嗒响。

"阿妈,羊皮和风给你打拍子呢!"

在我们村子中央的小广场上,听见格拉说话和阿妈唱歌的女人们都会叹一口气,说:"真是没心没肝,没脸没皮的东西!活到这个份儿上,还能这么开心!"

格拉是一个私生子,娘儿俩住在村子里最低矮窄小还显得空空荡荡的小屋子里。更重要的是,这家的女主人桑丹还有些痴傻。桑丹不是本村人,十来年前吧,村里的羊倌打开羊圈门,看着一群羊子由头羊带领着,一一从他眼皮下面走过。这是生产队的羊,所以,每天早晚,羊倌都会站在羊圈门口,手把着木栅门,细心地数着羊的头数。整个一群一百三十五头都挤挤挨挨地从眼前过去了,圈里的干草中却还睡着一头。羊倌过去拉拉羊尾巴,却把一张皮揭开了。羊皮底下的干草里竟酣睡着一个女人!

这个人就是现在没心没肺地歌唱着的格拉的母亲。

羊倌像被火烫着一样,念了一声佛号跑开了。羊倌是还俗喇嘛,他的还俗是被迫的,因为寺院被"革命"的人拆毁了。"革命者"背书一样说,喇嘛是寄生虫,要改造为自食其力的劳动者。所以喇嘛成了牧羊人。

羊圈里有一个来历不明的女人!这个消息像一道闪电,照亮了死气沉沉的村落。人们迅速聚集到羊圈,那个女人还在羊皮下甜甜地睡着。她的脸很脏,不,不对,不是真正让人厌恶的脏,而是像戏中人往脸上画的油彩——黑的油彩、灰的油彩。那是一个雪后的早晨,这个来历不明的女人在干草堆里,在温暖的羊膻味中香甜地睡着,天降神灵般安详。围观的人群也不再出声。然后,女人慢慢睁开了眼睛。刚睁开的眼睛清澄明亮。人群里有了一点骚动,就像被风撼动的树林一样,随即又静下来。女人看见了围着她的人群,居高临下俯瞰她的人群,清澈澄明的眼光散漫浑浊了。她薄薄的嘴唇动起来,自言自语着什么,但是,没有人听见她到底说了些什么。她自言自语的时候,就是薄薄的嘴皮快速翻动,而嘴里并不发出一点声音。所以,人们当然不知道她说些什么,或者想说些什么。

娥玛扯着大嗓门问她从哪里来,她脸上竟露出羞怯的神情,低下头去,没有回答。

洛吾东珠也大着嗓门说,那你总该告诉我们一个名字吧?

娥玛说,你没瞧见她不会说话吗?

人群里发出了一点笑声,说,瞧瞧,这两个管闲事的大嗓门干上了。想不到，就在这笑声里，响起了一个柔婉好听的声音："我叫桑丹。"

妇联主席娥玛说："妈呀，这么好听的声音。"

人们说，是比你的大嗓门好听。

娥玛哈哈一笑，说："把她弄到我家去，我要给这可怜人吃点热东西。"她又对露出警惕神情的洛吾东珠说："当然，我也要弄清她的来历。"

桑丹站起来，细心地捡干净沾在头上身上的干草，虽然衣裳陈旧破败，却不给人褴褛肮脏的感觉。

据说，当时还俗喇嘛还赞了一句："不是凡俗的村姑，是高贵的大家闺秀哇！"

娥玛说："反正是你捡来的，就做你老婆好了。"

羊倌连连摇手，追他的羊群去了。

从此，这个来历不明的桑丹就在村子待下来，就像从生下来就是这个村子里的一个成员一样。

后来，人们更多地发现就是她唱歌的声音比说话还要好听。村里的轻薄男人也传说，她的身子赛过所有女人的身子。反正，这个有些呆痴，又有些优雅的女人，就这样在机村待下来了。人们常听她曼声唱歌，但很少听她成句说话。她不知跟谁生了两个孩子，第一个是儿子格拉，今年十二岁了。第二个是一个女儿，生下来不到两个月，就在吃奶睡觉时，被奶头捂死了。女儿刚死，她还常常到河边那小坟头上发呆，当夏天到来，茂盛的青草掩住了坟头，她好像就把这件事情忘了，常常把身子好看地倚在门口，对着村里的小广场。有人的时候，她看广场上的人，没人的时候，就不晓得她在看什么了。她的儿子格拉身上也多少带着她那种神秘的气质。

所以,母亲唱歌的时候,他说了上面那些话,从那语调上谁也听不出什么,只有格拉知道自己心里不太痛快。

无所事事的人们总要聚集在村中广场上。那个时代的人们脸也常像天空一样阴沉。现在越来越大的风驱使人们四散开去,钻进了自家寨楼的门洞。脸是很怪的东西,晦气的脸,小人物的脸阴沉下来没有什么关系,但有道德的人脸一沉下来,那就真是沉下来了。而在这个时代,大多数人据说都是非常重视道德的。不仅如此,他们还常常开会,准备建设新的道德。

要下雪了,不仅是头顶的天空,身上酸痛的关节也告诉格拉这一点。十二岁的格拉站在门口,眼前机村小广场和刚刚记事时一模一样。广场被一群寨楼围绕,风绕着广场打旋,把絮状的牛羊毛啦、破布啦、干草啦,还有建设新道德用过的破的纸张从西吹到东边,又塞塞窣窣把那些杂物推到西边。

看到这些,格拉笑了。一笑,就露出了嘴唇两边的尖尖犬齿。大嗓门洛吾东珠说,看看吧,看看他的牙齿就知道他狗一样活着。那条母狗,就知道叉开两腿,叫男人受用,做那事情她还好意思大声叫唤。

有女人开口了:生了娃娃,连要拔掉旧牙都不知道。那些母牛——格拉心里这样称呼这些自以为是,为一点事就怒气冲冲、哭天抹泪的女人。就是这些女人使格拉知道,小孩子到换牙的时间,松动的牙齿要用红色丝线拴住、拔除,下牙扔在房顶,上牙丢在墙根,这样新牙才会快快生长。格拉的母亲桑丹却不知道这些,格拉的新牙长出,给没掉的旧牙顶在了嘴唇外边,在那里闪闪发光,就像一对小狗的牙齿,汪汪叫的那种可爱可气的小狗。

议论着比自己晦气倒霉的人事是令人兴奋的,女人们一时兴起,有人学起了小狗的吠叫:汪!汪汪!一声狗叫引起了更多的狗叫。特别是那些年轻媳妇叫得是多么欢实呀!这是黄昏时分,她们及时拔了牙的、有父亲的孩子们从山脚草地上把母牛牵出来,她们正把头靠在母牛胀鼓鼓的肚皮上挤奶。她们的欢叫声把没有母牛挤奶的格拉母亲桑丹从房里引出来,她身子软软地倚在门框上,看着那些挤奶的女人。

正在嚼舌的那个女人被她看得心慌,一下打翻了奶桶,于是,那天黄昏中便充满了新鲜牛奶的味道。

第二天,村里的人们都说:"那条母狗,又怀上了,不知哪家男人作的孽。"

格拉倚在门框上舔舔干裂的嘴唇,感到空气里多了滋润的水汽,好像雪就要下来了。他们母子俩好久没有牛奶喝了。看着空空荡荡的广场,不知第一片雪花什么时候会从空中落下来。格拉想起和次多去刷经寺镇上换米,弄翻了车,喝醉了酒的事。眼下该是中午,却阴暗得像黄昏,只是风中带有的一点湿润和暖意,让人感到这是春天将到的信号了。这场雪肯定是一场大雪,然后就是春天。格拉正在长大,慢慢长成大人了。他已经在想象自己是一个大人了。背后,火塘边体态臃肿的母亲在自言自语,她的双手高高兴兴地忙活着把火塘中心掏空,火就呼呼欢笑起来。

"格拉,我们家要来客人了!"

"今天吗,阿妈?"

"今天,就要来了。"

格拉进屋,帮母亲把火烧得再大一些。他知道那个客人将来自母亲那小山包一样的肚子里,他长大了,他懂这个。现在屋里已经烧得很暖和了,既然家里穷得什么也没有,就让屋子更加暖和吧,格拉已经十二岁了,能够弄回来足够的干柴。就让母亲,这个终于有一个小男人相帮相助的女人想要多暖和就有多暖和吧。格拉今年十二,明年就十三了。

连阿妈都说:"不再小狗一样汪汪叫了,我的格拉宝贝。"

她放肆的亲吻弄得格拉很不自在。

桑丹开始吃煨在火塘边的一罐麦粒饭,饭里还埋了好大一块猪肉。

"我不让你了,儿子。"

格拉端坐不动。

"我要吃得饱饱的。"

"雪要下来了。"

母亲的嘴被那块肥猪肉弄得油光闪闪:"雪一下,客人就要来了,该不是个干干净净的雪娃娃?"

格拉脸红了。

他知道母亲指的是什么,一点忧愁来到了心间。格拉又听到母亲那没心没肺的欢快声音:"想要弟弟还是妹妹?"

格拉觉得自己该笑,就努力笑了一下。本来,他也是跟母亲一样会没心没肺地痴笑的。但这一笑,却感到了自己的心和肺,感到自己的心和肺都被个没来由的东西狠狠扯了一下。

"我要给你生个妹妹,我要一只猫一样贴着我身子睡觉的小女孩,你同意吗?"

格拉对着阿妈点点头。却想起河边那个被母亲忘记的、被青草掩埋被白雪覆盖的小小坟头,心肺又像被什么扯了一下。格拉已经有心事了。

"烧一锅水,儿子,给你可怜的阿妈。多谢了,儿子,再放把剪刀在我身边。"

说话间,她已经把那一大罐子饭吃了下去了。在以前,有好东西总是儿子先吃。今天,桑丹把饭吃光了,格拉很高兴母亲这样。

这时,疼痛开始袭击母亲。她一下挺直了腰,咬紧了嘴唇,痛苦又很快离开了。母亲说:"格拉,好儿子,客人在敲门了。女人生孩子,男人不好在边上的,你出门去走走吧。"说完,她就躺在了早已预备好的小牛皮上,牛皮下垫上了厚厚的干草。

躺下去后,母亲还努力对他笑笑。出门时,格拉心里像是就此要永别一样难过。

雪,在他出门的时间,终于从密布的灰色云层中飘了下来。

站在飞舞的雪花中间,格拉按了按横插在腰间的长刀。

背后,传来母亲尖厉的叫声,格拉知道全村人都听到了这叫声。雪一片片落在他头上,并很快融化,头上的热气竟使雪变成了一片雾气。母亲的声音驱使他往村外走去。

格拉恍然看到了血。

揉揉眼睛,血又消失了。依然只有绵密无声的轻盈雪花在欢快飞舞。

母亲的声音消失时,他已经走到村后的山坡上了。背后传来踏雪声和猎犬兴奋的低吠,有人要趁雪天上山打猎,是几个比格拉大几岁的狂傲家伙。柯基家的阿嘎、汪钦兄弟,大嗓门洛吾东珠的儿子兔嘴齐米。瞧他们那样子就知道是偷偷背走了大人的猎枪。他们超过格拉时,故意把牵狗的细铁链弄得哗哗作响。他们消失在雪中,格拉往前紧走一阵,他们又在雪花中出现了。他们站在那里等他,嘴里喷着白气对着格拉哈哈大笑。格拉准备好了,听他们口中吐出污秽的语言。但母亲放肆的尖叫,像是欢愉又像是悲愤的尖叫声从下边的村子传来。像一道闪电,一道又一道蜿蜒夺目的闪电。几个家伙说:走哇,跟我们打猎去,那个生娃娃的女人没有东西吃,打到了我们分一点给你。

那个娃娃没有老子,你就做他老子。

格拉刚要回答,兔嘴齐米笑起来。他那豆瓣嘴里竟发出和格拉母亲一样的笑声:欢快,而且山间流水一样飞珠溅玉。听到这笑声格拉禁不住也笑了。他像母亲一样,总在别人煞有介事愁眉苦脸的时候没心没肺地笑哇笑哇。格拉笑了,兔嘴齐米眼里却射出了因成功愚弄别人而十分得意的光芒。格拉就笑着扑到了这家伙身上。兔嘴齐米扬手扬脚在雪中往坡下翻滚。这时,母亲毫不掩饰的痛苦的声音又在下边的村子里响起来。她在生产又一个没有父亲的孩子时大呼小叫,村里人会说些什么?他们是不是说:这条母狗,叫得多欢实呀?格拉又扑了下去,朝翻滚着的兔嘴背上猛踢一脚,加快了他翻滚的速度。

那个怀了孩子,自己拉扯,并不去找哪个男人麻烦的女人又高声叫喊起来。

兔嘴齐米终于站了起来,立脚未稳就口吐狂言:你敢打我?他跟他父亲一样，都是村里趋炎附势的小角色，这小角色这时却急红了眼："你敢打我？"

"你再笑！"

齐米腆起肚子，用难看的兔子嘴模仿桑丹的叫声。格拉心里是有仇恨的，并且一下子就爆发出来了。他拔出腰间的刀，连着厚厚的木鞘重重横扫在齐米脸上。齐米一声惨叫，他的猎狗从后面拖住了格拉的腿，兔嘴的窄脸才没有招来第二下打击。狗几乎把他的腿肚子都咬穿了。格拉高叫一声，连刀带鞘砸在了狗脖子上。这一下打得那么重，连刀鞘也碎了。杜鹃花木的碎片飞扬起来，狗惨叫一声，跑远了。

现在，刀是赤裸裸的了，寒光闪闪，雪花落在上面也是铮然有声。兔嘴齐米的脸因为恐惧，也因为塌陷下去的鼻梁而显得更加难看。

几个人把一脸是血的兔嘴架下山去。

格拉坐在雪地上，看着自己被狗咬的伤口流着血，看着血滴在雪地上，变成殷红的花朵。母亲仍然不知疲倦也不知羞耻地高一声低一声叫着。他想母亲生自己时肯定也是这样。现在好了，儿子和母亲一样疼痛，一样流血。流了血能让人看见，痛苦能变成血是多么好的事情啊。送齐米下山的阿嘎、汪钦兄弟又邀约几个小伙子回来了。格拉在把一团团雪捂在伤口上，染红了，丢掉，又换上一团干净的。他一边扬掉殷红的浸饱鲜血的雪团，一边一声不吭地瞧着他们。这六七个人在他身边绕了好大一个弯子，牵着父亲们的狗，背着父亲们的枪上山打猎去了。

血终于止住了。

母亲的声音小了一些,大概她也感到累了。雪也小了一些,村子的轮廓显现出来。雪掩去了一切杂乱无章的东西,破败的村子蒙尘的村子变得美丽了。望着眼前的景象,格拉脸上浮起了笑容。格拉转过身踏着前面几个人的脚印上山去了。他要跟上他们,像一条狗一样,反正他的名字就是狗的意思,要是他们打到猎物,上山打猎见者有份,他们就要分一点肉给他。格拉要带一点肉给生孩子的桑丹。刚生娃娃的女人需要吃一点好的东西,但家里没有什么好东西给女人吃。格拉要叫她高兴高兴,再给她看腿上的伤口,那是为了告诉母亲格拉知道她有多痛。她是女人就叫唤吧。自己是男人,所以不会叫唤。格拉想象她的眼中会盈满泪水,继而又会快乐地欢笑。这女人是多么的爱笑哇。

笑声比溪水上的阳光还要明亮,却有那么多人像吝惜金子银子一样吝惜笑声。但她却是那么爱笑。这个女人……他已经开始把母亲看成一个女人?——那么漂亮,那么穷困无助,那么暗地里被人需要,明地里又被人鄙弃,却那样快快乐乐。村里人说这女人不是傻子就是疯子。

现在,她又叫起来了。

村里其他女人生孩子都是一声不吭,有人甚至为了一声不吭而愁死了自己。不死的女人都要把生娃娃说得像拉屎拉尿一样轻松。这是女人的一种体面,至少在机村是这样的。这女人却痛快地呼喊着,声音从被雪掩盖的静悄悄的村子中央扶摇而起,向上,向上,向上,像是要一直到达天上,让上界的神灵听到才好一样。

世界却没有任何被这欢乐而又痛苦的声音打动的一点迹象。没有一点风，雪很沉重地一片片坠落下来，只有格拉感到自己正被那声音撕开。从此，作为一个男人，他就知道，生产就是撕开——把一个活生生的肉体。

格拉往山上走，积雪在脚下咕咕作响，是在代他的心发出呻吟。想到自己初来人世时，并没有一个人像自己一样心疼母亲，眼泪就哗啦啦地流了下来。当他进入森林时，母亲的叫声再也听不到了。

格拉又找到了他们的脚印。

他努力把脚放进步幅最大的那串脚印里，这使得他腿上被凝血黏合的伤口又开裂了。热乎乎的血像虫子一样从腿上往下爬行，但他仍然努力迈着大步。微微仰起的脸上露出了笑容——不知为了什么而开心的笑容，因此显得迷茫的笑容。

枪声。

阴暗的森林深处传来了枪声。也许是因为粗大而密集的树，也许是因为积得厚厚的雪，低沉喑哑的枪声还不如母亲临产的叫声响亮。格拉呆立了一下，然后放开了脚步猛跑起来。沉闷的枪响一声又一声传来。起初还沉着有序，后来就慌乱张皇了。然后，是人一声凄厉而有些愤怒的惨叫在树林中久久回荡。格拉越跑越快，当他感到就要够不上那最大的步子时，那些步子却变小，战战兢兢、犹疑不前了。

格拉也随之慢慢收住了脚步。眼前不远处，一个巨大的树洞前仰躺着一个蠕动的人，旁边俯卧着一只不动的熊。这几个胆大妄为又没有经验的家伙竟敢对冬眠的熊下手。而另一只熊正拖着一路血迹在雪地上追逐那几个家伙。其中两个家伙,竟然一直往下,扑向一块洼地里去了。在机村,即便一次猎都没有打过的女人都知道,猛兽被打伤后,总是带着愤怒往下俯冲,所以,有经验的猎人,都应该往山坡上跑。但这两个吓傻了的小子却一路往下。那是汪钦兄弟俩,高举着不能及时装药填弹的火枪往洼地里跑去。开初,小小的下坡给了他们速度,熊站住了。这只在冬眠中被惊醒、同伴已经被杀害的熊没想到面前的猎手是这样蠢笨。

摆脱了危险的同伴和格拉同时高叫,要他们不要再往下跑了。

汪钦兄弟依然高举着空枪,往积雪深厚的洼地中央飞跑。斜挂在身上的牛角火药筒和鹿皮弹袋在身上飞舞。熊还站在那里,像是对这两个家伙的愚蠢举动感到吃惊,又像是一个狡猾的猎人在老谋深算。

格拉又叫喊起来。

晚了,两人已冲到洼地的底部,深陷到积雪中了。他们扔下了枪,拼命往前爬。

格拉扑到和熊睡在一起的那人跟前,捡起了枪。这是他生平第一次端起枪来,他端着枪的手、他的整个身子都禁不住颤抖起来。他嗅到了四周弥散的硝烟味道和血的味道。在机村,那些有父兄的男孩,很小就摸枪,并在成年男人的教导下,学会装弹开枪。格拉这个有娘无爹的孩子,只是带着从母亲那里得来的显得没心没肺的笑容,看着别的男孩因为亲近了枪而日渐显出男人的气象。现在,他平生第一次端起了枪,往枪膛里灌满火药,从枪口摁进铅弹,再用通条狠狠地捅进枪膛,压实了火药,然后,扳起枪机,扣上击发的芯药,这一切他都飞快完成了。这一切,他早在村里那些成年男子教自己的儿子或兄弟使用猎枪时一遍遍看过,又在梦里一次次温熟了。现在,他镇定下来,像一个猎手一样举起枪来,同时,嗅到了被捣开的熊窝温热腥膻的味道。那熊就站在这种味道的尽头,在雪地映射的惨白光芒中间。血从它身子好几个地方往下淌。

受伤的熊一声嗥叫,从周围树木的梢头,震下一片迷蒙的雪雾。熊往洼地里冲了下去,深深的雪从它沉重的身体两边像水一样分开。

枪在格拉手中跳动一下。

可他没有听到枪声,只感到和自己身子一般高的枪往肩胛上猛击一下。

他甚至看到铅弹在熊身后钻进了积雪,犁开积雪,停在了熊的屁股后面。那几个站在山洼对面的家伙也开枪了。熊中了一弹,重重地跌进了雪窝,在洼地中央沉了下去。但随着一声嗥叫,它又从雪中拱了出来。它跟汪钦兄弟已近在咫尺了。

格拉扔掉空枪。叫了起来:

"汪!汪汪!"

"汪汪!汪!"

他模仿的猎犬叫声欢快而响亮,充满了整个森林,足以激怒任何觉得自己不可冒犯的动物。如果说,开枪对他来说是第一次的话,那么,学狗叫他可是全村第一。他在很多场合学过狗叫,那都是在人们面前,人们说:格拉,叫一个。他就汪汪地叫起来。听到这逼真的狗叫声,那熊回过身来了。格拉感到它的眼光射到了自己身上。那眼光冰一样冷,还带着很沉的分量。格拉打了一个寒噤。

然后，他还听见自己叫了一声："妈呀！"就转过身子，甩开双腿往来时的路上，往山下拼命奔逃了。

汪汪！格拉感到自己的腿又流血了，迎面扑来的风湿润沁凉，而身后那风却裹挟着血腥的愤怒。他奔跑着，汪汪地吠叫着，高大的树木屏障迎面敞开，雪已经停了，太阳在树梢间不断闪现。不知什么时候，腰间的长刀握在了手上，随着手起手落，眼前刀光闪烁，拦路的树枝唰唰地被斩落地上。很快，格拉和熊就跑出了云杉和油松组成的真正的森林，进入了次生林中。一株株白桦树迎面扑来，光线也骤然明亮起来，太阳照耀着这银装素裹的世界，照着一头熊和一个孩子在林中飞奔。

格拉回头看看熊。那家伙因为伤势严重，已经抬不起头来了，但仍然气咻咻地跟在后面朝山下猛冲。只要灵巧地转个小弯，体积庞大的熊就会回不过身来，被惯性带着冲下山去。带着那么多伤，它不可能再爬上山来。但现在奔跑越来越镇定并看到了这种选择的格拉却不想这样，他甚至想回身迎住熊，他想大家都不要这样身不由己地飞奔了。

现在，从山上往下可以看到村子了。

村子里的人也望着他们，从一个个的房屋平台，从村中的小广场上向山上张望，看着一头熊追赶着格拉往山下猛冲。积雪被他们踢得四处飞扬。猎狗们在村子里四处乱窜。而在格拉眼中，那些狗和奔跑的人并不能破坏雪后村子的美丽与安静。

格拉还看到了母亲，在雪后的美丽与宁静中，脸上汗水闪闪发光，浑身散发着温暖的气息，在火塘边睡着了。睡得像被雪覆盖了的大地一模一样。母亲不再痛苦地呼喊了。那声音飘向四面八方。

在中央，留下的是静谧村庄。

格拉突然就决定停下来不跑了，不是跑不动了，而是要阻止这头熊跑进雪后安宁的村子。村子里，有一个可怜的女人在痛苦地生产后正在安静地休息。

那一天，一个雪后的下午，村子中的人们都看到格拉突然反身，迎着下冲的熊挺起了手中的长刀。

格拉刚一转身就感到熊的庞大身躯完全遮蔽了天空，但他还是把刀对准了熊胸前的白点，他感到了刀尖触及皮毛的一刹那，并听到自己和熊的体内发出骨头断裂的咔嚓声。血从熊口中和自己口中喷出来，然后，天地旋转，血腥气变成了有星星点点金光闪耀的黑暗。

格拉掉进了深渊。

在一束光亮的引领下，他又从深渊中浮了上来。

母亲的脸在亮光中渐渐显现。他想动一动，但弄痛了身子。他想笑一笑，却弄痛了脸。他发现躺在火塘一边的母亲凝视着他，自己躺在火塘的另一边。

"我怎么了？"

"你把它杀死了。"

"谁？"

"儿子，你把熊杀死了，它也把你弄伤了。你救了汪钦兄弟的命，还打断了兔嘴齐米的鼻梁。"

母亲一开口，一件又一件的事情就都想起来了，他知道自己和母亲一样流过血，而身体也经历了与母亲一样的痛苦了。屋外，雪后的光线十分明亮,屋里,火塘中的火苗霍霍抖动,温暖的氛围中流动着儿子和母亲的血的味道。

"熊呢?"

"他们说你把它杀死了,儿子。"母亲有些虚弱地笑了,"他们把它的皮剥了,铺在你身子下,肉在锅里,已经煮上了。"

格拉虚弱地笑了,他想动一动,但不行,胸口和后背都用夹板固定了,母亲小心翼翼地牵了他的手,去摸身下的熊皮。牵了左手摸左边,牵了右手摸右边。他摸到了,它的爪子,它的耳朵,是一头熊被他睡在身子底下。村里的男人们把熊皮绷开钉在地板上,让杀死它的人躺在上面。杀死它的人被撞断了肋骨,熊临死抓了他一把,在他背上留下了深深的爪痕。当然,这人不够高,熊没能吻他一下,给一张将来冷峻漂亮的脸留下伤疤。

"这熊真够大。"母亲说。

"我听见你叫了,你疼吗?"

"很疼,我叫你受不了了?"

"不,阿妈。"

母亲眼中泪光闪烁,俯下身来亲吻他的额头。她浑身都是奶水和血的味道,格拉则浑身都是草药和血的味道。

"以前……"格拉伸出舌头舔舔嘴唇,"我,也叫你这么痛?"

"更痛,儿子,可我喜欢。"

格拉咽下一大口唾沫,虽然痛得冒汗,但他努力让自己脸上浮起笑容。用一个自己理解中成年男子应有的低沉而平静的声音问道:"他呢?"

"谁?"

格拉甚至有些幽默地眨了眨眼,说:"小家伙。"他想父亲们提到小孩子时都是用这种口气的。

母亲笑了,一片红云飞上了她的脸颊。她说:"永远不要问我一件事情。"

格拉知道她肯定是指谁是小不点的父亲这个问题。他不会问的。小家伙没有父亲,可以自己来当,自己今天杀死了一头熊,在这个小孩子出生的时候。而自己就只好永远没有父亲了。

桑丹把孩子从一只柳条编成的摇篮里抱出来。孩子正在酣睡,脸上的皮肤是粉红色的,皱着的额头像一个老太太。从血和痛苦中诞生的小家伙浑身散发着奶的气息。

"是你的小妹妹,格拉。"

母亲把小东西放在他身边。小小的她竟然有细细的鼾声。格拉笑了,因为怕牵动伤口。他必须敛着气。这样,笑声变得沙哑。成年男子一样的沙哑笑声在屋里回荡起来。

"给她起名了吗?"格拉问。

母亲摇头。

"那我来起吧。"

母亲点头,脸上又露出了幸福的笑容。

"就叫她戴芭吧。生她时,下雪,名字就叫雪吧。"

"戴芭?雪?"

"对,雪。"

母亲仰起脸来,仿佛在凝望想象中漫天飞舞的轻盈洁净的雪花。

格拉发话了:"你也睡下,我要看你和她睡在一起,你们母女两个。"

母亲顺从地躺在了女儿旁边,仿佛是听从丈夫的吩咐一样。桑丹闭上了双眼,屋子里立即安静下来。雪光透过窗户和门缝射进屋里,照亮了母亲和妹妹的脸。这两张脸彼此间多么相像啊。都那么美丽,那么天真,那么健康,那么无忧无虑。格拉吐了一口气。妹妹也和自己一样,像了母亲,而不是别的什么人,特别是村里的别一个男人。这是他一直隐隐担忧的事情。

格拉转眼去看窗外的天空。

雪后的天空,一片明净的湛蓝还有彩霞的镶边。

火塘上,炖着熊肉的锅开了。

假装睡着的桑丹笑了,说:"我得起来,肉汤潽在火里,可惜了。"

格拉说:"你一起来,就像我在生娃娃,像是我这个男人生了娃娃。"

母亲笑了,格拉也跟着笑了起来。还是我们机村人常说的那种没心没肺的笑法。

十八岁出门远行

余 华

柏油马路起伏不止,马路像是贴在海浪上。我走在这条山区公路上,我像一条船。这年我十八岁,我下巴上那几根黄色的胡须迎风飘飘,那是第一批来这里定居的胡须,所以我格外珍重它们。我在这条路上走了整整一天,已经看了很多山和很多云。所有的山所有的云,都让我联想起了熟悉的人。我就朝着它们呼唤他们的绰号。所以尽管走了一天,可我一点也不累。我就这样从早晨里穿过,现在走进了下午的尾声,而且还看到了黄昏的头发。但是我还没走进一家旅店。

我在路上遇到不少人,可他们都不知道前面是何处,前面是否有旅店。他们都这样告诉我:"你走过去看吧。"我觉得他们说得太好了,我确实是在走过去看。可是我还没走进一家旅店。我觉得自己应该为旅店操心。

我奇怪自己走了一天竟只遇到一次汽车。那时是中午,那时我刚刚想搭车,但那时仅仅只是想搭车,那时我还没为旅店操心,那时我只是觉得搭一下车非常了不起。我站在路旁朝那辆汽车挥手,我努力挥得很潇洒。可那个司机看也没看我,汽车和司机一样,也是看也没看,在我眼前一闪就他妈的过去了。我就在汽车后面拼命地追了一阵,我这样做只是为了高兴,因为那时我还没有为旅店操心。我一直追到汽车消失之后,然后我对着自己哈哈大笑,但是我马上发现笑得太厉害会影响呼吸,于是我立刻不笑。接着我就兴致勃勃地继续走路,但心里却开始后悔起来,后悔刚才没在潇洒地挥着的手里放一块大石子。

现在我真想搭车,因为黄昏就要来了,可旅店还在它妈肚子里。但是整个下午竟没再看到一辆汽车。要是现在再拦车,我想我准能拦住。我会躺到公路中央去,我敢肯定所有的汽车都会在我耳边来个急刹车。然而现在连汽车的马达声都听不到。现在我只能走过去看了。这话不错,走过去看。

公路高低起伏,那高处总在诱惑我,诱惑我没命奔上去看旅店,可每次都只看到另一个高处,中间是一个叫人沮丧的弧度。尽管这样我还是一次一次地往高处奔,次次都是没命地奔。眼下我又往高处奔去。这一次我看到了,看到的不是旅店而是汽车。汽车是朝我这个方向停着的,停在公路的低处。我看到那个司机高高翘起的屁股,屁股上有晚霞。司机的脑袋我看不见,他的脑袋正塞在车头里。那车头的盖子斜斜翘起,像是翻起的嘴唇。车厢里高高堆着箩筐,我想着箩筐里装的肯定是水果。当然最好是香蕉。我想他的驾驶室里应该也有,那么我一坐进去就可以拿起来吃了。虽然汽车将要朝我走来的方面开去,但我已经不在乎方向。我现在需要旅店,旅店没有就需要汽车,汽车就在眼前。

我兴致勃勃地跑了过去,向司机打招呼:"老乡,你好。"

司机好像没有听到,仍在拨弄着什么。

"老乡，抽烟。"

这时他才使了使劲，将头从里面拔出来，并伸过来一只黑乎乎的手，夹住我递过去的烟。我赶紧给他点火，他将烟叼在嘴上吸了几口后，又把头塞了进去。

于是我心安理得了，他只要接过我的烟，他就得让我坐他的车。我就绕着汽车转悠起来，转悠是为了侦察箩筐的内容。可是我看不清，便去使用鼻子闻，闻到了苹果味。苹果也不错，我这样想。

不一会儿他修好了车，就盖上车盖跳了下来。我赶紧走上去说："老乡，我想搭车。"不料他用黑乎乎的手推了我一把，粗暴地说："滚开。"

我气得无话可说，他却慢慢悠悠打开车门钻了进去，然后发动机响了起来。我知道要是错过这次机会，将不再有机会。我知道现在应该豁出去了。于是我跑到另一侧，也拉开车门钻了进去。我准备与他在驾驶室里大打一场。我进去时首先是冲着他吼了一声："你嘴里还叼着我的烟。"这时汽车已经启动了。

然而他却笑嘻嘻地十分友好地看起我来，这让我大惑不解。他问："你上哪儿？"

我说："随便上哪儿。"

他又亲切地问："想吃苹果吗？"他仍然看着我。

"那还用问。"

"到后面去拿吧。"

他把汽车开得那么快，我敢爬出驾驶室爬到后面去吗？于是我就说："算了吧。"

他说:"去拿吧。"他的眼睛还在看着我。

我说:"别看了,我脸上没公路。"

他这才扭过头去看公路了。

汽车朝我来时的方向驰着,我舒服地坐在座椅上,看着窗外,和司机聊着天。现在我和他已经成为朋友了。我已经知道他是在个体贩运。这汽车是他自己的,苹果也是他的。我还听到了他口袋里面钱儿叮当响。我问他:"你到什么地方去?"

他说:"开过去看吧。"

这话简直像是我兄弟说的,这话可真亲切。我觉得自己与他更亲近了。车窗外的一切应该是我熟悉的,那些山那些云都让我联想起来了另一帮熟悉的人来了,于是我又叫唤起另一批绰号来了。

现在我根本不在乎什么旅店,这汽车这司机这座椅让我心安而理得。我不知道汽车要到什么地方去,他也不知道。反正前面是什么地方对我们来说无关紧要,我们只要汽车在驰着,那就驰过去看吧。

可是这汽车抛锚了。那个时候我们已经是好得不能再好的朋友了。我把手搭在他肩上,他把手搭在我肩上。他正在把他的恋爱说给我听,正要说第一次拥抱女性的感觉时,这汽车抛锚了。汽车是在上坡时抛锚的,那个时候汽车突然不叫唤了,像死猪那样突然不动了。于是他又爬到车头上去了,又把那上嘴唇翻了起来,脑袋又塞了进去。我坐在驾驶室里,我知道他的屁股此刻肯定又高高翘起,但上嘴唇挡住了我的视线,我看不到他的屁股。可我听得到他修车的声音。

过了一会儿他把脑袋拔了出来,把车盖盖上。他那时的手更黑了,他的脏手在衣服上擦了又擦,然后跳到地上走了过来。

"修好了?"我问。

"完了，没法修了。"他说。

我想完了，"那怎么办呢？"我问。

"等着瞧吧。"他漫不经心地说。

我仍在汽车里坐着，不知该怎么办。眼下我又想起什么旅店来了。那个时候太阳要落山了，晚霞则像蒸汽似的在升腾。旅店就这样重又来到了我脑中，并且逐渐膨胀，不一会儿便把我的脑袋塞满了。那时我的脑袋没有了，脑袋的地方长出了一个旅店。

司机这时在公路中央做起了广播操，他从第一节做到最后一节，做得很认真。做完又绕着汽车小跑起来。司机也许是在驾驶室里待得太久，现在他需要锻炼身体了。看着他在外面活动，我在里面也坐不住，于是打开车门也跳了下去。但我没做广播操也没小跑。我在想着旅店和旅店。

这个时候我看到坡上有五个人骑着自行车下来，每辆自行车后座上都用一根扁担绑着两只很大的箩筐，我想他们大概是附近的农民，大概是卖菜回来。看到有人下来，我心里十分高兴，便迎上去喊道："老乡，你们好。"

那五个人骑到我跟前时跳下了车，我很高兴地迎了上去，问："附近有旅店吗？"

他们没有回答，而是问我："车上装的是什么？"

我说："是苹果。"

他们五人推着自行车走到汽车旁，有两个人爬到了汽车上，接着就翻下来十筐苹果，下面三个人把筐盖掀开往他们自己的筐里倒。我一时间还不知道发生了什么，那情景让我目瞪口呆。我明白过来就冲了上去，责问："你们要干什么？"

他们谁也没理睬我,继续倒苹果。我上去抓住其中一个人的手喊道:"有人抢苹果啦!"这时有一只拳头朝我鼻子上狠狠地揍来了,我被打出几米远。爬起来用手一摸,鼻子软塌塌地不是贴着而是挂在脸上,鲜血像是伤心的眼泪一样流。可当我看清打我的那个身强力壮的大汉时,他们五人已经跨上自行车骑走了。

司机此刻正在慢慢地散步,嘴唇翻着大口大口喘气,他刚才大概跑累了。他好像一点也不知道刚才的事。我朝他喊:"你的苹果被抢走了!"可他根本没注意我在喊什么,仍在慢慢地散步。我真想上去揍他一拳,也让他的鼻子挂起来。我跑过去对着他的耳朵大喊:"你的苹果被抢走了。"他这才转身看起了我来,我发现他的表情越来越高兴,我发现他是在看我的鼻子。

这时候,坡上又有很多人骑着自行车下来了,每辆车后面都有两只大筐,骑车的人里面有一些孩子。他们蜂拥而来,又立刻将汽车包围。好些人跳到汽车上面,于是装苹果的箩筐纷纷而下,苹果从一些摔破的筐中像我的鼻血一样流了出来。他们都发疯般往自己筐中装苹果。才一瞬间工夫,车上的苹果全到了地下。那时有几辆手扶拖拉机从坡上隆隆而下,拖拉机也停在汽车旁,跳下一帮大汉开始往拖拉机上装苹果,那些空了的箩筐一只一只被扔了出去。那时的苹果已经满地滚了,所有人都像蛤蟆似的蹲着捡苹果。我是在这个时候奋不顾身扑上去的,我大声骂着"强盗"扑了上去。于是有无数拳脚前来迎接,我全身每个地方几乎同时挨了揍。我支撑着从地上爬起来时,几个孩子朝我击来苹果,苹果撞在脑袋上碎了,但脑袋没碎。我正要扑过去揍那些孩子,有一只脚狠狠地踢在我腰部。我想叫唤一声,可嘴巴一张却没有声音。我跌坐在地上,我再也爬不起来了,只能看着他们乱抢苹果。我开始用眼睛去寻找那司机,这家伙此时正站在远处朝我哈哈大笑,我便知道现在自己的模样一定比刚才的鼻子更精彩了。

那个时候我连愤怒的力气都没有了。我只能用眼睛看着这些使我愤怒极顶的一切。我最愤怒的是那个司机。

坡上又下来了一些手扶拖拉机和自行车,他们也投入到这场浩劫中去。我看到地上的苹果越来越少,看着一些人离去和一些人来到。来迟的人开始在汽车上动手,我看着他们将车窗玻璃卸了下来,将轮胎卸了下来,又将木板撬了下来。轮胎被卸去后的汽车显得特别垂头丧气,它趴在地上。一些孩子则去捡那些刚才被扔出去的箩筐。我看着地上越来越干净,人也越来越少。可我那时只能看着了,因为我连愤怒的力气都没有了。

我坐在地上爬不起来,我只能让目光走来走去。现在四周空荡荡了,只有一辆手扶拖拉机还停在趴着的汽车旁。有几个人在汽车旁东瞧西望,是在看看还有什么东西可以拿走。看了一阵后才一个一个爬到拖拉机上,于是拖拉机开动了。

这时我看到那个司机也跳到拖拉机上去了,他在车斗里坐下来后还在朝我哈哈大笑。我看到他手里抱着的是我那个红色的背包。他把我的背包抢走了。背包里有我的衣服和我的钱,还有食品和书。可他把我的背包抢走了。

我看着拖拉机爬上了坡,然后就消失了,但仍能听到它的声音,可不一会儿连声音都没有了。四周一下子寂静下来,天也开始黑下来。我仍在地上坐着,我这时又饥又冷,可我现在什么都没有了。

我在那里坐了很久,然后才慢慢爬起来。我爬起来时很艰难,因为每动一下全身就剧烈地疼痛，但我还是爬了起来。我一拐一拐地走到汽车旁边。那汽车的模样真是惨极了，它遍体鳞伤地趴在那里，我知道自己也是遍体鳞伤了。

天色完全黑了，四周什么都没有，只有遍体鳞伤的汽车和遍体鳞伤的我。我无限悲伤地看着汽车，汽车也无限悲伤地看着我。我伸出手去抚摸了它。它浑身冰凉。那时候开始起风了，风很大，山上树叶摇动时的声音像是海涛的声音，这声音使我恐惧，使我也像汽车一样浑身冰凉。

我打开车门钻了进去，座椅没被他们撬去，这让我心里稍稍有了安慰。我就在驾驶室里躺了下来。我闻到了一股漏出来的汽油味，那气味像是我身内流出的血液的气味。外面风越来越大，但我躺在座椅上开始感到暖和一点了。我感到这汽车虽然遍体鳞伤，可它心窝还是健全的，还是暖和的。我知道自己的心窝也是暖和的。我一直在寻找旅店，没想到旅店你竟在这里。

我躺在汽车的心窝里，想起了那么一个晴朗温和的中午，那时的阳光非常美丽。我记得自己在外面高高兴兴地玩了半天，然后我回家了，在窗外看到父亲正在屋内整理一个红色的背包，我扑在窗口问："爸爸，你要出门？"

父亲转过身来温和地说："不，是让你出门。"

"让我出门？"

"是的，你已经十八了，你应该去认识一下外面的世界了。"

后来我就背起了那个漂亮的红背包，父亲在我脑后拍了一下，就像在马屁股上拍了一下。于是我欢快地冲出了家门，像一匹兴高采烈的马一样欢快地奔跑了起来。

黄昏里的男孩

余 华

　　此刻，有一个名叫孙福的人正坐在秋天的中午里，守着一个堆满水果的摊位。明亮的阳光照耀着他，使他年过五十的眼睛眯了起来。他的双手搁在膝盖上，于是身体就垂在手臂上了。他花白的头发在阳光下显得灰蒙蒙，就像前面的道路。这是一条宽阔的道路，从远方伸过来，经过了他的身旁以后，又伸向了远方。他在这里已经坐了三年了，在这个长途汽车经常停靠的地方，以贩卖水果为生。一辆汽车从他身旁驶了过去，卷起的尘土像是来到的黑夜一样笼罩了他，接着他和他的水果又像是黎明似的重新出现了。

　　他看到一个男孩站在了前面，在那一片尘土过去之后，他看到了这个男孩，黑亮的眼睛正注视着他。他看着对面的男孩，这个穿着很脏衣服的男孩，把一只手放在他的水果上。他去看男孩的手，指甲又黑又长，指甲碰到了一只红彤彤的苹果，他的手就举起来挥了挥，像是驱赶苍蝇一样，他说："走开。"男孩缩回了自己黑乎乎的手，身体摇晃了一下后，走开了。男孩慢慢地向前走去，他的两只手臂闲荡着,他的头颅在瘦小的身体上面显得很大。

这时候有几个人向水果摊走过来,孙福收回了自己的目光,不再去看那个走去的男孩。那几个人走到孙福的对面,隔着水果问他:"苹果怎么卖……香蕉多少钱一斤……"孙福站了起来,拿起秤杆,为他们称苹果和香蕉,又从他们手中接过钱。然后他重新坐下来,重新将双手搁在膝盖上,接着他又看到了刚才的男孩。男孩回来了。这一次男孩没有站在孙福的对面,而是站在一旁,他黑亮的眼睛注视着孙福的苹果和香蕉。孙福也看着他,男孩看了一会儿水果后,抬起头来看孙福了,他对孙福说:"我饿了。"孙福看着他没有说话,男孩继续说:"我饿了。"孙福听到了清脆的声音,他看着这个很脏的男孩,皱着眉说:"走开。"

男孩的身体似乎抖动了一下,孙福响亮地又说:"走开。"

男孩吓了一跳,他的身体迟疑不决地摇晃了几下,然后两条腿挪动了。孙福不再去看他,他的眼睛去注视前面的道路,他听到一辆长途客车停在了道路的另一边,车里的人站了起来。通过车窗玻璃,他看到很多肩膀挤到了一起,向着车门移动,过了一会儿,车上的人从客车的两端流了出来。这时,孙福转过脸来,他看到刚才那个男孩正在飞快地跑去。他看着男孩,心想他为什么跑?他看到了男孩甩动的手,男孩甩动的右手里正抓着什么,正抓着一个很圆的东西,他看清楚了,男孩手里抓着的是一只苹果。于是孙福站了起来,向着男孩跑去的方向追赶。孙福喊叫了起来:"抓小偷!抓住前面的小偷……"

这时候已经是下午,男孩在尘土飞扬的道路上逃跑,他听到了后面的喊叫,他回头望去,看到追来的孙福。他拼命向前跑,他气喘吁吁,两腿发软,他觉得自己快要跑不动了,他再次回头望去,看到挥舞着手喊叫的孙福,他知道孙福就要追上他了,于是他站住了脚,转过身来仰起脸呼哧呼哧地喘气了。他喘着气看着追来的孙福,当孙福追到他面前时,他将苹果举到了嘴里,使劲地咬了一口。

追上来的孙福挥手打去,打掉了男孩手里的苹果,还打在了男孩的脸上,男孩一个趔趄摔倒在地。倒在地上的男孩双手抱住自己的头,嘴里使劲地咀嚼起来。孙福听到了他咀嚼的声音,就抓住他的衣领把他提了起来。衣领被捏紧后,男孩没法咀嚼了,他瞪圆了眼睛,两腮被嘴里的苹果鼓了出来。孙福一只手抓住他的衣领,另一只手去卡他的脖子。孙福向他喊叫:"吐出来!吐出来!"很多人围了上来,孙福对他们说:"他还想吃下去!他偷了我的苹果,咬了我的苹果,他还想吃下去!"然后孙福挥手给了男孩一巴掌,向他喊道:"你给我吐出来!"男孩紧闭鼓起的嘴,孙福又去卡他的脖子:"吐出来!"男孩的嘴张了开来,孙福看到了他嘴里已经咬碎的苹果,就让卡住他脖子的手使了使劲。孙福看到他的眼睛瞪圆了。有一个人对孙福说:"孙福,你看他的眼珠子都快瞪出来了,你会把他卡死的。"

"活该。"孙福说,"卡死了也活该。"

然后孙福松开卡住男孩的手,指着苍天说道:"我这辈子最恨的就是小偷……吐出来!"男孩开始将嘴里的苹果吐出来了,一点一点地吐了出来,就像是挤牙膏似的,男孩将咬碎的苹果吐在了自己胸前的衣服上。男孩的嘴闭上后,孙福又用手将他的嘴掰开,蹲下身体往里面看了看后说:"还有,还没有吐干净。"于是男孩继续往外吐,吐出来的全是唾沫,唾沫里夹杂着一些苹果屑。男孩不停地吐着,吐到最后只有干巴巴的声音,连唾沫都没有了。这时候孙福才说:"别吐啦。"然后孙福看看四周的人,他看到了很多熟悉的脸,他就对他们说:"从前我们都是不锁门的,这镇上没有一户人家锁门,是不是?"他看到有人在点头,他继续说:"现在锁上门以后,还要再加一道锁,为什么?就是因为这些小偷,我这辈子最恨的就是小偷。"孙福去看那个男孩,男孩正仰着脸看他,他看到男孩的脸上都是泥土,男孩的眼睛出神地望着他,似乎是被他刚才的话吸引了。男孩的表情让孙福兴奋起来了,他说:"要是从前的规矩,就该打断他的一只手,哪只手偷的,就打断哪只手……"孙福低头对男孩叫了起来:"是哪只手?"男孩浑身一抖,很快地将右手放到了背后。孙福一把抓起男孩的右手,给四周的人看,他对他们说:"就是这只手,要不他为什么躲得这么快……"男孩这时候叫道:"不是这只手。"

"那就是这只手。"孙福抓起了男孩的左手。

"不是!"男孩叫着,想抽回自己的左手,孙福挥手给了他一巴掌,男孩的身体摇晃了几下,孙福又给了他一巴掌,男孩不再动了。孙福揪住他的头发,让他的脸抬起来,冲着他的脸大声喊道:"是哪只手?"男孩睁大眼睛看着孙福,看了一会儿后,他将右手伸了出来。孙福抓住他右手的手腕,另一只手将他的中指捏住,然后对四周的人说:"要是从前的规矩,就该把他这只手打断,现在不能这样了,现在主要是教育,怎么教育呢?"孙福看了看男孩说:"就是这样教育。"接着孙福两只手一使劲,"咔"的一声扭断了男孩右手的中指。男孩发出了尖叫,声音就像是匕首一样锋利。然后男孩看到了自己的右手的中指断了,耷拉到了手背上。男孩一下子就倒在了地上。

孙福对四周的人说:"对小偷就要这样,不打断他一只胳膊,也要拧断他的一根手指。"说着,孙福伸手把男孩提了起来,他看到男孩因为疼痛而紧闭着眼睛,就向他喊叫:"睁开来,把眼睛睁

207

开来。"男孩睁开了眼睛,可是疼痛还在继续,他的嘴就歪了过去。孙福踢了踢他的腿,对他说:"走!"孙福捏住男孩的衣领,推着男孩走到了自己的水果摊前。他从纸箱里找出了一条绳子,将男孩绑了起来,绑在他的水果摊前。他看到有几个人跟了过来,就对男孩说:"你喊叫,你就叫'我是小偷'。"男孩看看孙福,没有喊叫,孙福一把抓起了他的左手,捏住他左手的中指,男孩立刻喊叫了:"我是小偷。"孙福说:"声音轻啦,响一点。"男孩看看孙福,然后将头向前伸去,使足了劲喊叫了:"我是小偷!"孙福看到男孩的血管在脖子上挺了出来,他点点头说:"就这样,你就这样喊叫。"这天下午,秋天的阳光照耀着这个男孩,他的双手被反绑到了身后,绳子从他的脖子上勒过去,使他没法低下头去,他只能仰着头看着前面的路,他的身旁是他渴望中的水果,可是他现在就是低头望一眼都不可能了,因为他的脖子被勒住了。只要有人过来,就是顺路走过,孙福都要他喊叫:"我是小偷。"孙福坐在水果摊位的后面,坐在一把有靠背的小椅子里,心满意足地看着这个男孩。他不再为自己失去一只苹果而恼怒了,他开始满意自己了,因为他抓住了这个偷他苹果的男孩,也惩罚了这个男孩,而且惩罚还在进行中。他让他喊叫,只要有人走过来,他就让他高声喊叫,正是有了这个男孩的喊叫,他发现水果摊前变得行人不绝了。

很多人都好奇地看着这个喊叫中的男孩,这个被捆绑起来的男孩在喊叫"我是小偷"时如此卖力,他们感到好奇。于是孙福就告诉他们,一遍又一遍地告诉他们,他偷了他的苹果,他又如何抓住了他,如何惩罚了他,最后孙福对他们说:"我也是为他好。"孙福这样解释自己的话:"我这是要让他知道,以后再不能偷东西。"说到这里,孙福响亮地问男孩:"你以后还偷不偷?"男孩使劲地摇起了头,由于他的脖子被勒住了,他摇头的幅度很小,速度却很快。

"你们都看到了吧?"孙福得意地对他们说。

这一天的下午,男孩不停地喊叫着,他的嘴唇在阳光里干裂了,他的嗓音也沙哑了。到了黄昏的时候,男孩已经喊叫不出声音了,只有嗡嗡的摩擦似的声音,可是他仍然在喊叫着:"我是小偷。"走过的人已经听不清他在喊些什么了,孙福就告诉他们:"他是在喊'我是小偷'。"这时候天就要黑了,孙福将所有的水果搬上板车,收拾完以后,给他解开了绳子。孙福将绳子收起来放到了板车上时,听到后面"扑通"一声,他转过身去,看到男孩倒在了地上,他就对男孩说:"我看你以后还敢不敢偷东西?"说着,孙福骑上了板车,沿着宽阔的道路向前骑去了。男孩躺在地上。他饥渴交加,精疲力竭,当孙福给他解开绳子后,他立刻倒在了地上。孙福走后,男孩继续躺在地上,他的眼睛微微张开着,仿佛在看着前面的道路,又仿佛是什么都没有看。男孩一动不动地躺了一会儿以后,慢慢地爬了起来,又靠着一棵树站了一会儿,然后他走上了那条道路,向西而去。

男孩向西而去,他瘦小的身体走在黄昏里,一步一步地微微摇晃着走出了这个小镇。有几个人看到了他的走去,他们知道这个男孩就是在下午被孙福抓住的小偷,但是他们不知道他的名字,也不知道他来自何处,当然更不会知道他会走向何处。他们都注意到了男孩的右手,那中间的手指已经翻了过来,和手背靠在了一起,他们看着他走进了远处的黄昏,然后消失在黄昏里。

这天晚上,孙福像往常一样,去隔壁的小店打了一斤黄酒,又给自己弄了两样小菜,然后在八仙桌前坐下来。这时,黄昏的光芒从窗外照了进来，使屋内似乎暖和起来了。孙福就坐在窗前的黄昏里，慢慢地喝着黄酒。

在很多年以前，在这一间屋子里，曾经有一个漂亮的女人，还有一个五岁的男孩，那时候这间屋子里的声音此起彼伏，他和他的妻子，还有他们的儿子，在这间屋子里没完没了地说着话。他经常坐在屋内的椅子里，看着自己的妻子在门外为煤球炉生火，他们的儿子则是寸步不离地抓着母亲的衣服，在外面尖声细气地说着什么。

后来，在一个夏天的中午，几个男孩跑到了这里，喊叫着孙福的名字，告诉他，他的儿子沉入到了不远处池塘的水中了。他就在那个夏天的中午里狂奔起来，他的妻子在后面凄厉地哭喊着。然后，他们知道自己已经永远失去儿子了。到了晚上，在炎热的黑暗里，他们相对而坐，呜咽着低泣。

再后来，他们开始平静下来，像以往一样生活，于是几年时间很快就过去了。到了这一年的冬天，一个剃头匠挑着铺子来到了他们的门外，他的妻子就走了出去，坐在了剃头匠带来的椅子里，在阳光里闭上了眼睛，让剃头匠为她洗发、剪发，又让剃头匠为她掏去耳屎，还让剃头匠给她按摩了肩膀和手臂。她感到自己的身体从来没有像那天那样舒展，如同正在消失之中。因此她收拾起了自己的衣服，在天黑以后，离开了孙福，追随剃头匠而去了。

就这样，孙福独自一人，过去的生活凝聚成了一张已经泛黄了的黑白照片，贴在墙上，他、妻子、儿子在一起。儿子在中间，戴着一顶比脑袋大了很多的棉帽子。妻子在左边，两条辫子垂在两侧的肩上，她微笑着，似乎心满意足。他在右边，一张年轻的脸，看上去生机勃勃。

前面是五凤派出所

林那北

一

本来王保平要坐大巴走,他去车站买票,后来又不买了。

4月初的天气按说该微热起来了,街头却到处是穿毛衣和厚外套的人。不是很正常。不正常的感觉已经有一阵了。

从车站离开后保平做了如下几件事:买一套驴友出行装备、一款3G手机、一台两万毫安时大功率移动电源,然后把裹在破衣服堆里的两万元钱取出,装进女人用的长筒丝袜,扎好,绑在腰间。事情不多,但有点费时。之前他没有手机,他扔掉手机已经五年零三个月,那玩意儿好是好,但如果不需要,就是废品。现在又需要了,所以他重新买。开卡已经实名制,这个他懂,所以他不是一个人上街的,而是拉上强生。强生很诧异的样子,一路问为什么为什么。强生的意思是为什么要买?这东西强生不费吹灰之力就能弄回一部，以前给保平，保平不要，现在突然又要了，要还不简单，为什么要买？何况买就买普通的，能接打就行，何必要3G的？保平不解释，甚至不搭理，只管急急走，急急进店，挑下一款，用强生身份证开了卡，付了现钱。

本来第二天他就可以动身了，计划上就是这样，这个计划保平放在肚子里打转了很久，他觉得像在腹中埋了一颗种，看着它从土里拱出来，然后一点点往上长，枝叶蔓开，花又冒出来，最后结出果，果大得惊人，肚子已经装不下了，所以他必须动身。

可是第二天他没走成，除了腰间那捆钱，手机和那个塞满驴友出行装备的大登山包都丢了。

不可能被外人偷，他和强生租住一起已经五年，一间小平房只有两人，两张床相对摆着，各把杂七杂八的东西塞在床底下，中间只剩下一个不足一米宽的过道。他说，拿出来！强生眨着眼装傻，手一举，问：什么拿出来？

他就不再问了，开始动手，把强生床上床下都翻了一遍，没有。

强生说，你怎么这样啊？王保平你到底出什么事了要这样啊？我哪里得罪了你你要这样啊！说话时强生重重地舞着手，很生气的样子，但最后他嘴角一翘，破绽就出来了。那一翘是笑，这个瞒不过保平。保平说，快点，我要走了！

强生坐在床沿，怔了片刻，手突然重重一拍，嚷起，真要走哇！劝了你多少年要用手机，你不用，终于肯买了，我以为是死脑筋活了，这年头谁不用手机呀？没手机就跟傻子一样。他妈的我大半夜才回过神来，你买手机原来是要滚蛋哪。你凭什么走？你去哪里？

保平上前一步，大声说，拿出来！

强生头一扭说，谁拿你东西呀？那些破东西谁稀罕！

保平鼻孔咻地响一声，猛地一起脚，地上一只铝合金碗就叮叮当当尖叫着飞起，撞到门上，又跌到地上。碗好像是强生的，但也难说，屋里的东西不太分得清，保平的强生顺手就用了，强生的保平也照样没什么讲究，用来用去就模糊了，管他是谁的。

强生好像被吓着了，霍地站起，又缓缓地想坐下，坐到一半犹豫了，屁股在撅半空，双手撑住膝盖，仰着头愣愣往上看。

这是第一次吧？五年来第一次发脾气？保平后背马上也凉了一下。从小到大，他最常听到的咒骂就是疯狗投胎——他脾气确实不好，天生不好，可是强生并没有领教过。强生这五年看到的保平总是不吭不哼，整天嘴闭得像被粘住了，多以点头摇头来回答，实在要开口，也都是简单的一两句。平时也有生气的时候，生气了半天不理人，哪次都没有动手动脚的时候，突然踢碗，碗滚出来的声音这么响，其实把保平自己也吓了一跳。

他后退一步坐到自己的床上。一会儿又躺下。

屋里只剩下强生在走动。强生喜欢穿长一号的鞋，他说这样舒服不夹脚，鞋跟被拖在地上，吧嗒吧嗒响。强生走过来走过去，捡起碗，洗了，放好了，还在走。保平想也许走一阵强生就败下阵，拿出手机和那套草绿色的大登山包，里头睡袋、雨衣、冲锋衣、防潮气垫、帐篷、水壶、手电筒等等塞得鼓鼓囊囊的，有半人多高，而屋却这么小，能藏哪里去呢？

强生走着走着，上午过去了，下午又过去了，然后晚上，天黑下来。保平午饭两个肉包，晚饭一碗快熟面加一块肉包，都是强生

213

买的。强生好像有点内疚,所以买回吃的,还烧了水泡开面,端到保平床边,动作轻缓得像个小姑娘,可就是不肯把东西拿出来。

保平起初不想吃,后来吃了,吃过就长叹一声。他说,算了,活不过今年也好……

今年?强生转过头来,今年是什么意思?

保平闭上眼,双臂枕到脑后。他想,那个医生到底怎么样了呢?

二

他们住的小平房已经漏水,没法修也没人修,一下雨锅和盆都摆到地上接雨,叮叮咚咚响。但出了门不到一百米,却是标着大英文、贴着大洋妞照片的花花绿绿商店。那些店保平只去过一次,一块表几十万、一只包十几万摆在那里,看得眼睛都想冒汗。不过店前有一条江,江边修了步行栈道,还有一条刚通车半年的大桥,却是保平喜欢的。每天出工收工,他常绕到桥上走一走,风一吹,人就有点恍惚了。上个月这座桥突然塌了,幸亏保平不在桥上,也幸亏只是引桥部分,落下两部车,死一人伤六人。

桥塌的前一天,保平正双手支在栏杆上,撅着屁股往下看,这是他小时候最常做的一个动作,突然觉得后背很烫,是那种灼热点非常集中的烫,他猛一回头,见桥的另一侧站着一个理平头的中年男人。他扭头的瞬间,中年男人也蓦地转开脸,然后疾疾走掉。谁?是谁?脸似乎有点熟,噢,很熟,非常熟……好像是以前的邻居?他没法确定。

回到小平房强生盯着他脸问怎么回事怎么回事。他唇动了动,什么也没说。

强生个子不高，街头随便哪个姑娘即使不穿高跟鞋，也大都超过他了，所以强生最恨长得人高马大的人，嘴一扁就会从牙缝里挤出一句粗话，他说，他妈的靠吃粪撑大的呀！保平一米八六，知道强生这话是故意气他的。保平无所谓，不气。有时候强生会在保平屁股上拍一下，耷着鼻子问，喂，要是每个人都长你这样，地球会不会被踩塌？保平觉得这种问题是蚂蚁对大象的挑衅，仍然不气。

强生只比保平大四岁，却早到这座城市八年。那天蹲在马路牙上，保平把帽子压得低低的，被强生用膝盖顶了顶脑袋，问：会油漆吗？保平不假思索就点头了。油漆保平没做过，最多家里装修时见过。装修是父亲的事，他没插手，哪里能懂？所以第一天被强生带到工地，就露馅了。强生一下子就火了，大骂，骂过，第二天又让保平去。强生后来说，他妈的你骂不还口真不简单哪！我最佩服有修养的人。

算起来强生应该是保平的师傅，上胶、打泥子、扒底、砂墙、刷底漆和面漆，整套工艺都是强生教会的。强生在马路牙上叫上保平那次，也是刚从一个工头手下单飞出来的，想自立山头多挣钱。还是缺经验，以为闲在马路上的肯定好使唤，就随便叫上一个，这一个就是保平。妈的，算我瞎了眼，原来你连我这个残疾人都不如！强生左手小拇指缺一小截，说是前几年老家盖房子时被石头砸的，其实什么都不影响，干起活来比谁都巧，连穿针引线缝衣服都很在行，但强生还是动不动就说自己残疾，说得都有自豪感了。

后来保平觉得强生那个小拇指应该跟石头没什么关系，但他没有问。

　　油漆这活说到底也不是多有技巧性，保平一开始不会，不等于永远不会，强生怎么做，他很快也学会怎么做。而且他认字会算账，这一点强生就学不来了。开工前要开出用料清单给业主，强生知道怎么用料，但不知道怎么写，就是写了，那字糊成一团，业主也没法看清。保平来了后，事情就简单了。

　　另外，强生要每个月给在老家的二梅写一封信，这事强生以前都是到公园找退休老人代笔，老人总是比年轻人热情，但也更好奇警惕，问，上下问左右问，每次不把强生问得夹紧腿想往厕所跑都不罢休。保平却不一样，保平从来不问。强生说写信，保平就拿起笔；强生说二梅你好，保平就写二梅你好；强生说我最近很好，你在家要多保重，保平就写我最近很好，你在家多保重。写完，贴上邮票，强生自己拿到街上丢进邮筒。

　　有电话了怎么还要写信呢？这是保平唯一问过的。

　　强生说，我老婆跟我一样，也不识字，但我老婆喜欢显摆，电话接起只有她一个人听到，信却半村人都看得见摸得着，不一样的！

　　接下去保平不问了，强生还继续说。我老婆个子这么高、奶这么大！一边比画着，一边嘻嘻笑起。要是她认字，怎么可能看上我？她不认字却偏要装出认字的样子，她就是这样噢，女人都这样噢。喂，你有老婆吗？

　　保平摇头。

　　你多大？二十四岁？妈的我在这岁数早搞过女人了！要不要也搞一个？

保平还是摇头。

强生说，有老婆多好哇，可以睡，可以生儿子，想骂就骂想打就打……

保平不想听了，转身走掉。

强生就识趣了，知道这壶不开就不再提。夜里给二梅打电话时，都躲在被子里，压低声音，说得很寡淡。嗯，知道了。行，别啰唆！就这样吧，电话费很贵的你懂不懂？至于那一封封信，倒是继续写，反正也没什么肉麻话，说的都是近况，长胖了，吃到什么了，看到城里人时髦穿什么了，哪个东家花了多少钱装修房子了，诸如此类。保平一走，以后强生的信还得再去公园求老人代笔，强生是不是因此不爽了，就把保平的东西藏起，不让他走？

保平想不能再耽搁，天亮就动身。装备可以再买，手机再买麻烦些，但也拦不住他。他得走，必须走。他在床上翻来覆去，天亮才迷糊过去。醒来时整个人一激灵，差点从床上跳起。眼前是黑的，是强生。强生站在床前，俯着身子，脸快贴到保平额上了。见保平睁开眼，也不躲，仍是瞪着，像在查什么瑕疵。片刻之后，强生走开，竖在他背后的草绿色登山包露了出来，包上方搁着手机。

保平揉眼坐起，先把手机抓过来塞进裤袋，然后拉开登山包拉链。还好，睡袋在，防潮垫在，冲锋衣、帐篷等也都在。强生终于把东西又还回来了，那么强生这是放他走了？

强生说，别走了，我给你加工钱吧！明天起，每天给你两百块工钱行不行，啊？谁像我这么大方啊？你走个屁！

保平说，对不起。

强生说，对不起是什么意思呀？对不起是不走了，是吧？

保平摇了摇头，说，走。

强生脚重重一跺。他妈的你这个人太缺德了，还要走？为什么这么突然要走？你至少得事先跟我说一声，看我同意不同意呀！呃，你什么都不说，整天跟我打哑谜，把我当什么了？狗屁！好，走吧走吧走吧——一定要走也得等锦绣天下的尾款结清了之后嘛，工钱你总不能不要……

保平说，我不要！

不要？连工钱都不要？你到底哪根筋搭错了？不行，你得说清楚，你不说清楚……

强生的意思大概是不说清楚就别想出这个门，但保平已经把登山包一把提起，甩到肩上。有点沉，不过还背得动。

三

上个月，一座通车刚半年的新桥塌了，幸亏只是引桥部分，落下两部车，死两人伤五人。桥离小平房不过百来米远，出了门就看到了，现在已围上铁皮重新施工。保平从小平房出来，刚走到铁皮旁，就觉出不对头了，仿佛谁躲在后面拉住他的身子用力扯——登山包比他想象的更沉。

他决定买一辆自行车。

跨上车的那一瞬，恍惚了一下，突然有种上学去的错觉。

这几年他都没骑过车，每天出工强生骑电动车，他坐公交。新建小区不一定都通公交，他坐到最近的地方下车，再走路过去。强生很恼火，强生说你这样误我的工知道不知道！你出一天工我付你一天钱，误工就等于吞我的钱你懂不懂？强生给的工钱一开始是每天五十元，后来不断涨，涨到现在的一百八十元。保平早晨出门的时间就提前了，比强生先走，如果真误了，他自己就拿个本子记下，到工钱结算时就主动把这一天的钱减掉。有病！这是强生骂的。强生说，你实在不要我送你的，我帮你弄一辆不就行了吗？那，我现在就去……保平把身子挡在门上，说我不要，我不会骑！强生问，那自行车呢？保平说，也不会。

强生使用的东西以前都不太习惯自己花钱买，要什么他到街上转一圈很快就有什么。保平惊讶了好一阵才回过神来，当时他就想走，他不能和这样的人待在一起。强生抱着头坐了很久，然后手在大腿上重重一拍。你这人太正了！我要是早碰到你这么正的人就不会这样了！我想改的，一直想改，不想改我做工干吗？做油漆那么好玩啊？整天一身土一身灰，一套房子漆下来不知要吃进多少泥灰，受了多少污染哩。我是个有手艺的人，一个月随便弄一块表一部手机，转手卖了，都够吃够喝，干吗还要吃那个苦，你说是不是？我改！你得帮我改，你盯着我，我就改了。

就算偷窃勉强算得上手艺，但能改吗？似乎真改了一阵，却并没断根，时不时还会发作一次，只是避开了保平，做得隐晦，不敢放开手脚。好像也挺憋屈的，常长吁短叹：我们这一辈子不知被人偷去多少东西哩！为什么他们可以偷我不行？

保平觉得能改总是好，改一点是一点。但不是最好，强生发作一次，他就想走一次，一拖却拖了几年。既然说了不会骑车，保平就干脆不骑了，公交车坐着坐着，也习惯了。这座城不大，却是电动车管理试点城市，正规买车都得到交管部门登记领牌才能骑上路，所以他不要，不能要。

现在他离开强生，甚至要离开这座城市了，他给自己买下自行车。不是一般的自行车，而是坐垫窄窄的山地车，轮子又细又大，骑起来有点飘，但难不倒他，他怎么可能不会骑车？读初一时就有过一辆了。

登山包带子有点松，往一旁歪去，他下来，支好车，重新把行李捆绑一遍。

然后他拿出手机。这款手机他去年曾见一个业主用过，业主姓陈，强生喊他陈总，强生喊每个业主都是什么总。不是什么总哪买得起这么大的房子？这是强生的理论。陈总就是驴友，近的背着行李徒步走，远的就开越野车，光西藏就去过三趟，西南线、西北线、中南线，每趟都得花上一个多月。强生一直嘀咕有钱人真是吃饱了撑的，房子在装修，装修一半心血来潮，脚一抬也就走了，工人该怎么做还怎么做，只是叮嘱有什么问题多给他打电话。千万里之外的电话能管什么？陈总也无所谓，说实在不行就先停一阵工，等他回来再接着做。强生说这个陈总真他妈的不正常，瘾什么不好，瘾到处跑！那买房子干吗？又何必装修？

保平不是这么想，起初他只是有些诧异，后来就羡慕起来。陈总是不是有点像古人呢？以前有位姓姬的中学语文老师总是羡慕古人可以到处游山玩水，不玩怎么写滕王阁、岳阳楼、小石潭以及三月的扬州和客舍青青柳色新的渭城？姬老师说人一辈子总要有所寄，寄情山水比寄情金钱权力强一亿倍。山水无限，谁寄都欢迎，而俗世俗尘却一山容不下二虎，你多寄了点多拿了些，别人就非得恼起来跟你抢不可。

陈总不写诗,但喜欢拍照片,到装修工地也常背着大包,包里是相机和镜头,所以进了门他第一件事就是找地方藏好包。不用问也知道,他是顺路过来的,来了也只是像参观,转一圈,看几眼,好好好,很好,就走了。有时会有一个女人同他一起来,看不出是老婆还是女友,娇滴滴的,凡事不懂也懒洋洋不想懂的样子。

有一次油漆料不够了,陈总开车去补,把保平也一起喊上。车子一发动陈总就打开车载导航,导航坏了,他掏出手机还是开导航。才七八公里的路,就在市区,导航开是开了,其实陈总既不听也不看,路烂熟。很熟的路却仍要用导航,这是习惯性还是依赖性?就是那一次,保平才知道短短几年间,手机这东西已经一日千里了,定位要去的目的地,然后在每一个拐弯口机器都会可人地提示:前方一百米向左转,前方三十米向右转……

保平这次买的手机就是与陈总同一款的,不难学,看看就会了。手机昨天刚充满电,开机,正要点开车翼行,电话响了,突然响,声音又脆又尖。保平手一抖,吓了一跳,立即摁掉。但很快再响,持续响,没完没了地响。他终究还是好奇了,接起。电话一通他就后悔了,是强生。强生说,喂喂,你在哪里?

保平不应。

强生说,他妈的我拿身份证去才查到这个号码,人家以为我二百五,明明是自己买的手机,却不知道号码。喂,你到底在哪里!

保平还是不应。

强生说,喂,王保平你不会去自杀吧?我要不要报警啊?

保平这下子不得不开口了,保平说,我干吗要自杀?神经病!

话筒里沙沙沙地响起,是强生在电话那头长长嘘了一口气。真不自杀?强生还是不太相信,那你现在在哪里?你瞒不了我,我问了,手机是用我身份证登记的,那就是我的,我只要去派出所报个案,警察一下子就能查到你在哪里。你在哪里?你说,不说我真去报案了!

保平好一阵不开口,他猛然有一把砸烂手机的冲动。但他最后还是说了,他说,我在锦绣天下门口,你要干吗?

强生嘻嘻笑了一声,手机就断了。

四

锦绣天下是这几年保平做过的最高档小区,临江,绿地大,楼层高,每户最小面积是二百八十平方米。他们做的那一套三百六十平方米,顶层,复式,大厅挑空。房子贴着江建,围墙栏杆外就是一座桥,过了桥也就出了城。保平选择锦绣天下作为出城处,一是因为这个楼盘在城的最南面;二是因为路熟。通常一百平方米左右的房子,如果是夏季,一个月就能结束油漆,锦绣天下这套面积大,又是冬天开工,做了两个多月才完工。刚接这一单时强生很高兴,后来强生非常不高兴,反复骂,他妈的余总!

余总就是业主,是哪个局的局长。这一单活比较特别,是装修公司找的强生,装修公司揽下余总这套房子,然后把刷油漆的活转包给强生。强生以前不是太愿意这样,他说业主之外,再加上装修公司的监理和项目经理,就有三座大山了,我们又不是没活做,楼到处不要命地盖,房子那么多人抢着买,买了就要装修,要装修就要油漆,要油漆我们就饿不死。但锦绣天下这套面积大,给的工钱也不比自己接活低,强生一算还是个肥缺,就有了干劲。

所以,说是给余总装修房子,其实平时跟他们打交道的主要是装修公司的人,包括施工方案的确定、施工用料的购买,以及施工过程的监督等等,连工钱也是项目经理开给他们的。余总或者余总太太倒是常来,看看这里不行敲掉重做,那里不行又敲掉重做。监理和项目经理平时也人五人六的,呵斥这个和那个,装得跟爷爷似的,但余总一来他们就争着当孙子了,点头哈腰跟在背后,脸都笑僵了。确定聚酯漆和水泥漆的品牌时,余总明明说华润也可以,保平和强生都听见了,但装修公司最后却买来了美国大师牌的。价钱差多少?至少一半以上。强生就问保平,你觉得奇怪吗?当然奇怪,但也不太奇怪。房子肯定是余总的,但装修的钱却未必余总出,可能是装修公司买单,也可能谁雇了装修公司替余总买单。

强生说,当官真好哇!

强生又说,当官过的都是神仙日子呀!

强生还说,妈的我要让二梅再给我生个儿子,以后好好送去上学,然后当官,然后享受!

强生的儿子几个月前刚刚生下来,当时他咧着嘴笑嘻嘻地跑回去几天,再来时带了好多染红的熟鸭蛋,塞给保平,也塞给装修公司项目经理和监理,连余总也留了一对。这么小,跟猫一样,但他妈的长得真像我呀,哈哈哈!这话他重复了很多次,递出红鸭蛋一次就说一次,说的时候不是为了别人高兴,而是为自己。他确实高兴坏了。

那时余总家的墙刚扒了第一道底,强生大有做完这一单就洗手不干，回家陪二梅抱儿子的劲头。好在余总家的工程做得慢，每一道工序监理都盯在那里，明明抹上的泥子已经干透了，但监理还是要再透气几天。强生很着急，但急也没用。中间有新的业主找上来，又一单活到手了，两三套房子穿插着做，做着做着，他那股疯劲倒是渐渐淡下去了。

关于儿子，强生一直有超生的理想，七个八个不嫌多。老婆娶来干什么用？就是生儿子呀，不生娶了屁用！二梅因为晕车，一直不肯离开老家。她坐自行车都晕车哩，这种人活该一辈子圈在村子里。说这话时强生撇了下嘴，手一挥，又不屑又心疼。其实他不常回老家，一年里最多两次，每次走之前都跟保平打保票，说不在二梅肚子里播下种就不回来。折腾了几年，刚生下一个儿子，马上又想着再生一个，好好读书，像余总一样当官享受。

余总五十岁不到已经微微发福，皮肤粉嫩得像没褪尽血的猪肉，连手背上都泛着水汪汪的光亮。每次来他话都很少，眼睛却很忙，墙、地面、家具，这里看看那里看看时，喉咙不时咕噜一声，既不像咳嗽又不像叹气。

在那座桥出事前，保平也羡慕过余总，有车有秘书有这么大的房子，房子里预留有躺得进五六个人的大浴缸，以及藏半人多高保险柜的位置。保平那时想，《好日子》这首歌其实唱的是余总这样人的日子。

这套房子春节前就完工了，按惯例完工后透气几个月，只要油漆没有空鼓、裂缝、脱落，就该付清工钱了，可是工钱还没付，桥塌了。建筑公司老板被抓，接着科长、局长、副市长一串都进去了，包括余总。余总进去起先强生和保平都不知道，只是奇怪装修公司的项目经理和监理一下子都消失了，连影子都没见着。他们去装修公司讨钱，结果人家脸黑得像扣着屎。你向我们要，我们又向谁要去？这话当然蹊跷，一打听才知道装修公司已经撤出这个项目，工程的所有扫尾工作都戛然而止了。

那么工钱呢，工钱怎么办？强生当时眼珠子都暴出来了，抓起桌上的电话就要往项目经理头上砸，被保平一把拦住了拖出来。如果砸了，如果伤了，110电话肯定有人打，警察好歹会来，警察来了强生得进局子，保平也逃不了……

保平嘘一口气，这会儿他正站在锦绣天下的门口仰头看了看，看的就是余总那套房。五年里这是他做工时间最长的一套房子，也是这辈子做的最后一套房子。工钱他无所谓了，即使能拿到，也都给强生吧，他不要。

然后他低头看手机，用食指点开车翼行导航，输入目的地的名字，按下确认键。一个女声从手机里传出来：现在开始导航，您的目的地是福建省福州市鼓楼区，全程约四百一十公里，请小心驾驶。

五

教语文的姬老师说，有一种人天生脑子缺一角，做事总是顾头就顾不了尾。保平觉得自己就是这种人，姬老师也许不是说他，但他主动对号入座。这五年他改变了很多，每天都在变，似乎已经把脑中缺掉的那一角补上了，结果仍然没有。

车翼行导航导的是高速路，换一句话说，是为汽车导的而不是自行车。自行车怎么上得了高速路？手机白买了。不过他犹豫了一下并没把它扔掉，或许什么时候又用得着哩。锦绣天下门口的保安他大都认识，正远远看着他，他笑起，把手机重新关机，放进包里，然后骑上车。

路边有家报刊亭，他拐进去买了一本全国地图册，这玩意儿看来更实用。挺好的，每条路都有牌子，标明路名以及前方多少米是什么地方。看着牌子，再翻开地图册对一对，一旦迷糊了还可以向人打听，都不难。高速路不能走，国道可以，但他却拐到另一条更小更破一点的路上，也许是省道吧？两旁或是田野树木，或是杂乱村镇街道，街道上有店，三顿就不会饿肚子了。

天黑下来时，他正在一家小酒楼里吃米粉，肩头被人重重一拍。那人说，嘿，你妈的！保平心里咯噔了一下，不用扭头也知道是强生。强生居然骑着电动车跟来了。强生说，要不是锦绣天下的保安一个个都是我哥们儿，他们指了你走的路，我差点就走错方向了呢。

强生自己也要了一份米粉，扒几口碗就见底了，嘴巴一抹他呵呵笑起。保平却不笑，眼皮都没有往上抬一抬。小酒楼的楼上就是客房，强生说，我们今晚索性就住这里吧。你把身份证给我，我去办住宿。

保平说，我没身份证。

强生头一拍，说，对对对，你说过身份证丢了，我给忘了。那用我的登记吧，登记一间就行，我们又不是没在一间房子里住过……

他还没说完，保平已经站起，拎起登山包往外走。

夜色下他新买的那辆山地车就停在店门外，而旁边是强生的电动车，两部车用铁链锁在一起，强生锁的。强生从后面小跑着出来，大声说，喂，你去哪里？难道我们今晚不要睡了？

保平把登山包重新绑上车，边绑边说，把链子解了！

强生说，好好好，就解就解。

果然就打开锁，解开链子。然后呢？强生问，然后去哪里？

保平说，你回去！

强生说，你回我才回！

保平牵起自行车，没有立即骑上，只是急急往外走。强生转身也把电动车牵过来了，挤在保平边上。保平骑上车。强生也骑上车。

下半夜保平找到一块草坪子，先把防潮垫充好气铺上，再掏出睡袋和帐篷。都不大，他长手长脚一摊开就差不多了。他本来是给自己一个人准备的，现在强生怎么办？他说，你去住旅馆吧，明早再到这里找我。

强生说，你去我也去，你不去我也不去。

保平爬进帐篷再钻进睡袋，一会儿又提着睡袋钻出来。强生蜷在帐篷外的地上，双臂抱住膝，下巴抵在膝上，整个人更小了，像一堆牛粪。保平坐下，把睡袋的一半横到强生身上。4月了，白天要是热起来穿短袖都可以，夜里毕竟还有几分寒，风从四面灌来，凉得像带着刺。保平说，回去回去，明天你就回去，你跟着我干吗？

强生扭过脸定定看着他，好半天才开口。你真的不是去自杀？

保平说，不是！

强生说，那你这是去哪里？你得跟我说实话，你说了，我就不跟了，我回去讨工钱、接新单。我还要挣钱养二梅和儿子哩，要不我老婆二梅怎么办？

保平没有马上答，一会儿他掏出手机，开机，把车翼行点开。之前输入的地址还在，他只输入过一个地址。他把手机递给强生，强生看不懂。这款机子偏高端了，强生以前弄到好机子都舍不得用，觉得浪费。好机子才能卖个好价钱，所以都卖掉了。保平用手戳了戳屏幕，他说，你不是问我去哪里吗？这里！

福州？你去福州干吗？

保平用舌尖舔了舔嘴唇，说，回家。

回家？强生叫起来，你不是说你是江西人吗？

我骗你了，保平摇了摇头，笑起。

强生说，你明明说话有江西口音！

保平又笑了一下。我爸在江西插过队……好久没回家了，我想回家看看。我现在说了实话，明天你就回去，别跟着了。你跟着有什么意思？

强生用肩膀顶了顶保平。哎哟，原来是福州人哪！

保平不知道福州人有什么可高兴的，他有点困了，眼皮开始往下沉。

六

第二天强生比保平醒得还早。一见保平睁开眼，强生就问：哎，我想了一夜，为什么你要骑车回福州？

保平看着远处，头微微晃了一下。

强生说，飞机坐不起，火车总可以呀，还有汽车。为什么不坐大巴？我们去买大巴票吧！

保平站起，开始收拾东西。你回去吧，他加重语气，回去！

强生没走，保平骑上车时，他也骑上，还是向南。保平把脚支地上，扭头看他。快回！

强生鼻子一皱，笑了。谁叫你以前骗我说是江西人？你骗我，所以昨天晚上我也骗你。

你回去，烦死了！保平说。

你也回去，烦死了！强生说。

保平就不再理他，他用力蹬着车，蹬得很快，但强生的电动车更快，有时强生故意加速超过，然后停在前面十来米处，回头看着保平。保平想夜里再不能把睡袋分一半过去了，不冻一冻，他嗨得以为是郊游。但是天还没黑，路过一个村庄时，强生眨眼多出一床大棉被，又多出几件衣服。昨天他是空着手从小平房里出来的，车架上本来光秃秃的，现在一下子臃肿起来。买的？不太可能。保平冲过去想砸电动车，强生嘻嘻笑着，一溜烟骑到前面去。

晚饭在一家水饺店吃，还没入座，强生就忙着把收银台里的插座拖到外面给电动车充电。管收银的是个小眯缝眼的女孩，不漂亮，但被强生逗得咯咯笑起时，小眼弯得像两个括号，又甜又媚。保平心里突然一动。他不能再让强生这样跟着，万一祸也一起跟来了呢？抵达福州之前他不能出事！

水饺端上来时，强生饿狗一样跑过来，端起碗，仍扭头往门口那里瞄，似乎怕电动车丢了，但眼光也没放过收银女。一路上很多这类店都兼营暧昧生意，这个保平知道。以前强生偶尔会花十至三十元出去打打野鸡，保平也知道。保平说，挺漂亮的噢！强生嘴里嚼着水饺,含义不明地嗯嗯两声。买单时保平把钱交给强生,强生扭着屁股走向收银台,宽出来的鞋吧嗒吧嗒地击打地面,响得非常色情。应该有戏,保平心松了一点。

但他提起包悄悄绕出门,上车刚骑出不到五十米,强生还是从后面追上来了,呼呼喘着气。王保平,他喊,王保平王保平!

保平已经不骑大路了,山道、小道、坑坑洼洼道。有时需要爬一个坡,地图册看看看,用小拇指的指甲在上面划了一道凹痕,这晚住下的地方不再是草坪,草坪太阴冷了,也太潮。半山坡上有座大概是放羊人搭的草棚子,虽简陋,但有模有样的,地上还铺着新稻草,踩在上面窸窸窣窣地响。强生一下子就展开被子,把整个人裹得像只大虫,像是自己也被逗乐了,呵呵呵地笑。难怪那个陈总那么喜欢往外跑哇,他说,好玩,这么好玩,比当官还好玩!

白天车子经过一家邮局时,保平曾进去买了一支笔一个信封和几页白纸。这会儿他把手电筒打开,又铺开纸拿起笔。他说,起来,我再帮你给二梅写封信吧。你起来说说想写什么,写好了,你明天就拿回城寄。太久没接到信,二梅会不放心的。

二梅?强生扭了扭身子,他好像一下子被棉被迷住了,扭来扭去还是觉得非常有趣,半晌才回过神来,下巴一甩,说,管她什么二梅,不写了!

保平愣在那里,慢慢关掉手电筒。你真要跟我去福州?他问。

强生说,当然,我还从来没去过福州哩!那里据说有海鲜,我也没吃过新鲜的海鲜。你得请客噢,到了你老家你要是不请客我就跟你翻脸哪!

保平觉得强生没必要这么大声说话。山里很静,有一些细碎的虫鸣,还有远处公路上隐约的汽车声。保平一直没睡着,他问:除了海鲜,你还想吃什么?

话音未落强生马上问:有什么好吃的?

鱼丸……

我要吃鱼丸。还有吗?

肉燕……

我要吃肉燕!还有什么?

扁肉拌面……

我要吃扁肉拌面!还有呢,呃还有什么都说出来!

保平顿了很久,叹一口气。路太远,别去了。

强生说,不远不远,太近了就不过瘾哩——得走几天?

保平说,谁知道。

七

半个月后,他们到了福州。是个雨天,是那种前一刻阳光还猛豹似的劈头盖脸,没有一丝风,汗都闷在皮底下渗不出来,眨眼邪风大起,紧接着雨就下得像个泼妇。倒下得不久,来得快去得快,只一阵就没有踪影。强生说,福州怎么这么怪?你们福州和你这个人一样怪呀!保平抿紧嘴不理他,他笑两声又说,可是你们福州人真的涵养好又一个个都有正气,这种天气我遇一次都受不了,可满街福州人有说有笑的,一点事都没有。喂,你家在哪儿?

保平说,我没家。

你父母呢?

我没父母了。

你又骗我,没家没父母,你回福州干吗?

保平笑了笑,说,我……到前面去。

前面哪里?

保平没有答,而是掀开衣襟,把捆在腰上的丝袜解下来,钱比刚捆上去时少了,但还有一大把,歪歪扭扭卷在里头,看上去像一根猪大肠。此时两人正在一家海鲜店里,桌上摆着蟹、虾、蛏、扇贝等东西,还有一大排啤酒瓶。保平把钱放在瓶子旁,倒满两杯,端起来,递到强生跟前,碰一下,喝掉,然后把空杯抓在手里,慢慢打着转。

我给你讲一讲姬老师吧,保平说,姬老师结婚那年已经三十六岁,第二年有了儿子,第三年老婆肺癌死了。他课上得真好,他一上课我们全班都跟过节似的……噢,你没上过学,我不说上课的事。那说什么呢?说姬老师抽烟吧,他烟抽得太凶了,一天两三包——算了,烟也没意思,还是说他的自行车吧。姬老师车骑得太神了,可以把前轮一抬,后轮着地左拐右拐骑来骑去,跟马戏团似的。但那天夜里,姬老师从学校回家路上被汽车撞飞了,汽车跑了,姬老师被人送进医院,整个人好好的,一滴血都没有,只有胸口下方这里有点小瘀血。值班医生打了止血针,说没事,明天再检查。可是半夜姬老师肚子就开始疼了,问值班医生,医生还是说没关系,只是肌肉痉挛。第二天一查,不是痉挛,是内脏出血,一肚子都是血,马上手术,可还没推到手术室,姬老师就断气了……算了,唉,跟你说这些干吗?你又不是姬老师的学生。怎么样,福州海鲜怎么样?

强生迟疑了片刻说，好吃。那个姬老师……

保平甩了甩手，说，好吃你就多吃点，吃完了我们就各走各的。

强生嚷起，不行，你还没请我吃鱼丸、肉燕、扁肉拌面！

保平把丝袜捆住的钱往前一推，说，这些拿去，你自己随便吃，满街都是，爱吃多少是多少。

强生把钱推回去。这是钱，他说，不是鱼丸，我要吃你请的鱼丸！

保平自己倒一杯啤酒，头一仰吞下。他说，强生，那个值班医生后来被我打了，对，我打了，往死里打，但他没死，只是废了，可能现在还躺在床上。这口气我得出的，不出对不起姬老师——你现在明白了吗？钱我留着没用。走，不吃了，我得走了。

登山包没有随身带，刚才登山包就没有从车上解下，而车停在那里也不锁。出海鲜酒楼时往那瞥了一眼，车已经不在。强生从楼上追下来，手里提着那个猪大肠似的丝袜。走，跟我一起回去！还有好多活要接，余总那里的工钱还没结算……

保平摆了摆手，手指头又往前一戳。我得去那里了，那里！逃了五年多，五年多没有安稳睡过。何必呢？那时确实不该那样。不过既然……你自己走吧。

强生一把揪住他的胳膊，咽两下口水。强生说，其实我早就知道你不叫保平，你不姓王，你就是姓姬的，姬老师是你爹吧？你身份证没丢……钱和身份证，你藏得很严，我还是看到了……我不是一直都没说吗？以后也不会说。走吧，我们再一起骑车回去。

保平手一甩。我好不容易回来了，太不容易了，四百一十公里骑着车回来了!

强生看着他,喉咙咕噜噜上下滑动。

保平说,我不是被他们抓回来的。我自己回来就算自首,自首了说不定能减刑,以后还能出来。出来了我就要学陈总,我也要当古人,爱去哪里去哪里。

强生说,我和你一起去,那时我也骑自行车……

不行,保平打断他,你去了二梅可不答应。你快回去挣钱,你快走,我也走了。

酒多喝了几口,保平的腿有点软,走得跟跟跄跄的。才走几步,强生小步上来,拦在他面前。我没有老婆!强生说,二梅是我娘的名字。我出来做工挣钱娶老婆,相好却嫁给村里承包锌矿的老板了。我想她,天天想,但不敢给她打电话也不敢写信。我娘就让我把信寄给她,她不拆,都留着。说不定有一天矿老板不要她呢?但她前几个月刚给老板生下儿子,她的儿子也是我的儿子,我也高兴,很高兴。

保平点点头说,好,高兴就好。现在你让开,不要挡我的路。你看前面,前面有个牌子,看到了吗?我家就在这条街道上,人家也是去那里报的案。现在我自己去那里,我自己去。

保平推开强生,走几步停下来,回头看了一眼,然后像被谁抽了一鞭,猛地跑起来,越跑越快。他跑进挂着五凤派出所的院子里。

傻子!傻子!你妈的傻子!是强生的声音,强生大声地喊,声音尖厉得像铁皮敲出来的。

保平想,强生错了,他觉得自己这次非常聪明。

烦

劳 马

一

沙胡牙疼了半个月，终于痛下决心，决定回乡下的老家兔子窝看看。

兔子窝在沙胡的心里仅仅是一个"在"，一个哲学上的最高抽象概念而已。

沙胡是因为牙疼而一反常态的。当然他千里迢迢地回老家并不是为了看牙。是想家吗？他试图替自己违背诺言的行为找一个无可辩驳的理由。不！他觉得自己还没有虚弱衰老到想家的程度。烦，对，是烦，烦到了极点。他只想出去漫无目的地随便走走。他本打算走到哪里算哪里，但不知为什么兔子窝好像一直冲着他招手。他一个人坐立不安地在零乱肮脏的房间里折腾了好几天，最后从用手捂着的腮帮子和变了形的半拉嘴角里挤出了几个字："回兔子窝！"

烦,在哲学教授沙胡博士的脑子里有着清晰的定义。他同意他的外国同行——德国著名哲学家海德格尔的说法,烦是此在的存在状态。

在普通人看来,哲学语言总是怪怪的,像是疯话、废话和梦话的大杂烩。大而无当,玄而又玄,不着边际。沙胡平常嘴里冒出来的多属这些玩意儿,因为他在大学里讲授哲学课,说怪话是他的专长和专利。学生们普遍认为哲学教授有胡言乱语的特权,而听不懂哲学课是天经地义的事情。

对于哲学课的反感几乎是大学生的一种通病或时尚。这是沙胡近些年来时常心烦和牙疼的主要诱因。他讨厌那些贼眉鼠眼、急功近利的学生,他们总是在听哲学课时看外语、计算机、会计或日本漫画书。更令沙胡无法忍受的,是课堂里的呼噜声。

沙胡觉得时代变了,一个浅薄、势利的时代终于无法阻挡地横在了他的面前。思想性的东西几乎失去了所有的藏身之处。他只能忍受。

作为教师,沙胡把传道、授业、解惑视为自己的天职。他绞尽脑汁要把真谛告诉学生。传统的哲学教学手段显然无力打动听者,他开始探寻新奇的甚至是另类的讲授方法。他一度把流行歌曲填上哲学原理的歌词,唱给学生听,结果被学生哄下了讲台。他还制作了各种稀奇古怪的面具和服饰,像一个喜剧小丑那样在教室里上蹿下跳,效果也并不理想。学校容忍了沙胡教授的种种离奇的教学创新,开始时还给予了某种鼓励,但沙胡最终受到了通报批评。

这个通报批评使沙胡的牙疼病又一次犯了。他觉得自己冤枉。

通报批评是由学生告密导致的。沙胡教授在讲课时试图向学生阐明一个道理，即人的欲望是无止境的，而欲望的最终实现往往是事与愿违的。他讲了一个人人皆知的笑话：一个男人在沙漠里迷了路，饥渴难耐，几近死亡。就在他奄奄一息之际，他发现眼前有一个闪亮的瓶子，他把瓶盖拧开，里面冒出了一股黑烟，显形为一个魔鬼。魔鬼说："谢谢你救了我。为了报答你的救命之恩，我可以用魔法满足你的三个愿望。"于是，这位在死亡线上挣扎的男人用尽全身力气喊出了个"水"字。"哗"的一声，沙漠里出现了一片绿洲。甘甜的泉水从男人的身边流过，濒死的男人活过来了。他抹了抹嘴角的水珠，又提出了第二个要求："让我吃一顿饱饭吧。"话音未落，一桌丰盛的佳肴摆在了男子的面前。这位幸运的男人狼吞虎咽了一番，脸上露出了灿烂的笑容。魔鬼提醒他："我还可以满足你一个愿望。"这位仁兄想了想，不好意思地告诉魔鬼说："我很久没接近女人啦，我最大的愿望是一辈子都能看到女人的屁股。"魔鬼一脸奸笑，说："这好办。"于是，"嘣"的一声，那位男人变成了一只抽水马桶。

就是这个品位不高的西方幽默，使沙胡教授受到了全校通报批评。有学生给学校教务部门写了举报信，表达了对授课老师讲课的不满。

沙胡心里很不服气，他觉得学校小题大做。系里的同事趁机背后添油加醋地说闲话，把沙胡在课堂上讲"女人屁股"的事件渲染得有声有色，并断言沙胡教授的理想和愿望就是要变成女人的马桶。因为沙胡已经是四十好几近五十岁的人了，至今未婚，想必是早就变态了。

沙胡牙疼了，他想回老家，想去看看那位误导他走向哲学之路的叶老头儿。

二

县城的长途汽车站还没从熟睡中醒来,候车厅的大门仍上着锁。

站前广场上随处都是西瓜皮、苹果核、花生壳、食品袋、冰棍纸、成人的浓痰和小孩儿的粪便。苍蝇显然比人勤快,它们睡得晚,起得早,天刚亮就涌到了广场上,喊着"嗡嗡"的号子,开始了新一天的生活。

沙胡觉得自己像只苍蝇,而且是一只智商不高的苍蝇,他明明看到了大门上挂着锁,还是用脚踢了踢大门。

"你长眼睛是喝稀饭的?那么大的锁都看不见哪?!"从车站门外东侧的廊柱旁边传出了一个女人的声音。

沙胡不好意思地走过去。

"大嫂,去兔子窝镇的头班车几点开呀?"

那女人只顾低头在塑料布上摆放各种颜色的袜子,像是没听见似的。

"大妈,请问这车站几点开门哪?!"沙胡提高了嗓门。

"吵吵啥呀?你问谁呀?我是时刻表哇?去,去,去!别站在这儿耽误事儿,把苍蝇都引来了。"卖袜子的女人蓬头垢面且一脸怒气。

"不就是问个路吗,哪至于这样?"沙胡皱着眉头。

"你凭什么问我?我凭什么要告诉你?真是的,你以为你是我儿子啦？真是的，一边凉快去！"女人摆了摆手，像轰苍蝇似的示意沙胡离开。

"老太太，我买双袜子行吗？"沙胡蹲了下来。

"买吧，买吧，两块一双，三块两双，随便挑！这袜子耐穿，就算鞋子破了，袜子也不破。什么老太太，叫大婶就行了！"女人的口气有了些缓和。

"那就要两双吧，就这两双！"沙胡随手从摊上拿了两条黑颜色的，"大婶，去兔子窝的头班车到底几点开呀？"

"你这个人可真烦！什么兔子窝、驴子窝的，我只管卖袜子！你再给五毛钱，我替你打听打听。看你穿着西装皮鞋，人模人样的，还去那种兔子不拉屎的穷地方。再给五毛钱，我就告诉你！"老女人还是没好气。

沙胡从裤子的后屁股兜里摸出了一张皱巴巴的毛票，厌恶地扔到了塑料布上。"就两毛钱啦！"他无奈地摇摇头。

"行了，去兔子窝的路前几天被大水冲毁了，现在不通班车。"老太太算是有了交代。

"嘿，你这个人怎么这样，不通车还收两毛钱，太不讲理了！"沙胡来气了。

"怎么不讲理？！不通车又不关我的事儿。把你这两毛破钱拿走，谁稀罕！瞧你那模样，皮鞋亮得直晃眼，还去坐破班车。真会装，捡垃圾还提着个大皮包，别显摆啦！有钱你干吗不坐出租车呀？哼，什么人哪！"

"道路不是让水冲坏了吗，班车不通了，那出租车还能走哇？"

"说你傻，你还真就抹鼻涕！出租车都是私人干的，只要能挣着钱，什么路不敢走哇！班车是公家开的，能停就停。这年头，连傻子都比你精！"她很鄙夷地瞅了沙胡一眼。

"那出租车去哪儿打呀？"

"你没长眼睛啊！满大街跑的到处都是。你还等着人家把车开到你鼻子底下呀！真是的，我怎么一大早碰上你这么个二百五。"她边说边从身边摸出一把小口哨，"嘟嘟"地吹了两声。

哨声刚落，有七八个男人冲了过来。

"谁要打的？"

"哪个要坐出租车？"

"是你要坐车呀？来，来，来，坐我的，便宜！"

没等沙胡缓过神来，那些衣冠不整膀大腰圆的司机便开始拉扯起来。

"坐我的，去哪儿？兔子窝？行，那里我熟悉，一百元怎么样？"

"八十块，我拉您去。我的车有空调。"

"六十，有车票，能报销，上来吧！"

"五十块，送到家门口！"

"四十，我路上请你吃西瓜！"

"三十，三十，车上的冰棍、雪糕管够。走吧，走吧！"

"二十五，快上来。我连油钱都赚不回来，赔本送你！"

"我的包呢？"沙胡急了，"谁抢去了我的手提包？"他被拉扯吵闹得晕头转向。

"在这儿呢！没人抢你的破包。来，上车吧，我送你。包已放在车上啦！来，来，来，从右边的门进，左边的门打不开。"一个小伙子嬉皮笑脸地把沙胡按到了车上。

三

"是去兔子窝吧？您说，怎么走？"小伙子钻进驾驶座，一副胜利者的表情。

"什么？怎么走？你开车的不知道怎么走？！"沙胡惊魂未定喘着粗气。

"我当然知道了！我问您走哪条路？上不上高速？"

"高速路？去兔子窝有高速路？好哇，那就走高速吧！"沙胡一脸惊奇。

"高速是通向高新技术开发区的。要收过路费，这得由你自己付。如果不想交钱，就走原来的老路。路上不太好走，坑坑洼洼的。走哪条路都行，你自己定。"小伙子说得很清楚。

"那就上高速吧！"沙胡答道。

车发动了。一股刺鼻的浓烟从车屁股上喷了出来。

"你这是什么车，怎么会排出这么黑的尾气？"沙胡坐在车上下意识地用手捂了捂鼻子。

"这车叫联合国牌，烧柴油的。没见过吧？我自己攒的，自行设计，自我组装。别小瞧这辆车，后视镜是宝马的，烟灰缸是奥迪的，车上有两颗螺丝还是奔驰的呢！就是发动机差了点，是我一哥们儿从拖拉机上卸下来的。"小伙子得意地白话着。

"这车安全吗，允许上高速路吗？"沙胡有些担心，"你慢点开，咱不着急！"

"绝对安全！你放心吧，就是撞上人也没事儿。这车马力不大,劲儿小!这地方这种车多着呢,不光这一辆。高速路才不管呢,只要交钱就行。你瞧,那不还有牛车在高速路上跑吗?跟它比,还是咱的车快,不信我再给点油,那感觉不亚于方程式赛车!"小伙子真的踩了一下油门。

"别,别,别,你还是悠着点吧!别毁了你的宝贝车!"

沙胡赶紧阻止,他觉得车体都要散架了。

不出十分钟,车就到了收费站。

"请交十元钱!"收费的小姑娘穿着一身20世纪70年代的草绿色军装。

"交十块钱,还是交五块钱?"小伙子回过头来问沙胡。

"什么?"沙胡不解地问。

"要收据就交十元钱,如果不要收据就交五块钱。你能报销吗?"司机问沙胡。

"不能。"沙胡说。

"那就五块钱,"司机递给了穿"军装"的收费小姐,"我先替你垫上,到了你再给我。"他回过头来又向沙胡强调了一句。

"咱这就出了高速路了,下一段路可不好走啦!"小伙子抱歉地笑了笑。

"高速路就这么短?"沙胡觉得没走多远。

"往西头奔还长着呢,那边是开发区。我们得往东拐。"

"嘿,开发区,哪儿办的开发区?"

"是乡里的。这些年开发区多了,有省里的、市里的,也有县里的、乡里的。没用,净胡折腾。"小伙子不以为然。

"开发区是做什么用的?我的意思是说那里都开发什么?"

沙胡进一步打探。

"不知道。好大的一块地，挖得乱七八糟。堆放了不少红砖、钢筋、石材之类的建筑材料，放了好几年了。我不知道要干什么。前两年建了两栋小楼，挺时髦的，说是日本外商投的资，玻璃幕墙，太阳一照刺眼睛。那楼紧挨着马路，司机路过那儿常被强光刺得睁不开眼睛，出了好几起车祸。现在厂子倒闭了，楼还没有倒。你往西边望，对，那两个闪闪发光的地方就是。嘿，瞎整呗，可惜了那片地了，原先都是粮田。"小伙子夸张地长叹了一声。

"哎，先生，您到兔子窝是买地还是娱乐呀？"车颠得很厉害，司机可能是想通过聊天转移沙胡的不舒服感。

"买地？娱乐？"沙胡重复了这两个关键词。

"地都卖光了。头些年便宜，现在拿钱也买不着了。我看您拎着个大皮包，像是有钱的大款。土地开发商都是大款，大款一般走到哪儿都提着个大密码箱子。噢，对了，你的皮包有没有密码锁？"小伙子显然是在调侃。

"哈哈，我这皮包里的东西可值钱了，全是金条。"沙胡开始逗了。

"那你到兔子窝好好玩吧，金条好使。"开车的小伙子诡异地朝沙胡撇了撇嘴。

"兔子窝有啥好玩的？穷乡僻壤的，有钱也花不出去！"沙胡不屑一顾。

"啥？有钱花不出去？就怕您没钱！稍微玩点大的，一夜没个几十万块钱下不来。"小伙子觉得客人小瞧了兔子窝。

"玩啥要花这么多钱？"沙胡好奇地问。

"你不是便衣吧？不像！玩就是玩呗，玩钱，赌博。您不像是警察，再说警察也玩。"

"在哪儿赌？公开的赌场？"

"公开的，但不叫赌场。饭店、酒馆、茶庄、洗浴中心，都能赌。"

"是吗，乡里还有洗浴中心？"

"嘿，您是头一次来兔子窝吧？洗浴中心有好多家呢，满大街都是。您要是不赌，还可以找找'小姐'。那儿玩的地方多着呢，'小姐'也多。当地的，外省市的，还有俄罗斯的洋妞呢！"小伙子说得眉飞色舞，不时地打个响指。

沙胡并未受到司机兴奋劲儿的感染，他一下子变得沉默了。他转过身子，把脑袋侧向车窗，透过弥漫的尘土仔细地审视着马路旁不断向后驰去的景物。

四

马路上横着的一根木杆挡住了"联合国牌"出租车前行的企图。

司机摇下车窗冲着手上举着小红旗的小伙子说："怎么把路挡上了，快帮帮忙。把杆子抬一下，让车过去！"

"你没长眼睛啊？前面修路，不让通过！"那位拿红旗的小伙子个头不高，但嗓门很大。

"大哥，求你啦！抬抬手，我有急事，家里有人病了。"司机冲着他紧着点头。

"没用,家里人死了也不行。不让过就是不让过!全路都封了!"看路的小个子转身要走。

"别,别,别!哥们儿,好商量。"司机赶紧打开车门下了车,紧追了上去,"哥们儿,来,买个西瓜,解解渴。"他边说边从兜里掏出了十块钱塞给那位把关的。

"不行,不行。"看路的小伙子坚持原则,拒绝收钱。

"再加十块钱,拿着拿着。"司机又从兜里掏出了一张钞票往对方的手里塞。

"行,过去吧。"看路人把杆子抬了起来。

"谢谢呀!"司机重新把车发动了。

"前面修路,能过去吗?"沙胡担起心来。

"修个屁路,就是收钱!这买卖,没关系谁能摊上这种活儿。"司机指的是设卡收费的小伙子,"这兔崽子说不定是公路局长的小舅子呢!"

"没人管吗?"沙胡明知故问。

"管?还是别管的好!管理就是收费,不管还好,越管收得越多!"司机愤愤不平地回答道。

"你对兔子窝镇熟吗?"沙胡换了个话题。

"熟,熟得闭着眼睛都能走回去。我就是兔子窝人。"小伙子说。

"那你认识一个姓叶的老师吗?是乡中学退休的老头儿。"

沙胡兔子窝之行的唯一目的就是去看望这位不知死活的老头儿。

"姓叶?不大清楚。多大岁数?"开车的小伙子偏了偏脑袋。

"七八十岁了吧,前几年听说还活着,不知如今还在不在了。"沙胡生怕扑空。

"中学里的老师我都认识,怎么没听说过这个人呢?"小伙子咂巴着嘴。

"你年龄小,这位姓叶的老师叫什么我也想不起来了。其实,我在乡中学念书时也不知道他叫什么名字,光知道他姓叶,老师、学生都喊他老叶头儿,当年国民党的兵。"沙胡努力说得详细点。

"噢,那个老怪物哇!我知道,那老国民党兵现在少说也有八十岁了。还活着,整天好喝酒,眼睛都瞎了。你也是兔子窝人?我怎么没见过你,再说你的口音不像本地人!"小伙子十分诧异地瞅了沙胡几眼。

"我就是兔子窝生的,按老人的说法,是地道的'兔子窝的兔崽子',离开老家快三十年了。口音变化不大,添了点南腔北调罢了。"沙胡自我介绍道。

"噢,我说嘛,你离开兔子窝时我还没出生呢。我只知道兔子窝这十来年出了好几个球星、歌星,他们有名得很。国家足球队的张铁头就是咱兔子窝的,真正的国脚,钱赚老了,去年回兔子窝我还请他给签过名呢。可牛啦!还有中央台'玩出花样'的主持人西瓜,那也是咱兔子窝人,小子平常就爱说疙瘩话,现在可出名了,靠耍嘴皮子说脏话也能混出人样来。咱要知道抬杠骂人也能赚钱,咱从小就该下功夫练练,何必去背'小九九',做'四则混合运算'呢!哪儿讲理去?"小伙子从羡慕自豪到嫉妒生气的转换速度很快。

"噢,'兔子不吃窝边草',兔子窝的人走到外边还是能干大事儿的。"沙胡驴唇不对马嘴地附和着。

"哎,说了半天,您是从哪里回来的?"小伙子问。

"我在北京工作。"沙胡答道。

"北京?你贵姓?咱兔子窝在北京的没几个人。"小伙子半信半疑。"姓沙,是1978年考大学走的。"沙胡小声答道,他觉得跟国脚和主持人相比自己太没名气了。

"噢,您叫沙胡吧。在大学里当教授,我听说过。"司机冲着沙胡咧咧嘴。

"是的,我叫沙胡。二十六七年了,我还是头一次回到兔子窝呢!"他提高了声调。小伙子知道沙胡这个名字,着实让他兴奋了一阵子。显然,在兔子窝,沙胡还是有一定知名度的。

"那你听说过葛吉宝这个人吧?他是您的小学同学。"小伙子特地踩了下刹车,转着脸看了看沙胡。

"葛吉宝?噢,你是说'葛坏水'吧!葛坏水是他的外号。这小子坏着呢,偷东摸西的,手脚有点不干净。把罐头瓶里灌粪汤冒充大酱送给班主任,还专门扒女生厕所,这家伙小时候坏透了。"沙胡还真想起来了昔日的伙伴。

"噢,他这么坏?他是我爹。我是'葛坏水'的儿子!"小伙子闷闷地甩了一句。

"嘿,还有这么巧的事儿。你爹现在还好吧?"沙胡尴尬地应对着。

"死啦!都死了十年啦。"小伙子平静地说。

"是吗,他怎么死的?"

"喝酒喝高了,骑着摩托车撞到路边公共厕所的墙上摔死了。对了,撞的是女厕所。"

"太不幸了!"沙胡不知如何是好,"你长得一点都不像你爸爸。"沙胡试图挽回此前对其先父的不敬。

"您可千万别那么说,"小伙子并不领情,"我妈可不爱听这种话。"他冷冷地回了一句。

五

从县城到兔子窝的路的确不好走,过了高速路,车子左右摇摆的幅度差不多超过了前进的速度。司机小葛讲这叫"按摩路",最适合像沙胡这样的教授们坐了。车子上下左右颠簸摇晃对于坐在车里的人来讲能起到充分的按摩作用。他说,他收的车钱里应加上按摩费。车子经过河套时,底盘常能碰到河床里凸出来的石头,时时发出咔嚓、咔嚓的声音。河里留不住水,下雨时河水汹涌,雨一停,河水很快就跑掉了,只留下裸露的河床和从山上冲下的大小不等的石块。

葛坏水(葛吉宝)的儿子叫葛天西,虚岁二十一,跑出租已有三年了。自打沙胡当着他的面说了他父亲小时候的表现之后,他便不再吱声了。

沙胡觉得很难堪,悄悄地掐了几下自己的大腿,算是自我惩罚。他试图打破这个僵局,又不知从何说起。就在他转动脑筋冥思苦想的时候,又一个巨大的"咔嚓"声,把他吓得一激灵。又是石块卡住了底盘,这一次车子动不了啦!

小葛无奈地下了车,从后备箱里拿出了根铁钎子,拱到车底下撬石头。沙胡也跟着从车上下来,帮助他清理车轱辘周边的碎石。

"北京的大教授哪能干这个活儿?"小伙子重新坐上汽车后冲着沙胡笑了笑。

"嘿,我从小跟你爸一样,都是吃过苦、遭过罪的人。这点活算什么?"沙胡明显地想套近乎。

"您也干过农活?真看不出来!"小葛顶了一句,"那您在大学里教什么,语文还是算术?"

"算术?不是,是哲学。"沙胡心里明白,在兔子窝的人看来,世上只有两门课:算术和语文。

"哲学?哲学是什么?"小葛很好学。

"哲学,哲学?我也说不清楚。"沙胡不知如何简单明了地给哲学下个定义。

"你不清楚,还能教学生?那不叫,叫什么来着,对,叫误人子弟吗?"小葛心里还是没忘沙胡对父亲的评价。

"不是那个意思,我是说哲学挺复杂的。我就是说了,你也一时半会儿搞不懂。"沙胡敷衍着。

"那哲学赚钱吗?"小伙子穷追不舍。

"不赚钱!"沙胡回答得很干脆。

"不赚钱学它干什么?"小葛挺失望地瞅了眼沙胡。

"是呀,我也挺苦恼的。这个问题很难答复你。"沙胡苦笑着。

"不用苦恼。干什么都是为了活着,就像我开出租一样,就是为了挣口饭吃。哲学就是你的出租车,而我的出租车也就相当于你的哲学,都差不多!你说呢?"小伙子大度地开导沙胡教授。

"你说得还真有点意思。在一定意义上,就是那么回事儿,哈哈哈,你还真机灵。"沙胡笑得很夸张。

"那我干脆到大学里当教授教哲学算了,既然咱俩都差不多。"小伙子说完了也哈哈地大笑几声。

六

用了两个半小时才跑了不足四十公里的路,等到了兔子窝,已经是半头晌了。

沙胡让小葛把"联合国"开到镇中心转一圈,他要好好端量一下自己离开了二十六七年的故乡小镇。

沙胡记忆中的家乡完全变了模样。存留于脑海浮现于梦中的小镇街景已是面目皆非了。

除南北东西垂直交叉而形成的十字路口仍然躺在那里外,马路两旁的建筑几乎全部被扒掉重建了。楼明显地高了。当初兔子窝最雄伟的标志性建筑——镇文化馆早已不见踪影,取而代之的是一幢五层高的银行大厦。街面上最气派的建筑物分别挂着银行、保险、派出所、税务和政府的大牌子,相对矮一些的楼宇(一般为二至三层)被五颜六色的广告牌包装得"花枝招展",几乎所有的楼房外立面都是用马赛克、瓷砖和玻璃幕墙等现代材料包裹而成的,清一色的铝合金和塑料钢窗。

街上的行人川流不息。摆摊设点的小商小贩扯着嗓子举着商品声嘶力竭手舞足蹈地招呼着来往的行人驻足围观购买。

"繁荣就是嘈杂。"沙胡隔着车窗咕哝了一句。

"怎么样，比北京的王府井大街还热闹吧！"司机小葛得意地问。

"是呀，变化太大了，发展得真快呀！"沙胡附和着，他话一出口突然觉得自己俨然是一位外出调研考察的高级官员。他不屑地笑了笑自己刚才说话的口气和腔调。

"您不下车到市场上逛逛？"小葛建议道。

"不逛了，这儿我太熟悉了，也太陌生了。"沙胡摆了摆手。

"去您家的老房子看看吧，你家原来住哪儿？"小葛很善解人意。

"不去啦！我已经找不着家啦！去叶老师家，就是那个国民党兵叶老头儿家看看吧！"沙胡说的"找不着家了"在他自己那里大概包含了另一层哲学意义。

"您家的老房子十有八九早就拆掉了。靠街的老房子差不多都扒光了。不看就不看吧，走，我知道叶老头儿住的地方。"

小葛踩了踩油门。

"花里胡哨，花里胡哨……"沙胡眼睛望着窗外，嘴里反复地唠叨这四个字。小葛搞不明白，他到底是说镇里人的穿戴还是指道路两旁的建筑。

叶老师仍住在镇中学东墙外不远处的那间低矮的小破房里。沙胡上初中时曾经来过这儿。

屋子里很黑，尽管是晌午了，房间里的光线仍很弱。

屋门是敞着的，沙胡用拳头敲了敲那脏兮兮的门板。

"叶老师在家吗？"沙胡喊了一嗓子。

"谁呀？"里屋有应答。

"是我！"沙胡边答边进。

"我知道是你，你是谁呀？"叶老师声音提高了几度，结果把咳嗽勾了上来。

"我叫沙胡，您还记得吗？"沙胡快步走到床边，搀扶着试图坐起来的老爷子。

"沙壶？不记得了。什么泥壶、瓷壶的，我都用不上了！"老头儿耷拉着脑袋。

"叶老师，我是您的学生。1978年到北京上大学的。那年就我一个考上了。我还向您请教填报什么专业最好，您说学哲学专业最好，您想起来了吗？"沙胡贴着他的耳朵大声说。

"噢，是你呀，我想起来了。我眼睛瞎了，可耳朵不聋，你用不着嚷嚷。对，对，对！我常跟别人说，咱兔子窝的这些小兔崽子就你有出息！"老头儿乐了，又咳嗽了一阵子。

"你现在干什么呢？"老爷子问。

"您知道海德格尔吗？"沙胡想告诉老师自己目前的研究方向。

"你拿洋酒啦？我喝不惯那玩意儿！"老爷子回答道。

沙胡心里很不是滋味，当年曾在这间小屋子里大讲黑格尔和斯宾诺莎的智者，如今却把哲学家海德格尔当成洋酒牌子啦！

"我给您带了两瓶茅台，是国产的，不是洋酒。"沙胡说着顺手从皮包里拎出两瓶酒放在床边的桌子上。

"茅台？真的假的？那玩意儿是咱老百姓喝的吗？快拿走，我就是明天去死，也不喝那金水！"老头儿挥了挥手。

"是真的。是学生孝敬您老的，您就笑纳了吧！"沙胡打着哈哈。

"哼，我不稀罕那玩意儿，有名无实。我就得意本地产的'小烧'，不信你尝尝，装酒的塑料桶就放在床底下，你自己倒。桌子上有碗。我瞎目糊眼的看不见，你自己倒，也给我倒一碗。"老叶头儿边说边比画。

"叶老师，我不会喝酒，您留着自己喝吧。"沙胡扫了一眼屋子，破烂不堪。四面墙上的白灰早就掉得差不多了，黄色的泥底也被烟熏火燎得变成了脏黑色。

老头儿又咳嗽上了，他告诉沙胡自己活不了几年了。他说他自己今年至少八十岁了，因为他一直搞不清自己具体的出生年月。反正当年参加国民党军队时也就十五六岁，打日本鬼子受过伤，后来部队起义投靠了共产党，念过军校，成了通信兵。新中国成立后历次运动挨整，历史问题算是永远也讲不清了，监狱蹲过，劳改所去过，各种刑罚差不多尝遍了，孤身一人能活到今天，老叶头儿认为这是奇迹中的奇迹。

"沙，沙，沙……"老爷子又想不起名字了。

"沙胡。"沙胡赶忙提醒。

"对，沙胡哇，我跟你说呀，人不要活得太长了，活得一点尊严都没了。我今天就算八十岁吧，我觉得我活了一万年啦，真长啊，这什么时候是个头哇！嘿！"老爷子活得不耐烦了。

屋子里的霉味太大了，沙胡觉得很不舒服。他说不敢耽误老师休息，欲起身告辞。

老叶头儿拽着沙胡的胳膊，执意让他把茅台酒带走。"我喝那种酒睡不着觉哇！伤天害理呀！快拿走，我只喝'小烧'。'小烧'好喝，价钱也便宜，要用你买那一瓶酒的钱买'小烧'，我天天喝,一年都喝不完。"老师的话提醒了沙胡,他只好把茅台装回大皮包里。

七

沙胡提着皮包溜达到了镇中心,钻进了专卖"小烧"的酒馆。"小烧"的铺面不大,牌子不小,叫"醉全球小烧酒馆"。屋里摆了五张简易的高密度板做的酒桌,七八个男人散坐在那里,光着膀子喝酒。桌子上的盘子里盛着猪头肉、炸花生米之类的下酒菜。卖酒的柜台冲着正门,沙胡刚一进门,卖酒的中年汉子便扯着嗓子打招呼:"来,来,来!稀客,稀客,尝尝当地的小烧酒,纯粮食做的,喝了解乏不上头!来半斤还是二两?加盘猪头肉,热乎的。"老板边说边拿出杯子来做打酒状。

"不要菜。来五百斤'小烧'。"沙胡凑到了柜台前。

"多少?"胡子拉碴的老板眨巴了几下眼睛。

"五百斤!"沙胡伸出了五个手指头。

"五斤还是五百斤?"老板伸了伸脑袋。

"你这一塑料桶多少斤?"沙胡拎了拎摆在柜台上的一大桶酒。

"一桶二十斤。"老板答道。

"那就要二十五桶,一共五百斤。"沙胡重复了一遍。

"好,好,好!"老板见来了大生意,乐得直点头,"您什么时候要?"

"这就要,你替我送到家里。"沙胡准备交钱。

"没问题,你说送哪儿都行。"老板搓着手,兴奋得直哼哼。

"一共多少钱?"沙胡掏出了皮夹子。

"便宜,一斤一块二,一共五百斤,合着是一五得五,二五一十,对,统共六百块钱。"

"给你,六百块,你数数。你现在就送到镇中学东墙外的叶老师家里去。"沙胡把钱包放好,拉上了大提包的拉链。

"叶老师?中学东墙外?噢,你说的是不是那个老叶头儿?就是在中学看门打更、刻蜡版的那个老国民党兵吧?"老板进一步核实。

"对,就是他!你也认识?"沙胡也挺高兴。

"嘿,我以为是谁呢,还叶老师呢!他没教过课,一辈子看门打杂,那老头儿命苦,遭老罪了。一辈子轱辘棒子——光棍一条。哎,你是他的什么人,没听说他有亲戚呀?嘿,你,你,你是沙胡吧?"老板瞪大了眼睛。

"你认识我?你是谁?"沙胡也愣了一下。

"你不认识我啦?我是你小学同学,你想想!"老板伸手拍了一下沙胡的肩膀。

"我觉得有点脸熟,但一下子又想不起来啦!"沙胡在脑子里迅速检索。

"老同学现在混出人样啦,连光屁股一块儿长大的小哥们儿都忘了。"老板又拍了一下沙胡。

"你现在又没光屁股,我怎么能看出来呢?"沙胡也跟着打趣儿。

"再提醒一下,我姓宁,叫宁大强。还没想起来?"老板有些不乐意了。

"宁大强？你外号叫啥？"沙胡认起真来了。

"外号'疤癞脖子'。我爸爸脖子后面有块疤，他叫'大疤癞脖子'，我叫'小疤癞脖子'。这辈子别的没沾过老爸的光，就继承了他的外号。想起来了吧？"老板不好意思地用手挠了挠后脑勺子。

"你是'疤癞脖子'，不，不，不，你是大强，宁大强！太巧了，没想到今儿个碰上你啦！"

"沙胡，你的外号叫尿壶，没错吧？我可记得。"宁大强故意叫沙胡的外号，算是扯平了。

"对，叫尿壶。咱小时候的外号没一个好听的。哎，我问你，你怎么能认出我来？"沙胡拍了拍"疤癞脖子"的胳膊。

"嘿，要是在街上碰着，我也认不出来。你离开兔子窝时也就十二三岁，对吧？刚上初中，对吧？以后咱就再也没见过面，对吧？我记得你们家先搬到城里，你后来又考的大学，对吧？有三十年没见过了，对吧？我是去年还是前年在电视上看见过你，忘了你当时在白话什么啦，反正讲得跟真的似的，电视上有字幕，写的是大学教授沙胡。我越端量越像，就喊我那口子，我老婆，也是咱班同学，外号叫'蔡包子'的蔡玉梅来看，这才敢肯定是你。"

"'蔡包子'是你老婆？她我可记得，胸脯老是挺着，比别的女生成熟得早，走路的姿势就这样。"沙胡兴致勃勃地比画着。

"说起女同学你倒能记住？"宁大强故作不满。

"你甭说，还真是那么回事儿。那时候才多大点，对男女的事儿就开始嘀咕啦！早熟哇！哎，咱班小学的那些女生都咋样呢？"沙胡的好奇心瞬间得到了激发。

"女生？什么女生，你是说咱班那些老娘儿们啊！现在都是半大老婆子了，还女生呢！"宁大强故意贬损沙胡。

"你给介绍介绍，她们现在都干啥呢？"沙胡追着问。

"先别说这个，咱先把酒送给老叶头儿。这样吧，酒钱算一块钱一斤，我不能赚老同学的钱，这一百块钱还给你。"宁大强掏了一张票子往沙胡的手里塞。

"算了吧，别扯淡啦！你也不容易，就这样。"沙胡把钱扔到柜台上。

"你给老叶头儿买那么多酒干啥？让他洗澡哇？"宁大强问。

"嘿，我刚才拎了两瓶茅台去看他，老爷子死活不要。嫌贵，说是喝了那'金水'伤天害理，不得好死。没办法，我就以两瓶茅台的价格，给他买了'小烧'。"沙胡把事情的原委简单地说了说。

"老叶头儿说得对，老百姓谁能喝得起那种酒？用一小瓶能换一大缸，喝一顿跟喝一年哪个划算，这不是明摆着吗？咱这是乡下，得来实惠的！往三轮车上装二十五桶'小烧'，快！你什么时候回去？"大强一边吆喝着店员装车，一边回头问沙胡。

"我想下午回城里，后天回北京。"

"别扯了，下午就走？那不是瞎扯吗？骂人呢！老同学快三十年没见了，说啥也得聚聚。你不是还惦记咱班那些老娘儿们吗，说啥也得瞟一眼哪！你听我的，等会儿咱把酒给老叶头儿送去，然后找一家饭馆，没吃饭吧？我再把附近住的咱班小学的同学统统给喊来。他们要是知道北京的大学教授来看他们，还不乐得满地打滚啊！今晚在兔子窝住一宿，明天一大早就送你回城。怎么样？犹豫啥呀，跟老娘儿们似的，磨磨叽叽的！舍不得那两瓶茅台呀？一会儿我请客,酒就喝你带的茅台啦!让俺们乡下人也开开眼,尝尝茅台是个啥味道。走吧,别盘算啦,多大点事儿!"

八

老叶头儿刚喝过酒,走路有点打晃。他得知沙胡给他买了五百斤"小烧"酒,失明的眼睛似乎也发出了光芒。

"喝吧,这是您从北京来的学生送给您的。可劲儿喝吧,比离休干部的待遇高哇!"宁大强哄得老头儿直乐。

"谁送我的?"老叶头儿还是搞不大明白。

"他送的。沙胡!他说您当年给他吃过小灶,讲过黑格尔!对吧,沙胡?是叫黑格尔吧?您要是给我讲过黑什么,我现在十有八九也在北京啦!他是专门来看您老爷子的。这酒够你喝一阵子的,喝不完可不能用它冲尿桶,洗洗脸还是可以的。"宁大强拿老头儿开玩笑。

"沙胡?我怎么不记得了?人老了,光知道喝'小烧'了,啥都忘了。"老叶头儿看来是糊涂了,又搞不清一个钟头前见过的沙胡是谁了。

"咱们走吧,这老头儿就好这一口,成天醉了不醒,醒了不醉的。这五百斤酒,在兔子窝可成了大新闻了。沙胡,行啊!有尿性!这年头亲儿子都舍不得给老爹买酒喝,别说五百斤,过年过节能给老人买两瓶'小烧'不兑水就算孝顺啦!嘿,完了!"宁大强拉着沙胡走出了老叶头儿的黑屋子。

路上宁大强告诉沙胡:"老叶头儿前些年还能四处走走,喝点小酒话就多，常挂在嘴上逢人便讲的就那么两件事：一是说共产党抗日，国民党军队也抗日，可是到头来，共产党军队抗日的能捞个离休待遇，国民党军队抗日的只能吃'低保'。他在国民党军队里干过，又参加过解放军。结果是人家只承认前半段，不提后半段。前半段也不说抗日打鬼子连'命根子'都丢了的事。嘿，老头儿也怪可怜的。好在民政部门每月给他点钱，算是照顾了。现在年轻人没活干挣不着钱的人多了去啦，他也就不错啦。

"另一件事老叶头儿也念念不忘，随处乱讲。他说兔子窝后街孙结巴家的老三孙武'文革'时是造反派，领着红卫兵打砸抢，中学原来教数学的宋大嘴宋老师就是让这小子活活给打死的，老叶头儿说这是他亲眼所见。打死宋大嘴的那天晚上，老叶头儿和他关在一起。孙武那天晚上领了几个人冲进屋里，用学校教室的板凳腿劈头盖脸地一顿乱打，板凳腿上的钉子把宋老师的脑袋刨开了花。后来可能是宋大嘴咽了气，他们又把他拖走了。你记得吗，咱们小时候听说宋老师畏罪自杀投了海，有这回事吧？老叶头儿说，人都打得没了气，还能跳窗户跑到十多里外的海里去自杀？不知是真是假。这种事没人查。你记得有一年，对了，那时你家已经搬走了。对，就是1978年，有一天县里来了辆警车把孙武拉走了，老叶头儿说那是抓走的，他看见孙武是上了手铐的。可是孙结巴后来说，那是公安局把他儿子请去的，是去当警察，不是做犯人。老叶头儿为这事儿差一点又吃了官司，老孙家说他造谣，侵犯了孙家的名誉权。老叶头儿说，呸，他还有什么名誉？这年头真是黑白颠倒，明明是犯人，后来却当了警察，没听说犯人改造好了就可以当警察的。你知道吗，孙武现在可牛了，他是咱们兔子窝有史以来出的最大的官了,这小子现在是省里的公安厅副厅长啦!反正镇里的不少老人都说孙武这小子过去在兔子窝做了不少坏事。老叶头儿没儿没女,光棍一根,又这么大岁数,黄土都埋到脖子了,所以就他敢胡说,别人却不敢吱声。真搞不懂,你是教授,你学问大、见识广,你说这老叶头儿讲的是不是那么回事儿?我听着挺信的,都快入土的人了,我觉得他不会撒谎。噢,对了,前三四年,有一回,老叶头儿让车撞到了桥底下,这老头儿的命可真大,竟然活过来了。镇上有人私下议论,那说不定是杀人灭口。不说了,都是些乱七八糟的糊涂账,没人问,也没人查,咱一个小老百姓,就卖点小酒,喝点小酒,挺好!来,来,来,到了,咱就到这家海鲜酒楼吃饭。哎,都一点半了。我赶快招呼人。"

九

酒楼上下两层,大强跟老板娘打情骂俏地要了个楼上最大的包房。他跟老板娘说要照顾好沙胡:"这可是北京的大教授,数理化全会,不像你似的,算账还得脱鞋拨拉脚指头!"

沙胡喝了几口茶,吃了块发糕垫了垫,大强便从外头转了回来:"都通知好了,他们一会儿就到。"

"都有谁呀?别整那么多人,大家都挺忙的,别太张罗了。"沙胡的确觉得有些过意不去。本来这次回兔子窝没打算找同学,只是因为头天晚上梦见了老叶头儿,才很冲动地回来看看。沙胡当年搬到城里后,上高中,考大学,读硕士博士,经历了不同阶段的学习生涯,乡村小学和初中时期的同学早就成了似是而非、模棱两可的遥远记忆了。不同的年龄段,不同的生活圈子,不同的工作层次,决定了交往接触对象的差异。

过去的小伙伴,现在都是四十大几的中年人了,儿时浅薄的感情基础不足以抗拒时间的无情冲刷。沙胡喝着茶水,心里头七上八下的。他头脑很难清晰地浮现出哪位小学同学的真实面目来。

"沙胡,"宁大强说,"我把咱镇的镇长请来了,你这么大的教授,镇领导不出面接待是说不过去的。咱镇最大的官就是书记和镇长啦,地方小,官的级别低。不管多大的官来了,咱兔子窝就他俩接待,你就别挑了。"

"别,别,别,大强你别胡来。同学聚一聚你惊动镇长干什么,净扯淡。再说,你的面子也够大的,还能把镇长请来。"沙胡慌忙制止。

"是你面子大,你要不来,咱能巴结上镇长吗?是借你的光啦!镇长你认识,也是咱班同学。"大强坐下来也呷了口茶。

"镇长也是咱班同学?谁呀?"

"别以为就你有出息。'拉豆儿'你记得吗?"

"记得,记得,长得这么高,小矮个子娃娃脸,一说话脸就红,笑起来'嘎嘎'的,一声声不连着,像羊拉算盘珠子似的,所以大伙管他叫拉豆儿,'拉豆儿'指的是他的笑声怪,他叫吴运海吧!这小子当镇长啦?"沙胡的兴致又来了。

"可不是呗,就是他。他现在可不是小时候的模样啦,你肯定一眼认不出来,五大三粗的,一米八几的大个子,当着一万个人讲话也不带脸红的。人在变哪!"大强点了点头,又摇了摇头。

"你快说说,你都通知谁了,他们现在都干什么呢?"沙胡急切地想了解昔日同学的现状。

"对了,沙胡,我忘了提醒你了,"大强满脸严肃,"待会儿同学来了,你先猜猜他们是谁。我估计你小子认不出几个来,也叫不上名字。这样,我坐在你边上,小声提示一下,别搞得很尴尬,像头晌咱俩见面似的,一个劲儿地说不认识。还有哇,如果他们不吱声,你最好别问他们现在干什么。咱班小学这帮同学,不管是男的,还是女的,都过得不错。不错是不错,那要看跟谁比了,跟你比肯定是不行的,大多数没啥固定职业。除了种地、做点小买卖,就是打零工,凑合活着吧!"

大强不以为然地笑了笑。

"听你的,我理解你的好意。同学聚会嘛,就是图个乐和!回到过去,一切都回到过去!只叙友情,不谈政治。还是小时候有意思,无忧无虑,没那么多烦恼。一晃就过了大半辈子,不管干啥,都是为了生活。嘿,教书也罢,种地也罢,靠智力谋生的头疼,靠体力干活的腰疼,都差不多!生活不是为了较劲,谁比谁好多少?七八十岁两腿一蹬都统一了。何必这山望着那山高呢?没鞋的多想想那些没脚的就知足啦!你说呢,大强?"沙胡听了大强的"提醒",心里十分感动。虽说是个卖"小烧"的庄稼汉子,大强的善意和对生活的理解力让多年从事存在主义哲学研究的沙胡非常钦佩。哲学是抽象的,生活是具体的、琐碎的。能把存在主义讲得头头是道的大学教授,未必能从容应对日常生活中的零零碎碎。

"对,对,对,教授就是教授,说得在理。我只是顺嘴胡咧咧。没事的,小学这帮同学听说你回来了,一个个都快乐疯了。一会儿你小心让他们给撕碎了。特别是那些老娘儿们,一个比一个厉害,泼妇似的。你用不着斯文,该踹就踹。男人越踹,女人越爱。哎,你酒量咋样,能对付一阵子吧!要不行你别逞强,好虎架不住一群狼,这帮人不会轻饶你的。"大强又给沙胡打了预防针。

"喝酒我可不行,喝水没问题!我以茶代酒,一样能表达心意。'只要感情有,喝啥都是酒',对吧?"沙胡实话实说。

"那今天可毁了。咱班这些兔崽子干别的不行,就是见酒不要命,等会儿你看吧,非让你钻到桌子底下不可。"宁大强趁机吓唬一下沙胡。

"那我现在就跑掉算了!"沙胡真有点害怕了。

"跑?哈哈,你想往哪儿跑?快三十年了头一次回来,没等见到老同学就想跑?来,哥几个,咱先打断他的腿。"从门外一下子拥进六七个人,冲着沙胡扑了上去。

十

"猜猜,我叫什么名字?快说!"

"卢富来。外号'大地瓜'。"

"哈哈,好小子,没忘了哥们儿,够意思!"

"那我呢,我是谁?"

"'四瞎子'王明清!"

"'四瞎子'是我爹,算你猜对啦,好记性!"

"我,你不该不认识吧?尿壶,咱俩可是一对呀!"

"哎呀,'屎盆儿',史德彪!没错吧?"

"行啊,沙胡,你的脑袋瓜就是好使,谁都没忘。我呢?我的名字你能叫上来吗?"

"呸,你小子我一辈子都忘不了。胆小鬼,上课去厕所不敢举手请假,愣是憋着,结果拉了一裤筒,差一点把全班的同学熏死。我现在看见你都能闻到臭味!孟文革!"

"他改名啦,叫孟改革啦!"

"是吗?你小子总是与时俱进。最早叫孟大鸣,那是'大鸣大放'的意思吧。"

"再改也是那个熊样!该往裤筒里拉还是往裤筒里拉,有啥用呢?"大强用拳头砸了一下孟文革的前胸。

"来,来,来,别站着啦!坐下说,坐下说!来几个啦?一、二、三、四、五、六,还没到齐呢!不等啦,不惯他们的毛病,咱先吃!"大强招呼大家围着餐桌坐下。

"吴运海呢?'拉豆儿'还没来呢!咱还是等会儿吧。人家大小也是镇长啊,咱兔子窝的最高行政长官,仅次于香港特首!要不谁再给他打个电话催催。对,他忙!成天忙。妈的,他不是答应要来吗?等等吧。""大地瓜"建议道。

"对,等等吧,女生怎么一个也没见着?"沙胡补充了一句。

"我发现沙胡这回回来没有要见咱们的意思,一张嘴就是女同学。好色呀!我实话跟你说吧,咱班的那些老娘儿们,也就是你惦记的那帮女生,没一个生活作风过关的。呸,说漏嘴了,'蔡包子'除外,就是大强'疤癞脖子'的媳妇,其他没一个好东西。你不见也罢,现在你要是看见她们,你下半辈子能后悔死,倒胃口你懂吧?哎,大强,你通知哪几个老娘儿们啦?"“屎盆儿"史德彪满脸的痛苦状。

"徐小霞、关雪梅、闫红,还有胡晶,一共四位,这都是沙胡刚才点过名的。别人都没告诉,就通知这几个。"大强眨了眨眼睛,"沙胡,是不是这几个?有漏的吗?"

"行啊,沙胡。算你有眼力,看来上小学时你比我们这些哥们儿成熟哇!这几个确实是咱班的'花儿'。厉害,厉害!佩服,佩服!哎?徐小霞不是在县里的保险公司上班吗,她能来吗?""屎盆儿"问。

"你请她肯定不来。沙胡有魅力呀!我给她打了电话,一听说沙胡回来了,她的声音都变了,说是马上去发廊做个头,再美美容,打车赶过来。老黄瓜又开始刷绿漆啦!女人哪,就这副德行!打扮得再好还能让沙胡犯错误哇?"大强调侃道。

"胡晶这只'狐狸精'也请了?这下子可有好戏看了。大强,你应该先跟沙胡交交底,他哪知道胡晶现在变成啥样了。这娘儿们一来,还不知要演哪一出戏。说不定能弄一出脱衣舞,没劲!"

"交啥底呀,不都是同学吗?一块儿吃顿饭热闹热闹,非得分个三六九等啊!瞧你急得那熊样,至于吗?她还能跟咱做生意呀?"

"连自己老公公的生意她都做,咋就不会跟咱们做?"

"算了吧,想得美!你自己不会撒泡尿照照哇?!跟谁做也不会跟你做,多少钱人家也不见得干。你以为你是谁啦!"

"你这人说话也太损了点。我怎么啦,再难看还能比你难看哪?你怎么知道她没跟我做过?你也太寒碜人啦!"

"胡晶做什么生意呢?"沙胡打断他们的争吵。

"鸡!这你都不明白!做皮肉生意的,都老大一把年纪了,还不肯光荣退休。到处拉活儿,日子过得不错!"

"前些年还行，十年前火得很，有名！一天最多都接二十来个，净是来兔子窝投资的大款，挣了不少钱。现在不行了，帮人牵线，就是拉皮条，自己做不动了，退二线了。"

"那关雪梅和闫红呢？她们干什么呢？"沙胡有些不好意思地问了句。

"她们不干那个。雪梅在镇子最大的商场里卖货，她和闫红都不显老，将来就是变成老太太，也是漂亮的老太太。闫红在税务所上班，去年内退了，没事在家里待着。一会儿你见了可别太激动了。少女变成了妇女，腼腆变成了泼辣，说话做事可不像教授那么文绉绉的，绝对生猛！你看，她们来了，幸亏我没说她们的坏话。嘿，镇长也来了。你瞧腐败吧，走到哪儿都有女人陪着，同学聚会也摆谱。嗬，你看这架势，左边是闫红，右边是雪梅，嘿，这后面还跟了只'狐狸精'。镇长啊，你干脆搂一个，抱一个，再背一个算了。"

十一

"对不起，对不起！""拉豆儿"吴运海冲着大伙抱抱拳，"刚想出门，电话就响啦。接吧，怕耽误了吃饭；不接吧，又怕耽误了事。一咬牙，接吧，县里打来的，说是明天市民政局要来检查工作。一天到晚，迎来送往，净是形式主义，真他妈的烦！"

"来，咱先握握手！哎呀，沙胡不愧为大学教授，一看就有学问，你看，这眼镜片子比瓶底还厚！快坐，快坐，忘了兔子窝了吧，多少年没见面啦！没想到你能回来看看，太高兴了。来，我先提杯酒。"镇长就是镇长,"拉豆儿"没等别人客气就心安理得地坐在了主座上。他端起酒杯,用盛气凌人的小眼睛扫了一圈大伙儿,开始"说酒":"这个,这个,这个……今天我忘了带稿子啦,就随便扯几句。第一,欢迎沙胡衣锦还乡,荣归故里,啊!第二嘛,还是要感谢沙胡教授给咱们小学同学创造了一个聚在一起的机会,啊!平时,大伙儿都挺忙的,凑在一堆还真不容易,啊!第三嘛,今天都不是什么好东西,我指的是菜,不是人。大伙儿吃好喝好。这第四嘛,是希望沙胡能经常到这个地图上找不到的、连兔子都不拉屎的小地方——兔子窝来。第五,是该说第五了吧?好,好,好,我就不啰唆啦。来,一个字,干杯。对,两个字,都干掉。沙胡你就不用干了,喝光就行,哈哈哈,吃菜,吃菜!"

"来,沙胡,咱哥儿俩喝一杯!我再说一遍,我不叫'四瞎子','四瞎子'是我爸。我王明清,外号'青蛋子',我不会说话,比不上咱镇长,他能讲,整天在喇叭里哇哇地胡侃,厉害!四个字一句、四个字一句整得挺明白,我不会学。我就说一句话,咱是同学不?是,咱就喝。你要说不是我扭头就走。你坐下,用不着站起来!你看,咱这样行不?你刚才说快三十年没回兔子窝了,也就是说,咱有三十年没见面了,对吧?那好,一年一杯,咱干三十杯咋样?不会喝?扯淡!你教授都当上了,还不会喝酒?来,咱哥们儿教你,把嘴张开,然后把酒杯端起,送到嘴边,将酒倒入口中,一仰脖咽下即可。你看我的就这样!你来来,这不难学,比你当年考大学容易多了。喝不了?嘿,这样行吗?咱打五折,半价处理:两年一杯!你今天总量控制,我监督,就十五杯,多一杯都不让你喝!好,再来一杯!满上满上,够意思!这酒不是'小烧'

吧？真好喝！"

"这是沙胡从北京带来的茅台，你省着点喝，你这一口酒下去两只老母鸡就没了。贵着呢！"大强看不上王明清一见酒就忘了自己姓什么的德行。

"茅台呀！我说呢，黏黏糊糊的，像糖水似的。我再尝尝，刚才没琢磨出味儿来就下去了。来，倒满点！"

"你们三个美女还等什么，快敬酒哇！参观来啦?！在大学教授面前一个个还假装羞羞答答的，以为自个儿是黄花闺女呀！我可告诉你们，沙胡今天能来兔子窝，就是冲着你们这几只母兔子来的，我们这些公兔子是沾你们的光啦！快敬啊！"有人撺掇。

"别，别，别，你们别动，我来敬！"沙胡红着脸慌忙端起了酒杯。

"那可不行！你是客人，大知识分子，哪能敬我们。我们三个女生，对，老娘儿们，一块儿敬沙胡教授一杯。你随意，我们先干啦！"雪梅带头站了起来。

"少来这一套！雪梅就你心疼沙胡是不是？一个一个来，三个一块儿不行。再说，就沙胡这体格也经不起你们一块儿折腾，对不对？"

"那怎么个喝法？"沙胡酒量的确不中，几杯下肚就开始打晃了。

"你在上，我在下，你说咋干就咋干！"胡晶冲到了前头。

"胡晶，你在上面也行啊，只要快活啥姿势不成啊？不一定非得让沙胡在上边。镇长你说呢？""大地瓜"故意往邪道上引。

"我管天管地，还管拉屎放屁？只要他俩乐意，我看啥姿势都行！"拉豆儿"镇长跟着起哄。

"你说你这叫啥镇长？你要说啥姿势都行，那就咱俩来示范一下。"胡晶一手端着酒杯，一手搂着镇长的脖子顺势坐到了他的大腿上。

"哎哟，你可真够分量，把我的腿都压断了。起来，起来，这是什么场合？别胡来，我感冒还没好利索呢，再脱裤子又得着凉。"'拉豆儿'使劲推胡晶。

"快别发邪疯了！也不怕沙胡笑话，来，我敬大教授一杯，你少喝点，倒点给我。沙胡，你是咱班同学的骄傲！"闫红一仰脖喝下去了。

"你们看见了吧，还是闫红心疼沙胡！话也说得好：'你是咱班同学的骄傲。'我怎么就没想起这句来呢？对，闫红前些年还当过小学老师呢，有水平！哎，沙胡，你这个名字挺怪，我一直没琢磨出个道道来。去年我到市里开会，晚上安排打沙壶球，我一下子就想起了你。当时我恍然大悟，沙胡原来是个球哇！"'拉豆儿'话里有话。

"你才是个球呢！"沙胡直截了当地予以回击。

"开个玩笑，开个玩笑！咱们大伙说到底都是个'球'，别在意！来，喝酒！"'拉豆儿'毕竟是镇里的领导，能屈能伸。

"好哇，你们不等我就敢先吃？好大的胆子！"一位涂脂抹粉穿着讲究的女人一进门就冲着大伙直嚷嚷。

"徐小霞！"没等大强提醒，沙胡一眼就认了出来。

"哈哈，沙胡！想死我啦！"徐小霞直奔刚站起身来的沙胡。

"让我亲两口。"徐小霞当着大伙的面儿，抱着沙胡一通乱啃。

十二

"算你狠,徐小霞!别太夸张啦!给同学们留个好印象吧!太生猛了,可别把沙胡吓得尿了裤子!""屎盆儿"看不过去了,愣是把她从沙胡的身上拽了下来。

"屎盆儿,你滚蛋!吃醋也轮不上你。我告诉你们,我可是跟沙胡坐过同桌。别以为小孩儿不懂事儿,少女的心思你们这帮秃小子哪儿懂。沙胡学习成绩当时全校有名,我不瞒你们大伙儿,我还偷偷地摸过他呢!哈哈哈!"徐小霞露骨地浪笑着。

"咦,好爽啊!你摸过他哪儿?""屎盆儿"不怀好意地诱导着。

"呸,没人稀罕摸你。摸手呗!"徐小霞回敬道。

"你要是再不来,沙胡就要走了,还不赶快跟同桌喝个'交杯酒'。"镇长"拉豆儿"继续逗她。

"往哪儿走?今晚咱们谁也不许走!好不容易聚一回,说啥也得住一晚上。沙胡,今晚咱俩开一个房间。过去同桌,今天同房。胡晶,你下岗啦,沙胡就交给我来照顾啦!镇长大人,你不至于连安排个住的地方的权力都没有吧?!"徐小霞疯疯癫癫地咋呼着。

"没问题。小事一桩,我这就打电话,在'美人丽家'订一层,连住带玩全有了。还是小霞想得周到。咱们先慢慢喝酒,大强,你到楼下让我的司机到我的办公室里再拿几瓶茅台。这两瓶哪够喝的,我那酒也是真的,人家送我的。我平时不喝那玩意儿,今儿个高兴,咱得喝到位才行。对了,让大师傅再加几个好菜,什么贵上什么,今天我买单,用不着让大强破费。想吃什么随便点。腐败？这也叫腐败？屁，咱不就是吃点喝点吗？又没往家里捞钱。这算什么，用广东话说这叫毛毛雨啦！咱们的干部要都像我这样就好啦，就用不着反腐败啦！你说呢，沙胡？""拉豆儿"已不像小时候那么腼腆了，一副久经考验的样子。

"一瓶茅台够老百姓干半年的，还不腐败？小样吧！有喝酒的钱还不如把小学校教室破窗户的玻璃安上呢！净他妈的败家子！"大强贴着沙胡的耳朵小声嘀咕着。

"镇长啊，我们西街那片房子的拆迁费到底啥时候能补齐呀？都拖了三年了，总得给个准信儿吧！我一家老小现在连个遮风挡雨的地方都没有，这日子咋过呀？你说呢？拆了那么多房子，那地方空着。那什么广场到底啥时候能建起来呀？你这当大镇长的，又是咱们老同学，就帮咱解决点实际困难呗！"一直不说话的孟文革慢吞吞地来了几句。

"这事儿能赖我呀？这是上一届镇政府干的臭事儿。我才干两年，能擦得完那么多屁股哇？原先那个房地产商把投资撤了，谁能想到呢？你们就慢慢等着吧，迟早会给补偿的。东山村那片地不是建了个高尔夫球场吗？农民的土地补偿费还没着落呢！你以为我这个镇长好当啊？满脑门子都是官司，人还没到办公室，一群人早就围在那儿了。还有成天到县里、市里、省里上访的，烦死啦！派出所增加多少编制都不够用，电话一来就得赶快往县里、市里、省里奔，你得把上访的人给弄回来。动不动就是'零指标'，出了事就是'第一时间'到场，我容易吗？烦，有时候真他妈烦！""拉豆儿"说着把一杯酒倒进嘴里，算是告一段落。

"那我们今年冬天还得搭窝棚住哇？这夏天好对付，冬天太冷了,我孩子手脚冻得跟烂地瓜似的。真的熬不住了,镇长你就帮忙想想办法呗!"孟文革带着哭腔。

"哎,我说老孟啊!你这个人说话也不挑个时辰。今天这场合是说这些事儿的时候吗?我不是跟你说了吗,这事儿得慢慢来。再说啦,不能因为咱俩是小学同学我就优先考虑你。那别人呢?西街拆迁涉及的人多啦!不是你一家一户,要解决得一揽子才行。对不对呀?!你现在不是'烤大棚'吗?那里面过冬还是挺暖和的嘛!先凑合凑合好不好?今天咱们是同学聚会欢迎沙胡回乡,有些话不要非得在这种场合说,对不对?老孟,咱俩先干一杯!""拉豆儿"笑了笑,要跟孟文革碰杯。

"镇长啊,我不敢呼你大名,更不敢叫你外号,我不是非得当着同学的面给你出难题。你说句良心话,今天要不是沙胡回来了,你能跟我一块儿喝酒吗?你是当官的,我是种地的,就算从小一块儿上过学,我现在也不敢高攀你呀!你平时忙,我哪能去找你。镇政府的大门我没进去过,人家不让进,我也不稀得进!今天是碰巧了,沙胡来了,我们才有机会见一见镇长。我刚才说多了,有不对的地方,就算我放屁啦!行了吧?我能忍,你说得对,拆迁户没地方住的人多了,又不只是我一个人。来,镇长啊,谢谢啦!"老孟爽快地把酒干了。

"哎呀,小和尚怎么没有来?我说嘛,我老觉得少了个什么人。小和尚,快,大强,你给小和尚打个电话,用我的手机打,这家伙不能不来,他可是个人物。""拉豆儿"把手机递给大强,"我的手机号码他知道,肯定会接。你打吧!"

"这赖我!我还真把这秃驴给忘了。"大强一边打电话一边解释。

"哪个小和尚?"沙胡问。

"瞧你这记性!小和尚,又叫小地主,咱班的卢卫民。想起来了吧?小肚鼓着,头发稀稀拉拉的,小圆乎脸儿,最好闹怪的那个小个儿。"镇长用手比画成一个圈。

"噢,对,对,对!小地主,卢卫民。这小子现在干什么呢?"沙胡问。

"他的变化最大了,一会儿来了你就知道他干什么啦!这小子,现在神得很!打通了吗?"镇长卖起了关子。

"通了,他说他就在附近,马上就到!"

十三

"哈哈!你看谁来了。"没过五分钟,一位和尚打扮的男人走了进来。

沙胡赶忙站起身迎了上去。他不知道当年的小和尚如今真的穿上了袈裟,所以不知所措地双手合十。"用不着那么讲究,都是革命同志,就握握手吧!""小和尚"卢卫民把手伸了出来。

"嘿,我不知道怎么称呼你好了,你这是真当了和尚,还是演戏呀?"沙胡半信半疑。

"都一样!既是真干,又是假装!人生也是一场戏,无所有,毕竟空,不可得!你别在意!沙胡,你什么时候回来的?如果我在街上碰上你肯定认不出来了!"和尚笑容可掬地搬了把椅子坐下了。

"今天上午刚到,碰巧遇上了大强,于是就见到了你!我还是搞不大懂，你真的出家了吗？"沙胡的好奇心被吊了起来。

"这还有假？卢卫民是俗名，我法号叫释净，这是我的名片！"和尚从袈裟里面的口袋里掏出了一张名片。

"龙吟寺住持，失敬了。行啊，你真干上了？"沙胡还是有些不解。

"没什么大惊小怪的。沙胡，你不是在大学当老师吗？我其实跟你是同行。和尚就是老师的意思，对吧？听说你是搞哲学的，这就不用我解释了。职业分工不同而已，你别以为我穿上了这身衣服就不食人间烟火了。我这也是工作，这身袈裟就是我的工作服。我一进来就发现你看我的眼神怪怪的，没关系，看习惯了就好了。他们都习惯了。警察穿警装，军人穿军装，和尚穿袈裟，要是在过去，咱们镇长也要穿官服。电视里的古装戏你没看过吗？官服更讲究呢！"和尚不以为然地说。

"来，给法师倒杯酒！"镇长招呼服务员过来。

"算了，我刚喝过。中午咱市佛教协会来了几个朋友，一块儿喝了。没喝好，有点头疼！"和尚示意小姐不要倒了。

"那就来瓶啤酒吧，稀释稀释。"大强劝说。

"那好吧，就喝一瓶。"和尚同意了。

"来，我得跟沙胡喝一杯。人生过得真快，一晃三十年了吧？来，一块儿干了！"和尚很爽快，滴酒未漏。

"怎么样，庙里的香火钱收入还不错吧？"镇长端起杯子敬了和尚一下。

"托镇长的福，不错！我最近刚买了辆奥迪，你啥时候用随时吩咐！"

"行啊,你还真有两下子。广本不坐换成奥迪啦?"镇长"拉豆儿"既羡慕又嫉妒。

"奥迪A6,二点四,一般化。"和尚故意刺激他。"还不知足哇?!A6,二点四还差呀!我大小也是堂堂的一镇之长,不就是辆帕萨特吗?论级别你比我高哇!喊,还一般化呢!你淘汰的那辆广本呢?那辆买了还不到两年吧?""拉豆儿"不知打啥主意。

"送给我姑娘啦!我告诉她,结婚就不送别的东西了!她还挺不乐意,嫌车旧,嘿!"和尚笑着叹口气。

"我发现咱班同学现在就你混得实惠。剃了个光秃就以为自己真是和尚啦?喊,你那点底儿别人不知道,咱这帮子同学哪个不清楚哇?别太张扬啦!对不对?奥迪还一般化,看把你给显摆的!"镇长还是愤愤不平。

"我的车不就是你的车吗?我刚才不是说了嘛,你想用车随时开走。"和尚表情很诚恳。

"那好哇!明天用你的车把沙胡送到城里。"大强接过话茬儿。

"没问题。沙胡明儿就用我的车。"和尚高兴地答应了。

"不麻烦大和尚啦!我跟葛坏水的儿子约好了。从县里来的时候,我就是租他的车。"沙胡连忙推辞。

"你就别客气了,就让和尚的车送你进城。葛坏水儿子那车我知道,太破了!咱北京的大教授也不能太不讲究了。嘿,葛坏水也是咱班的同学呀,死了十多年啦!人生无常啊!来,为了咱们都还健康干一杯!"镇长又发出倡议。

"还有老歹、杨大碗、张鳖鼓、小六子、杜秉盖,这一算下来咱们小学这一个班已经提前走了六七位了。"大强掐着指头算了算。

"怎么,这几个都死了?"沙胡惊讶地重复了一声。

"是呀,老歹病死了。杨大碗跟葛坏水一样喝酒摔死了。小六子在山上开石坑,让炸药崩死了。张鳖鼓把老婆杀了,被抓起来枪毙了。杜秉盖是去年春天死的,练了十几年的什么功,不知吃了什么怪东西,说是食物中毒,没抢救过来。"王明清解释给沙胡听。

"别说这些不幸的事了吧!来,我再提一杯酒,咱们就净桌,我看大伙儿喝得差不多了。嘿,你看,这都快八点啦,从晌午两点多开喝,咱们已经喝了六个钟头了。两顿饭连成了一顿饭。这样,我提议咱们大伙儿一块儿再敬一次沙胡,希望他能常回来聚聚。三十年聚一次太长了,对不对?明年这时候沙胡要是能回来,咱们可以去高尔夫球场打打球,今年还没弄好。怎么样,干完了这杯酒,咱们一起去'美人丽家'玩玩?先唱唱歌,然后洗洗脚、蒸蒸桑拿。有特殊要求自己行动,我统一买单,行不行?来,干了。""拉豆儿"从始至终主持了这顿吃饭仪式。

十四

"快进来吧!你扭扭捏捏地干啥呀?不就是唱个歌吗?这不是你想象的红灯区,绝对文明。来,来,来!'屎盆儿',你帮我把沙胡扶进来,我看他喝高了。""拉豆儿"急得直喊。

"我不会唱歌,一唱歌就跑调。"沙胡看见包厢里站了一群穿着暴露的服务小姐,心里开始打鼓了。

"跑调怕啥呢?现在唱歌最时兴跑调了!来,你们那几个'小姐'别傻站着,快来照顾客人,不想做生意啦?"和尚在一旁吆喝着。

"再进来几个'小姐',让教授挑一挑。快,都站好了。你,你,你,还有你,你们四个留下,其他的都出去。你别站在这儿磨蹭了,长得这么丑还在客人眼前晃悠啥,快走吧!"

镇长坐在沙发上发号施令:"怎么样,沙胡?我替你选了几个,你将就着用吧!来,你们坐在这位客人两边,点唱!对,再拿几瓶啤酒来!"镇长"拉豆儿"比吃饭时表现得更兴奋。

"不行啦,我直想吐!我喝高了,我从来没喝过这么多酒!快,我得上厕所!"沙胡蜷曲在黑暗的角落里,一副痛苦不堪的样子。

"算了,算了,你们这几个姑娘都出去吧!"和尚摆了摆手,让"小姐"们退了出去。

"镇长啊,咱别勉强沙胡啦,人家是大学教授,整不了这俗的。"大强过来解围。

"大学教授也有嫖娼的,那报纸上不都登了吗?再说,我们就是唱唱歌嘛,也没干别的。行,就不难为他了。等会儿他的酒劲过了,带他去泡泡脚吧!哎,我说和尚啊,我看你对这儿倒挺熟的,是不是常跑这儿找'小姐'呀?"镇长又要拿和尚开涮了。

"阿弥陀佛!这里我还真没来过。隔壁郭老板开的那家洗浴中心我倒是去过几次,那里按摩做得不错。哎,你别往歪里想,那些按摩的可全是男的!"和尚认真地向镇长汇报。

"我也没说什么呀,谁往歪里想啦?自己心里有鬼才看别人歪呢!对了,我忘了问你了,你不是打算在龙吟寺大庙东头再修一座佛香阁吗,那钱筹集得怎样了?"

"你不问我还正想汇报呢！基本上差不多了，如果你能帮助化化缘就更好了。关键是地。"和尚说。

"地不成问题。这我有把握，关键是你的表现，懂吗？"镇长打断了和尚的话。

"懂，懂，懂，我懂！弘扬佛法，为地方建设做贡献。你放心吧！"和尚一个劲儿地点头。

沙胡还真醉了，连脚也没法泡了。大伙儿只好把他先搀到房间里休息，便各自回去了。

第二天早晨，除了"屎盆儿"和王明清，其他同学又都赶来送行。

"怎么样，昨晚跟徐小霞同房了没有？"镇长见到睡眼惺忪的沙胡劈头就问。

"呸，那好事还能轮到我？"没等沙胡回答，徐小霞便笑着朝镇长吐了一口。

"哎，你这可别怪我，谁让你不主动了！这可是百年不遇，千载难逢的好机会呀！你又没抓住吧？对于，机，机，机会，不仅要抓着，还要抓紧抓牢。抓而不紧等于没抓。昨晚可没人看着你们，谁知道你们干什么啦？对不对？"镇长做报告似的拉着长腔。

"小霞光顾着给我和闫红推销保险了，哪有工夫去干别的。"胡晶出来做证。

"你先别怪我们。你自己交代，你昨天是不是给沙胡找小姐啦？你说，你到底找没找？"徐小霞要去揪"拉豆儿"的耳朵。

"没有，绝对没有！为什么呢？一是我想有你和胡晶这几位女生在场，再去找别人那不是浪费资源吗？第二呢，说实话，咱这小地方还没几个模样长得好的,再说那些个'小姐'都是街坊邻居,乡里乡亲的,平常低头不见抬头见的,都认识,叔叔伯伯叫着,你好意思吗?更何况人家沙胡是大城市的人,这种品位他哪能看得上,对不对?"拉豆儿"又拉起了长腔。

"好,好,好,咱别再扯闲淡了。走,沙胡上车吧,坐一坐和尚的高级车。徐小霞你不是也回城吗,来,正好陪陪沙胡。你们俩离开兔子窝我们就不管了,爱干啥干啥,怎么干都行。"其他人都不大说话,只有镇长的嘴一直不停。

"沙胡,没啥好送的,带一箱蔬菜走吧,这是我'大棚'里种的,尝尝新鲜——绿色食品,没污染。"孟文革满头大汗地扛了个装满蔬菜的纸箱子赶来为沙胡送行。沙胡推辞了半天,他还是坚持让沙胡带上。

"带上吧,这是老孟的一番心意。你不吃,他也是拿它喂猪、喂鸡。哈哈哈,你吃了总比猪吃了强,对不对?""拉豆儿"紧着敲边鼓。

车子发动了,沙胡的眼圈湿润了。他冲大家抱抱拳,连"再见"都没说出口。

到了城里,沙胡把蔬菜箱子打开,发现里面有一封信。信是孟文革写的,信中反映了兔子窝镇在拆迁民房过程中侵害农民利益的一些问题,他希望沙胡能帮忙递给上级部门。沙胡回到北京后把信寄给了中央信访办公室。

快过春节的时候,沙胡给大强打了个电话。

沙胡告诉大强,他前两天在报纸上看到一条消息,说是省公安厅的孙武副厅长因涉嫌走私罪被开除党籍和公职,并移送司法机关审理。大强在电话里说，兔子窝的人早就知道了。老叶头儿听说这个消息后高兴得喝了个酩酊大醉，逢人就讲老天有眼、恶有恶报之类的话。

大强在电话里告诉了沙胡另外一件事：孟文革一个月前被县公安局给抓走了，听说是因为孟文革告黑状，给中央信访办写了封什么举报信，这封信后来被转到省里，省里又转到市里，市里再转到县里，最后好像到了镇里。镇里说孟文革纯属捏造事实、陷害好人，要把他绳之以法。不过，关了半个多月又把他放回来了。昨天我还碰见了他，人瘦了不少。我问他怎样，他一句话没说，像是不认识我似的。

沙胡的心一直在往下沉，他无奈地叹了口气，挂上了电话。

"烦！"他想起了海德格尔哲学的关键词。

西 瓜 船

苏 童

　　西瓜船大多来自松坑一带,河边住惯的人都认得出松坑的船,它们比绍兴人的乌篷船来得大,也要修长一些,木头的船体,下面临近水线的船板上包着白铁皮,船棚尤其特别,不是用油毡篷布做的,是一种用麦秆密密实实编结的席子,随意地架在四根木棍上,看上去像闹地震时候街上的防震棚。

　　每逢7月大暑,炎热的天气做了西瓜的广告,城北一带的人们会选一个清闲的黄昏,推上自行车,带着麻袋或者尼龙网兜到铁心桥去买西瓜。松坑来的西瓜船总是停在铁心桥桥堍下。7月第一批西瓜船从酒厂码头那里密集的船只中冲出来的时候,就有眼尖嘴馋的孩子从临河的窗子里看见了,跺着脚对大人喊,西瓜船来了,快去买西瓜!更有傻子光春这样的多事者,他们在岸上领着船往铁心桥那里奔,一边奔一边喊,西瓜船来了,西瓜来了!

　　年年都有西瓜船从松坑一带过来,船多船少而已。连小孩子都能一眼认出西瓜船,顶着那么个麦秆席子,船头上垒了简易的行灶，晨昏时分炊烟照样升起，看上去不像船队，倒像一组违章建筑的棚屋，盖到水上去了。

卖瓜的是老老少少的松坑男人。乡下的男人谁不勤快呢？可是到了铁心桥下他们就显出一种令人疑惑的懒散来，没客人的时候他们不是聚在一起打扑克，就是窝在西瓜堆里打瞌睡，有人跳到船上来，马上就醒了，从船棚里慢慢地钻出来。他们穿着白色的长袖衬衫和灰色蓝色的长裤，不习惯用皮带，裤子用蓝色的布带牢牢地束住，年纪大点的不注重仪表，常常歪敞着裤门，露出里面的花裤头的颜色。他们都带了鞋子，大多是解放鞋、雨鞋、布鞋，也有小青年置了皮鞋，却一律扔在舱里，打着赤脚。总体上来说他们穿得比街上的人多，却显得衣衫不整。他们在铁心桥下卖了好多年西瓜了，有的年年出来，街上的人能热络地喊出他们的名字，上了船和松坑人拍肩膀打屁股的，多半是为省下几个钱笼络人心。有的人还从冷饮店里买了四分钱的赤豆棒冰带上船呢。对于香椿树街人有所图谋的热情，卖瓜人嘴里应着，脸上堆着笑，但眼睛里闪烁着一种精明的防患于未然的光，说，赶紧挑几只回去吧，今年雨水多，瓜地里收成不好，就这么几船瓜，过两天就空船回去啦。

船上没有磅秤，用的是老式的大吊秤，遇到大宗的生意，要两个人用扁担把西瓜筐抬起来过秤，人手不够，别的船上的人就跳过来帮忙了。在船体的摇晃中，讨价还价的声音有时像激烈的口角，有时则像两个国家之间的外交谈判一样各抒己见，最后你让一步，我退一步，达成统一。就这样，一只只松坑西瓜离开西瓜船各奔东西，其中一只投奔到了陈素珍的篮子里去了。

陈素珍买瓜是一只一只买的，差不多隔一天买一只，挑拣讲价都极其认真,松坑人拍了胸脯包熟包甜才肯掏钱。从7月买到8月,到了8月,眼看松坑来的西瓜船渐渐空了舱,陈素珍想想儿子寿来那么喜欢吃西瓜,就有点抢购的想法了,一天买一只,挑得也不仔细了。松坑西瓜外表都是浑圆硕大的,也看不出哪只西瓜隐藏了不安定因素,陈素珍万万没想到那天她歪着肩膀把一只大西瓜提回家,费了那么大的力气,提回去的是一篮子的祸害。

  事情过去好多年,谁也不记得陈素珍买瓜的细节了,只记得她买到了一只很大却没有成熟的白瓤瓜。这样的瓜再常见不过,不好吃,但确实是西瓜。类似的事情也经常发生,容易解决,要不你就胸怀大一点,只当是吃萝卜把西瓜吃了,不怕麻烦的话就把西瓜带到铁心桥去,买了白瓤的,松坑来的西瓜船通常是允许换瓜的。

  陈素珍选择的是换瓜。她准备去换瓜时还惦记着另外一些家务事,香椿树街有好多忙碌又能干的妇女,恨不得一只手做两件事的,陈素珍就是那样的人。她的篮子里已经装满了酱油瓶黄酒瓶,突然又去拿了一块布料,准备带到裁缝店里去做睡裤。她嫌篮子分量重,就把那半只白瓤瓜拿出来了,空口无凭是常识,陈素珍怎么会不知道?所以她小心地用勺子挖了一块瓜瓤,包在油纸里,作为换瓜的证据。

  陈素珍挽着篮子来到铁心桥下,看见三只西瓜船走了两只,只剩下福三的船了。说起来也不巧,她过去都是在福三的船上买瓜的,这次看见另外一只船上人多,就凑热闹上了张老头儿那只船,没想到相隔一天,张老头儿和他的船竟然就不见了。陈素珍不相信那一堆西瓜能在一天内卖光,她猜测还是剩下的瓜不好,卖不掉了,船上的一老一少便把船摇去别的地方卖。陈素珍站在桥堍下,手里摸到油纸包里的那堆瓜瓤,忽然对松坑人产生了强烈的厌恶感,心里有恨嘴上就骂出来了,什么包熟包甜,乡下人,总是要骗人的!

她看见福三的船上只剩下福三一个人,另外一个小青年不知去哪儿了。陈素珍不知道福三的名字怎么写,叫是叫得出来的。她印象中福三是松坑人中最不爱说话的一个,不爱说话的人要么是最憨厚的人,要么就是最精明的人,陈素珍吃不准福三是哪一种人。她向福三的船走过去,准备对另外那只船上的人谴责一番,让福三听听,他转达不转达就随便了。还有松坑西瓜的品质,陈素珍觉得她也有义务代表香椿树街的人提出警告,如果明年还有那么多白瓤瓜,你们就别运到这儿来卖了,那样的西瓜,你们还不如留在松坑喂猪呢。陈素珍原来没想拿福三怎么样的,只是到了西瓜船边,看见福三那张黑瘦的脸从舱里升起来,福三的手里正抱着一只红瓤的西瓜,她脑子里忽然就闪出一个念头,并且先发制人地喊起来,福三福三,我买了你多少年西瓜了,你怎么给我一个白瓤瓜呀?

福三当时在吃瓜,他大概是刚刚睡醒过来的,脸膛上压着清晰的草席的纹路。陈素珍跳到他面前说,你自己吃的瓜那么好,怎么给我一个白瓤的呀?

福三看看陈素珍的篮子,里面有酱油瓶黄酒瓶,一堆湿漉漉的腌菜,还有一个油纸包,他揪了一条腌菜塞在嘴里嚼着,向陈素珍笑了笑,不说话。

陈素珍说,福三你不够意思,给我一个白瓤瓜。

福三转过头,把嘴里的腌菜吐到河里去了,说,酸的,不好吃。他向陈素珍看了一眼,还是不说话。

陈素珍说,福三你是哑巴呀?好好,你不表态就不表态吧,我也不要你表态,动手就行,去舱里给我抱个好瓜来。

福三这时吃完了西瓜,他吃剩下的瓜皮一块块的呈三角形,像是切出来的。陈素珍看着他把瓜皮一块块晾到船篷上去了。

晾干了吃吧?陈素珍问道,你们腌了吃还是炒了吃的?福三说,腌了吃,炒它还要用油。然后他回头问,那白瓤瓜呢?你不把瓜带来,我怎么换?

陈素珍就把那个油纸包打开来,说,我拿不动瓜,好大一只瓜,八斤三两的,我把瓜瓤拿来了,反正你一看瓜瓤就知道了,让人怎么吃?

福三盯着陈素珍手里的油纸包看,看看瓜瓤又看看她的脸,突然笑了起来,说,没见过你这样精明过头的人,拿一块瓜瓤来换瓜!

陈素珍让他笑得有点慌乱,说,一样的,有个证据就行了嘛。我在你船上买了这么多年西瓜了,这点后门不能开呀?

福三还是笑着,但笑容已经没有了善意,是冷笑了。你要是买了一只鸡不好,就拔根鸡毛来换鸡?他说,你这个女人,把乡下人都当傻子了,你们街上人多,人再多也记得住,你今年在哪只船上买的瓜?以为我不记得?换就换了,你还拿个纸包来换瓜,亏你想得出来,天下的便宜都让你占了!

陈素珍尴尬极了。她万万没想到福三会来欲擒故纵的这一手,让她意外的不仅是福三的清醒,还有自己对人的错误判断,人不可貌相,她看错福三了。我看错你啦,福三!陈素珍讪讪一笑,说,好你个福三,长了一副老实人模样,没想到这么精明的。陈素珍是个自尊心很强的女人,伤了自尊就赌气,她把油纸包朝水里一扔,说,不换就不换,算我倒霉好了,你们乡下人哪,总要骗人的。

陈素珍两手空空下了西瓜船,光是讨到个嘴上的便宜,结果篮子也忘了拿,是福三在船上用撑篙把篮子挑给她的。福三一边挑着篮子,一边批评了陈素珍带有歧视的观点,大姐你不该这么说话,乡下人怎么了,没有乡下人,你们天天吃空气去。陈素珍在岸上接过篮子,说,我没骂乡下人,谁把白瓤瓜拿出来骗人我骂谁。福三在船上说,不是我们要骗人,是今年雨水多,瓜都不怎么好,我们也没办法。陈素珍在气头上,抢白道,瓜不好还把船摇到这儿来卖?留在家里喂猪去。明年再来,看谁还上你们的当?

事情到这里应该画上句号的。以香椿树街人对寿来的母亲陈素珍的了解,西瓜换到了是好事,换不到也就算了,陈素珍是个要脸面的人,体质也不是很好,才不会为了一只西瓜不依不饶地往铁心桥那里奔。但是从另外一个角度来看,陈素珍买瓜主要是为儿子寿来买的,西瓜的主体是寿来用勺子挖着吃的,边缘部分归陈素珍,所以能不能自认倒霉,陈素珍一个人说了不算,还要看陈素珍的儿子寿来的态度。

寿来那年十七岁。大家都还记得十七岁的寿来在街上走路时皱着眉头斜着眼睛的样子。那样的表情是长期受到迫害的表情,但谁敢去迫害寿来呢?是寿来在迫害其他的男孩,还有一些无辜的动物。他当时已经杀过猫杀过狗,还没有杀过人,有人说他迟早要杀一个人的,此为马后炮,暂且不谈。寿来那天回家,照例看见桌上的半只切好的西瓜,浸在水盆里,他注意到瓜瓤是白的,挖了一块塞到嘴里,就吼起来,怎么是白瓤的呀?这是西瓜还是冬瓜?

我去换过的，张老头儿的船走了，你将就吃吧，就当吃冬瓜！陈素珍在厨房里忙着，她说，那福三不肯换给我，别看他样子老实，人精明得像鬼似的，我就是把一只瓜都带过去，他也不一定换的，松坑的乡下人，都不肯吃亏的。陈素珍在厨房里快快地说着话，声音带着一种明显的受挫后的怨气。陈素珍从不向儿子倾诉心中的冤屈，因为儿子从来不听她的。陈素珍习惯了在厨房里自言自语，一顿饭做好，唠叨结束，心中对一切的不满便也排遣得差不多了。她万万没有料到她教儿子怎么做人，儿子不听，她唠叨勤俭节约的好处，儿子不听，她对松坑来的西瓜船的批评，事关一只西瓜，外面的寿来却都听进去了。寿来抱着半只西瓜冲出去，陈素珍并不知道，她只听见儿子在外面骂了一句脏话。陈素珍后来告诉邻居，她在厨房里用腌菜炒毛豆，一点都不知道寿来抱着半只瓜出去了，就是这么炒一个菜的工夫，她把腌菜炒毛豆盛到碗里的时候，一颗毛豆莫名其妙蹦到地上，然后就有个邻居男孩奔进来说，不好了，寿来在西瓜船上捅了一个松坑人！

　　陈素珍再次去铁心桥的时候是一路奔去的，由于体质的关系，她奔跑一段要蹲下来歇口气，蹲下来浪费时间，她心有不甘，就用什么东西啪啪地敲打路面来撒气。我们好多人还记得她手里那把小小的铁器，不是什么别的稀罕东西，是一把炒菜铲子。

　　关于福三的死，最有发言权的是农机厂的王德基，他推着自行车从铁心桥走下来的时候，正好看见寿来像一只惊惶的兔子一样冲上桥，王德基和他的自行车无意中挡了他的道，寿来推了他一下，说，闪开！孩子们怕寿来，王德基他不怕，正要骂人，觉得肩膀那里怎么湿乎乎的，一看，是血。王德基知道不好，他大叫一声，寿来你给我站住！

寿来不理他，只顾向桥下狂奔而去，他穿着一双塑料拖鞋，倒像踩了风火轮一样，跑得飞快。

寿来你捅人啦？王德基在桥顶上喊道，捅了人才这么跑！

寿来不理王德基，一眨眼他就跑到桥下面了，站在那里向上拉了拉田径裤，对着桥顶上的王德基说，他先动手的！说完他在石阶上抹了抹手，抹完手又跑，一眨眼就在香椿树街上消失了。

王德基顺着那摊血迹往桥那面走，嘴里说道，看来是捅了人了，这么多血！他一下桥就看见那个福三手里提着一把西瓜刀，摇摇晃晃地从西瓜船那里走过来，旁边尾随着一群尖叫的妇女和骚动的小孩子。

那个西瓜船上的福三，他拖曳着一条血线走过来，走到公共厕所的墙边走不动了，弯下腰，脑袋顶在墙上，眼睛却愤怒地瞪着王德基。

是你呀？你不是卖瓜的福三吗？王德基胆子大，迎着那个血人走过去。福三浑身是血，倚在厕所的墙上，身体已经抖得很厉害了，一只手努力地举着那把西瓜刀。王德基说，你拿着刀干什么？福三说，给小良。王德基说，给小良干什么？去捅寿来呀？福三先摇头，然后又点头，他瞪大眼睛注视着王德基，手里仍然举着西瓜刀。王德基突然明白他是在向他求救，他要让他拿着那把西瓜刀。王德基就摇头，说，我不能拿刀，我怎么能帮你去捅寿来？现在顾不上那些了，我把你送到医院去。

王德基是热心人，他起初要用自行车驮着福三，但福三对着自行车后架坐上去，坐了几次都掉下来了。王德基扶着车把等了好

288

久，看他坐不上来，干脆把自行车锁了，扔在墙边，说，你失血过多，没力气坐自行车的，不如我背你吧。

是王德基背着福三上了铁心桥。王德基力气大，背着个人，跑得还很快，跑到桥顶的时候他看见陈素珍抓了个锅铲，白着脸向桥上跑。王德基大声说，你现在跑来有什么用？你儿子闯下大祸了！

陈素珍半蹲在桥下喘气，一边努力地要看清王德基背上的人，是福三吧，他要紧不要紧？

王德基说，还要紧不要紧呢，血都流了一路了，你说要紧不要紧？王德基本来指望陈素珍帮他一把的，可是当他们下桥的时候陈素珍看清了福三身上的血，女人毕竟是见不得血的，又是肇事者的母亲，陈素珍"呀"地叫了一声，人就瘫在桥下了。与此同时，王德基听见后面也当地一响，福三手里的西瓜刀也掉了，刀正好落在陈素珍的脚下。王德基就站住问福三。要不要捡回来？那是物证，别让人捡去了。

福三却听不懂他的提示，他问王德基，你是不是小良？

王德基说，我不是小良，我是农机厂老王，你不认识我了？前两天我们还在杂货店见面的，你不是打了半斤粮食白酒吗？

你不是小良？福三说，小良死哪儿去了？

王德基说，我怎么知道，他去哪儿你不记得了？你失血过多，脑子现在还清楚吗？

我脑子很清楚，就是人不能动。福三说，小良去买肥皂了。你不是小良，我以为是小良在背我。

脑子清楚就好，救命最要紧。王德基说，你就不要小良小良的了，谁背你都一样，背你上医院，救你的命！

街上有男孩子们追着王德基跑，边跑边问，谁呀谁呀？大人都惊讶地站在店铺和自己家门口，随口评价道，又是打群架的吧，打成这样！经过杂货店的时候，王德基喊了一声小良，小良来买肥皂了吗？杂货店里的女店员拥出来看王德基背上的血人，她们不认识什么小良，光是向王德基打听他背上的是谁，还给他提建议，说，王德基你怎么背着他跑，怎么不叫救命车呀？王德基说，我有三头六臂呀？他在我背上，我怎么去叫救命车？

街上那么多人，偏偏小良不在街上。桃花弄弄堂口有一堆人在下棋，王德基冷眼里看见谢胖子坐在小板凳上，谢胖子也是个热心人，可是到了棋盘前他就对什么都无动于衷了，他的脑袋从别人的身体缝里钻出来，向王德基这儿张望了一番，又缩回去了。王德基一赌气就不再去寻帮手了，好事做到底，干脆他一个人送他去医院好了。

福三像一件行李似的静下来了，安心地伏在王德基的背上。王德基说他感觉不到什么，只是觉得福三人越来越重，偶尔地像是打摆子一样颤抖几下，又不动了。背着那么大个人，开始双方都在调整姿势，渐渐地就没有什么不熨帖了，因为血的缘故，福三好像是被胶水粘在他背上了。王德基说他一路上不停地说，挺住挺住，快到了，快到了。鼓励福三，也是鼓励自己，结果王德基挺住了，福三却没挺住。王德基告诉大家，他们走过北大桥的时候看见了一辆运水泥的货厢车，货厢车的司机不肯停车救人，王德基骂他他还狡辩，说什么救人要紧抓革命促生产更要紧。

王德基不知道福三为什么没有坚持到最后，他跑得够快的了，他不敢夸口比救命车跑得快，但一定比自行车跑得还要快。他们快到第五人民医院的门口时，那个叫小良的松坑人追来了，是个没什么用的农村小伙,只会哭,对着王德基喊,谁干的谁干的?那架势倒是要让王德基交人出来,王德基一急就向他吼了一声,先救人再破案!铁打的汉子王德基,这时人也站不住了,他帮着把福三移到小良的背上,赶紧去扶墙,扶着墙呕吐,吐了几下,发现那小良背着人还在哭,他就火了,搡了他一把,哭有屁用,快进去呀!这一推搡他发现福三不好了,福三的眼睛还愤怒地瞪着天,目光却凝固了,王德基胆子大,用手指撑开他的眼眶看了看,福三的瞳孔已经放大了。而那个小良,是个没用的小伙,他背着福三撞进了医院传达室,对着一个老门卫哭喊着,医生,快救人哪!

关于福三的死,王德基怎么说这里就怎么写,当年香椿树街的青少年追着王德基,让他一遍遍地回忆送福三去医院的种种细节,坦率地说有人是对血腥感兴趣的,王德基况且能够掌握分寸,主要强调救人的艰辛和救人不得的遗憾,事情过去这么多年,我不得不考虑西瓜船故事对青少年读者可能产生的负面影响,恕我古板,福三之死,福三在第五人民医院的太平间引起的种种风波,我决定放弃更进一步的描述了。

回到西瓜船来,先说说西瓜船上的另一个人小良吧。

小良是个没用的人,而且有点笨,这一点不用王德基介绍,大家也看得出来。派出所的人在西瓜船上立了一块牌子,闲人禁止入内。包括小良,小良也被禁止上船。派出所的人一定向小良解释过保护现场之类的话,小良似懂非懂,他被有关人员从舱里推到船头,从船头推到岸上,脸上始终是一种梦游般迷惘而顺从的表情,直到派出所的人要走了,他突然又哭起来,对着他们的背影喊了一句，人到底抓到没有？

　　夜里派出所的人都走光了，来了一些街上的闲杂人员，无端地对事发地点进行种种细致的考察。他们看见小良坐在岸上，抱着膝盖睡，有点碍事，便怂恿他上船去睡，有人受过治安处罚，对所有穿白制服的人都怀恨在心，顺嘴便诋毁起刚刚离开的公安干警来，他们懂个屁，你别把他们的话当圣旨，管管野鸡小流氓他们在行，杀了人他们就乱套了，什么指纹证据的，那么多人看见寿来捅的人，还要什么证据？上你自己的船睡去，你又不是闲人，怎么禁止入内了？又有人替他出主意，说街上的工农浴室重新开张了，只要给看门老头儿一只西瓜，他一定同意你在铺上睡的。这主意马上被其他人轻蔑地否定了，说，你没脑子，没看出这兄弟放心不下船吗，还有西瓜，他在这儿看西瓜呢。

　　小良只是用狐疑的眼光看着三霸那些人，那些不三不四的人，一旦热心肠了，就显得居心叵测，小良也许有点怕他们，他警惕地注视着三霸他们，身体则不时地移动着，为他们腾出位置。他说，我就在这儿睡，我要看船的。小良缩着身子，把脑袋埋下去，继续睡，耳朵却在仔细地听着三霸他们对寿来的评价，他听出来寿来和这群人不是一伙的，就突然地骂了一句，杀千刀的东西，为了一只瓜呀，乡下人的命就抵一只瓜？

　　由于满城的人都听说了西瓜船上的事情，从早晨到夜晚都有人跑到铁心桥下来看那只船。杀人者和死者，不可能滞留原地让人参观，但船被封了，还停在那里，血也还一点一滴地留在船头和岸上。白天的时候小良要勇敢得多，闲人看船，小良就瞪着眼睛看他们，他说，我们松坑马上就要来人了，人已经在路上了。别人听出来那是要采取报复行动的意思,就告诉他说,寿来昨天就铐走了,他在火车站等火车,等得不耐烦,到旁边文化馆里看录像片,刚刚坐下就被铐走啦。小良说,铐走就行了?一条命呢,乡下人的命就抵一只瓜?又有人告诉小良,寿来家里放话出来了,寿来才十七岁,未满十八周岁算少年犯,是去劳教,不会枪毙的。小良就厉声叫起来,你们少来骗人了,十七岁就可以随便捅人?那好哇,让我们松坑不满十七岁的都来捅人,捅死人不偿命嘛!别人看小良的眼睛红红的,人很冲动,很聪明的面孔却一点也不懂法,都不知道怎么跟他讲里面的是非,干脆不惹他。你不惹他,小良自己就慢慢平静了,平静下来更消极,说话是打倒一大片的方式,你们都是穿连裆裤的,你们的思想都一样,他说,乡下人的命嘛,就抵一只瓜。

夜里铁心桥两侧的人家有人起夜,隔着临河的窗便可以看见西瓜船,还有岸上一个货包一样的东西,他们都知道那不是货包,是守船的小良。

松坑人大闹香椿树街的事情发生在三天还是四天以后,我现在已经记不清楚了。人们后来知道从松坑来的两台拖拉机停在城北水泥厂门口,从拖拉机上下来了二十几个人,大多是青壮年,手里提着锄头铁镐之类的农具,水泥厂门口的人正在纳闷呢,看见那个小良从铁心桥方向飞奔而来,小良一边跑一边抹眼泪,人们清晰地听见了小良哭叫的声音,怎么到现在才来,到现在才来!

从松坑搭乘拖拉机来的二十几个人,其中一些人我们没见到,他们从水泥厂那里直接上了北大桥,去第五人民医院的太平间了。另外一些人在小良的引领下,浩浩荡荡地穿过香椿树街,到陈素珍家门上去了。

除了多年前城北地带造反派的武斗,香椿树街的居民们,从来没见过像松坑人讨伐陈素珍家这么紊乱而壮烈的景象。冲到陈素珍家门上的大约有二十个松坑人,是拥进去的,人多门窄,门很碍事,松坑人便把门卸下来了,说要把寿来放到门板上去,抬到医院去陪着福三。极少数松坑人衣冠整齐,有一个像是农村的干部,他手里没有农具,衬衣口袋里别着一支钢笔,大多数人一看就是临时从地里上来的,面孔很凶恶,身上则隐隐地散发出田野或泥土的清香,有的挽到膝盖上的裤腿管忘了放下来,小腿上还结着水田里的泥浆。

他们闯进寿来家的时候,寿来的父亲柳师傅刚刚从江西的什么兵工厂赶回来,他在厨房为陈素珍熬药,陈素珍已经在床上躺了好几天了。她是个常年患有头痛病的女人,没什么事也会犯病,何况家里出了这件天大的事。陈素珍在等药的时候听见门外响起惊雷般的脚步声,然后便是药罐子砰然落地的声音,柳师傅大叫起来,你们这么多人,进来要干什么?此后柳师傅的声音便被淹没了,是高高低低的陌生人的声音,是松坑人嘈杂而统一的愤怒的声音,把人交出来把人交出来!其间夹杂着女人尖厉的哭声。陈素珍预感到要发生什么事了,她想从床上爬起来,但身体起不来,眼前天旋地转,她拼命向丈夫喊了一声,快跑,快去报案!她的声音却在一种巨大的声浪里沉下去了,然后她听见家里门窗被摇晃砸打的声音,橱柜里的碗碟轰隆隆地泻到地上的声音,她听见丈夫的吼声很快低沉下去,变成一阵阵痛苦的嘶叫,陈素珍就抓过床边的一只闹钟向门上砸去,别和他们打,去报案!

陈素珍不知道她丈夫是否听见了闹钟砸门的声音,她记得是几个松坑男人冲到了房间里,其中一个是小良,她认得的,另一个没见过面,凭着那人黑瘦的长相,几乎可以肯定是福三的兄弟。陈素珍并不畏惧,她躺在床上冷静地望着他们,一字一句地说,我儿子已经抓走了。她觉得他们拒绝听她说话,他们说,把人交出来把人交出来!陈素珍说,你们上我家来没用,杀人偿命,他也得死,有法律的。他们说,把人交出来,把人交出来!陈素珍知道她说什么也没用,就不说什么了,她躺在床上,异常冷静地注视着他们,还有他们手里的锄头。她说,你们要觉得一命抵一命还不够,把我的命也抵上好了,我不怕的。

陈素珍注视着他们手里的锄头,她相信他们不敢那么做,她看见福三的兄弟茫然地瞪着她,她的目光勇敢地迎了上去,结果他先把目光闪开了。福三的兄弟瞪着她的枕头,还有柳师傅早晨放在枕边的一包饼干,说,你还在吃饼干哪。那人一定是福三的兄弟,他撩起陈素珍身体下面的印花床单,看看床单下面的草席,他说,你把床单铺在席子上睡,这么睡才舒服?福三的兄弟用手里的锄头柄敲敲整个漆成咖啡色的床架,你睡这么高级的床,就养了那么个畜生出来?他讥讽的语调忽然激愤起来,眼睛里的怒火熊熊地燃烧起来,是你养的儿子不是?我娘在家里哭了三天三夜了,一滴水都没进嘴,你还在家里睡觉,你还躺在床上吃饼干!

松坑来的人做了一件令陈素珍永远无法忘记的事。他们不能容忍她躺在床上,或者仅仅是不能容忍她枕边的一包饼干,她记得福三的兄弟先是抢过饼干扔在地上,用脚踩得粉碎,然后他对其他几个人吼道,砸了她的床,看她怎么在床上吃饼干!他们挥起锄头砸打床架榫头的时候,陈素珍的身体在上面被迫地颠动起来,她万万没想到她受到的是这么奇怪的屈辱,她没有一点力气去阻止他们,她的身体可笑地颠动着，而她坚强的神经也随着床架的崩溃在崩溃，陈素珍哭了，突然的一下，她感到自己的身体下沉了，床板的一头落在地上，另一头倾斜着搭在架子上，她身体也像码头运输槽上的一包水泥一样滑落下去了。

那天柳师傅始终没能走出门去，松坑人手里的农具虽然不是冲着人来，主要是摧毁家中的门窗家具，柳师傅知道那是报复，但如此野蛮的报复他接受不了，慌乱中他抓起了一把菜刀，结果这把菜刀恰好激发了松坑人对那把西瓜刀的联想，有人喊起来，儿子学的是老子样，都拿刀哇！松坑人哪里知道柳师傅其实是个有公论的厚道人，跟他儿子是两种人，松坑人不分青红皂白拥上去教训柳师傅，不知道是谁的农具伤到了柳师傅，柳师傅坐在盛米的缸上，怎么也站不起来，后来才知道他的三根肋骨被打断了。

是邻居钱阿姨去报的案。钱阿姨在陈素珍家门口，几次三番地努力，就是进不去。松坑来的人还安排了站岗的，不准邻居进去。钱阿姨说，你们来解决问题是可以的，但是不能这么闹的，左邻右舍多少上夜班的，白天要睡觉，你们闹得天翻地覆的，让人怎么休息？她对松坑人的说服教育起不到一点作用，就气呼呼地走了，临走说，这不是你们乡下，人多就能解决问题，你们不听我劝可以，等会儿看谁来劝你们！

开始是派出所来的人，一老一少两个户籍警，凭借着身上的制服勉强冲进了陈素珍家。老的是香椿树街人人皆知的秦同志，秦同志有经验，一进去就知道局面不好控制，一边察看柳师傅的伤，一边试图说服松坑人离开，年轻的那个就不注意工作方法，拿出手铐就要往人手腕上戴，结果满屋子的农具都举起来对着他，好在秦同志把他拉到一边去了。秦同志知道这群人不容易对付,他对年轻的同事耳语了几句,年轻人马上就从满屋子人堆里挤出去了,出去干什么?请求支援去了。

后来就来了一辆东风化工厂的卡车,卡车上冲下来七八个人,人不多,都束着军用皮带,穿着蓝色工作服,却一律带着步枪。围在陈素珍家门口的人还是第一次这么近距离地看见枪,有个男孩多嘴,尖声说,是工人民兵,枪是假的!这话惹恼了带枪的一个民兵,对着那男孩说,假的?要不要打你一枪试试?

带枪的人一进去,陈素珍家里瞬间便安静下来,先是几个民兵把松坑人的农具一件件地拖出来,扔到卡车上,有人在旁边一二三四地数着,锄头七八把,铁镐五六把,甚至还有两把镰刀。农具后面是人,一个个被推出来,有人也在旁边数了,一二三四,一共十七八个人,其中妇女两名。那个正当哺乳期的妇女不知道是福三的什么人,嗓音异常的尖厉,她一手擦拭着胸襟上满溢的奶汁,一边哭一边嚷着什么,听不清她嚷嚷的内容,但看她的眼神是面向外面围观的人群,大抵是要大家评个理主持个公道什么的。

松坑来的男人都被工人民兵弄到卡车上去了,不管有没有动手伤人,去调查清楚了再说。两个妇女原来可以赦免,她们开始是站在下面的,一个不停地撩起衣襟抹眼泪。另一个哺乳期的妇女则向旁观者说个不停,松坑话说快了不容易懂,反正听得出来她是在争取别人的同情,好好的一个人来卖西瓜的,你们买西瓜那点钱怎么还买人命呢?人都死了,我们来出口气还不行?听者却不宜对她表达自己的立场,有人很关心他们与死者的关系,忍不住问她,你们两个女的,谁是福三的老婆?她摇头,说,我是他妹妹。另一个呢?另一个不肯说话,还是哺乳期妇女替她介绍了,也是妹妹,福三的妹妹。

福三的两个妹妹原本不用上车的,她们听见卡车鸣笛吓了一跳,看见卡车要开走她们一定想到了某些未知的后果,一齐尖叫起来,两个人扑上去,一左一右拉着后挡板,不让卡车走,看看两个人的力气拉不住卡车,喂奶的那个妹妹就跑到卡车前面去,躺在地上了。

福三的那个妹妹,也不知道叫什么名字,反正大家对她印象是最深的。她就那么躺在地上,视死如归的样子我们以前只在电影里见过,但无论从哪方面来说她又不像人们心目中的女英雄,她躺在卡车轮子前面,衣衫零乱,胸口湿了一大片,肚子极不雅观地袒露出来,圆鼓鼓的,悲壮地起伏着。好多人都跑到卡车前面来看福三的妹妹了,街上人越聚越多,狭窄的香椿树街的交通很快堵塞,交通堵塞以后就有孩子在这儿那儿乱吹哨子,哨子的声音更使香椿树街的空气沸腾起来。

城北派出所所长老金也来了,老金亲自出马,足以说明遇到的局面多么棘手了。照理说老金在香椿树街解决任何事情都容易,但这涉及工农关系的风波弄到这么不可收拾的地步,又没有相应的文件说明,他也没办法了,脸色便很难看。老金找到那个干部模样的松坑人,请他去说服福三的妹妹,但那个干部眼睛里闪着狡黠的光,说,她不要命,你们就让车开过去好了。我们松坑人命反正不值钱嘛。看得出松坑的干部也不懂法,他是不会协助执法了,老金也是被激怒了,卷起袖子说,敬酒不吃吃罚酒,来人,把那泼妇一起抬上车!

这样,就干脆地解决了问题。我们看见福三的妹妹被几个人合作着抬上了卡车,她当然是拼命挣扎的,挣扎也没用,人还是被轻盈地抬了起来，她的尖叫声听上去很恐怖，夹杂着松坑一带的脏话。有人刚刚从人堆后面钻到前面来，脑袋从别人的肩膀上努力地探出去，嘴里发出啧啧的声音，哎哟，怎么像杀猪一样？这乡下女人好凶！前面的人都知道事情的原委了，同情心忽然偏东，忽然偏西，现在都偏向松坑人了，三言两语解释不了自己的立场态度，就简短地说，你没有调查就没有发言权。

乱了好久，卡车慢慢地能开了，松坑来的那些人，男男女女的都在化工厂的卡车上，一张张脸带着疲惫之色从人们头上缓缓而过。看得出那是一些受到过惊吓或威慑的脸，有的人脸上还残存着恐惧，有的恐惧而茫然，眼神便显得楚楚可怜。有的人看上去有点羞怯，像小良，街上好多人在他船上买过瓜的，认得他。当然也有向街两边侧目怒视的，像福三的兄弟。最无所畏惧的还数那个干部，他站在上面摆弄了几下口袋里的钢笔，表情显示出一种故意的傲慢来，而且他还学领导人的样子，向什么人挥了挥手，大家左顾右盼地寻找他挥手示意的对象，也没找到谁，猜他的用意，也许就是显示他的无所畏惧吧，但好多人意识到，他这么随意地一挥手，那架势倒有点像毛主席在天安门城楼接见红卫兵呢。

9月初的一天，福三的母亲来了。

起初没人知道那个在铁心桥边来回走动的老女人是谁，她穿一件蓝色对襟褂子、黑裤子，草鞋，头上包着毛巾，是松坑一带老年妇女寻常的装束。她先是站在桥上向河两边眺望着什么，一边眺望一边擦眼睛，她的眼睛里有一层明显的白翳，也许是白翳遮挡了视觉，她没望到什么，又下到桥堍来，手搭在额上向河的这边那边望着,还是没有她寻找的东西,就拉住过路的幼儿园老师沈兰问了,妹妹呀,夏天在这儿的西瓜船怎么不见了?

沈兰是外地人,一直和儿童们说惯普通话的,听不懂她的松坑话,就让她去居委会。她没有反应,明显不知道什么是居委会,沈兰就用手指着河对岸的一个漆成红色的窗户说,居委会就是居委会嘛,你过桥,去那间房子,房子里面就是居委会。

可是福三的母亲眼睛不好,她既看不见对岸的红色窗子,也听不懂居委会的意义,她说,妹妹我找西瓜船,一只船哪。她感觉到别人不耐烦了,脸上绽出了一个巴结的笑容,说,一只西瓜船,就是出人命的那只西瓜船哪。沈兰这才猜到松坑来的老女人的身份,她看见福三的母亲喉咙里咯地响了一下,似乎要哭了,一只手赶紧抬起来,按着脖子,按了一下,又按了一下,居然把哭声压住了。然后沈兰惊讶地看见老女人的脸上重新堆起了笑容,她说,妹妹你帮帮我,我眼睛不好,看不见的。

西瓜船是不见了。沈兰下到石埠上,在河的两头搜寻了很久,她看见卖大蒜头和猫鱼的小船,捞河泥的铁船,运水泥的驳船,甚至还有一只粪船臭烘烘地停在桥堍厕所那里,偏偏看不见西瓜船的影子。沈兰说,怎么不见了呢,我天天从这儿路过,西瓜船原来一直在这儿的,昨天刮风,大概是漂走了,漂得不会太远的。福三的母亲说,漂到哪儿去了,东边还是西边,妹妹你告诉我,我眼睛哭坏了,你指着我看不见的。沈兰说,我也看不见,指也指不了,我还是带你去居委会,让他们替你找一找吧。

沈兰就领着福三的母亲过了铁心桥,上桥的时候她问,你那么大岁数了,眼睛又不好,怎么让你出来找船呢?福三的母亲说,不是我家的船哪，是福三向旺林家借的船，福三人不在了，船要摇回去还给旺林的。沈兰说，不是问你这个，我问你，你那么大岁数，怎么让你出来摇船呢，让你把船摇回松坑去呀？福三的母亲说，我摇回去，慢慢地摇，摇个两天就到家了。福三的母亲不知道为什么听不懂沈兰的意思，沈兰干脆就直接问了，家里没人手了？听说福三他弟弟妹妹都让他们扣起来了？还没放回去？福三的母亲这时候犹豫起来，人靠近了沈兰，凑到她耳边悄悄说，妹妹你是个好人，我说给你听不怕，福三的弟弟妹妹昨天刚刚放回去的。沈兰说，那让他们来摇船回去嘛。福三的母亲朝桥上看看，又向桥下望望，轻声道，我不敢让他们再来了，说什么也不敢了。警察说这次饶我们一次，也不用赔那家人东西，医药费也不赔，警察说一事归一事，再来就犯法了，也要吃官司。

  福三的母亲被领到了居委会的女干部崔主任那里。崔主任当时忙着爱国卫生月的宣传事务，她让福三的母亲喝了一杯水，让她不要急，说那么大一只船，不管漂到哪里，总是在河里，不会长翅膀飞走的。船只要没漂出北大桥去，就算她的居委会的事。崔主任说如果船漂到北大桥外面去，她也会和桃花汀居委会协商解决的。

  福三的母亲被沈兰领到了基层组织，是她后来找到西瓜船的关键第一步。居委会依靠群众，即使是个风吹草动，自然也有群众会向他们如实反映，何况那么大一只船呢。两天前恰好有人向崔主任反映，有一个叫歪嘴的青年趁西瓜船无人看管，拿了个箩筐把船上剩下的西瓜全部拖回家去了。那两天整个香椿树街的街道干部都在为陈素珍家解决问题，又要准备爱国卫生月的工作，无暇顾及西瓜船上剩下的几只西瓜，就把这事搁下了。

崔主任差人把歪嘴叫来了，她也不透露福三母亲的身份，只是让他坦白从西瓜船上拿了几只西瓜。歪嘴斜着眼睛观察崔主任的表情，判断她是证据确凿的，就反问道，你说还剩几只？你说几只就几只。崔主任板起面孔说，我问你还是你问我？歪嘴我告诉你，你偷鸡摸狗的事情别以为我们不知道，都记在本子上了，几天不找你你就翘尾巴！歪嘴果然老实了许多，说，没剩几只瓜了，我不搬了吃也要烂掉的，有几只都烂了嘛。崔主任逼问道，到底是几只？你说，对我说了没事，不说以后就对派出所说去。歪嘴说，十一二只吧，好几只是烂的。崔主任说，好，就减半算，算六只西瓜，一只算三毛钱，你现在赔人一块八毛钱！

歪嘴这才注意到凳子上的福三的母亲，看她头上那块毛巾便知道是松坑来的人，他马上就冲她嚷起来，几只烂西瓜，你敲竹杠啊！福三的母亲吓得站了起来，弟弟你说什么，我从来不敲人竹杠，敲竹杠要遭报应的。我找船哪，弟弟你拿我儿子的船了吗？歪嘴说，我只拿瓜，我又不是托塔李天王，怎么拿得动船？你儿子的船去哪儿了，别问我，问王德基的儿子去，我看见他带两个小孩摇船玩的，玩到铁心桥桥洞里去了。

崔主任命令歪嘴立功赎罪，去把王德基的儿子安平叫来。歪嘴靠在门框上思考了一会儿，和崔主任谈了条件，说，那我去把安平拎来，拎来就没我的事了吧？崔主任说，有事没事我说了不算，又不是我的西瓜，要问这位老大娘。歪嘴就把脑袋转向福三的母亲，你到底要不要我赔西瓜钱？要赔我给你五毛钱好了。福三的母亲摆手说，不要赔不要赔，我不是来要瓜钱的，我要把我儿子摇出来的船摇回去，弟弟你行行好，帮我找找船吧。

福三的母亲原来是要跟着歪嘴去的，歪嘴不愿意让她跟着，崔主任也劝她留下来等。福三的母亲就坐下来了，坐在窗边，看着窗外面的河道。崔主任又给她倒了杯水，她客气推托了半天，说喝不进去了。又问崔主任以前在铁心桥下卖葱的老太太还在不在，说她也是好人，也给她喝过开水的。崔主任问，哪个老太太？姓什么？她却说不上来，光说那老太太嘴角上有一颗痣。崔主任其实没有兴趣和福三的母亲交谈，嘴里哼哼着，手上忙自己的工作，听见福三的母亲说，我年轻时候摇船到铁心桥来卖过白菜，认识好多人的。崔主任随口问，都认识谁呀？福三的母亲想了想，说，老虎灶上的人，药铺里的人，烟纸店里的人，我认识几个人的。崔主任说，老虎灶去年刚拆的，药铺就是现在的新风药店嘛。福三的母亲叹了口气，说，我有了五妹以后就没空出来卖白菜了，二十年没来铁心桥了，他们也认不出我来的，我眼睛哭坏了，我也认不出他们的。

正说着话歪嘴在外面把安平推进了门，把安平推进来歪嘴就完成任务，甩手走了。安平镇定自若地站在门口，斜着眼睛看看崔主任，看看福三的母亲，一只手挖着鼻孔。崔主任说，王安平你把人家的船摇到哪儿去了？安平说，不知道，船到哪儿去了？崔主任说，不是你摇的船吗？你不知道谁知道？安平说，我就解了缆绳，谁说我摇了？是达生摇的，我们就把船摇到铁心桥桥洞，船自己横过来，卡在桥洞里了，我们就上去了。崔主任学他的腔调说，你们就上去了？你们把别人的船摇出去，卡在桥洞里你就不管了？安平说，船现在不在桥洞里，它自己漂走了。崔主任火起来，说，自己漂走了，不是你的责任？去把达生叫来，你们负责把船找回来，否则我告诉王德基，看他怎么收拾你！

福三的母亲弯着腰坐在凳子上,过了一会儿坐不住了,起来去拉崔主任的衣服,说,崔同志你跟小孩好好说。又走到安平面前,弯腰替他拍了拍裤子,她的表情看上去忧心忡忡的,但还是努力地向安平挤出了笑脸,她说,弟弟乖呀,我们乡下没有船过不了日子的。安平说,你拍我裤子干什么,又没有灰!他厌恶地瞪了她一眼,在她拍过的裤子上又拍了一下。福三的母亲便去摸安平的脑袋,说,弟弟乖。安平一甩手,身体灵巧地向后一跳,就把福三母亲的手晾在半空了,他继续挖着鼻孔,斜着眼睛看福三的母亲,突然说,是你儿子让寿来捅死的吧?

崔主任这时候冲过来,用报纸在安平头上拍了一下,说,我要不告诉王德基,我就不姓崔!崔主任回头看福三的母亲,福三的母亲弯着腰站在那里,身体抖了一下,并没什么异常。她对崔主任摆摆手,小孩子的话,我不计较的。她撩起衣角在眼睛四周抹了一圈,说,自己命苦,不好跟别人计较。前年我家老头子病殁了,去年春上猪圈里闹猪瘟,死了三头大母猪,今年是福三出事情,一年一灾,我眼泪哭干了,我一哭眼睛痛得厉害,眼睛一痛头疼病会犯,犯了头疼病我就没力气摇船了,我不能再哭的,我要把船摇回家的。

把船摇回去。崔主任听出来这件事情对于福三的母亲来说比天还大。福三的母亲的精神状态让崔主任松了口气,有的妇女以为居委会就是让她们哭闹让她们晕倒的地方,崔主任是很反感的,福三的母亲不哭也不闹,让她感到同情,还有一丝侥幸,唯一棘手的是那只船,不知道漂到哪儿去了,不知道是不是还在北大桥以东香椿树街居委会的管辖范围内。崔主任不能扔下工作帮着去找船,她就严肃地对安平说,王安平同学你听好了,你马上带着这位老大娘去

304

找她的船,从铁心桥找到北大桥,这是我给你的任务,你完不成我有办法,什么办法。你不懂?真不懂还是假不懂,很简单的,让王德基替你来完成这个任务!

那天下午我们看见王德基的儿子带着福三的母亲沿着河边人家走,有人指着老妇人问安平,那是你外婆吗?你外婆是松坑的?安平没好气地说,你外婆!你外婆才是松坑人!福三的母亲也不计较他对松坑人的歧视,对着路遇的人笑脸相迎,说,同志你看见松坑那只西瓜船了吗?安平说,你还要不要我找了?要我找你就别问东问西,话又说不清楚,是船不是酒,别人以为你要找酒喝呢!福三的母亲又试图去摸他的头,手伸出去又缩回来了,说,弟弟乖,奶奶眼睛坏了,看不见,要你帮忙啊。安平就哼了一声,说,你懂不懂学雷锋,崔主任在逼我学雷锋呢,我不学雷锋她就让我爸爸收拾我,这个妖婆!

走到达生家门口,安平对福三的母亲说,你在这儿等,我到这家去看看。安平推开虚掩的门,闯到达生家里,嘴里喊着达生的名字,人径直穿堂入室,直扑临河的窗子而去。达生的母亲李金枝正在缝纫机上缝窗帘,让安平吓了一跳,说,死孩子你干什么,吓死人了!安平说,我找达生!李金枝说,达生不在!达生他爸爸不是警告过你不准找达生吗,你把我家达生都带坏了。安平冷笑一声,还警告呢,谁稀罕找他呀?告诉你吧,我在学雷锋,找一只船!安平嘴里说着话,人已经上了达生的床,跪着,打开临河的那扇窗子,探出身子向外面的河道看。李金枝拿了把量衣尺子来打他,安平叫起来,别打我,我骗你是狗,我在学雷锋,是一只船,你看见有船从这儿漂过去吗?

李金枝一边拼命把安平从床上拉下来,一边恨恨地听他陈述他的目的,什么西瓜船冬瓜船的?她说,没见过没见过,我又不是猫,天天蹲在窗台上看船过。安平突然叫道,就是寿来捅死人的那只船哪!李金枝又被吓了一跳,缓过神来就更气愤了,拿着量衣尺朝安平肩上啪啪地打,骂道,该死的小畜生,你到我家来找那死人船,怎么不上你家找去?触了霉头看我不找王德基去,打死你!安平躲避着她的尺子,从达生的床上逃下来,嘴里还申辩着,我家不沿河,怎么找船?你这个笨女人!

安平跑到外面,李金枝追了出去,差点撞到门外福三的母亲,看见松坑来的那个老女人,她突然明白安平这次不是撒谎了。福三的母亲叫了她一声阿姐,李金枝倒不见怪,她知道无论年轻年长,松坑人都管女人叫阿姐的。李金枝应了一声,放开了安平,打量起福三的母亲来,是你儿子——她这么问了半句,觉得不得体,又咽回去了。她与寿来的母亲陈素珍是一家纺织厂的工人,平时关系不怎么好,这时忍不住说了一句,那个寿来,不是我诳人,从小我就看得出要闯大祸,娘老子宠出来的,养子不教父母过呀!李金枝没有从福三的母亲那里得到任何回应,她醒悟过来,说这个是白说,人家恐怕还不知道是谁要了她儿子的命呢。福三的母亲显得心慌意乱的,跟着安平要走,李金枝拉着她说,进来喝口水再走!福三的母亲说,多谢阿姐了,我喝过水了,喝不下了。阿姐你在河边住,没见过我家那只船吧?李金枝嘴里顺口说没有没有,记忆中却出现了傻子光春扛着一只船橹从她的自行车旁走过的情景,她的眼睛一亮,叫起来,等等,我带你们去光春家看看!

这样一来，福三的母亲又被带到街那边去了，往回走，去傻子光春家了。

李金枝在光春家门口遇到了光春奶奶的阻拦，她说光春傻归傻，从来不偷人东西。还反问李金枝什么时候看见光春拿人东西的。李金枝说，他是不拿人东西，他拿人摇橹哇！李金枝指着外面的福三的母亲，说，你看看人家，看看人家！光春奶奶探出头去，看见一个松坑老妇人弯着腰站在电线杆旁边，她问李金枝，人家怎么啦？李金枝压低声音说，是西瓜船上那福三的娘亲哪，光春他奶奶呀，光春不懂事，你可是烧香念佛的人，怎么能把那船橹放在家里？

光春奶奶镇静的脸上变了色，抬起小脚匆匆往天井而去，边走边叫，光春光春，你还说你不傻，你不傻怎么把那东西扛回家了。李金枝跟进去，一眼看见傻子光春，正在天井里守护着那只船橹。船橹上的桐油都磨没了，露出发乌的木头的颜色。一向与水打交道的摇橹，离开了水，看上去倒像一种老式的笨重的兵器，正适合傻子光春对战争的一些奇思异想。光春的奶奶在橹头上晾了一把腌菜，湿漉漉的拖把则搁在橹梢上，还在滴水。李金枝也不管三七二十一，拖着摇橹到门口，对着福三的母亲喊，这橹是不是你家的？

福三的母亲迎上来，眨着眼睛没看清什么，摸一下就叫起来，说，正是，是我家那只橹！用了二十年的橹了，我认得出来，这橹把上原来绑着红布条的。

李金枝舒了口气，说，橹在船就在，就看那傻子记不记得船在哪儿了。她正要回去追问，傻子光春已经被他奶奶推到门外来了，向福三的母亲敬了一个军礼。光春奶奶跟出来，摇着福三母亲的手,说,我们家光春脑子不好,拆了橹回来做兵器耍的,你千万别跟他计较,他骗我说是酒厂码头的废船哪!

那天黄昏我们看见一群人抬着一只船橹向酒厂码头方向而去,傻子光春骄傲地走在最前面,尾随他身后的队伍组合得非常牵强,王德基的小儿子安平,李金枝,光春奶奶,还有头上包着一块毛巾的松坑老妇人,后来人们就都知道了,那个被光春奶奶挽着手的松坑老妇人,是福三的母亲。他们一路走着一路有人加入进来,安平就没资格扛橹了,他也不敢胡闹了,因为王德基正好下班回家,看见儿子又在外面野,骑车冲过来吼,滚回家去!安平跳了一下就跳到福三的母亲身后去了,指着福三的母亲说,我在学雷锋,不信你自己问她。

王德基后来告诉别人,他看见福三的母亲吓了一跳,说从来没见过长得如此相像的母子,面容酷肖倒在其次,他惊讶的是福三的母亲弯着腰站在人堆里,满脸疲惫,一手撑腹,一手向他慢慢地伸过来,要来握他的手,那母亲的姿势,让他一下就想起了福三在铁心桥下是怎么扶着厕所的墙,怎么向他出示那把西瓜刀的。

从松坑来的那只西瓜船,二十天以后谁也认不出来了。它被酒厂运送黄酒的船群挤在码头一角,散发着弃船特有的凄凉气息。棚顶上的麦秆席子没有了,四根篷柱不见其三,只剩下一根孤零零地耸立在船上,像小学校里的简陋的旗杆,船头的行灶不见踪影,一定有人看上了那几块垒灶的砖头,拆得很干净,半块砖头都没留下。除了傻子光春,不知是哪些人上过船,有人在西瓜船里倒了点煤渣,倒了点水,还扔了些菜叶子,船舱里看起来很脏,有点像夏天沿河收垃圾的船了。

李金枝站在码头上,手指着运酒船大声批评那些船户,怎么这么缺德?好好一只船,给你们弄成这样,你们自己船上倒是干干净净的,怎么把人家船当垃圾船呢。运酒船上有人厉声地回应道,你还张嘴骂人呢,要不是我们把船钩回来,这船早就漂到太平洋去了!

船在就好,阿姐你不要和他们吵。福三的母亲安慰着李金枝,眼睛看着王德基他们装橹,也怪王德基他们没有经验,笨手笨脚的,福三的母亲一着急,身体一点点地往下面挪,李金枝正要扶她,她已经挪到船上去了。

正是9月黄昏时分,酒厂码头的阳光也像陈年的黄酒一样,馥郁地流淌,河面闪闪发亮,西瓜船上的一摊干涸的血迹吸引了所有人的目光,起初人们都在看福三的母亲和王德基他们装船橹,是傻子光春最先透露血迹的位置的,他指着船头一角对安平说,看那摊血,像不像一头牛?大家顺着光春的手看过去,果然是一摊血,不一定像一头牛,但是一摊非常清晰的血迹。李金枝瞪着眼睛,用手指压着嘴唇,示意大家别嚷嚷。她说,她眼睛不好的,最好别让她看见。安平偏不听她的,对傻子光春卖弄他的知识说,血迹很难洗的,水洗不掉,要用酒精擦。又让光春去拿酒精来,说他可以当场试验给他看。傻子光春问,酒精在哪儿?安平给他问住了,翻着眼睛说,算了算了,试给你看也是白试,你就知道看血迹像牛还是像马,傻子!

后来就剩下福三的母亲一个人在船上了,运酒船已经为福三的母亲让出了水道。王德基他们不会弄船,帮不上忙,干脆下来,在岸上看着她把船慢慢地摇出去。李金枝问王德基他们,你们看见船头那摊血了吗?王德基说,那么一摊血,怎么会没看见?不敢吱声罢了。李金枝叹着气说,她眼睛不好,最好看不见,否则看着儿子那摊血,怎么摇得动船哪?王德基说,本来就摇不动的,去松坑好几十里水路呢。她出来摇船,家里人肯定不知道的,知道了怎么能让她出来!

福三的母亲把船摇出了运黄酒的船群,水上就有路了,她摇摆着的身体突然停了下来,慢慢转过来,抬起臂肘擦眼睛,努力地眺望着码头上的李金枝他们这群人。看得出来她是要告别了。福三的母亲要和码头上的人告别,可是离得远了她什么也看不清,看不清楚码头上站立的哪些是香椿树街的好心人,哪些是酒厂堆积如山的黄酒坛子,她就突然跪下去,向着酒厂码头磕了个头。码头上傻子光春先笑起来了,说,她怎么向黄酒坛子磕头?大人不傻,知道是福三的母亲眼睛不好,磕错了方向,都挥起手,叫喊起来,不敢当的,快起来快起来!

福三的母亲很快就起来了,人在远处站起来,小小的一团,被满河夕阳照着,身影还是很黑很模糊。就这样,松坑的最后一只西瓜船,也在9月的一个黄昏离开了酒厂码头。据去过松坑修理拖拉机的王德基估算,此去六十里水路,一定要在水上过夜了。福三的母亲毕竟年纪大了,她摇船的姿势看上去不像其他松坑人那么流畅,也许是累的,她摇得很慢,船也走得很慢,看上去不是她摇着船走,是船领着她向下游而去。船向河下游而去,那是松坑的方向,福三的母亲虽然眼睛不好,松坑的方向应该是永远记得的。

而王德基他们站在酒厂码头上,眺望着夏天来的西瓜船向河下游而去,一来一去,按节气来说居然隔着夏秋两季了。

拾婴记

苏 童

一

一只柳条筐趁着夜色降落在罗文礼家的羊圈。

母羊被惊醒了，它有限的智慧受到了从未遭遇的挑战。柳条筐散发着湿润的青草之香，里面盛着的却不是夜草，是一件被露水打湿了的女装棉袄，蓝底黄花的灯芯绒面料，上面均匀地分布着几朵葵花，母羊以为陌生人送来了一堆葵花，细看之下，葵花掩映的是一张婴儿的小脸！葵花也好，婴儿也好，那都不是饲料，但母羊仍然执拗地停留在柳条筐边，用鼻子辨别着婴儿身上所散发的微妙的香气，那香气让母羊想起了春天清晨的草地，还有夏天在河边失散的一头小羊羔。

看起来那几朵棉袄上的葵花一直在守护熟睡的婴儿，葵花闪烁着金黄色的光芒，在黑暗中与母羊尖锐地对峙，仅仅过了一会儿，葵花便获得了胜利,软弱的母羊放弃了主人的权利,躲到角落里去了。

那天夜里枫杨树乡的狗零星地吠了一阵,对岸花坊镇北边似有群狗回应,是较量的回应,带着一种天然的傲慢。河两岸的狗也许是听见了什么,也许只是尽一点义务,狗很快就安静了,只有罗家的羊圈萌动着神秘的迷宫般的气氛。只有三头羊是事情的目击者,凭着那天夜里的月光,它们应该看得见窗洞外面弃婴者的身影,羊耳朵也灵敏,它们一定能够分辨出来那人的脚步声从哪儿来的,又是在哪里消失的。可惜三只羊都是羊,从不承担看门的义务,对什么事情都习惯了沉默。

羊这么固执地沉默,它的主人罗文礼一家也没办法追究,你即使把浑水河两岸所有的青草割来,也无法收买一头羊,人可以收买,可谁有本事从羊嘴里套出什么秘密来呢。

二

他们开始是把柳条筐放在家门口的,有点失物招领的样子。罗文礼的大儿子庆丰看着柳条筐,心不在焉的,一会儿蹲下,一会儿又站起来,庆丰手里捧着个大碗喝粥,喝几口喊一声,来看看,来看看,谁往我家羊圈塞了个孩子?

男人们一早都去花坊监狱送白菜,孩子们上学去了,闻讯而来的大多是村里的妇女,他们小跑着奔过来,有的手里还拿着镰刀,有的肩上搭着毛线和编针,那么多丰满的身体和蓬乱的脑袋组成一道篱笆,把柳条筐热情地围了起来,后来者只能从人缝里看见筐子里的几朵金黄色的葵花,跺着脚对庆丰说,哪儿有孩子?看不见,就看见葵花了!

先来的妇女们细细地观察柳条筐里的女婴,嘴里啧啧地响,多标致的小女孩,怎么扔了呢?扔了还不哭,你看她还笑呢。有人贸然地问庆丰,是谁家的孩子呀?庆丰瞪着眼睛反问道,要知道是谁家的孩子,还放在这里让你们参观?有人说,那做大人的什么铁石心肠,怎么把孩子扔羊圈里了呢?笨死了!

庆丰在一边用手指敲着碗沿,说,你们才笨,说话不动脑子,这么冷的天,扔在外面不冻死才怪,羊圈怎么的,我们家羊圈比你们家温度高,不懂,你们就别乱说!

那妇女回头说,我们什么都不懂,你什么都懂,你什么都懂就教教我们,这孩子,怎么造出来的?

庆丰冷笑道,你以为这就难住我了?怎么造出来的?一男一女,×出来的!

庆丰大了,对许多事情莫名其妙地烦躁,见到饶舌的妇女就更烦,他不愿意守着柳条筐,一碗粥喝光就走了,走到羊圈外面,对他母亲喊,你自己吆喝去,我吆喝来那么多人,都是看热闹来的,没一个要抱孩子!

卢杏仙就出来了,抖着围裙上的草灰对别人说,你们看看这叫个什么事?早上起来出羊粪的,一眼看见这筐子,吓我一大跳,我这辈子手黑,从来没捡到过一分钱,这下好了,一下子让我捡了个孩子,你们说,这枫杨树乡谁不知道我家穷,那丢孩子的是瞎了眼,怎么偏偏丢我家来了?

妇女们大致上是默认卢杏仙的说法的,只是不好指明谁家富裕,谁家适合丢孩子,给她火上浇油,他们都默契地遥望着河那边花坊镇方向,七嘴八舌的,说的是一个意思,杏仙哪,这枫杨树的姑娘媳妇肚子里有个什么动静，也逃不出你的眼睛，这不是我们枫杨树的孩子呀，是花坊镇扔过来的孩子！也有像长炳的女人那样在任何场合都要显示其素养的，她就在人堆里发出不同的声音，撇嘴说，杏仙，你别老是钱哪钱的，钱生不带来死不带去的，哪儿有人好？你家再穷还养着羊，多一张小嘴吃饭，也不能把你家吃垮了，看看这小女孩多水灵，自己留下养嘛。

卢杏仙的目光尖利地落在长炳女人身上，说，她要是一头羊，我还就留下她了！羊吃草，不花钱不占口粮，可你没看见吗，这是孩子，不是羊！你让我给孩子也喂草哇？

谁说让你给孩子喂草了？我们这里，谁不是粗茶淡饭吃大的？杏仙，这孩子不管扔得是不是地方，跟你家也是个缘分，自己养着吧。

缘分不能当口粮！你不是不知道我们家人多口粮紧，怎么张嘴就给我下这个指示呢？卢杏仙悻悻地折她的围裙，一边折一边对女邻居说，你们家就两个女孩，口粮够，你不口口声声说女儿迟早要嫁人，一嫁人，连说话的人都没有，不如你抱走，陪你说话去。

长炳的女人说，是送到你家羊圈的呀，要是送到我家，我一定养。

卢杏仙的脸沉了下来，斜睨着长炳的女人，说话的口气里有了威胁的意味，好哇，那我养她一天，她说，明天早晨孩子在谁家门口，孩子就归谁养！

让卢杏仙这么一说，长炳的女人翻了个白眼就走了，其他邻居也莫名地恐慌，很快都散开了，有个女邻居在离开之前提醒卢杏仙，杏仙哪，孩子不管给谁，你先去报告政府，捡孩子不比捡小狗小猫，婴儿也是人口，是人口都要去花坊镇登记的！

登记登记，我怎么不知道要登记？卢杏仙把围裙当毛巾拍打着裤子，一只手突然向后义愤地一挥，指着院子里的一匾晒干了的萝卜，我哪儿忙得过来呀，你们各家的腌菜倒都好了，没看见我家的缸个个底朝天，腌萝卜的盐还没买呢。反正我家庆来要去花坊镇买盐，如果这孩子没人抱，让庆来顺路送到政府去！

三

早晨九点，越过河流，枫杨树少年罗庆来来到了花坊镇。

罗庆来提着那只柳条筐从花坊码头下来，码头上锣鼓喧天，他看见一群穿白衣蓝裤的人在储运仓库前敲铜鼓，文化站的一个干部正拿着电喇叭指挥排练。男孩在后排敲大红鼓，敲一阵举起鼓槌，齐声高喊：毛主席，万岁！女孩腰间用红绸绑着小腰鼓，组成几个圆圈，每人都沿着圆圈跳，一边跳一边敲小腰鼓，敲一会儿人身体都斜过来，脑袋朝天，喊道：祖国，万岁！好多路过码头的人都停下脚步，罗庆来也站在台阶上听了一会儿，说，敲什么敲？敲得一点也不整齐。旁边有个男人，一定是哪个敲鼓学生的家长，对罗庆来不满地瞪了一眼，说，不整齐？那你去敲。罗庆来的脸莫名其妙地红了，转身就跑，一边跑一边说，我才不敲鼓，要敲就敲你们的头！

他的手里提着一只柳条筐。柳条筐里装着一个陌生的女婴。女婴乖得有点出奇。罗庆来一直提防着她哭，她要是哭了他就要找个僻静的地方喂她，可是她不哭，不哭他就不用停下脚步。母亲在筐里塞了一个盐水瓶改装的奶瓶，里面是热过的羊奶，她说，孩子已经把过尿了，她要哭一定就是饿了，饿了你就喂她一口奶。罗庆来知道凡是婴儿都要哭,他为这常识焦灼不安,这个婴儿不会哭,她不哭!罗庆来一边向政府所在的八一街那里走,一边狐疑地看着柳条筐里的女婴,他看见女婴在柳条筐鲁莽的颠簸中坦然地前进,那么红润那么神秘的一张小脸,脸颊上有一层细细的金色的茸毛,乌黑的眼睛忽而睁开,迎接阳光,阳光来了,却又害怕地闭上了。

罗庆来说,你不哭才好,不哭就不要喂了,多谢你了,你不哭就省得我去做妇女的事情!罗庆来研究着女婴在阳光下的脸,脑子里蹦出一个奇怪的念头,你长得很像一头小羊,羊也从来不哭的,你会不会是个羊人呢,你吃不吃草的?罗庆来看见街边一户人家的窗台上种了一盆菊花,菊花枯萎了,土里的一丛草倒是绿的,他就去拔草,草是拔出来了,但他犹豫着,最终放弃了探索的念头,罗庆来把草往柳条筐内一扔,说,开玩笑的,你这么小,我怎么会欺负你?

花坊镇半新半旧,旧的寂静和荒凉藏在那些花格木窗和老墙青苔后面,街上的水泥路永远是热闹的,罗庆来尽量地躲避人多的地方,还是有那些好管闲事的人追着他的柳条筐,喂,你筐子里装的什么好东西?经过供销合作社门口时,他想起母亲关照的买盐的事,要看看价格,是不是六分钱一斤的盐,他把柳条筐放在玻璃门外面,脑袋探进去看盐缸上的那面小红旗,价格没看清,却听见一个妇女在他身后又惊又喜地叫起来,这孩子倒是聪明啊,怎么把你妹妹装在筐子里,没见过!

罗庆来说,谁说她是我妹妹?她是一头羊!

罗庆来不愿意和那些妇女多费口舌,他想反正盐可以回去时候再买的。他提着柳条筐向八一街跑,路过老杜的桌球摊子时他的脚步一下迟疑起来。他看见他的小学同学罗小正弯着腰,站在那儿,有板有眼地打桌球，罗庆来正在纳闷他的桌球什么时候打得有板有眼了呢，罗小正也看见他了，罗小正向他摇着球杆，慷慨地邀请他，过来，一起打，我包了桌子，还有一个小时！

他几乎立即决定要去打白赚的桌球了，唯一让他放不下的是那柳条筐，他不想让罗小正笑话他。罗小正说，你手里提的什么东西？罗庆来顺口编了一句，盐！他指了指前面，说，你等等我，我把筐子交给我三姨去。

白打的桌球，还有一个小时，这让罗庆来心急如焚，他后来就向着镇政府方向一路小跑起来，奔跑的时候他听见了女婴和奶瓶在柳条筐里左右滑动的声音，女婴仍然像奶瓶一样安静，也许她不敢哭，也许她喜欢他奔跑。然后罗庆来经过了花坊镇的红旗幼儿园，幼儿园的风琴声引起了他的注意，他猛然刹住了脚步，心里生出个大胆的念头。他想起那个神秘的弃婴人丢孩子的方法，你可以把柳条筐丢在我家羊圈里，我为什么不可以把柳条筐丢在幼儿园里呢？罗庆来这样思索着，人紧张起来，他看看四周没有人，就去推幼儿园的窗，窗后是一排排漆成天蓝色的小床，如果瞄得准，他甚至可以直接把孩子倒在小床上。可不巧的是窗子被反插上了，他一推窗，里面有个小孩子哇的一声哭起来，然后他看见好多小孩子摇摇晃晃地从床上站了起来，朝他这里张望，他没来得及打开窗子，一个保育员已经冲到大屋里来了。

窗子碍事，罗庆来最终没能把女婴倒到床上去，惊惶之下，他把柳条筐往幼儿园的窗下一放，人一阵风似的逃了。他跑过李六奶奶家门口时，没注意到出来倒痰盂的李六奶奶，一只挥舞的胳膊把李六奶奶手里的痰盂撞翻了。

李六奶奶没有看清罗庆来的模样，只看见那个愣头青的少年一阵风似的跑出去，转眼之间人就不见了，空气中留下一丝可疑的气味，李六奶奶吸着鼻子闻了一会儿，觉得那不是痰盂打翻的气味，是羊身上的淡淡的膻味。

四

李六奶奶发现了幼儿园窗下的女婴。李六奶奶站在窗下敲玻璃，快出来个人哪，你们阿姨怎么看孩子的？怎么把孩子丢到外面来了？

三个幼儿园阿姨惊恐地挤到窗前，看清了外面的柳条筐，都松了口气，说，不是园里的孩子！不是的！又不无指责地说，六奶奶你吓我们一跳，怎么不看看清楚再说，这是个婴儿啊，最多两个月大，我们这里只收三岁以上的孩子，从来不收婴儿的！

李六奶奶见不得他们推脱责任的样子，撇嘴说，什么两个月八个月的，幼儿园就是收孩子的，哪来这么多规矩？你们出来个人嘛，把孩子端回去。

一个中年阿姨不屑于理睬李六奶奶，背过身低声骂了一句老糊涂，就走了，剩下一个老阿姨和年轻阿姨，仍然伏在窗台上研究柳条筐里的女婴，一个说，肯定是那个乡下孩子丢下的，脑筋不正常了？把自己的妹妹丢在这里。年轻的阿姨说，孩子又不是垃圾，怎么可以随便乱扔的？就算是垃圾也不能随便扔！老的那个阿姨突然拍拍窗台，说，也不一定是妹妹呀，我看那乡下男孩胡子都黑了一圈了，没准是和哪个女孩闯了祸，孩子钻出来，没办法了，抱出来一丢了事。

李六奶奶说，你们怎么说起闲话来了？不管是谁的孩子，你们是幼儿园不是？幼儿园管的就是孩子，你们倒是出来个人哪，外面风这么大，孩子吹坏了怎么办？

两个阿姨都冷静地看着李六奶奶，一个口气还算缓和，说，六奶奶你不懂的，我们是幼儿园，不是儿童福利院，幼儿园有规章制度的，不允许随便收孩子，六奶奶你自己想想，要是别人不要的孩子都往这窗下一扔，我们这幼儿园不成马蜂窝了？另一个对李六奶奶的无知多少有点烦，朝她嚷起来，我们三个人就三双手，三双手要伺候几十个孩子，本来就忙不过来，你还来给我们添麻烦！

李六奶奶说，怎么是我给你们添麻烦了？我又不要你们把屎喂饭，是这个小宝宝哇，人心都是肉长的，外面风这么大，你们怎么就站在那儿看，偏偏不肯出来呢？一个阿姨说，出来了也不能收的，李六奶奶你不懂，我们这里收孩子都有手续！李六奶奶说，我怎么不知道手续？我知道手续，你们就不能先收下孩子，再补办一个手续？

那阿姨对着李六奶奶苦笑起来，说，跟你是说不清楚了，李六奶奶，我们是日托，下午各家父母都要接孩子回家的，我现在要是把她抱回来了，下午把她交给谁去？你不是看不出来，这孩子没父母哇！

没父母的孩子才可怜！李六奶奶蹲到地上，手先探进向日葵棉袄里摸索了一下，又抽出来，在女婴的额头上摸了摸，说，不像是个病孩呀，眉眼也秀气，好好的一个女孩子，怎么丢在这里没人管呢？李六奶奶又闻到了一股淡淡的羊的气味，她吸着鼻子，判断出那气味就是羊的气味，但她对窗台上的两个阿姨报告的是另一个消息，她向她们招手说，你们快来闻闻，这女孩子身上香呢，像奶油饼干的香味。

两个阿姨聪明地拒绝了李六奶奶的邀请，说，孩子身上的味道，我们闻多了，不爱闻。

李六奶奶绝望地瞪着窗台，突然冷笑一声，说，谁说人心都是肉长的？有的人的人心哪，是冰凌子长的。

年轻的阿姨对李六奶奶终于忍无可忍了，你心好，你自己抱回家去！丢下这句话，她就把幼儿园的窗子砰地关上了。

五

他们看见李六奶奶拖着小木轮车在街上蹒跚地走，有人跟她打招呼，六奶奶，去买煤呀？李六奶奶摇头，说，不买煤，买什么煤，看见煤就想起他们的人心，现在的人心比煤还黑呀。她苍老的脸上残存着委屈而义愤的表情，看上去越发苍老了。

中午时分花坊镇上的人都行色匆匆，很少有人注意到小木轮车驮着的柳条筐里，装的是一个婴儿，大多数人以为是李六奶奶脱下来的一件棉袄，棉袄上鲜艳的向日葵图案倒是引人注目，他们说，咂，六奶奶老来俏，穿那么一件大花棉袄！

李六奶奶的小木轮车停在外甥张胜家门口了，张胜媳妇半敞着毛衣，手里抱个婴儿迎出来，她看见李六奶奶弯着腰，从柳条筐里也抱出一个婴儿来，李六奶奶说，快来快来，快给这孩子喂两口奶吧。

张胜媳妇一边喂奶一边听李六奶奶诉说幼儿园那些阿姨的不

是，她关心的是女婴的来历，偏偏李六奶奶说不出个来龙去脉。李六奶奶只是盯着女婴的嘴和张胜媳妇蓬勃的乳房，说，多喂几口，你奶多，本来也要挤掉的。张胜媳妇说，几口奶是不稀奇的，可六奶奶你怎么随便在街上捡孩子呢，现在外面流行黄疸肝炎，万一——李六奶奶打断她的话说，哪来这么多万一的，你看看这孩子的脸色，白里透红的，哪里会有什么病？张胜媳妇不时地回头看床上自己的婴儿，似乎在比较两个婴儿的异同，过了一会儿她平缓地将乳头从女婴嘴里抽出来了，六奶奶，你闻到这孩子身上有什么味道吗？她说，怎么有点羊膻味呢？

李六奶奶犹豫了一下，笑起来说，什么羊膻味？是香味，我闻着像奶油饼干的味道。

张胜媳妇喂好了奶，把女婴放回到柳条筐里，看见筐里那只盐水瓶改制的奶瓶，拿出来了晃，说，人家给孩子准备了奶的，你偏要让她喝我的。李六奶奶说，就那么半瓶，得省着喝，等会儿把孩子送政府去，谁知道政府里有没有奶？张胜媳妇去抱自己的孩子，回头问了一句，等会儿你用木轮车把孩子送政府去？这一问把李六奶奶问得不高兴了，沉下脸说，你们这些年轻人，共产党白教育你们了？别人丢掉的孩子也是孩子，怎么都是一个腔调？我这把年纪了，腿脚又不好，说话干部也听不懂，你们年轻人不送让我送？张胜媳妇说，没说让你去送，六奶奶你为什么要管这闲事？李六奶奶嚷起来，这不是闲事，是个孩子！

毕竟是长辈，李六奶奶一嚷张胜媳妇就不吱声了，抱着自己的孩子在屋里走，走了几圈说，反正我也腾不出手来，反正张胜马上要回家吃饭了，要送让张胜去送。

六

贮木场的张胜在中午时分到过政府大楼,他去得不巧,是饭后的午休时间,花坊镇政府的五层楼里寂静无声,信访处妇联计划生育领导小组的办公室都关着门,只有五楼的一间办公室引起了他的注意,那一间的玻璃草草地糊了报纸,里面有人声,张胜便爬到窗台上从气窗向里面张望,看见几个干部正围在一起打扑克,有一个干部的鼻子上粘了两张小纸条,张胜就笑着跳下来了,说,他们也打这种牌呀。

他敲了很长时间的门,里面安静了一会儿,终于有人问了,是哪位?出来开门的是一个穿橘红色西装的女干部,她侧着身体,在半开的门缝里警惕地看着张胜,说,现在是午休时间,现在不办公。

张胜记得她是妇联的,妇联管孩子,他这么叨咕着从地上捧起那只柳条筐来,以一种夸张的姿态献给女干部,你们午休,我可是要赶去上班了。他说,我姑姑在幼儿园外面捡了这孩子,让我交给政府。

女干部下意识地闪避着那只柳条筐,嘴里惊声道,孩子是哪儿的?

张胜道:丢在街上的!

女干部又尖声问:你是哪儿的?

张胜把柳条筐放在地上,说,我是贮木场的革命职工,你那么瞪着我干什么?我送来的是孩子,又不是颗炸弹!你快接着,你不接我就放这儿了。

屋里的其他几个人也拥出来了,其中有个保卫干事认识张胜,说,怪不得呢,是这个愣头,前几年经常到派出所挂号的!看张胜要跑,一个年轻干部冲上来拽住他,你不能把孩子扔这儿,这不是儿戏,要调查要登记的。

张胜说,调查个鬼呀,路上捡了钱要交给你们,捡了孩子难道不交公吗?

少来狡辩,交公也要办公时间来,你把筐子抱起来,下楼等着,两点半到计生组登记!

张胜不肯去抱那个柳条筐,身体一直在往楼梯口悄悄移动,其他两个男干部反应快,识破了他的心计,干脆一起过来,把柳条筐强行塞到他怀里,然后他们一边一个,几乎是架着张胜下了五层楼。

张胜在楼下的传达室里坐了大约有五分钟,五分钟内他一直骂骂咧咧的,看门的老年人费了好大的劲才弄清楚事情的原委,他不好多说什么,就给张胜倒了一杯水,还递了支烟给他。张胜气得厉害,不喝水也不抽烟,就是一心要把柳条筐留给老年人。老年人说,我一辈子打光棍,没弄过孩子,你把这孩子扔给我,不是为难我吗?张胜愤怒地看着窗外,又看看老年人,脸上掠过一种决绝的强硬的表情,我不为难你,他说,我走,我把孩子放到外面去!

老年人是亲眼看见张胜把柳条筐放在楼外花坛边的。张胜走的时候替女婴掖了掖棉袄,掖棉袄也没用,老年人隔窗监视着张胜,嘴里忍不住骂了一声,混账东西!他后悔给张胜倒了那杯茶,递的那支烟,这张胜不是个东西嘛,上班再要紧,也不能把孩子这么丢在花坛边,那是个孩子,又不是一盆花。

午后的阳光爽朗地照耀着政府大楼外面的花坛，花坛里的菊花半开半靡，对热情的阳光有点爱理不理的样子，倒是那只柳条筐，每一根柳条都接纳了阳光，看上去闪烁着一圈淡金色的光晕。

第一个注意到柳条筐的是一只猫，不知道是谁家的猫匆匆地跑过来，绕着柳条筐转了几圈，猫把爪子搭在筐沿上，脑袋探下去很细致地闻了闻婴儿的气味，气味不对胃口，猫转了几圈，最后心灰意懒地走了。紧接着又跑来了一只狗，撒着欢往花坛边奔，是食堂的大师傅养的那只黄狗，看见狗也来凑热闹，老年人冲出去，把狗撵回去了，老年人说，那是个孩子，不是鱼骨头肉骨头，你们畜生来凑什么热闹！

老年人隔窗守望着柳条筐，他等着筐里传来女婴的哭声，可是始终没等到，女婴出奇的安静让老年人疑虑重重，怎么就不哭呢？这么苦命的孩子，偏偏就不哭。老年人想，这孩子会不会是个哑巴？如果是个哑巴，谁抱她都是抱一个麻烦回去，也怪不得别人心不善呢。

后来两个跳牛皮筋的小女孩来到了国旗的旗杆下，她们把牛皮筋的一端捆在旗杆上，另一端谁也不肯拿，都要先跳，正吵闹着，一个小女孩先看见了柳条筐，丢下同伴跑到花坛边去了，很快老年人就听见了两个小女孩的惊叫声，谁的孩子？谁把孩子扔了？有坏人扔孩子啦！

老年人看见两个小女孩拖着牛皮筋向传达室跑来，一下就慌了。老年人赶紧把门反锁了，回头一看，可供藏身的只有简易床，他急中生智地跑到床边，鞋子一蹬，掀开被子就钻了进去，他钻进被窝时门已经被擂响了，老年人装作没听见，他用被头蒙住脸，在被子里面埋怨两个小姑娘,笨丫头笨死了,小宝宝的事情,怎么找老光棍管?我是看门的,不是看孩子的!

两个小姑娘离开之后老年人仍然躲在被窝里,他没法起来了,不起来也没问题,他看着挂钟的时间呢,他会在两点三十分领导们进楼上班之前起来,那时候柳条筐一定有人接手了。窗外开始有人声一浪一浪地传进传达室,看来小姑娘尖厉的叫喊声惊动了附近的文化站和卫生院里的人,老年人从被子里探出脑袋,偷偷地窥望窗外,看见花坛那里的人影子动荡不安,在一片嘈杂中老年人突然听见了女婴清脆的啼哭声,那啼哭与别的婴儿相比没有任何异常,但老年人的耳朵被震得又痒又疼的,他一边抠着耳朵,不知怎么松了口气,嘀咕道,还是会哭的嘛,不是哑巴!

大约下午两点一刻,老年人从床上起来了,和衣假寐时间长了,人乍然感到一丝阴冷,他从门后摘下了冬天的棉衣披在身上。外面乱哄哄的声音已经平息了,老年人在窗边朝花坛那里张望了一会儿,看见几个人还站在那里,指手画脚地说话,柳条筐不见了。人一多,果然就有热心肠的来解决问题了,老年人说不出来自己心里是什么滋味,他披着那棉衣朝外面走,觉得外面的空气中残留着一股淡淡的羊膻味,那气味若有若无的,压倒了花坛里残菊的香气,老年人记得那是柳条筐和女婴的气味。

是食堂的几个女师傅还站在花坛边,她们忘情地议论着那只柳条筐的归宿,那个惊人的消息也是几个女师傅告诉老年人的,一个女人说得简明扼要,是疯女人瑞兰把柳条筐端走了!另一个补充得比较详细,是疯女人瑞兰把柳条筐抢走了,她抢啊,谁也拦不住,她说是她的女儿啊,花坊镇人人知道她女儿在浑水河里淹死了,她偏偏一口咬定，是她的女儿！

老年人张大了嘴巴，过了一会儿反应过来，突然大叫一声，她是疯子，你们也疯了？怎么看着她抢孩子呢，一个疯子怎么能养孩子？女师傅们发现一贯温厚的老年人有点莫名其妙的冲动，便开始安慰老年人，说，你就别担那个闲心了，瑞兰她领不去的，她哥哥瑞昌也在旁边呢，瑞昌说等她的疯劲过去了，孩子该送哪儿就送哪儿，他负责！老年人说，说得轻巧，他负责，神仙也不知道孩子是谁的，他准备把孩子送哪儿去？一个女师傅说，送到河对岸去呀，送枫杨树乡去！老年人不明白，为什么认定孩子的父母在枫杨树乡？那女师傅说，这还不明白，乡下人重男轻女嘛，养个女孩就扔掉！另一个女师傅这时候很不客气地打断了她，说，你刚才又不在，胡说些什么，让对岸的乡下人听见了，拿锄头来砍你！她看来是掌握了足够的信息，一番话让老年人信服多了，原来是一个顺藤摸瓜的思路，她说卫生院打针的小陆刚才也来了，是小陆透露了孩子的枫杨树乡的身份背景。小陆认得那筐里的奶瓶啊，那女师傅说，你们看见那个盐水瓶了吗，里面还灌了半瓶奶，枫杨树乡的妇女，最喜欢到卫生院来偷盐水瓶，拿回家做奶瓶。

七

一只柳条筐趁着夜色降落在罗文礼家的羊圈。

第二天早晨卢杏仙起来出羊圈，一眼便看见了归来的柳条筐。柳条筐又回来了。卢杏仙惊叫起来，她突然意识到自己家的羊圈已经被谁偷偷地改造成了一个迷宫，迷宫般的羊圈半明半暗，羊藏身在暗处，柳条筐却大胆地沐浴着早晨的阳光。卢杏仙蹑足走过去，发现那件葵花棉袄还在，女婴已经不见了。她壮着胆子摸了摸葵花棉袄，棉袄有点湿漉漉的，有夜露打湿后不易消退的潮气，摸上去有点粘手。卢杏仙嘴里叫起丈夫的名字来，文礼文礼你快来，我们家羊圈闹鬼了！可是勤快的罗文礼已经出门去耕地了，她逃到栅门边，回头望着柳条筐，又大声地唤起儿子来，庆来庆来，快起床，你到底把那孩子送哪儿去了，怎么孩子送走，筐子又回来了呢？

回头之间，卢杏仙突然发现羊圈里多了一头小羊，怯懦地站在角落里。昨天夜里喂草的时候还是三头羊，早晨起来就多了一头羊，过度的惊愕使卢杏仙怀疑自己看花了眼睛，她朝屋里喊，庆来庆来你快起床，我的眼睛怎么啦，我看不清我家有几头羊！

庆来穿了个短裤就出来了，他看见柳条筐，心虚地转过头看看母亲，又去看羊，脸色大变。他伸出手指数羊，说，是多了一头，跟夏天时候一样，是四头羊了。庆来走过去要拉那头小羊的羊角，手伸出去又缩回来了，回头对母亲说，妈你别怕，我认识它，是夏天走散的那头羊，它回来了。

卢杏仙说，你还在做梦呢，羊又不是狗，认识回家的路，你给我看清楚了，这是谁家的羊，怎么跑到我家羊圈里来了？

庆来蹲下来，向地上吐了口唾沫，开始严厉地审视飞来的小羊，过了一会儿，所有的恐惧和疑惑都消失了，你是羊，我还怕羊吗？他嚷了一句，手毅然向前一扑，抱住了小羊的脑袋，他自己的脑袋也转过来转过去，端详着羊，突然，庆来叫起来，妈快来看，这头羊在哭，羊眼睛是潮的！

卢杏仙拿起一根扁担在儿子的屁股上打了一下，我都吓糊涂了，你还吓我？她说，羊怎么会哭，我养了几十年羊，从来没见过羊哭，会哭的是牛！

庆来说，妈，我没吓你，这羊的眼睛不一样，你自己来看哪！

卢杏仙走过去，按住儿子的肩膀，看那头小羊的眼睛，羊眼睛里似乎是覆盖着一层泪光。这是谁家的羊啊，怎么还会哭？卢杏仙大声叫起来，菩萨观音苍天在上，我们家对羊有多好，你们是看在眼里的，我们家人吃得半饥不饱，羊肚子从来都吃得鼓鼓的，怎么让我们家的羊圈闹起鬼了呢？

庆来没有像他母亲那样慌乱，那天早晨幸亏了他的冷静和聪明。庆来瞥了一眼窗洞下的柳条筐，又看了看那头羊，突然一个寒噤，打了个响亮的喷嚏。

卢杏仙说，受凉了？你回去穿上衣服再来，把羊牵出去，看看是谁家的羊？

庆来迷茫地注视着母亲，说，妈，再别撵它走了，撵不走它的，都怪你，你昨天说错话了！卢杏仙说，我说错什么话了？

庆来说，你昨天说那孩子要是一头羊，你就能养，你说错话了！

卢杏仙说，你这孩子怎么回事，怎么云里雾里的，一直在说梦话呢？

庆来沉默了一会儿，把卢杏仙拉了出去。在羊圈的栅门外面，在第二天早晨初升的太阳下面，少年罗庆来对他母亲透露了枫杨树乡间历史上最大的一个秘密。他说，妈妈，我告诉你你别怕，你别怕，那不是夏天走散的羊，也不是别人家的羊，我告诉你你别怕，是你说错话，那个孩子认准我家的门，又回来了！

七层宝塔

朱　辉

一

鸡叫三遍，天还没亮。这是个阴天。唐老爹躺在床上愣了会儿神，穿衣下床了。古人闻鸡起舞，唐老爹是闻鸡起床，大半辈子都这么过来了。鸡是个好伙计，冬天日头短，夏天日头长，鸡按季节调整报晓，比闹钟体贴得多。去年搬家，进城上楼，好些旧家什只能扔掉，几只鸡他还是带来了。好在他是一楼，有个院子。说是二十几个平方，其实也就是两三厘地，但没有院子哪还像个家呢？院子虽小，但接地气，通四季。搬家的时候，老两口有几分不舍，也有几分欣喜。毕竟是新房子，毕竟进城了，还有个院子。除了鸡，锄头钉耙粪桶扁担之类，不占多大地方，他也带来了。带来是因为有用，院子虽小也可以种种菜。即使用上了抽水马桶，粪桶也能摆在院角，积积鸡粪。

新房子离老宅五六里地,原来是个大土丘子。土丘被挖掉了,造了新城。搬进来的时候是秋天,按理说青菜菠菜之类都还可以种,不想却根本种不好。土太瘦了。开地时他就知道种不好,土黏滋滋的像橡皮泥,瓦瓷砖石崩得手疼。盘古开天地以来这里就不是庄稼地,菜果然长得异怪,种子撒下去,出倒是出了,却只往上长,什么菜都长得像豆芽。锄掉却也舍不得,偶尔去弄弄,当个景致罢了。

也不能说住新房子哪里都不好。厕所就在家里,方便干净;老宅的厨房在院子里,冬天吃饭,菜端到堂屋就凉了,现在没有这个问题。问题是除了吃和拉,你总还要做别的事。唐老爹以前,每天的事排得满满的。种菜、读读《三国》《西游》、写写字、接待乡邻,再出去转转拉呱拉呱,一天不闲着。现在客厅倒还是有一个的,进了防盗门就是,刚搬来时还有老邻居来串门,现在基本没有了。大概大家感觉差不多,那防盗门像个牢门,串门有点像探监。唐老爹有心去看看老乡亲,但从前村子的格局,路哇,桥哇,大槐树哇,都被抹掉了,房子被垒起来,六层,平的变竖的了,他爬不动。爬得动他也找不到,村子打乱了,乡亲们各奔东西,几十栋楼,长得都一样,他犯晕。

早饭还是老三样,馒头稀饭就咸菜,咸菜也算一样。几十年下来,就这个合胃。用上新厨房,得济的是老伴,她天天夸,夸了个把月。洗衣机也省事。总之她比唐老爹适应,连广场舞都学会了。唯一让她抱怨的,是吃菜还要去买。以前吃不完还要去卖菜的,现在倒要去买菜,而且天天要去。以前是地里有什么吃什么,现在她挑花了眼,不会买菜,而且嫌贵。饭桌靠墙的那一边卷着一沓报纸，上面镇着砚台，现在唐老爹偶尔还会写几张，但今天却没兴头。吃过饭他三个房间转转，朝窗户外望望，叹口气，又转回客厅来了。他看到的都是墙，东西两面是自己的墙，南北透过窗户，隔着路，是人家的墙。他自己一下子都说不清，他想看到的是什么。"家徒四壁"，头脑里突然冒出个词，也知道用得不对。家里其实满当当的，老立柜、家神柜都带来了。家神柜上烛台香炉也照原样摆，可客厅到处都是门，只能摆在朝北的房间里，不成体统。好在这房间并不住人，不糟污，想来祖宗也不至于怪罪。

天阴着，一时半会儿不会下雨，也出不了太阳，不爽快！唐老爹一时不知道做什么。还是躺在床上睡着了好，一伸手，左边还是墙，右边是几十年的老伴，熟悉、安心。起了床，他竟不知道怎么安置自己这个身子。住老宅的时候，他是黎明即起，洒扫庭除，现在这院子，稀稀拉拉的菜地，不说扫，看他都不愿意多看。可是鸡把他叫起来了。现在他人起来了，身子竖起来了，可是村子也竖起来了，他没个去处。老伴听他说要去买菜，喜出望外，一迭声说了几个好。

出门的时候，老伴正在院子里喂鸡。出了门洞，遇到了楼上的阿虎。阿虎正在捣鼓他那辆面包车，扯着透明胶带往车灯上贴。抬头看见唐老爹，他笑嘻嘻地喊一声"二爹"。按辈分他本该就这么喊，从前也一直这么喊，但今天唐老爹却被他喊得怔了怔。搬到这里不久，这"二爹"他就不出口了。他们楼上楼下住得别扭，彼此都不舒坦。唐老爹本以为是他看出阿虎的车原来是个破车，阿虎不好意思才礼下于人，但个把小时后他回来，就知道不是这个原因。他没想到，就这个把小时，家里就出了事。

出门时他当然不知道会有事。他是去买菜的。难不成老伴不知道怎么买菜，他倒知道？不是的。他也就是借机出来转转。没人晓得他早晨站在窗户前张望，是在看什么。出了小区，一抬头，远处的宝塔遥遥在望。不要动脑子，他的脚自然地就朝那边去了。这时他才清楚，他在窗户前找的就是那座塔。看见宝塔，他才觉得安心。耳边传来了"叮叮当当"的声音，是宝塔顶层八个角上挂的铜铃在风中响，好听。宝塔叫"宝音塔"，西边一箭之地就是他的老宅。老宅已成瓦砾，现在连瓦砾都清掉了，只有宝塔还在。暮鼓晨钟消失了，宝塔还孤零零地立着。这时他突然确认了他夜里睡不实在的原因：铜铃还在这里响，可是新房那边听不见。

　　土路、衰草、野风，唐老爹走得有点气喘。宝音寺已经拆掉一半，僧人早就散了伙，不过塔还是老样子。唐老爹在塔底稍一迟疑，爬上去了。风很大，满塔的风。片刻后，他站在了七层，最高处。

　　他朝老宅那个方位看看，又在塔顶转了一圈。全平了，地似乎矮了下去。光溜溜的大地，已经被大路小道画成了格子，河填的填，挖的挖，像是刀豁出来那么直。这是未来的开发区。朝北边眺望，黄墙红顶，一排排整齐的楼房，那是他现在的家。家具体在哪里，他找不到，也看不见。可以肯定的是，他将老死在那个水泥盒子里。此刻他满耳的风，心里却空落着，他不会晓得，此刻老伴正在那边又骂又叫。待她找到手机，她的声音才能传到唐老爹这边。

二

　　唐老爹的步子有点急。他急的不是出的这件事，是老伴那急火攻心的声音让他不敢怠慢。这么个岁数了，火上了房似的，至于吗？不就是几只鸡吗？

鸡死了。一公两母，都是腿笔直毛糟乱，死在院子里。那公鸡性子猛，还在唐老爹眼前乱蹬了一阵腿，脖子仰起来挣一挣，彻底不动了。老伴坐在院里的杌子上抹眼泪，嘴里乱骂，哪个天杀的药了她的鸡。唐老爹拍拍她肩膀，在院子里转了一圈，东看看，西瞅瞅，心里有数了。院墙外已经有人看热闹，老伴见来了人，骂得更起劲。唐老爹拿眼睛瞪住她，笑着说："没事，没事。"见人家没有散去的意思，只好给出答案说："几只鸡瘟了。"他可不愿意把日子过得像发了案子。他把老伴推进屋里，随手关上通院子的门。老伴说："你当我眼瞎呀？鸡瘟是这个样子？"唐老爹说："那你说是怎么弄的？鸡可是你喂的。"老伴说："是我喂的我才说！我可没喂过那些碎玉米！"说着就开门要他到院子看。唐老爹摇摇手说不用看，他又不是瞎子："可你能说清玉米是哪里来的吗？"老伴手往天花板上一指："不是他家还有谁？"唐老爹摇摇头说不见得，"院墙外面也能朝里扔，"他一锤定音，"你不能排除其他方向，就不能一口咬定是楼上干的。"他走到窗前朝院子看看，其实也心疼，但又接着说："即便是楼上做的手脚，楼上也不就只有一家，上面五层哩！我们要讲道理。"

他讲了一辈子道理。这句话一点不带虚的。前半辈子他按道理过生活，年过半百后，他在村里辈分渐渐高了，再加上为人端方，断文识字，无形中生出些威望，还常常要给别人讲讲道理。他们村唐姓是大族，村里但凡有个家长里短，邻里纠纷，都愿意找他说说，评评理。他评理讲的是公道良心，有时比法律还管用。他不是族长,倒常常胜似干部。村干部也尊重他,乐得有个帮手,私下里评价他说,唐老爹虽不懂法律,却懂得人伦民俗。这话传到唐老爹耳朵里,他哈哈一笑,心里说:唐宋元明清,从古走到今,不管你是大唐律大宋律还是大清律,讲的还不就是个天地伦理?他讲了一辈子理,搬进新村却形势不一样了。这房子一叠起来,风水似乎也变了。找他评理的少归少,也还有,但是大多是新问题,唐老爹断不清是非,说了也不管事。这不,眼下他自己就遇到了新问题。这几只鸡,就是个闹心的事。

刚才在院子里一转,他心里已有了数。早晨出门时阿虎朝他笑眯眯地喊"二爹",其实就不自然。他早就鼻子不是鼻子脸不是脸了。阿虎对院子里的鸡很反感,主要是公鸡不好,早晨乱叫,让人没法睡;二是母鸡也不好,下个蛋嚷个没完,还鸡毛乱飞;三是鸡屎鸡食很臭,惹老鼠。老伴很抵触,说鸡养在我院子里,关你什么事?唐老爹也抵触,其原因更是因为阿虎的态度。一个没出五服的孙辈,一下子平起平坐了,说起来还一条一条的。最后阿虎媳妇连狠话都飘出来了:"他不自己杀,有人帮他杀!"这过分了。有明火执仗或者持刀剪径的味道了。唐老爹不能服这个软。但现在这个格局,楼上楼下的,人家这三条虽说是几次上门来零碎说全了的,但唐老爹总结一下,觉得也不无道理。其他邻居也有给阿虎帮腔的。唐老爹从善如流,折中一下,决定鸡自己处理,一只一只杀了吃。一次性杀掉吃不了,面子也下不来。这可好,人家等不及了,还是一次性全弄死了。

他心里憋气。于是写字。随手写,不临帖。三更灯火五更鸡,正是男儿读书时,这是颜真卿的诗。桑榆郁相望,邑里多鸡鸣;晨鸡鸣邻里，群动从所务，这是唐诗，不记得谁写的，说的是村里有鸡，人各忙各的。现在这里虽然叫新村，但真不是村了，容不下鸡了。可这下手的也太狠了一点，太阴了一点。唐老爹看着老伴到院子里把死鸡全拎了回来，放在厨房的地上。"你这是干啥？这能吃吗？"老伴眼巴巴地看着他，嘴直哆嗦。唐老爹放下笔，把鸡拎回院子说："埋了吧。肥田。"

他不愿意老伴揪着这几只鸡闹事。居家戒争讼，讼则终凶，古人早有告诫的。他其实刚才就看清了毒玉米的来路。墙角的那棵桂花树，也是老宅移过来的，唐老爹看见桂花的叶子上落了不少碎玉米。玉米粒被碾碎了毒才浸得去，这说明是故意的；落在墙角的树叶上，这明摆了是楼上而不是院墙外扔下来的。不是阿虎家扔的还有谁？

邻居好赛金宝，唐老爹岂能不知？以前是各家大门进各家，虽也有东家树杈伸到西家，这家的鸡蛋生到那家的事，但远没有现在这么复杂。搬到新村后，几个自然村被打散了，这栋楼只有阿虎家原本就是老邻居，唐老爹还蛮高兴。万没想到楼上楼下这一住，好些问题接踵而至。阿虎为鸡来提意见，顺带还提出过院子里种菜不好，夏天到了蚊子吃不消。还说楼下那棵老桂花树太高，树枝长到他们家窗台边，老鼠沿着树爬到他们家，东西都咬坏了。他手一指他家窗户，窗纱还真被咬了个洞。唐老爹无话可说，当即拿把锯子，把几根高枝锯掉了。唐老爹确实讲理，人家说得对他就听。菜地不再弄，除了土太瘦长不好，也考虑到阿虎的意见，索性劝老伴不再折腾。但对几只鸡暗中下手，这让唐老爹吃不消了。从心所欲，不逾矩，阿虎是光从心所欲了，忘了个不逾矩。过分了。

主要还是个面子。好几天过去,鸡埋了,鸡的故事还在新大街上晃荡。遇到熟人,人家还是要跟他扯起鸡的事儿。他有时眯着眼装聋,有时洒脱地一挥手,"鸡瘟,鸡瘟!你扯哪儿去啦?"就躲过去了。说这事有什么意思呢?他这一贯帮人家调解的人,难不成还要旁人帮自己评理?好事不出门,臭事传千里,这一点倒是乡风不改哩。

其实鸡的事只算是鸡毛蒜皮,其他杂七杂八的还有不少,有的事提都不好提的。阿虎上门来提意见时,老伴忍不住,也反击了两点。一是晚上他们回来太晚,关单元铁门手也不带一带,"咣一声,就像在我耳边打一下锣";二是晚上看电视太晚,窗户又不关,半夜三更地吵得人睡不着。老伴还有第三,其实她最在乎,唐老爹及时用话岔开。唐老爹补充的第三是请他们晒衣服时尽量挤干些,免得水滴到下面晒的衣服上。他说得很客气,口不出恶言,省得让人难堪。不想老伴不满意,直接指出晒女人内裤尤其要注意,滴水不干净。唐老爹堵住的是她的第三点,是小两口有点不自重,深更半夜在床上折腾,声响不小,老年人吃不消。这一条她没说出,就顺嘴说起内裤,算是旁道出气。那天阿虎媳妇没有跟着来,否则两个女人肯定是一顿吵。阿虎倒不斗嘴,却针对第三点提出了改进意见。他说,有院子好哇,衣服可以晒到院子里,除非下雨什么水都滴不到。还说他很羡慕院子,话锋一转,笑嘻嘻地提出能不能租下这个院子。他说,院子开个门就是个门面,做什么生意都是呱呱叫。

唐老爹自然是回绝了。他这院子外面就是路,院子离小区大门不远,开个店还真是好市口。但他钱够用,又不是财迷,还不至于拿清静去换钱。也有点好奇，阿虎到底想做个什么生意？自从拆迁迁居，好些村民摇身一变，猪往前拱，鸡朝后扒，各使各的招数，做起了各种生意，东西南北货，金木水火土，齐全。阿虎年轻闲不住，想找点事做很正常，总比那些吃着拆迁款整天打麻将的败家子强。不过他问阿虎打算做啥，阿虎看出他纯粹是局外人的好奇，并不会改变主意，反问一句："你关心我呀？"就把唐老爹堵回去了。

两家真正的计较恐怕就是这事开始的。那是去年秋天的事。

三

计较归计较，日子也就这么一天天过。秋分、寒露、霜降、立冬，唐老爹家用的还是老式台历。搬家时因为一年还没过完，扔掉不吉利，就顺手带过来了，现在倒也不是完全没用。早晨起来，唐老爹说："看，霜降了哩。"老伴说："都霜降了，还不落霜！"出门的时候唐老爹穿少了，老伴喊住他："都立冬了，帽子还不戴！"节气基本也就这点用了。他们不再按节气劳作，暂时还按节气生活。江山新村几十栋楼，夜晚看和其他住宅区没什么两样，白天就不同了。广场上晒太阳扎堆闲聊的人，他们说话打招呼的腔调口音，明显有共性。别的地方的人绝不会谈论节气，他们只知道节日，但这里的人会庆幸已过大寒却一点不冷，或者抱怨小雪大雪都过了，一片雪花没见到。说这不是好兆头，来年虫多，庄稼怕是长不好。

抱怨不下雪的就是唐老爹。有人赞成他，也有人说其实是现在路好了，水泥柏油路，不怕雨雪，你这是盼着雪景玩雅哩。唐老爹被奚落了也不气，人家说得不是没道理。他呵呵笑笑，往前去了。

他常常是不知不觉就转到了宝塔那边。今天刮风，旷野的风迎面吹来，宝塔遥遥在望了，但他却没听到铃声。这有点奇怪。走到塔基下面，他侧耳细听，呼呼的风声中确实听不见铃声。他急忙爬上去，气还没喘匀，就看见檐角的铃铛不见了。他转一圈，八个铃铛都不在，一个不剩。唐老爹蒙了，天空中有鸟儿绕着塔盘旋，翅膀猛一扑棱，不知飞到哪里去了。这里的八个铃铛竟都不翼而飞了！

他一时不晓得怎么办才好。看看塔下面，那一面影壁早就倒了。上面原来写的是：度一切苦厄。现在影壁碎了、散了，看见的只是"度、苦、厂"三个字。唐老爹头一阵晕。刚才上塔时一圈圈转上来有点急了。他赶紧挪几步，离边上远点。

塔上真冷，他哆嗦起来。下塔时他很小心，寸着脚步一阶一阶地下。到第三层，他无意间朝外面一望，看见了三个人，正从东面过来。这三个人他都认得，居委会的赵主任还有个办事员，可怎么还有个是阿虎？他来这里做什么？

这个问题一下子跳到脑子里，可问是不能问的。你这把年纪腿脚都不方便了还来，人家就不能来？这不讲理嘛。其实还有个问题，那就是阿虎怎么会跟主任一起来，无论是他请主任来还是主任喊他来，都奇怪。不过唐老爹什么都没问。塔下的主任老远看见唐老爹下来，扬手打了个招呼，继续和阿虎说话，他们谈了没几句就要走，事后想来这很有点鬼鬼祟祟的。唐老爹跟上去，说塔顶的铃铛没了，丢了，一定是被人偷了。唐老爹围着塔基东一脚西一脚地走了一圈，当然没有发现有铃铛掉在地上。唐老爹说："只有一个可能，被人搞走了。"

主任也很气愤,说:"这说明要采取措施呀,不能就这个样子。"又说:"上面文物局不让拆,弄个半拉子。这不留给了收废品的了吗?"还说:"要尽快想办法。"想什么办法,看来需要研究,所以他也就不往下说。阿虎在边上插话说:"除非找人看着,要不连砖头都保不住。"斜眼瞅着唐老爹说:"二爹,守夜你吃不消吧?"

这语气明摆着挤对人。唐老爹说:"那你来!"头一扭,径自走了。

宝塔的铃铛没了,梵音悠扬已一去不回,不久,阿虎老婆倒在二楼的阳台角上挂了一串风铃。他当然不能冤枉阿虎把塔上的风铃拿回了家,这是玻璃的,这么小,但他心里不舒坦。耳朵更不舒坦。这声音薄、碎、轻佻,不过唐老爹渐渐也就习惯了。倒是空调的声音更烦人。阿虎两口子会享福,天稍一冷就开空调,外机就装在唐老爹家的窗户上边。嗡嗡嗡,一阵一阵的,弄得窗户像在打摆子。唐老爹和老伴都后悔他家装空调时没有预见到这一茬,现在再说,难。老伴也硬着头皮笑嘻嘻地说过一句:"你们家现在就开空调啦?"那阿虎走路急急的,回头说:"嘿,这天真他娘的冷!"抬脚就走了。你说他,他说天,你能有什么办法?老伴一肚子气回家,迁怒于风铃,拿根竹竿就要去捅风铃。唐老爹好说歹说才拦住。

现在总结起来,很多事你应该有先见之明,要长"前眼",空调的事就是个教训。哪怕你不能提前防备,事后的处理也要有个策略。就像炮仗的事,虽有些波折,却有经验可以吸取。总之,最好不要单打独斗。

去年过年前,街上热闹起来,家家店铺生意都红火了,连居民区的大路上都摆上了许多临时的摊子。大家都在赶"年市"。阿虎也在卖南北货的店铺里匀了个巴掌大的地方,做起了生意。他卖的是炮仗和焰火。这本来没什么，不承想没几天，唐老爹就不得不管了。他没想到，阿虎竟然把他自家当了仓库！他仓库里摆什么？炮仗和焰火！这是在居民楼，是唐老爹家楼上啊。

　　开始时唐老爹并没有在意，以为阿虎是拎点炮仗回家，自己过年放着玩。后来就不对了，阿虎的面包车每天都要往家里带几捆；更明显的是，不但有进，还有出，他老婆大概是受他电话遥控，时不时地带人来拿货。这明摆着是个仓库，还物流了。炮仗焰火都是见火就着的东西，是炸弹，是火焰喷射器！城门失火还殃及池鱼呢，这楼上楼下的，岂不是在炸弹下生活？

　　原来阿虎想租下唐老爹的院子，做的竟是这个生意。幸亏唐老爹有先见之明，拒绝了，不想他拒绝了炸弹进院子，这炸弹绕个圈子，上了楼，倒摆到了他头顶上。唐老爹坐不住了，老伴又气又急，站都站不住了，在家里团团转。鉴于以前跟阿虎打交道的经验，唐老爹交涉前先进行了调查研究，他知道阿虎肯定会说他只是暂时摆摆——这"暂时"两个字是实情，年后，过了正月十五，炮仗生意基本都做不下去。阿虎也一定会说实在是没地方——这也是实话，阿虎匀地方的南北货店逼仄得身子都转不了，确实摆不了多少炮仗，即使摆得下人家也不会让他堆货，人家是连家店，楼上住人哩。这正说明了谁都怕出事。唐老爹住在炮仗下，他明知话不好说也必须说。他找到阿虎，阿虎果然说出上面两个理由，他做出承诺，保证家里一定小心火烛，一点点火星子都不会落到货上："我比你还怕死！你的命是命，我的命也是命啊！"阿虎嬉皮笑脸的，也许还想幽默一下，"二爹，我比你怕死呀，我们还比你年轻哩！"你听听，这是什么话呀！不光平起平坐，他的命还更值钱了！

家　事

毕飞宇

一大早，老婆就给老公发了一条短信。短信说：老公，儿子似乎不太好，你能不能抽空和他谈谈？

老公回话了，口气似乎是无动于衷的：还是你谈吧，你是当妈的嘛。

老公乔韦是一个高中一年级的学生，他的老婆小艾则是他的同班。说起来他们做夫妻的时间倒也不长，也就是十来天。这件事复杂了，一直可以追溯到高中一年级的上学期。用乔韦的话来说，在一个"静中有动"的时刻，乔韦就被小艾"点"着了——拼了命地追。可是小艾的那一头一点意思也没有，"怎么敢消费你的感情呢。"小艾如是说。为了"可怜的"（乔韦语）小艾，乔韦一脚就把油门踩到了底，飙上了。乔韦郑重地告诫小艾："你这种可怜的女人没有我可不行！"他是动了真心了，这一点小艾也不是看不出来，为了追她，乔韦的GDP已经从年级第九下滑到一百开外了，恐怖哇。面对这么一种惨烈而又悲壮的景象，小艾哪里还好意思对乔韦说"一点也不爱你"，说不出口了。买卖不成情义在嘛。可是，态度却愈加坚定，死死咬住了"不想在中学阶段恋爱"这句话不放。经历了一个水深火热的冬季，乔韦单边主义的爱情已经到了疯魔的边缘，眼见着就扛不住了。两个星期前，就在宁海路和颐和路的路口，乔韦一把揪住了小艾的手腕，什么也不说，眼睛闭上了，嘴巴却张了开来，不停地喘息。小艾不动。等乔韦睁开了眼睛，小艾采用了张爱玲女士的办法，微笑着，摇头，再摇头。乔韦气急败坏，命令说："那你也不许和别人恋爱！"不讲理了。小艾"不想在中学阶段恋爱"，其实倒不是搪塞的话，是真的。小艾痛快地答应了，前提是乔韦你首先把自己打理好，把你的GDP拉上来，要不然，"如此重大的历史责任，我这样美丽瘦小的弱女子如何能承担得起。"小艾的话都说到这一步了，可以说声情并茂，乔韦还能怎么着？这不是一百三十七的智商能够解决得了的。乔韦在马路边上坐了下来，叹了一口气，说："老婆呀，你怎么就不能和我恋爱的呢？"这个小泼皮，求爱不成，反倒把小艾叫作"老婆"了，哪有这样的。小艾的脑细胞噼里啪啦一阵撞击，明白了，反而放心了。乔韦说这话的意思无非是两点：A. 给自己找个台阶，不再在"恋爱"这个问题上纠缠她，都是"老婆"了嘛；B. 心毕竟没死透，怕她和别人好，抢先"注册"了再说——只要"注册"了，别人就再也没法下手了。小艾笑笑，默认了"老婆"这么一个光荣的称号。学校里的"夫妻"多呢，也不多他们这一家子。只要能把眼前的这一阵扛过去，老婆就老婆呗，老公就老公呗，打扫卫生的时候还多一个蓝领呢。小艾拍拍乔韦的膝盖，真心诚意地说："难得我老公是个明白的人。"小艾这么一夸,乔韦更绝望了,他抱住了自己的脑袋,埋到两只膝盖的中央,好半天都没有抬起头来。只能这样了。可是,分手的时候乔韦还是提出了一个特别的要求,他拉着小艾的手,要求"吻别"。这一回小艾一点也不像张爱玲了,她推出自己的另一只巴掌,拦在中间,大声说:"你见过你妈和你爸接吻没有?——乔韦,你要说实话!不说实话咱们就离婚!"乔韦拼了命地眨巴眼睛,诚实地说:"那倒是没有。"小艾说:"还是呀。"当然,小艾最后还是奖励了他一个拥抱,朴素而又漫长。乔韦的表现很不错,虽说力量大了一些,收得紧了一些,但到底是规定动作,脸部和唇部都没有任何不良的倾向。在这一点上小艾对乔韦的评价一直都是比较高的。乔韦在骨子里很绅士。绅士总是不喜欢离婚的。

只做"夫妻",不谈恋爱,小艾和乔韦的关系相对来说反而简单了,只不过在"单位"里头改变了称呼而已。看起来这个小小的改变对乔韦来说还真的是个安慰,不少坏小子都冲着小艾喊"嫂子"了。小艾抿着嘴,笑纳了。小艾是有分寸的,拿捏得相当好,在神态和举止上断不至于让同事们误解。"夫妻"和"夫妻"是不一样的。这里头的区分,怎么说呢,嘿,除了老师,谁还看不出来呀。哪对"夫妻"呈阴性,哪对"夫妻"呈阳性,目光里头的pH值就不一样。能一样吗?小艾和乔韦一直保持着革命伴侣的本色,无非就是利用"下班的工夫"在颐和路上走走,顶多也就是在宁海路上吃一顿肯德基。名分罢了。作为老公,乔韦的这个单是要买的。乔韦很豪阔,笑起来爽歪歪。但是,私下里,乔韦对"夫妻生活"的本质算是看透了,往简单里说,也就是买个单。悲哀呀,苍凉啊。这就是婚姻吗？这就是了——过吧。

可婚姻也不像乔韦所感叹的那样简单。家家都有一本难念的经。事情的复杂性就在于，做了夫妻乔韦才知道，他和小艾的婚姻里头还夹着另外一个男人。

——小艾有儿子。田满。高一（九）班那个著名的大个子。身高足足有一米九九。田满做小艾的儿子已经有些日子了，比乔韦"静中有动"的时候还要早。事情不是发生在别的地方，就在宁海路上的那家肯德基。

小艾和田满其实是邂逅，田满端着他的大盘子，晃晃悠悠，晃晃悠悠，最后坐到小艾的对面来了。小艾叼着鸡翅，仰起头，吃惊地说："这不是田满吗？"田满顶着他标志性的鸡窝头，凉飕飕的，绷着脸。田满说："你怎么认识我？"小艾说："谁还不认识田满哪，咱们的11号嘛。"11号是田满在篮球场上的号码，也是YAO（姚明）在休斯敦火箭队的号码，它象征着双份的独一无二。田满面无表情，坐下来，两条巨大的长腿分得很开，像泰坦尼克号的船头。田满傲滋滋地说："你是谁？"小艾的下巴朝着他们学校的方向送了送，说："十七班的。"田满满说："难怪呢。"听田满这么一说，小艾很自豪，十七班是高中一年级的龙凤班，教育部门不让办的。心照不宣吧。这会儿小艾就觉得"十七班"是她的脸上的一颗美人痣，足可以画龙点睛了。小艾咄咄逼人了，说："难怪什么？"田满歪着嘴，冰冷地说："你很蔻。""蔻"是一个十分鬼魅的概念，没有解。如果一定要解释，坊间是这样定义的：它比漂亮艳丽，比艳丽端庄，比端庄性感，比性感智慧，比智慧凌厉，总之，是高中女人（女生）的至尊荣誉。小艾说："扮相倒酷，其实是马屁精。"

田满的脸顿时红了。这是他没有预备的。嘴巴动了动,想说什么,没跟得上来。小艾再也没有料到大明星也会窘迫成这样,多好玩哟。大明星害起羞来真的是很感动人的。小艾这才注意起田满的眼睛来,眼眶的四周全是毛,很长,很乌,很密,还挑,有那么一点姑娘气,当然,绝不是娘娘腔——这里头有质的区分。目光潮湿,明亮,却茫然,像一匹小马驹子。小艾已经有数了,他的巨大是假的,他的巍峨是假的,骨子里是菜鸟。他能考到这所中学里来,不是因为考分,而是因为个子。智商不高,胆子小,羞怯,除了在篮球场上逞能,下了场就没用了,还喜欢装,故意把自己搞得晶晶亮、透心凉。这个人多好玩哟,这个人多可爱哟。小艾喜欢死了。当然,不是那种。田满这种人怎么说也不是她小艾的款。可小艾也不打算放弃,上身凑过去了,小声说:"商量个事。"田满放下手里的汉堡,舔了舔中指,舔了舔食指,吮了吮大拇指。他把上身靠在靠背上,抱起双臂,做出一副电视剧里的"男一号"最常见的甩样,说:"说。"

小艾眯起了眼睛,有点勾人了,说:"做我儿子吧。"

田满的大拇指还含在嘴里,不动了。肯德基里的空气寂静下来。一开口小艾就知道自己过分了,再怎么说她小艾也不配拥有这么一个顶天立地的儿子嘛,还是大明星呢。可话已经说出来了,橡皮也擦不掉。那就等着人家狂殴呗。活该了。小艾只好端起可乐,叼着吸管,咬住了,慢慢地吸。田满的脸又红了,也叼住了吸管,用他潮湿的、明亮的、同时也是羞怯的目光盯着小艾,轻声说:"这我要想想。"

小艾顿时就松了一口气,不敢动。田满放下可乐,说:"我在班里头有两个哥哥,四个弟弟。七班有两个姐姐。十二班有三个妹妹。十五班还有一个舅舅。舅妈是两个,大舅妈在高二(六),小舅妈在高一(十)。"

"单位"里的人事复杂,小艾是知道的,然而,复杂到田满这样的地步,还是少有。这种复杂的局面是从什么时候开始的呢,小艾不知道,想来已经有些日子了。小艾就知道一进入这所最著名的中学,他们这群小公鸡和小母鸡就不行了,表面上安安静静的,私底下癫疯得很,迅速开始了"新生活运动"。什么叫"新生活运动"呢?往简单里说,就是"恢复人际"。——既然未来的人生注定了清汤寡水,那么,现在就必须让它七荤八素。他们结成了兄弟、姐妹、兄妹、姐弟。他们得联盟,必须进行兄弟、姐妹的大串联。这还不够,接下来又添上了夫妻、姑嫂、叔嫂、连襟、妯娌和子舅等诸多复杂的关系。举一个例子,一个小男生,只要他愿意,平白无故的,他在校园里就有了哥哥、弟弟、嫂子、弟媳、姐姐、妹妹、姐夫、妹婿、老婆、儿子、女儿、儿媳、女婿、伯伯、叔叔、姑姑、婶婶、舅舅、舅妈、姨母、姨夫、丈母娘、丈母爹、小姨子和舅老爷。这是奇迹。温馨哪,迷人哪。乱了套了。嘿,乱吧。

田满望着小艾,打定主意了,神态庄重起来。田满说:"你首先要保证,你只能有我一个儿子。"

这一回轮到小艾愣住了。她在愣住了的同时如释重负。然而,有一点小艾又弄不明白了,他田满正忙于"新生活运动",吼巴巴地在"单位"里结识了那么多的兄弟、姐妹,怎么事到了临头,他反过来又要当"独子"了。

小艾说:"那当然。基本国策嘛。"

深夜零点,小艾意外地收到了一封短信,田满发来的。短信说:"妈,我休息了,你也早点睡。儿子。"这孩子,这就孝顺了。小艾合上物理课本,在夜深人静的时分端详起田满的短信,想笑。不过小艾立即就摩拳擦掌,进入角色了。顺手摁了一行:"乖,好好睡,做个好梦。妈。"打好了,小艾凝视着"妈"这个字,多少有点不好意思。还是不发了吧。就这么犹豫着,手指头却已经撳下去了。小艾还没有来得及后悔,儿子的短信又来了,十分露骨、十分直白的就是两个字:"吻你。"

小艾望着彩屏,不高兴了。决定给田满一点颜色看看。小艾在彩屏上写道:"我对你可是一腔的母～爱哟",后面是九个惊叹号,一排,是皇家的仪仗,也是不可僭越的栅栏。

出乎小艾的意料,田满的回答很乖。田满说:"谢谢妈。"

小艾原打算再补回去一句的,却不知道如何下手了。她再也没有想到九尺身高的田满居然会是这么一个缠绵的东西。可这件事到底是她挑起来的,也不好过分。看起来她这个妈是当定了。她就把两个人的短信翻过来看,一遍又一遍的,心里头有点怪怪的了。有些难为情,有些恼,有些感动,也生气,还温馨。不知道怎么说才好。

田满的扣篮是整个篮球场上最为壮丽的动态,小艾想到了一个词,叫"呼啸"。田满每一次扣篮都是呼啸着把篮球灌进篮筐的。他能生风。必须承认,一踏上球场,害羞的菜鸟无坚不摧。这是田满最为迷人的地方,这同样也是小艾作为一个母亲最为自豪的地方。其实小艾并没有认认真真地看过校篮球队打球,但是,现在不一样了,儿子在篮球馆里一柱擎天,她不能不过来看看。看起来喜欢儿子的女生还真是不少,只要田满一得分,丫头们就尖叫,夸张极了。小艾看出来了,她们如此尖叫,目的只有一个,就是想让儿子注意她。儿子一定是听到了,却听而不见。他谁也不看。在球场上,儿子的骄傲与酷已经到了惊风雨、泣鬼神的地步,绝对是巨星的风采。这就对了嘛,可不能让这些疯丫头鬼迷了心窍。小艾的心里涌上了说不出来的满足和骄傲,故意眯起了眼睛。沿着电视剧的思路,小艾想象着自己有了很深的鱼尾纹;想象着自己穿着小开领的春秋衫,顶着苍苍的白发,剪得短短的,齐耳;想象着自己一个人把田满拉扯到这么大,不容易了。突然有些心酸,更多的当然还是自得。悲喜交加的感觉原来不错,像酸奶,酸而甜。难怪电视一到这个时候音乐就起来了。音乐是势利的,它就会钻空子,然后,推波助澜。

小艾没有尖叫。她不能尖叫,得有当妈的样子。小艾站得远远的,眯着眼睛,不停地捋头发,尽情享受着一个孤寡的(为什么是孤寡的呢?小艾自己也很诧异)中年妇女对待独子的款款深情。你们就叫吧,叫得再响也轮不到你做我的儿媳妇,咱们家田满可看不上你们这些疯丫头。

"妈,我休息了,你也早点睡。儿子。"
"乖,好好睡。做个好梦。妈。"
"吻你。"

"我也吻你。"

"谢谢妈。"

每天深夜的零点,在一个日子结束的时分,在另外一个日子开始的时分,这五条短信一定会飞扬在城市的夜空。在时光的边缘,它们绕过了摩天大楼、行道树,它们绕过了孤寂的、同时又还是斑斓的灯火,最终,成了母与子虚拟的拥抱。它们是重复的,家常了。却更是仪式。这仪式是张开的臂膀,一头是昨天,一头是今天;一头是儿子,一头是母亲。绝密。

小艾当然不可能把她和田满的事告诉乔韦。然而,小艾忽略了一点,一个人如果患上了单相思,他的鼻子就拥有上天入地的敏锐,这是任何高科技都不能破解的伟大秘籍。就在宁海路和颐和路的交界处,乔韦把他的自行车架在了路口,他的表情用四个字就可以概括了,面无人色。原来嫉妒是可以改变一个人的长相的,乔韦今天的长相就很成问题,很愚昧。他很狰狞。

小艾刚到,乔韦就把小艾堵住了。小艾架好自行车,还没有来得及说话,就看见乔韦突然弓了腰,用链条锁把两辆自行车的后轮捆在了一起。乔韦很激动。他的手指与胳膊特别的激动。链条被他套了一圈又一圈,最后,套牢了。

两个人都是绝顶聪明的,一起望着自行车,心知肚明了。

这时候走过来一个交通警,他绕过了自行车,歪着脑袋问乔韦:"这个好玩吗?这样有用吗?"

小艾抱起了胳膊,拉下脸来,"关你什么事!你们家夫妻不吵架?"

交通警望望他俩，又望望自行车，想笑，却绷住了，十分诚恳地告诉小艾："吵。可我们不在大街上吵。"

"那你们在哪里吵？"

"我们只在家里吵。"

"这个我会。"小艾伸出一只手，说，"给我钥匙。——我们现在就到你们家吵去。"

交通警知道了，撞上祖宗了。她是姑奶奶。交通警到底没绷住，笑了，替他们把绑在一起的自行车挪到一边，行了一个军礼，说："差不多就行了哈，咱们家夫妻吵架也就两三分钟。快点吵，哈！马上就高峰了。"

下午第二节课的课后，小艾收到了田满的短信，他想在放学之后"和妈妈一起共进早餐"。你瞧这孩子，什么事都粗枝大叶，"晚饭"硬是给他打成"早饭"了，将来高考的时候怎么得了哟。愁人哪。见面之后要好好说说他。说归说，吃饭的事小艾一口回绝了。小艾是一个把金钱看得比鲜血还要瑰丽的女人，她是当妈的，和儿子吃饭总不能 Go dutch（AA制）吧，只能放血。放血的事小艾不做。打死也不做。

不过小艾最终还是去了。说起来极不体面，是被两个小女生骗过去的。她们假装在放学的路上巧遇小艾，然后就"久仰久仰"了。"久仰"过了就是"崇敬"，"崇敬"完了就想"请她吃顿饭"，主要是想"亲耳聆听"一下她的"教诲"。小艾喜滋滋的，十分矜持地来到肯德基，田满已经安安稳稳地等在那里了。小艾一到，两个小喽啰把小艾丢在田满的面前，走人。小艾气疯了，非常非常生气。这么一个小小的伎俩她都没有识破,利令智昏哪!就为了一点可怜的虚荣,当然,还有一份可怜的汉堡,丢人了。但是,再丢人小艾也不能批评自己,她厉声责问田满,为什么要采用这种"下三烂的手段"?!田满什么也不说,却从口袋里掏出一样东西,放在了桌面上。他用他的长胳膊一直推到小艾的面前,是一张面值一百元的移动电话充值卡。田满小声说:"这是儿子孝敬妈的。"小艾拿起充值卡,刮出密码,噼里啪啦就往手机上摁。手机最后说:"你已成功充值一百元!"小艾的脸上立即荡漾起了春天的风,她把脑袋伸到田满的跟前,慈祥了,妩媚了,问:"想吃什么呢儿子,妈给你买。"

"我又有了一个妹妹。"田满小声说。

噢——又有妹妹了。春风还在小艾的脸上,却已经不再荡漾。他又有了一个妹妹了,他这样的"哥哥"一辈子也缺不了"妹妹"的。不过小艾还是从田满的脸上看出来了,这个"妹妹"不同寻常,绝对不是通常意义上的"妹妹"。小艾突然就感到自己有些不自然,虽说是"当妈的",小艾自己也知道,她吃醋了。也许还有些后悔。当初如果不给他"当妈",田满会不会追自己呢?难说了。如果追了,拒绝他是一定的。可是,拒绝是一个问题,没能拒绝成却是一个更加严峻的问题。

小艾还没有练就"脸不变色"的功夫,干脆就把脸上的春风赶走了。小艾板起面孔,问:"叫什么?"

"Monika。"

Monika,到底是大明星,"找妹妹"也要走国际化的道路。"恭喜你了。"

田满想说什么,小艾哪里还有听的心思,掉头就走。排队的时候小艾回头瞄了一眼田满,田满托住了下巴,失落得很,一脸的忧郁。看起来十有八九是单相思了。小艾想,不知道Monika是怎样的人物,能让田满失魂落魄到这样的地步,不是一般的蔻。

吃薯条的时候田满又把话题引到"妹妹"那儿去了。他一边蘸着番茄酱,一边慢悠悠地说:"我妹妹——"小艾立即用她的巴掌把田满的话打断了。小艾说:"田满,不说这个好不好?妈不想听这些事。"

田满就不说了,"闷"在了那里。小艾承认,田满忧戚的面容实在是动人的,叫人心疼。小艾伸出手去抚摸的心思都有了。

"Monika——"

"田满!不听话是不是?"

乔韦就在这个时候闯进来了,一进来就坐在了小艾的身边。是剑胆琴心的架势。田满丢下薯条,吮过指头,刹那之间就恢复了大明星的本色。田满慢悠悠地合上眼皮,再一次打开的时候附带扫了一趟乔韦。那神情不屑了。田满问小艾:"谁呀?"

小艾的心情已经糟透了,乔韦这么一搅,气就更不打一处来。小艾没好气地说:"你爹。"

田满右边的嘴角缓缓地吊上去了。他的不屑很歪。田满说:"我和我妈吃饭,没你的事,给我马上走人。"

乔韦是"爹",理直而又气壮。乔韦说:"我和我老婆说话,没你的事,你给我马上走人。"

田满站起来了。乔韦也站起来了。

小艾也只好站起来。小艾说:"你们打吧。什么时候打好了什么时候出来。"

也就是两三分钟,田满和乔韦出来了。他们是一起走出来的,肩并着肩。小艾坐在肯德基门前的台阶上,这刻已是说不出的沮丧。她不想再听到任何动静,已经用MP3把耳朵塞紧了。张韶涵《隐形的翅膀》还没有听完,田满已经坐在她的左侧,而乔韦也坐在了她的右侧。小艾拔出耳机,说:"怎么不打呢?多威风啊刚才。"

"不存在。"乔韦说,"我是你老公,他是你儿子。"

田满说:"我们已经是兄弟了。"

两个男人夹着一个女人,就在肯德基的门前的阶梯上并排坐着了,一侧是夫妻,一侧是母子,两头还夹着一对兄弟。谁也不说一句话。无论如何,今天的局面混乱了,有一种理不出头绪的苍茫。田满、小艾,还有乔韦,三个人各是各的心思,傻坐着,一起望着马路的对面。马路的对面是一块工地,是一幢尚未竣工的摩天楼。虽未竣工,却已经拔地而起了。脚手架把摩天楼捆得结结实实的,无数把焊枪正在焊接,一串一串的焊花从黄昏的顶端飞流直下。焊花稍纵即逝,却又前赴后继,照亮了摩天大楼的内部,拥挤、错综,说到底还是空洞的景象,像迷宫。

当天夜里小艾的手机再也没有收到田满的短信。小艾措手不及,可以说猝不及防。小艾的手机一直就放在枕头的旁边,在等。可是,直到深夜两点,枕头也没有颤动一下。小艾只好翻个身,又睡了。其实在上床之前小艾想把短信发过去的,都打好了,想了想,没发。他又有妹妹了,还要她这个老娘做什么?说小艾有多么伤心倒也不至于，但小艾的寥落和寡欢还是显而易见的了，一连串的梦也都是恍恍惚惚的，就好像昨天一直都没有过去，而今天也一直还没有开始。可是，天亮了。小艾醒来之后从枕头的下面掏出手机，手机空空荡荡。天亮了，像说破了的谎。

小艾一厢情愿地认为，田满在三八妇女节的这天会和她联系。就算他恋爱了，对老妈的这点孝心他应该有。但是，直到放学回家，手机也没有出现任何有价值的消息——看起来她和田满的事就这样了。三八妇女节是所有高中女人最为重大的节日，不少女人都能在这一天收到男士们的献花。说到底献花和"三八"没有一点关系，它是情人节的延续，也可以说是情人节的一个变种。一个高中女人如果在情人节的这一天收到鲜花，它的动静太大，老师们，尤其是家长们，少不了会有一番问。三八妇女节就不同了，手捧着鲜花回家，父亲问："哪来的？"答："男生送的！"问："送花做什么？"答："嘿，三八妇女节嘛！"做父亲的这时候就释然了："你看看现在的孩子！"完了。还有一点也格外重要，情人节送花会把事态弄得过于死板，它的主题思想或段落大意太明确、太直露了，反而会叫人犹豫：送不送呢？人家要不要呢？这些都是问题。选择三八妇女节这一天向妇女们出手，来来往往都大大方方。

小艾的三八妇女节平淡无奇，就这么过去了。依照小艾的眼光看来，三八妇女节是他和田满最后的期限，如果过去了，那就一定过去了。吃晚饭的时候小艾和她的父母坐在一张饭桌上，突然想起了田满，一家子三口顿时就成了茫茫人海。Monika厉害，厉害呀！

过去吧，就让它过去吧，小艾对自己说。对高中的女人们来说，日子是空的，说到底也还是实的，每一个小时都有它匹配的学科。课堂，课堂，课堂。作业，作业，作业。考试，考试，考试。儿子，再见了。但是，一到深夜，在一个日子结束的"那个"时刻，在另外一个日子开始的"那个"时分，小艾还是清清楚楚地看见了时光的裂痕。这裂痕有的时候比手机宽一点，有的时候比手机窄一点，需要"咔嚓"一下才能过得去。不过，说过去也就过去了。儿子，妈其实是喜欢你的。乖，睡吧。做个好梦。Over。

后来的日子里小艾只在上学的路上见过一次田满，一大早，田满和篮球队的队员正在田径场上跑圈。小艾犹豫再三，还是立住了，远远的，站了十几秒钟。田满的样子很不好，耷拉着脑袋，垂头丧气的样子，晃晃悠悠地落在队伍的最后。小艾意外地发现，在田满晃悠的时候，他漫长的身躯是那样的空洞，只有两条没有内容的衣袖，还有两条没有内容的裤管。就在跑道拐弯的地方，田满意外地抬起头来，他们相遇了。相隔了起码有一百米的距离。他们彼此都看不见对方的眼睛，但是，一定是看见了，田满在弯道上转过来的脑袋说明了这个问题。田满并没有挥手，小艾也就没有挥手。到了弯道与直道的连接处，田满的脖子已经转到了极限，只好回过头去了。田满这一次的回头给小艾留下了极其难忘的印象，是一去不复返的样子，更是难舍难分的样子。小艾记住了他的这个回头，他的看不见的目光比他的身躯还要空洞。孩子瘦了。即使相隔了一百米，小艾也能看见田满的眼窝瘦成了两个黑色的窟窿。再不是失恋了吧。不会吧。小艾望着田满远去的背影，涨满了风。小艾牵挂了。小艾捋了捋头发，早晨的空气又冷又潮。儿行千里母担忧哇。

小艾掏出了手机，想给他发个短信，问问。想了想，最终还是她的骄傲占据了上风。却把她的短信发到乔韦的那边去了:老公,儿子似乎不太好,你能不能抽空和他谈谈?

就在进教室的时候,乔韦的回话来了:还是你谈吧,你是当妈的嘛。

小艾走到座位上去,把门外的冷空气全带进来了。她关上手机,附带看了一眼乔韦。乔韦在眨眼睛,在背单词。小艾的这一眼被不少小叔子看在了眼里。小叔子们知道了,女人在离婚之前的目光原来是这样的。只有乔韦还蒙在鼓里。你还眨什么眼睛噢,你还背什么单词噢,嫂子马上就要回到人民的怀抱啦!

田满的出现相当突兀,是4月的第一个星期三。夜间零点十七分,小艾已经上床了,手机突然蠕动起来,吓了小艾一大跳。小艾一摁键,"咣当"一声就是一封短信,是一道行动指令:"嘘——走到窗前,把脑袋伸出来,朝楼下看。"

小艾走到窗前,伸出了脑袋,一看,路灯下面孤零零的就是一个鸡窝头。那不是田满又是谁呢。田满并没有抬头,似乎还在写信。田满最终举起了手机,使用遥控器一样,对准小艾家的窗户把他的短信发出去了。小艾一看,很撒娇的三个字:妈,过来。

小艾喜出望外,蹑手蹑脚地下楼了,一直走到路灯的底下。田满的上身就靠在了路灯的杆子上,两只手都放在身后。他望着小艾,在笑。小艾背着手,也笑。也许是因为路灯的关系,田满的脸色糟糕得很,近乎土灰,人也分外的疲惫,的确是瘦了。小艾猜出来了,她的乖儿子十有八九被Monika甩了,深更半夜的,一定是到老妈这里寻求安慰来了。好吧,那就安慰安慰吧,孩子没爹了,怎么说也得有个妈。不过田满的心情似乎还不错，变戏法似的，手一抬，突然从背后抽出了一束花，有点蔫，一直递到了小艾的跟前。小艾笑笑，犹豫了片刻，接过来了。放在鼻子的下面，清一色是康乃馨。

"你怎么知道我住在这儿？"小艾问。

"我昨天就派人跟踪了。"

小艾叹了一口气，唉，这孩子，改不了他的"下三烂"。

"近来好不好？"小艾问。

"好。"

"Monika呢？"小艾问，"你的，Monika妹妹，好不好？"

"好。"田满说。田满这个晚上真是变戏法来了，手一抬，居然又掏出一张相片来了，是一个婴儿，混血儿，额头鼓到了不可思议的地步。

"谁呀这是？"小艾不解地问。

"Monika。我妈刚生的，才四十来天。"

"——你妈在哪儿？"

田满用脚后跟点了点地面，说："那边。"世界"哗啦"一下辽阔了，循环往复，无边无垠。田满犹豫了片刻，说："我四岁的时候她就跟过去了。"

小艾望着田满，知道了。"是这样。"小艾自言自语，"原来是这样。"小艾望着手里的康乃馨，不停地点头，不知道说什么好了。小艾说："花很好。妈喜欢。"

小艾就是在说完"妈喜欢"之后被田满揽入怀中的，很猛，十分的莽撞。小艾一点准备都没有。小艾一个趔趄，已经被田满的胸膛裹住了。田满埋下脑袋,把他的鼻尖埋在小艾的头发窝里,狗一样,不停地嗅。田满的举动太冒失了,小艾想把他推开。但是,小艾没有。就在田满对着小艾的头发做深呼吸的时候,小艾心窝子里头晃动了一下,软了,是疼,反过来就把田满抱住了,搂紧了。小艾的心中涌上来一股浩大的愿望,就想把儿子的脑袋搂在自己的怀里,就想让自己的胸脯好好地贴住自己的孩子。可田满实在是太高了,他该死的脑袋遥不可及。

深夜的拥抱无比漫长,直到小艾的后背被一只手揪住了。小艾的身体最终是从田满的身上被撕开的。是小艾的父亲。小艾不敢相信父亲能有这样惊人的力气,她的身体几乎是被父亲"提"到了楼上。"谢树达,你放开我!"小艾在楼道里尖声喊道,"谢树达,你放不放开我?!"小艾的尖叫在寂静的夜间吓人了,"他是我儿子!——我是他妈!"

雾月牛栏

迟子建

宝坠在暗夜中倾听牛反刍的声音。这种草料与唾液杂糅的声音使他陷入经常性的回忆。他总觉得有什么重要的事情就裹在这声音里，可回忆像深渊一样难以洞穿，他总是无功而还。

继父大约是快死了的缘故，这一段他几乎天天都来牛屋和宝坠说话。有时他一言不发地抚摸宝坠的脑袋，眼睛里漫出混浊的泪水。宝坠就说："叔，你饿了？"因为他饿极了就想哭。

继父摇摇头，青黄的面颊抽搐着，他哆哆嗦嗦地拉住宝坠的手说："等叔死了，你就回屋里去睡。"

"我乐意和牛在一起。"宝坠嘻嘻笑着，"花儿快生小牛犊了。"

花儿是一头棕白相间的花母牛，它左脸有块形似兰花的白斑，这使它比扁脸和地儿都显得漂亮。地儿是一头三岁的黑公牛，是家里耕田犁地的主要劳力。而扁脸矮矮的个子，深棕色，是头年长的公牛，由于尾巴太粗，拉屎时老是弄脏尾巴。宝坠便埋怨它，夜里往槽子里添食时就拍一下扁脸的肚子，"别贪吃个没完啊，吃东西要有时有响的。"

这话是母亲经常说给他的,如今他转嫁给扁脸。扁脸可不管这一套,它食量惊人地照吃不误,身后的卫生自然也就每况愈下。宝坠曾试图将它的尾巴用绳子拴起,高高地吊在牛栏上,可他仅仅试验着刚把绳子系在牛尾上,扁脸就拉下一泡屎,用尾巴卷着扬到宝坠的脸上,气得宝坠直想割下它的尾巴。

"割下你的尾巴喂狼!"宝坠威胁着,却把扁脸尾巴上的绳子解了下来。

继父已经好些天不来牛屋了。雪儿每次来给他送饭,宝坠就问:"我叔死了吗?"

雪儿就将洁白的牙齿咬得咯吱咯吱响,恨恨地说:"你才死呢!"

雪儿是宝坠同母异父的妹妹。她清清瘦瘦的,不爱吃荤腥食物,眼睛又黑又大,有几分倔强。母亲常说雪儿的肚子里长满蛔虫。

牛反刍的声音衰竭了,宝坠哑摸哑摸嘴合上了眼睛。才睡着不久,一道强光刺痛了他的眼睛,一股浓烈的汗酸味袭来,母亲声音嘶哑地吆喝道:"宝坠,你醒醒,你起来看看你叔。他要撒手了,想要瞅瞅你。"

"你别让它刺我的眼睛。"宝坠嘟囔着,指着那道射向他的电筒光。

母亲连忙将那光转向别处,正照在中间的牛栏上。三朵拴牛的梅花扣朵朵清幽,只是没有香气沁出。

宝坠坐了起来。

"你快去呀,你叔等不了多久了。"母亲带着哭音说,"虽然说他是你后爸,可待你多好哇!你一住牛屋,他就把这拾掇得比人住的屋子还暖和,他还天天给你来送饭,宝坠——"

"我不回人住的屋子。"宝坠复又躺下,"我要和牛睡在一起。"

"你就去这一回。"母亲乞求地俯身抚摸了一下儿子的额头,"明天妈给你烙葱花油饼。"

"卷土豆丝吗?"宝坠的胃因为兴奋而跳了一下。

母亲点点头。

宝坠再一次坐起来,他觉得母亲的那张脸跟冻白菜一样难看,她的头发也跟扁脸的尾巴一样脏。他穿上鞋,为着天明后的一顿美味而出了牛屋。外面有些凉,星光像蟋蟀一样在院子里跳荡,他看见了屋子里的灯光。就在开门的一瞬他害怕了,他瑟瑟颤抖着后退,屋子里的气息使他想哭,他哀哀地说:"我要回牛屋——"

"宝坠!"母亲说,"妈给你跪下不成?"

"宝——坠——"继父的声音像在海浪中颠簸的小船一样晃晃悠悠地漂来。

母亲就势一把将他推进屋子,然后将背后的门关上。

宝坠持续地颤抖着,他见雪儿正端着个黄茶缸给继父喂水。继父斜倚在炕头,眼睛睁得大大的,垂在炕边的胳膊像根干柴棒一样僵直。

宝坠被母亲给推到炕沿前。雪儿瞪了一眼宝坠,把茶缸余下的水泼到地上,然后到窗前去了。

继父的嘴唇像蚯蚓一样蠕动着,他喘着粗气说:"叔要死了,你答应叔,以后你回屋来住,你自己住一个屋,你妈和雪儿住一个屋。"

"妈和叔住一起。"宝坠说。

"可叔要死了,她不能和叔住一起了。"继父说。

"再来个活的叔和她住一起。"宝坠说。

母亲声嘶力竭地上来打了宝坠一下,"孽障——"

宝坠趔趄了一下,站定后不知所措地看着继父。

"我要和牛住。"宝坠说,"花儿要生牛犊了。"

继父怜爱地看着宝坠,大颗大颗的泪水流到凹陷的双颊。

"叔——"宝坠忽然说,"你死后就不回来了?"

继父"呃"了一声,依然泪流不止。

"那我问你个事。"宝坠说,"牛为什么要倒嚼呢?"

继父曾当过兽医,对牲畜的事自然了如指掌。

"牛长着四个胃。"继父说,"牛吃下的草先进了瘤胃,然后又从那到了蜂巢胃。到了这里后它把草再倒回口里细嚼,接着,接着——"

"接着又咽下去了?"宝坠目不转睛地盯着继父问。

继父疲乏地点点头,说:"咽下的草进了重瓣胃,然后再跑到皱胃里去。"

宝坠把"皱胃"听成了"臭胃",他嘻嘻笑道:"牛可真傻,倒来倒去,把那么香的草给弄到臭胃里了。到了臭胃就变成屎了吧?"

继父的泪水流得更凶了,他仍然徒劳地想拉一拉宝坠的手,可他的每一次挣扎都使得他与继子之间的距离在增加。

宝坠惦记着该给三头牛再添些夜草,所以他就转过身朝屋外走。

母亲哽咽着挡住宝坠的去路,她说:"你不谢谢你叔这些年对你的养育之恩?"

"他都要死了。"宝坠说,"谢他,他也记不住多一会儿了,还累脑子。"

"你这个傻——"母亲号啕大哭。

宝坠绕开母亲，他朝屋外走去。雪儿蹲在门槛上呜呜地哭。宝坠一脚跨过她，说："你又不死，你哭什么。"

"明天我屁也不给你吃！"雪儿咬牙切齿地指着宝坠的背影说。

"葱花油饼，还卷土豆丝呢。"宝坠得意扬扬地说。

"做梦！"雪儿呸了宝坠一口。

宝坠一回到牛屋花儿就低低地叫了一声，小主人从不夜间出门，它大约为他担心了。地儿也随之温存地"哞——"了一声，就连脾气暴躁的扁脸也短促地应和了一声，加入了问候者的行列。宝坠心下感动着，连忙去给它们添草。取草的路上他被铡刀给绊倒了，爬起后他数落铡刀："白天你还要干活呢，晚上不好好睡觉，伸手拽我干啥。"

干草在槽子里柔软地起伏着，宝坠对着他的仨伙伴说："你们急了吧？我叔要死了，他想瞅瞅我。"他摸着花儿圆鼓鼓的肚子说，"我现在知道了，你们长着四个胃，最后的那个胃是臭胃。"

花儿、地儿和扁脸吃过草后慢条斯理地反刍，宝坠支持不住回炕睡下了。

雾气使牛屋的早晨根本不像早晨。有雾的日子宝坠就格外想哭。他坐在炕上，环顾着越发显得昏暗的牛屋，不明白那雾怎么年年都来。

牛槽上横着的牛栏被一东一西两根柱子支撑得永远那么牢固。那道栏是白桦树做成的，黑色的树斑像是一群人的大大小小的眼睛嵌在那里，有的炯炯有神，有的则呆滞不堪。三朵拴着牛的梅花扣在雾气中颤颤欲动，仿佛真正的花在盛开。宝坠每天要爬到牛槽两次接触牛栏，早晨打落三朵梅花使牛获得去野外的自由，晚上又将三朵梅花重新盘上。他每次在解和结梅花扣的时候都怦然心动，仿佛这个瞬间曾发生过什么重大事情。可他无论如何也想不起什么，一如他听到牛的反刍声就努力回忆仍终无所获一样。

宝坠在雾气中望着那道牛栏。这时牛屋的门开了，一汪亮色如泉水一般涌入，雾气纷纷扬扬地漫了过来。雪儿清脆的声音响了起来："宝坠，你的饭！"

自从继父病危后，一直都由雪儿来为他送饭。

宝坠没有答应。

雪儿飞快地走到南墙的饭桌旁，将一个碗和一个盘子摆上去。她穿着翠绿色的短裤子，三头牛为着这黯淡光线中的鲜润翠色而无比纵情地叫起来。

"葱花油饼卷土豆丝！"雪儿说，"你别一顿都吃了，留下两张中午吃。"

宝坠还是没有答应。

"妈说了，今天下雾了，路滑，别把花儿带出去了，它要是摔着了，肚子里的牛犊就保不住了。"雪儿伶牙俐齿地说。

宝坠答应了一声，然后问："叔死了吗？"

"你才死呢！"雪儿几步蹿到宝坠面前，"他要死了你哪有葱花油饼吃，吃个屁！"

"你肚子里都长虫子了，还这么厉害。"宝坠说。

"狗肚子才长虫子呢！"雪儿蹿了一下，那样子像只绿鹦鹉。

"叔怎么还没死。"宝坠颇为失落地说。

雪儿气鼓鼓地离开牛屋，走到门口时她又大声重复："别带花儿出去啊，外面下雾了，路太滑！"

宝坠跳下炕去吃葱花油饼。他将饼平摊在桌子上，然后将土豆丝卷上。奇怪的是他以回屋见叔为代价换来的美食并未给他带来快乐，他的胃里好像塞满了棉花，再吃进什么都显得多余。他只咽了一张就离开饭桌。

从矮矮的东窗可以看到外面的雾仍然很大。

宝坠跳上牛槽，他站在上面，头颅就越过了牛栏，三朵梅花扣莹莹欲动地望着他。宝坠先解开了两朵，地儿和扁脸就朝门走去。轮到花儿，他踌躇了一下，但还是把那朵花打落了。他跳下牛槽摸着花儿的鼻子说："今天你要慢点走，外面下雾了。你要是摔倒了，肚子里的牛犊也会跟着疼。"

花儿"哞——哞——"地叫了两声，温顺地答应了。

宝坠将两张饼卷起放进饭袋，背上水壶，赶着三头牛出了牛屋。

雾气轰轰烈烈地在大地上浮游。太阳像团刺猬一样在浓雾背后变幻不定地动着。宝坠视线模糊，只觉得脚下的路仿佛涂了猪油，踩上去东摇西晃的。扁脸显示出长者风范，冲锋在前，地儿紧随其后，只有花儿听话地跟在宝坠身边。他们四个在大雾中穿行，经过一座座房屋。屋外的黑栅栏在白雾中像是在水中漂游的青鱼。几声清冷的狗吠声响起，接着是一缕金色的鸡鸣。宝坠和花儿同时停下步子，等待鸡鸣声落下。他们都喜欢这声音。偶尔有几个过路人与宝坠擦肩而过，虽然看不清他们的脸，但那声音宝坠是熟悉的。

"放——牛——去？"拉长声调的人是老张头，他喜欢喝酒，舌头总是不听使唤。

"花儿还莫（没）生？"这是做豆腐的邢婶，她说话很快，口腔中老是散发出一股葱味。

"你叔还撑得住吗？"问这话的一定是李二拐了，他扯着三岁的儿子红木。他因为死了老婆，老是一副惨兮兮的样子，每天领着孩子在村子的小路上转悠，谁吆喝去吃饭他就进谁家的门。他老婆死了一年，他便领着儿子吃遍了全村的人家。现在他每碰到宝坠都要打听他叔的病。

宝坠回答这三个人的话都很简短。

"嗯。"

"没生。"

"快死了。"

宝坠和三头牛走向离村两里的草场。这里的雾气更大一些，草湿漉漉的。宝坠很快听到了牛垂头啃草的声音，那声音"咻——咻——"的，可见草的柔韧性和纯度之好。他站在草丛中，伸出手抓了一把雾气，觉得抓空了，就再抓一次，仍是空的，手上什么也没存下。他不明白能看得见的近在咫尺的东西为什么会抓不住。

宝坠的继父本以为自己夜里就会撒手人寰，而到了凌晨竟然能悠徐自如地喘气了。为了证实自己还活着，他咳嗽了一声，这时他身边的女人便翻了一下身，有气无力地问一声："你行吗？"

他"嗯"了一声，便试探着下地走几步路，出乎意料地能走到东窗前。天色灰蒙蒙的，外面白雾汹涌，弥漫着犹如传说中的天堂气息。这使他心中的隐痛再次发作，泪水无声地漫下。女人见他没事了，就穿衣起来点火做饭。她一边拨弄柴火一边说："昨晚答应了宝坠，今天要给他烙葱花油饼，他还要卷土豆丝呢。你说他傻，可他吃的心眼一点也不缺，唉。"

雪儿不久也起来了，她出了自己的小屋就冲灶房的母亲喊：

"下大雾了，外面什么也看不清，全都糊涂着。"

"雾月到了。"母亲淡淡地说，接着无限忧伤地叹息了一声。

"这雾是什么变成的呢？"雪儿惆怅地自问着。

母亲说："一会儿你给哥哥送饭时，告诉他今天别带花儿出去。雾这么大，滑倒了花儿，那肚子里的牛犊可就遭殃了。"

雪儿看了一眼母亲正和着的面团，惊叫一声："真给宝坠烙葱花油饼啊！"

"雪儿——"宝坠的继父从东窗转过身来说，"以后不能老是宝坠宝坠地叫，要喊哥哥——"

"傻子也算是哥哥吗？"雪儿满不在乎地说，"他天天和牛在一块，别人都说咱家养着四头牛。"

"三头。"母亲强调，"那一头还没生下来呢。"

"宝坠也算头牛！"雪儿说完，跑到院子里给鸡雏喂食。

雾气到了上午十点左右才渐渐稀薄了。太阳依旧朦胧如窗纸后的油灯。宝坠的继父喝了一些汤水，就走向院子另一侧的牛屋。女人小心翼翼地跟在他身后。他推开牛屋的门，看着他亲手盘起的火炕、垒起的火墙，看着墙上挂着一些熟悉的物件：狍皮、马鬃、成捆的棕绳、捕鼠夹子、挂网等，想起他初见宝坠时他是一个多么聪明伶俐的孩子，他的泪水又滚了下来。

"花儿怎么不在——"女人忽然在背后慌慌张张地说，"这个傻子，告诉他下雾天别带花儿出去，它快要生了，要是摔倒了揣不住牛犊可怎么好！"

女人返身快步地回屋去找雪儿："你怎么没把妈的话传给宝

坠？花儿不在牛屋里！"

"我说了——"雪儿大声争辩，"说了两遍呢！"

"他今天能带它们去哪片草场？"

"我怎么知道。"雪儿说，"他晚上回来就知道了。"

"他晚上能回来，可花儿不知能不能回来。"女人不由得咒骂起已来的雾月，直骂得嘴角发麻，气喘吁吁，然后才定下心来想着去寻宝坠。她刚刚换上胶鞋，突然想起丈夫卧炕半月已病入膏肓却突然奇迹般地能行走，内心甚感不祥，唯恐她出去的这一刻会有意外。虽然对于未来来说，牛比丈夫更重要，但她还是选择了丈夫。

宝坠的继父把目光转向那道白桦木的牛栏。他的眼前闪现出八年前的宝坠。他第一次见到这孩子时就喜欢上了他。他生得虎头虎脑，很爱笑，生父因为打草遭毒蛇咬而丧了命。那时宝坠的妈妈不像现在这么邋遢，炕上的被褥拆洗得有皂香味，锅碗瓢盆绝不存一丝污垢。他虽然比她小两岁，还是心满意足地与她结婚了。那时他们只有一间屋子，宝坠睡在炕梢。由于新婚，他几乎每夜都要和女人在一起，如果月光好，他就能看清宝坠熟睡时的脸。宝坠每翻一下身或发出一声梦呓，他都要为之一抖，觉得已故的男主人的阴魂还在角落里监视他。他曾发誓说要尽快造一座房子，让已经七岁的宝坠独自去睡。然而未等他的房子造起来，雾月来临了。

他们居住的村子三面环山，一面临水。每逢六月，雾就不绝如缕地飘来了。从早到晚，只有正午时分雾气才会消散一刻。由于日照不充分，所以这个月庄稼长得很慢。人都说连着三四天的雾都难得一见，可他们这里的雾却能持续一个月。一些气象学专家曾来此地做过考察,也终未能做出一个合理的解释。倒是老百姓的民间传说占了上风。说是三百年前有位仙人云游四方经过此地,但见田里庄稼长势喜人,牛羊成群,家家户户仓廪殷实,一派欣欣向荣的气象。只是很多人家的男人都在骂老婆,骂的又都是一个词:"丑婆娘。"仙人大感不解,问了几家因挨骂而啼哭的女人,她们都说一到六月,阳光灿烂而农事稍闲的时候,男人们就嫌她们丑陋而牢骚不止。仙人一笑,遂将此地的六月点化成雾月,斩首了泼辣的阳光。袅袅雾气中的女人恍若仙女,男人都少了脾气,有一种羽化登仙的感觉,消逝的柔情又湿漉漉地复活。

宝坠的继父在那个雾月格外渴望自己的女人。有一天晚上,他们被大雾包裹着尽情地欢愉,宝坠不知什么时候醒了,坐起来看着他们跃动的影子,后来发出嘻嘻的笑声。宝坠的笑声彻底摧毁了他的激情,他胆怯地从女人身上哆哆嗦嗦地下来,觉得受到了莫大的羞辱。

第二天早晨,宝坠到牛屋去,他便也跟去了。牛屋里飘着雾气,他小心翼翼地问宝坠:"昨晚你看见什么了?"

"我看见叔和妈叠在一起。"宝坠认真地说。

宝坠跳上牛槽,解拴在牛栏上的牛绳,这时忽然问:"叔,你们弄出的动静怎么跟牛倒嚼的声音一样?"

他就是在这一刻蹿上牛槽,一拳将宝坠打倒在牛栏上的。宝坠的脑袋重重地磕在牛栏上,"呃"了一声,然后像股水一样泻倒在牛槽里了。他当时以为不过是把宝坠打昏了,于是就抱着他回屋,对正在灶房忙碌的女人说:"宝坠把头磕到牛栏上了。"

"他是个灵巧孩子,怎么会磕到那儿?"女人叫着去试宝坠的鼻息,她感觉到了他的呼吸,就放宽心说,"磕昏了,睡一觉就会好的。"

宝坠在雾中一直昏睡了一天。他起来后是又一个雾天的早晨了。他看着一切都觉得陌生，目光呆滞，母亲喊他宝坠时他也不知道答应。

"你觉得头疼吗？"继父问他。

宝坠看着外面的雾说："不疼。"

当天夜里宝坠就闹着要去牛屋住，他说不能和人住在一起。继父以为他不过是糊涂一两天而已，并未太放在心头，于是就去牛屋给他临时搭了一张铺。宝坠从此开始了与牛生活的日子。他坚持不回人住的屋子。后来他们发现宝坠不断地说一些似是而非的话，而且贪吃贪睡，逢到有雾的日子就泪水涟涟。他们便知宝坠丧失了一部分意识，沦为一个弱智儿童了。女人为此哭得抽过好几回。那时她已怀孕，动了胎气，所以雪儿是个早产儿。继父更是悔恨难当，他怎么也想不明白那一拳会葬送继子的前程。那道白桦木的牛栏在他看来跟屠刀一样可恶。他不敢把真实的一幕说给老婆，只是默默地把牛屋装修起来，为宝坠盘了一铺火炕。他每天给宝坠送饭，跟他说话，希望能打开他记忆的闸门。三九天北风呼啸的时候，他几乎每到半夜都要起炕到牛屋给宝坠的炕添些柴火，顺便也喂喂牛。宝坠无法像其他孩子一样上学，只能天天放牛。宝坠也喜欢牛，三头牛的名字都是宝坠给取的。每年的除夕，他一大早晨就来到牛屋为宝坠换上新衣，将窗户贴上福字，还送给宝坠一盏他亲手糊的灯笼。宝坠喜欢金黄色的南瓜灯，他就年年送他一盏。夜半吃饺子放鞭炮的时候，他还把宝坠带到院子，让他看火花和听响儿。宝坠乐得忘乎所以，能吃下两大盘饺子。

雪儿的降生并没有给身为父亲的他带来任何快乐。因为他觉得雪儿的诞生与宝坠的病有着某种微妙的联系。雪儿两岁的时候，他便丧失了与女人亲热的能力。他不敢再想那件他曾乐此不疲的事。负疚感使他沉默寡言，健康备受滋扰侵蚀。宝坠的母亲因为丈夫的病而讨了无数个偏方，最终他还是萎靡不振。她的脾气便一天天坏起来，整日面目浮肿，不事修饰。当丈夫瘦得已经全然脱相的时候，她便张罗着借钱去大城市给他看病。可丈夫坚决不同意。说以后的钱都要攒着，留给宝坠治脑袋。女人便落着泪说丈夫善心肠，对原方的孩子这么好，是宝坠前世修来的福分。

雾气使白桦木的牛栏显得更粗了一些。他盯着那道罪恶的牛栏，恨不能将它当成脆骨嚼碎，咽进肚子，把它带到地狱去。四年前他便倾其所有翻盖了房屋，使一间屋变为了两间，雪儿有了自己的一铺小炕。他知道自己将不久于人世，他希望宝坠能回到人住的屋子，这样也许会使他的病慢慢好转。可宝坠昨晚的话却使他最后的一口气没能畅快地吐出来。他说继父死后还会来个活叔，人住的屋子依然没有宝坠的位置。这朴素的道理他怎么就没想到？可他再也没有力气翻盖房子了。

"宝坠——"他对着那道惨白的牛栏低低叫了一声。

牛栏在整个牛屋里处于极其显赫的位置，正当牛槽上，而且是牛屋的中心。它的白色树皮已经被拴牛的绳子给磨出亮光，但大大小小的黑色树斑依然清晰入目。除了牛栏别具一格地横空出世外，其他物件都是竖的。竖的柱子、竖的墙、竖的门，这使得被支撑在半空的白色牛栏格外抢眼。宝坠的继父只在传说中听过狰狞的鬼的长而尖的利牙，在他看来，这道牛栏就是谁栽在他家的一颗牙。

"我要拔下这颗牙。"他暗暗对自己说。

他环顾牛屋，在西北角的工具箱里翻出一把劈松明用的小斧子，然后反身走到牛槽前，试探着往上攀，可他觉得身上的力气已经逃命在先了，他拼足劲也站不到牛槽上，只能眼巴巴地举着斧子看着那道高高在上的牛栏。他这样僵持了大约不到两分钟，忽然觉得更浓的雾气涌来，白色的牛栏狡猾地隐身其中，仿佛一道云层后的闪电让人捉摸不定。他的眼前渐渐模糊，先是无边的白色，接着是强大的黑色，再接着是激烈的紫色，他摇摇晃晃地冲着牛栏唤了一声："宝坠——"然后扑倒在地。他死时手里还握着斧子，那斧子因为久不使用，已经锈迹斑斑了。

宝坠赶着三头牛回村时已是晚炊时分了。扁脸和地儿走在头里，他和花儿落在后面。傍晚时的雾气更大一些，宝坠走得很慢很慢，他生怕花儿有个闪失。他想好了，要是叔还没死，他就再问个事。

他未进家院就听见一阵锯声和刨木板的声音传来。他停下来拍了一下花儿，说："咦，听听，家里怎么有动静？"

花儿沉默了一刻，然后仰起头短促地叫了一声，它肯定小主人的话时总是这副举止。

宝坠只觉得院子里游动着许多人影。刨木板的声音嚓嚓地像收割麦子。他不小心撞上一个人，那人说："是宝坠回来了？"

宝坠"嗯"了一声，然后问："你们这是干啥？"

"打棺材。"那人平静地说，"你叔死了。"

"叔死了。"宝坠嘀咕一句，然后偏过脸对花儿说："我还想问他个事呢。"

宝坠忽然委屈起来，他呜呜地哭了。哭声在雾气中流窜，几乎所有的人都听到了这声音，人们不约而同地问："谁在哭？"

"是宝坠。"

"宝坠哭他叔。"

"宝坠舍不得他叔走。"

大家七嘴八舌地说着内容相同的话,然后品评宝坠的哭声:

"比亲生儿子哭得还真。"

"不和他叔有这么深的感情,哪能这么哭。"

宝坠的哭声使得屋里已经歇了的母亲的哭声再次号啕而起,雪儿明亮的哭声也加入进来。一些人屋里屋外地走来走去,一会儿劝老的,一会儿又劝少的。最后宝坠被一个人给领回牛屋,花儿一声不吭地跟在小主人身后,地儿和扁脸已经在里面等候多时了。那人将牛屋的灯拉亮,昏黄的灯光照着白色的牛栏、翘起的铡刀以及继父亲手为他盘的那铺火炕。宝坠哆嗦了一下,内心有一股异常凄凉的感觉。领他的人见他不哭了,就关上牛屋的门去打棺材了。

宝坠跳上牛槽,将三头牛拴在牛栏上。他每系一个梅花扣眼前都要闪现出一下叔的形象。因为他想问叔的那个问题是:我怎么会系梅花扣?这是他一个人白天在草场时所想的唯一事情。他再也无法从叔那里得到这问题的答案了。

宝坠跳下牛槽给它们添了些豆饼,然后坐在炕沿望着牛栏上的三朵梅花扣。花儿离开槽子,远远地走到一堆干草前,这使它脖颈上的绳子绷紧了一刻。牛栏的一朵梅花扣也跟着颤动了一下。宝坠不由得冲口而出:"谁也别想弄开我系的花!"

继父的红棺材被浓雾包裹着,那红色就显得有几分温柔了。停尸三天入殓后,继父就要被埋了。一大清早门外就来了一挂载灵柩的马车,宝坠被人给戴上孝帽子,腰间扎上长长的孝布,这使他很不高兴。雾气缭绕的院子里人影幢幢，灵幡像支硕大的芦苇一样斜插在院门口。母亲来到牛屋叮嘱宝坠，一会儿送他叔时要大声地哭，到十字路口要朝着东西南北各磕一个头，口中还要吆喝："叔你好走——"

"你记住了？"母亲凄怨地问。她的满嘴起了燎泡，大约是抹眼泪和鼻涕的缘故，她的袄袖像涂了层糨子一样，泛出干硬的白色。

宝坠没有搭腔。

母亲加重语气说："你叔对你那么好，你要好好送他，那样他在地下会保佑你好起来。"

宝坠很不理解，母亲的话仿佛说明他哪出了毛病似的。可他觉得自己一切正常。

母亲一出牛屋，宝坠就把孝帽子摘下扔到干草上，孝布也扯了下来，这样他觉得身上的血又流淌自如了。他熟练地跳上牛槽打开三朵梅花扣，然后带着地儿、扁脸和花儿走出牛屋。他们经过院子的时候有很多人都指着牛问宝坠："你不送你叔了？"

宝坠"嗯"了一声，说："我要放牛去。"

"你不送你叔，你妈不生气吗？"

"她生气就生气去吧。"宝坠说，"叔都死了，送他他也不知道。"

人们看着宝坠赶着牛走上湿漉漉的村路，谁也没有上前阻拦他，也没有人去通报他屋里的母亲。大家都在想：宝坠已经很不幸了，还难为他送葬做什么呢？

雾气使白天跟黄昏一般朦胧，而黄昏又比以往的黄昏更加灰暗。宝坠赶着牛回家时隐约能看见路上飘散的圆圆的纸钱，牛蹄把它们踏碎了很多。

他一进院子母亲就迎了过来,她一言不发地抚摸了一下花儿的头,然后长吁一口气。

"叔走了?"宝坠问。

"走了。"母亲平静地说,"你今天还回牛屋住?"

"嗯。"宝坠说,"我喜欢和牛在一起。"

"你叔不是说了吗,"母亲慢条斯理地说,"他走后让你回屋来住。"

"不。"宝坠坚决地说,"花儿要生了。"

"那等花儿生了后你回屋?"

"花儿一生,牛就更多了,牛离不开我。"宝坠赶着牛回到牛屋。他跳上牛槽,将三朵梅花扣结结实实地拴在牛栏上,然后给牛饮水。

牛屋里灯影黯然。空气很静,这使得牛饮水的声音格外清脆。这时牛屋的门开了,雪儿穿件蓝褂子进来了,她捧着一个碗,辫梢上系着白头绳。她默默地把碗摆在饭桌上,然后转身定定地看着宝坠。

"你今天送叔去了?"宝坠问她。

雪儿"嗯"了一声。

"去的人多吗?"宝坠又问。

雪儿依旧"嗯"了一声。

牛嗞咕嗞咕地饮水不止。

"哥——哥——"雪儿忽然带着哭音对宝坠说,"以前我叫你宝坠你生气吗?"

宝坠摇摇头,说:"我就叫宝坠呀,你喊我哥哥是什么意思?"

"哥哥就是亲人的意思,就是你比我大的意思。"雪儿说。

"扁脸还比你大呢,你也喊它做哥哥吗?"宝坠问。

375

"跟牛不能这么论。"雪儿耐心地解释,"人才分兄弟姐妹。"

"噢。"宝坠惆怅地说,"我是哥哥。"

三头牛饮足水匍匐在干草上。

"怎么以前我不是哥哥呢?"宝坠糊涂地问。

雪儿委屈地说:"那时我恨你,才不会叫你哥哥呢。爸活着时从来没有抱过我一回,他就在乎你,天天惦记你的牛屋。他快死的时候上不来气,我就给他喂水,可他老喊你的名字。我还是他亲生的呢!"

"你就恨我了?"宝坠问。

雪儿点点头,说:"爸一死就不恨你了。"

"不恨了?"

"没人像爸那么疼你了。"雪儿说,"还恨你干什么。"

"那你恨我叔?"宝坠又问。

雪儿噙着泪花摇摇头,说:"我可怜他。他天天半夜都要挨妈的骂。她一骂他,他就哭,边哭还边'宝坠宝坠'地叫。"

"你怎么知道呢?"宝坠问。

"我听到的啊。"雪儿说,"妈骂他的声音很大,传到我的屋子里了。后来一到半夜我就醒,醒来就能听见妈在骂他。到了雾月妈骂他就更凶。"

"妈骂他什么呢?"

"窝囊废。"雪儿答,"就这一句话。"

宝坠满面迷惑。

"'窝囊废'就是不中用的意思。"雪儿解释。

"妈半夜要用叔干什么?"宝坠问。

"我也不知道。"雪儿说。

"叔挨骂后喊我的名字做啥？"宝坠又问。

"我也不明白。"雪儿说，"是不是你让他变成窝囊废了？"

宝坠正言厉色地说："我能放牛，我都不是窝囊废，我怎么能让叔变成窝囊废呢？妈净胡说，叔什么活都会干，还知道牛长着四个胃，他多了不起。不过他不会系梅花扣。"宝坠说，"你说叔和妈都不会系梅花扣，我是跟谁学的呢？"

"你自己的亲爸呗。"雪儿说。

"他在哪儿？"宝坠兴奋地问。

"地下。"雪儿一努嘴说，"听人说，早死了。"

宝坠颇为失落地"呃"了一声。

"今天才把爸埋了，李二拐就领着红木来咱家了。"雪儿说。

"妈给他们饭吃了？"宝坠问。

"给了。"雪儿说，"还把你小时候穿过的衣裳给了红木。"

"你不乐意他们来？"宝坠问。

雪儿凄怨地说："爸才死，妈就给他们饭吃，我都不想跟她说话了。"

"那就不跟她说话。"

"可屋子里就我和妈两个人。"雪儿忧心忡忡地说，"要是不说话，我怕她生气，以后她半夜没人骂了，会不会骂我呢？"

"她凭什么骂你？"宝坠颇为认真地说，"你又没让肚子里的蛔虫跑到她肚子里。"

雪儿听后忍不住笑了一声，然后她泪光点点地望着宝坠。

宝坠说："你不用怕，她半夜要是骂你，你就来牛屋找哥——哥——"

宝坠在说到"哥哥"一词时结结巴巴的。

雪儿"嗯"了一声,指着饭说:"快吃吧,一会儿热气都跑没了。是剩下的丧饭。"

宝坠将目光转移到丧饭上。

花儿生产了,是头黑白相间的花牛。宝坠给它取名为卷耳,因为它生下来时有一只耳朵像花苞那样蜷曲着。卷耳给一家人带来了雾月当中从未有过的融洽和快乐。雪儿天天来逗弄卷耳,不是用粉色的头绫子缠它的腿,就是用笤帚篾扎它的黑鼻头。母亲也夜夜来给卷耳喂豆浆。花儿对卷耳慈爱备至,总用舌头舔它的脸,地儿也对它无限怜爱。只有脏尾巴的扁脸常常出其不意地冲着卷耳锐利地叫几声,企图吓唬它。而卷耳对此毫不在意,扁脸的恶作剧也就只好偃旗息鼓了。一周后,卷耳就溜光水滑地四处闲逛了。它很调皮,不是用嘴去拱地里的青苗,就是用蹄子把柴垛蹬散。它唯一安静下来的时候便是望雾。白茫茫的雾气使它刚熟识的人和场景变得恍惚的时候,它就现出若有所思的神情。

宝坠再去草甸子放牛时队伍就扩大了。他想他的队伍会不断壮大下去,最终他会被牛群所包围。他会了解每一头牛的脾性,懂得它们每做出的一个举止所蕴含的内容。牛屋的白桦木牛栏的梅花扣会越聚越多,一朵朵相挨着开放。那时他赶着一群牛走在村路上会有多么风光啊。

雾月将尽的一个黄昏,宝坠赶着牛刚回到牛屋,雪儿就兴高采烈地跑了进来。她气喘吁吁地说:"哥哥,妈今天把李二拐骂出门去了,他以后再也不会来了。"

宝坠木讷地说:"他不来就不来。"

"你知道妈为什么骂他吗?"雪儿压低声说,"李二拐说跟妈过日子后,要把你送到金矿点去给人看点。说你傻,不懂得偷金子,人家愿意雇你。说你去金矿点还能帮家挣钱,省下家里的饭,他都帮你把活答应下了。"

宝坠吃惊地看着雪儿。

"妈听完后就骂李二拐——"雪儿挺了挺胸脯,憋粗了嗓子绘声绘色学说道,"你给我滚蛋,别想这么作践我们宝坠!他叔活着时对宝坠比亲生的还好,谁要拿我的宝坠不当人看,这辈子就别想再踏我的门槛!"

"李二拐就给骂走了?"宝坠问。

"嗯。"雪儿说。

"好。"宝坠赞叹道。

雪儿接着有些羞怯地说:"哥哥,你以后不用惦记我半夜可能会挨妈的骂了,她现在天天搂着我睡觉,还帮我捉头发里的虱子。"

宝坠放心地笑了,他跳上牛槽,到牛栏那儿去拴牛。他异常熟练地系着梅花扣,这时雪儿对他说:"哥哥,我昨天梦见爸和你了。"

宝坠跳下牛槽探询地看着雪儿。

"我梦见爸领着你过年。"雪儿颤着声说,"天很黑,还下着雪,爸领着你在院子里放炮仗。炮仗声很响,爸怕吓着你,还帮你捂耳朵。"

宝坠非常想哭,因为梦和雾气一样都不能使他抓到手。他不知道梦会是什么滋味。

"我还梦见爸来到牛屋看卷耳,他伸手摸卷耳的鼻子。卷耳不认识他,就伸出蹄子踢他。"

"卷耳怎么能那样。"宝坠伤感地说,"那不是叔嘛。"

那一夜宝坠听着牛反刍的声音,再一次竭尽全力回忆这声音里曾包裹着什么重大事情。他想得脑袋发麻,可回忆的周围仍然是森严的高墙,难以逾越。他又打开灯去看那道白桦木的牛栏,漆黑的树斑睁着永不疲倦的眼睛望着悬在它身上的梅花扣。他的回忆缥缈如屋外的白雾,暗无天日。宝坠发了一会儿呆,然后望着睡态可爱的卷耳。他对自己说:"和牛过得好好的,想那些不让我想起的事情干什么。"

宝坠关了灯,睡了。他的睡眠没有梦,因而那睡眠就干干净净的,晶莹剔透。早晨,他忽然被"吱扭"的声音和一道亮光所扰醒,他从炕上坐起来,只见卷耳把牛屋的门撞开了。花儿、地儿和扁脸都充满深情地望着屋外久违的阳光。

雾月过去了。

宝坠下了炕,他走到牛屋门口。卷耳歪着头,无限惊奇地看着屋外飞旋的阳光。宝坠拍了一下它的屁股,说:"出太阳了,到外面玩去吧。"

卷耳试探着动了动蹄子,又蓦然缩回了头。宝坠这才想起卷耳生于雾月,从未见过太阳,阳光咄咄逼人的亮色吓着它了。宝坠便快步跨过门槛,在院子里踏踏实实地走给卷耳看,并且向它招手。卷耳温情地回应一声,然后怯生生地跟到院子。

卷耳缩着身子,每走一下就要垂一下头,仿佛在看它的蹄子是否把阳光给踩黯淡了。